LES

MARCHANDS DE VIN

DE PARIS

PAR

N. CORNEVIN

PARIS

CHEZ LES PRINCIPAUX LIBRAIRES

—

1869

PARIS. — IMPRIMERIE DE PILLET FILS AINÉ.
Rue des Grands-Augustins, 5.

LES

MARCHANDS DE VIN

DE PARIS

Paris. — Typ. PILLET fils aîné, 5, rue des Grands-Augustins.

LES

MARCHANDS DE VIN

DE PARIS

PAR

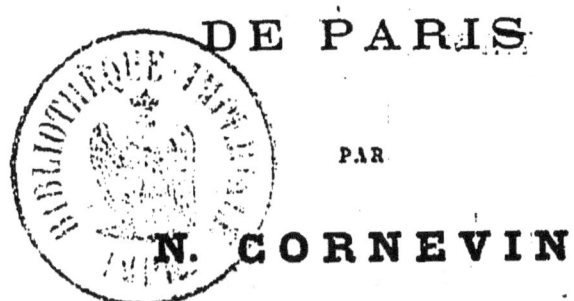

N. CORNEVIN

⌐⌐⌐

PARIS

CHEZ LES PRINCIPAUX LIBRAIRES

⌐

1869

INTRODUCTION

Si, avant d'écrire cet ouvrage, j'avais connu un livre qui traitât spécialement de la plus grande partie des matières qu'il comporte, je ne l'eusse certainement point écrit ; mais il ne m'en est tombé aucun sous la main, malgré les recherches que j'ai faites à ce sujet.

Ce livre, qui est populaire, est également déiste et moral ; si quelques scènes d'immoralité y sont exposées, ce n'est que pour en faire ressortir les vices, afin qu'elles inspirent le dédain. Les trois premiers chapitres n'ont aucun rapport avec le titre de cet ouvrage, voici pourquoi. J'ai été garçon marchand de vin pendant douze ans ; je servis alors successivement chez quatre marchands de vin qui avaient été soldats du premier Empire ; le dernier que je servis avait fait partie du 2e bataillon du 3e régiment de la vieille garde. Ce bataillon se battit le dernier à Waterloo, pas un seul homme ne resta debout : un tiers fut tué; les deux autres tiers, plus ou moins grièvement blessés, furent recueillis le lendemain parmi les morts. Je fus bien des fois ému jusqu'aux larmes en écoutant le récit de ce brave qui avait fait partie de ce bataillon sacré. C'est pourquoi j'ai écrit dans ce livre la vie de cet homme et celle de son meilleur ami des camps, devenu aussi marchand de vin en détail; pour cela, j'ai été obligé de passer à vol d'oiseau sur les batailles où ils ont assisté. Tous les autres chapitres, sauf quelques exceptions, sont consacrés au commerce de vin en détail. J'ai esquissé ce qu'était l'installation des maisons de ce commerce, il y a cinquante ans, et leur installation d'aujourd'hui, ce qui en fait en quelque sorte l'histoire. J'ai consacré un chapitre à la nomenclature de la plupart des meilleurs vins français, liée à une discussion de leur supériorité les uns sur les autres. Dans la longue carrière que j'ai parcourue dans ce commerce, j'ai vu bien des scènes tragiques de cabaret; j'en ai esquissé quelques-unes dont j'ai pris les types dans les maisons appelées bouges ou assommoirs, qui ne sont fréquentées que par l'écume du ruisseau social. — Je me suis rappelé que de misérables mères, pour un peu d'or qu'elles recevaient, profitaient de la beauté de leurs filles pour les pousser dans la débauche; bien que cela ne soit qu'une infime exception, j'ai cru devoir l'exposer pour flétrir celles

qui se rendent coupables de semblables monstruosités.
Les jeunes marchands de vin y trouveront d'utiles
renseignements pour faire leurs achats de vin et la
bonne tenue de leurs maisons.

Si quelques personnes veulent bien lire ce livre,
elles verront que, s'il ne brille pas par le côté littéraire,
les sentiments honnêtes, empreints du cachet de la
vérité, n'y manquent pas.

LES
MARCHANDS DE VIN
DE PARIS

LES
MARCHANDS DE VIN
DE PARIS

PREMIÈRE PARTIE

CHAPITRE PREMIER

Deux futurs guerriers. — Deux jeunes filles du couvent de Tonnerre
et un lieutenant de la levée en masse de 93. — Année 1800.

Jean Bernelle ne fut point bercé en venant au monde
sur les genoux d'une bourgeoise; fils d'un vigneron aisé
d'un village de Bourgogne, il embrassa avec ferveur le
métier de son père, il cultiva la vigne, cette plante chérie
des dieux et des mortels. Les époux Bernelle partageaient
leur tendresse entre leur fils et leur fille Marguerite;
celle-ci étant d'une santé délicate fut envoyée à l'âge de
quatorze ans au couvent de Tonnerre, où la supérieure
avait le rare bonheur, en préparant le chemin céleste à
l'âme, de guérir sa fragile enveloppe, en renvoyant bien
portante dans leur famille, au bout de quelques années,
les jeunes filles malades qui lui étaient confiées. Ces fa-
millesla bénissaient.

1.

Le moment de la conscription pour Jean étant arrivé, il mit la main dans le sac et eut le malheur d'en tirer un mauvais numéro. Ayant une taille de cinq pieds quatre pouces, n'ayant aucune infirmité apparente ou cachée, bien qu'abhorrant le service militaire, il dut cependant se résigner à servir la patrie, car son père, qui avait été sergent dans les gardes-françaises, malgré l'amitié qu'il avait pour son fils, eût regardé comme un déshonneur de le racheter. Il lui exposa que vingt jeunes gens du village payaient comme soldats leur dette sacrée à la France, que plusieurs avaient trouvé la mort dans les combats; j'ai vu, lui dit-il, couler les larmes de leurs mères, mon cœur qui n'est point de glace s'en est ému, j'ai juré alors, si le sort te faisait soldat, de ne point te racheter, par cette raison que si chacun réussissait à se soustraire d'une manière quelconque au métier des armes en ces temps de guerre, la France serait envahie par une soldatesque féroce, qui égorgerait les forces vivaces de la nation, souillerait nos femmes et nos filles, la désolation serait partout. Pars donc, mon fils, et que le sang des Bernelle qui coule dans tes veines te donne du courage en s'échauffant dans les combats; fais comme ton père, tu nous quittes soldat, reviens-nous sergent ; c'est ainsi que tu feras mon orgueil.

Jean avait écouté, en fronçant les sourcils, les exhortations de son père; il en fut tellement ému que les observations qu'il voulait lui faire expirèrent sur ses lèvres. Un premier amour, un naturel peu sanguinaire ou peut-être la peur de mourir par le fer ou par le plomb, lui rendaient l'humeur peu guerrière. Il était résigné.

Le jour du départ étant arrivé, sa mère lui confectionna un sac de grosse toile, auquel elle attacha deux brassières, dans lequel elle mit le linge et les quelques hardes qui lui étaient nécessaires; puis il partit pour Auxerre, où il devait recevoir sa feuille de route. Ses amis lui firent la conduite jusqu'à Vermenton, où, après les adieux, il fallut se quitter. Livré à lui-même en foulant la poussière de la route, il se retourna pour jeter un dernier regard sur l'horizon qu'il quittait; il vit ses amis qui reprenaient le chemin du village; c'est alors qu'il maudit à la face du ciel le sort qui l'avait fait soldat. Quand il fut à deux kilomètres de l'autre côté de Saint-Bris, il vit trois individus qui se battaient. La lutte était inégale, car deux étaient contre un; il courut à eux, car Jean, qui n'aimait ni le fer ni le plomb, ne dédaignait pas de faire le coup de poing en faveur de la justice. Voyant parmi ces trois individus un jeune homme paraissant avoir le même âge que le sien, portant comme lui un sac de toile sur son dos, il jugea, avec la vivacité de l'éclair, que ce jeune garçon était un conscrit; jeter son sac à terre, prendre fait et cause pour lui fut l'affaire d'une seconde. Puis il bondit comme un lion sur l'un des adversaires du jeune homme au sac de toile; à coups de pied, à coups de poing, et d'estoc et de taille, il le réduisit en quelques secondes à demander grâce; puis il courut au secours de celui qui devenait son camarade; la lutte entre celui-ci et son adversaire menaçait de se prolonger, car les forces des deux champions étaient égales, une seconde lui suffit pour faire pencher la balance en faveur de son camarade, et la bataille fut immédiatement terminée. Les deux adversaires des deux jeunes gens qui étaient des compagnons charpentiers, âgés de trente à quarante ans, barbus comme des sapeurs, se voyant vaincus par deux jeunes imberbes, continuèrent leur route tout penauds. Quant aux vainqueurs, ils s'assirent sur l'un des talus de la route où Jean demanda à son nouveau camarade quel était le motif de la bataille : à quoi celui-ci répondit en tirant de sa poche une bourse en grosse toile, en usage à cette époque, en disant : « Je marchais quelques pas en avant de ces deux vauriens ; je vois cette bourse étalée au milieu de la route, je la ramasse, la secoue, elle résonne un son métallique, agréable à mes oreilles ; ils m'avaient vu la ramasser, et m'ont dit : Part à deux. Je leur ai répondu : — Part à seul. Nous allons voir, disent-ils, en me menaçant du geste ; ils me traitent de gamin, de blanc bec. Je leur réponds que ce n'est point à la barbe qu'on connaît l'homme, que c'est au cœur ; cela disant, je mets vivement la bourse dans ma poche et me mets en devoir de leur résister ; l'un me pousse, l'autre me tire, j'agis de mon mieux en jouant des quatre membres ; j'allais succomber lorsque vous êtes arrivé, vous savez le reste. » Cela disant, il vida la bourse innocente, objet de la bataille, et compta quatorze livres dix sous, qui était son contenu, et offrit à Jean Bernelle, avec reconnaissance, la moitié de cette somme que celui-ci refusa. Où allez-vous ? dit Bernelle.

— Je vais à Auxerre pour y recevoir ma feuille de route ; je suis conscrit.

— Je m'en doutais, dit Bernelle, en vous voyant comme moi un sac sur le dos ; je suis aussi conscrit comme vous, je vais à Auxerre pour y recevoir aussi ma feuille de route. Venez-vous de loin ?

— Je viens d'Aigremont, qui est mon pays, où j'ai laissé un père attristé, une mère et une bonne amie qui pleuraient; il est bien fâcheux de quitter des parents qui vous aiment, dont on partage les sentiments.

— Cela est vrai, dit Bernelle en soupirant. Moi, je suis de Sacy, où j'ai laissé aussi une famille et une bonne amie en pleurs; je ne puis comprendre nos gouvernants, qui forcent des jeunes gens qui n'ont aucun goût pour le métier des armes de se faire soldats.

— Cela est vrai, répliqua vivement Vignon (c'est ainsi que se nommait le nouvel ami de Jean). Mais s'il n'y avait que ceux qui ont le goût des armes pour défendre la France, elle serait bientôt envahie; alors, adieu l'honneur de nos mères, de nos sœurs et de cet objet tant aimé que nous appelons une bonne amie; croyez-moi, camarade, offrons plutôt le sacrifice de notre vie à la patrie, en affrontant la mort pour elle, plutôt que de devenir par notre lâcheté l'esclave de l'étranger. Nos gouvernants sont le soleil qui éclaire la nation, ce sont les hommes les plus capables nommés par elle : acceptons leurs décisions et obéissons sans murmurer.

Jean, retrouvant dans les paroles de Vignon la deuxième édition de celles de son père, ne répondit que par un soupir.

Arrivés à Auxerre, ils entrèrent dans une auberge où la moitié de la trouvaille de Vignon fut dépensée; après quoi ils se rendirent à la préfecture, où ils reçurent

chacun leur feuille de route ; il fallut se préparer à se-
quitter, car celle de Vignon avait Paris pour but, et celle
de Bernelle Limoges. Ils passèrent le resté de la soirée
à se promener dans la ville, en se faisant mutuellement
leurs confidences, puis rentrèrent à l'auberge où ils
avaient déjeûné, y soupèrent et y couchèrent dans le
même lit. Le lendemain à l'aube ils se levèrent ; Vignon
demanda leur compte à l'aubergiste. Après l'avoir payé,
il restait encore cinquante sous sur sa trouvaille, qui
furent dépensés en boire et en manger. Puis nos deux
futurs guerriers, obéissant chacun à leur feuille de route,
se quittèrent en s'embrassant tout émus d'amitié, regrettant amèrement d'être obligés de se quitter, puis se
dirent au revoir.

Jean Bernelle, arrivé à Limoges, fut comme ses camarades, à l'école du soldat, puis à celle du bataillon. Quelques mois après, la guerre étant déclarée entre l'Autriche
et la France, la demi-brigade dont il faisait partie fut
dirigée du côté de l'Italie, où le destin méditait de faire
encore quelques hécatombes humaines, sur le terrain de
Marengo, pour la possession de ce malheureux pays. La
bataille a lieu ; la fusillade des tirailleurs la commence,
bientôt l'engagement devient général ; le canon gronde,
la terre tremble ; Bernelle croit qu'elle va s'ouvrir sous
ses pieds. Il voit quelques camarades tomber çà et là ; la
peur, cette mauvaise conseillère, s'empare de tous ses
sens ; il saisit un moment de désordre qui a lieu dans
nos rangs. Cette scène grandiose et terrible l'effraye, il
s'enfuit par le sentier des lâches ; emporté par la peur,
il vole plutôt qu'il ne court. Fatigué, haletant, il marche

et marche encore; il arrive près d'une ferme au moment
où la nuit commençait à couvrir l'horizon de son ombre.
Il était épuisé. Voyant une masse noire qui se détachait
sur l'horizon, il s'en approche et reconnaît que c'est une
habitation, il y entre en tremblant, car il sait qu'il est
coupable; le remords commence, il a peur de tout. Le
fermier à qui il s'adresse, qui avait entendu la canonnade
toute la journée, voyant un soldat français l'interroge sur
le résultat de la bataille, à quoi Bernelle répond qu'il a
vu tomber tous ses camarades à ses côtés, que l'armée
française a été taillée en pièces, criblée par l'armée autrichienne; que celle-ci poursuit l'armée française à outrance : « Tout est perdu, dit-il; je me suis sauvé pour
n'être point fait prisonnier. » Le fermier perspicace vit
qu'il avait devant lui un déserteur. Depuis le commencement de la guerre il cherchait des hommes pour travailler
à sa ferme, sans pouvoir en trouver; il proposa à Jean
de l'occuper pour son entretien et sa nourriture le temps
qu'il voudrait; celui-ci qui ne demandait que cela accepta de grand cœur. Le début du futur guerrier était
mauvais et menaçait de devenir terrible, si la gendar-
merie découvrait sa retraite. Laissons-le quelques temps
labourer la terre et battre le blé en Piémont.

Marguerite Bernelle étant au couvent se lia bientôt
d'amitié avec toutes les compagnes de son âge; son
caractère naturellement bon, son air mélancolique et
souffrant, une figure pâle et souriante, aux traits réguliers et doux, une conversation badine et enjouée, étaient
autant d'attraits pour ses jeunes compagnes. Parmi elles
était la fille d'un capitaine de l'armée nommée Rosalie

Carel. Le capitaine Carel avait été nommé lieutenant par ses concitoyens lors de la levée en masse de 93. Après cette immortelle campagne, la plus grande partie de cette levée fut renvoyée dans ses foyers. Le lieutenant Carel était d'une famille honorée et riche; il s'était marié avec une femme qu'il adorait, de laquelle union était née leur chère Rosalie. Aimant sa patrie comme il aimait sa femme et sa fille, prévoyant de nouvelles guerres, il demanda et obtint de conserver son grade dans l'armée régulière. Il fut nommé capitaine par le général Hoche pour avoir soumis, sans effusion de sang, un village vendéen révolté contre la République. En temps de paix, ce qui était rare à cette époque, madame Carel suivait son mari dans les villes de garnison; en temps de guerre et lorsqu'il obtenait un congé ou une permission, elle venait habiter leur maison à Nitry. Comme elle était pieuse, elle mit sa fille au couvent de Tonnerre pour y recevoir une instruction et une éducation selon ses croyances; elle l'en retirait chaque fois que son mari venait en congé, pour habiter avec eux, pour l'admirer et la chérir. Le capitaine Carel était tellement aimé des habitants de Nitry que c'était une fête au village à chaque retour qu'il y faisait; chacun venait lui serrer la main et provoquer les récits de ses campagnes, récits dont il n'était point avare.

Rosalie écoutait ces récits avec une attention fébrile, elle en était aussi fière que sa mère; son imagination vive et impressionnable ne rêva bientôt plus que Dieu et patrie. Rentrée au couvent, elle faisait partager sans peine ses sentiments à son amie Marguerite; il n'y avait

aucun moyen que Rosalie n'employât avec toutes les
ressources de son génie pour se procurer des nouvelles
de la guerre; la supérieure du couvent le lui pardonnait
parce qu'elle savait qu'elle était fille d'un guerrier. Dans
les heures de récréation, on voyait toujours Rosalie et
Marguerite se tenant par le bras, discutant chaleureusement un article de journal, parlant d'une bataille sur le
Rhin ou en Vendée; elles en supputaient les conséquences avec toute la chaleur de deux généraux retraités. Tel
était l'amour patriotique des deux jeunes filles, qui auraient bien désiré appartenir à un sexe moins beau et
avoir vingt ans; notre armée eût certainement compté
dans ses rangs deux braves de plus.

Quatre mois s'étaient écoulés depuis la bataille de
Marengo et les père et mère de Bernelle n'avaient reçu aucune nouvelle de leur fils, lorsqu'une nuit, vers une heure,
le maire, accompagné de deux gendarmes, vint frapper
à leur porte. Le père Bernelle se leva et leur demanda
ce qu'ils voulaient : — Nous cherchons votre fils qui,
est déserteur, répondit un des gendarmes. — Mon fils
déserteur! répliqua le malheureux père, c'est impossible; il sera mort sur le champ de bataille et enterré sans
être reconnu. — Nous venons par ordre de nos supérieurs faire perquisition dans votre habitation pour l'y
chercher. Puis, désignant la porte de la chambre de
Marguerite, il dit : — Ouvrez-nous cette porte. Le père
Bernelle ouvrit la porte. Les gendarmes, voyant dans
cette chambre un lit paré recouvert d'un couvre-pieds
qui avait la blancheur de la neige et quelques images de
piété appendues au mur, se retirèrent de cette cham-

1.

bre pour visiter le grenier, la cave, l'écurie, la grange, le
grenier à fourrages, et puis se retirèrent, laissant les
époux Bernelle péniblement affectés; un violent chagrin
commençait pour eux. Trois mois, six mois, un an se
passèrent, pas de nouvelles de Jean; mais deux nouvelles perquisitions des gendarmes eurent lieu dans cet intervalle. La mère Bernelle desséchait peu à peu par le
chagrin, malgré les consolations que lui prodiguait son
mari, qui ne pouvait se résigner à croire que son fils
était déserteur. La maladie s'aggravant chaque jour davantage, ils retirèrent Marguerite du couvent; du reste
son instruction et son éducation étaient terminées; elle
était devenue forte et jolie. Sa mère, en la voyant, l'embrassa avec une tendresse qui touchait au délire, et lui
dit : — Ma fille, je vais bientôt mourir; dans quelques
jours l'ange de la mort franchira le seuil de notre maison pour envoyer mon corps à la terre. Je regrette amèrement de vous quitter si tôt, je vous aime tant; j'aurais
eu tant de bonheur à vivre pour vous voir heureux, le
pauvre absent, toi et votre bon père; mais Dieu ne l'a
pas voulu. Jean n'a pu supporter le métier de soldat;
pauvre enfant, il doit bien souffrir. Quoiqu'il soit la
cause de ma mort, je lui pardonne de grand cœur; si je
savais en mourant que cette cause le ramène au sentiment du devoir, oh ! que je serais contente de mourir;
elle dit. Et quelques jours après ce douloureux entretien, la tendre mère rendit son âme à Dieu dans les
bras de sa fille bien-aimée.

Rosalie avait eu le malheur de perdre sa mère quinze
mois avant que Marguerite ne perdît la sienne. Voici

dans quelles circonstances. M. Carel avait demandé et
obtenu un congé de trois mois; mais à peine avait-il
passé six semaines auprès de sa femme et de sa fille,
qu'il reçut l'ordre de partir immédiatement, la guerre
étant imminente. Il les laissa toutes deux inquiètes sur
l'issue des événements nouveaux qui se préparaient, lesquels devaient avoir leur dénoûment à Marengo. Après
le départ de son mari, madame Carel tomba malade
d'une fluxion de poitrine dont elle mourut. Rosalie, qui
lui avait fermé les yeux, en ressentit un chagrin tellement violent qu'elle faillit en mourir; elle rentra au
couvent, où elle reçut les soins et les consolations de son
amie Marguerite et de la supérieure; elle en guérit, mais
son humeur, autrefois si gaie, se refroidit; Rosalie connaissait désormais les grands chagrins de la vie. C'est à
l'époque où Marguerite donnait ses soins minutieux et
affectueux à son amie qu'elle reçut de son père la nouvelle que son frère avait déserté; elle n'osa la lui avouer,
tant elle se trouvait humiliée d'une action aussi contraire
à ce que son âme ressentait.

Rosalie avait annoncé à son père le malheur qui venait de les frapper; il la reçut au moment où il contemplait tristement le champ de bataille de Marengo, le
lendemain de cette bataille où il venait d'être nommé
commandant par le général Bonaparte. La joie qu'il
en ressentit fût bien courte, car c'est quelques heures
après cette nomination qu'il reçut cette lugubre nouvelle. Dans son premier mouvement, il frappa la terre
du pied et regretta qu'une balle autrichienne ne lui
eût point traversé le cœur la veille; dans le second,

il replia sa pensée autour de ce cœur déchiré et se dit :
— Allons, du courage, la somme d'amitié que je parta-
geais entre ma femme et ma fille appartiendra désormais à ma fille toute entière. Puis la France peut encore
avoir besoin de mon bras. Il se retira ensuite un instant à l'écart et pleura amèrement. Ce ne fut que vingt
mois après qu'il put obtenir un congé pour voir l'objet
de toute son affection et s'entretenir ensemble de celle
dont la perte leur causait d'éternels regrets.

Jean Bernelle, qui n'avait pas l'amour de la patrie,
avait cependant l'amour de son village, cette autre patrie plus restreinte, mais vers laquelle sont toujours
portées nos pensées les plus intimes lorsque nous avons
le pied sur le sol étranger. Il y avait deux ans que Jean
était au service du fermier, lorsqu'un matin, s'ennuyant
plus qu'à l'ordinaire, il renvoya à la ferme par un gamin la charrue qui lui était confiée et dirigea ses pas du
côté de la France. Il fit trois cent cinquante lieues avant
de frapper à la porte du foyer paternel, ne voyageant
que la nuit, se cachant dans un fossé lorsqu'il rencon-
trait une âme humaine; pour vivre, il mendiait son pain
dans les maisons isolées; il lui arriva plusieurs fois, dans
ce triste voyage, de manger des racines pour soutenir son
existence. Une nuit, à une heure, il frappa discrétement
à la porte du foyer paternel. Son père alla lui ouvrir,
croyant que c'étaient encore les gendarmes; mais, ô surprise! c'était son fils qu'il croyait mort qu'il avait devant
lui. Une parole de malédiction expira sur ses lèvres; il
était atterré, mais le cœur du père l'emporta sur celui du
stoïcien qui aime sa patrie; il embrassa son fils, et le

fils demanda à embrasser sa mère. — Morte ! lui fut-il répondu, du chagrin que lui a causé ta désertion. Jean demeura suffoqué et comprit toute l'étendue de son crime. Marguerite s'était levée au bruit léger qu'elle avait entendu; quand elle vit son frère, elle se jeta à son cou et l'embrassa avec effusion. Puis commencèrent alternativement les reproches sévères de son père et les douces remontrances de sa sœur, auxquels Jean, qui était anéanti, ne répondait que par des soupirs empreints de violents remords. Marguerite lui dit : — Mon frère, tu as déserté à la face de l'ennemi, c'est la mort qui t'attend, non pas la mort comme ces braves jeunes gens du village que tu as connus, qui ont succombé en combattant pour la France, mais la mort du soldat lâche, fusillé à la tête de la demi-brigade dont il fait partie, mort ignominieuse qui sera l'opprobre de sa famille. L'honneur du soldat et son devoir exigent son sang pour sauver l'honneur de sa mère, de sa sœur et conséquemment de la patrie; il doit avoir le feu sacré dans les combats; si le fer ou le plomb le lance dans l'éternité, il y trouve l'Élysée créé pour la gloire des héros, sa famille le pleure et s'enorgueillit d'avoir donné son sang le plus précieux à la chose publique la plus sacrée; c'est pour elle un monument immortel. Depuis deux ans, mon frère, ton père et ta sœur sont humiliés, notre mère est morte du chagrin que lui a causé ta désertion; elle m'a dit, notre bonne mère, quelques jours avant de mourir, pressentant sa fin : — Si je savais que, lorsque Jean connaîtra la cause de ma mort, cette cause le ramène au sentiment du devoir, je mourrais bien contente. O que ne puis-je

échanger mon sexe pour le tien, je comblerais bien vite
le vide que tu laisses dans les rangs de notre armée. Je te
supplie à genoux, mon frère, rachète ta faute, et ton
père et ta sœur, fatigués d'humiliations, lèveront la tête.
Je connais la fille du brave commandant Carel de Nitry, qui est en ce moment en congé, comme étant sa
plus grande amie du couvent : jamais ce brave officier
n'a refusé une demande à sa chère Rosalie ; il a un grand
crédit au ministère de la guerre, il intercédera pour toi
et tu seras pardonné à la seule condition que tu rachè-
teras ta faute.

Jean écouta sa sœur avec une émotion qui alla en gra-
duant jusqu'aux larmes ; il comprenait maintenant toute
l'étendue de son crime : il était lâche et était la cause de
la mort de sa mère, dont les mânes le suppliaient de
reprendre les sentiments du devoir. Il embrassa sa sœur,
la releva doucement, et lui dit : — Je mets ma vie et
mon honneur entre tes mains ; je te jure de me soumet-
tre à tout ce que tu feras et décideras pour moi. On était
au mois de mai, le jour commençait à paraître ; Jean se
cacha dans leur grenier à fourrage en attendant la démarche que Marguerite allait entreprendre auprès du
commandant Carel.

Marguerite s'agenouilla aux pieds d'une chaise, fit sa
prière avec plus de ferveur qu'à l'ordinaire, puis elle demanda à son lit deux heures de sommeil. A peine la
jeune fille eut-elle mis la tête sur l'oreiller qu'un songe
heureux s'empara de son esprit : elle vit d'abord un ange
qui lui ferma doucement les yeux en lui disant : — Fille
des champs, je te bénis, au nom du Père, du Fils et du

Saint-Esprit ; il dit et disparut ; mais tout aussitôt elle vit sa chambre remplie d'une lumière brillante comme le soleil ; cette vive lumière cependant était douce et ne lui faisait pas mal aux yeux ; puis elle entendit une musique d'une harmonie toute divine, qui avait quelque chose qui ressemblait à une orgue de nos cathédrales, touchée par des mains habiles, qui pourtant ne lui était point comparable, tant la divinité de l'une rabaissait la majesté de l'autre, vint bercer ses sens émerveillés pour laisser la jeune fille dans une douce extase ; alors Jeanne Darc lui apparut, revêtue de l'armure qu'elle portait lorsqu'elle délivra Orléans des Anglais ; elle tenait la mère de Marguerite par la main, qui était vêtue d'une robe plus blanche que la neige ; celle-ci étendit la main sur la tête de sa fille comme pour la bénir. A ce moment, Marguerite voulut embrasser sa mère, mais ne le put ; elle comprit dans son songe que l'immense inconnu qui sépare les mortels de ceux qui sont immortels ne permettait pas qu'ils pussent communiquer ensemble. Jeanne lui dit : « Jeune fille, tu réussiras dans ta mission, car elle est sainte. Tu es émerveillée de ce que tu vois, de ce que tu entends, et cependant tout ceci n'est qu'un atome du séjour des bienheureux que tu habiteras lorsque ton âme quittera sa fragile enveloppe ; c'est ici que nous t'attendons. Au revoir. »

Le père Bernelle, avant de partir travailler à sa vigne, voulut voir si sa fille reposait ; la voyant dormir paisiblement, il dit tout bas : —Dors, mon ange, et que Dieu te protège dans la mission que tu vas accomplir ! Marguerite s'éveilla radieuse : la beauté de son rêve, qui était resté dans son

esprit, la transportait; elle s'habilla modestement et
partit remplie d'espérance pour Nitry, où elle arriva vers
neuf heures. Quand elle fut devant la porte cochère de la
maison de M. Carel, un léger tremblement la prit, puis
d'une main mal assurée elle prit le pied de biche et sonna.
A peine si les vibrations de la clochette étaient perdues
dans les plaines de l'air, qu'elle entendit des grands pas
d'homme dont les souliers ferrés résonnaient sur le
pavé de la cour. Elle respira longuement, car elle se
douta que c'était M. Carel qui venait lui ouvrir. C'était
lui, en effet; il retira le verrou et ouvrit le guichet; Marguerite lui fit une révérence et demanda d'une voix faible mademoiselle Rosalie. Celle-ci, que la clochette
avait rendue indiscrète, avait regardé au travers du rideau de la croisée pour voir quel était le visiteur; quand
elle vit que ce visiteur était son amie Marguerite, quoiqu'à demi vêtue, elle ouvrit vivement la porte de sa
chambre et sauta comme une biche par-dessus les trois
marches de l'escalier, courut dans la cour au-devant de
son amie, qu'elle embrassa avec cette passion naïve qui
nous dévoile la beauté du cœur humain et la pureté de
l'âme. Rosalie en embrassant son amie l'avait sentie
tremblante; en se retirant, elle vit briller deux larmes
dans ses yeux; elle lui en demanda la cause. — Dans ta
chambre, mon amie, répondit Marguerite. Les deux
jeunes filles, se tenant par le bras, montèrent dans la
chambre de Rosalie. Pendant ce court espace, M. Carel
avait regardé avec un bonheur de père la joie de sa fille.
— Mais, se dit-il, que peut avoir cette jeune personne
qui verse des larmes? Viendrait-elle troubler le repos

de ma chère Rosalie? Puis il se retira dans son jardin et se surprit lui-même à pleurer. Le lion dans les combats devenait le tendre père, parce qu'il voyait en sa fille l'image d'une épouse qu'il avait adorée.

Marguerite, arrivée dans la chambre de Rosalie, donna cours à ses larmes et s'assit sur la première chaise qu'elle aperçut.

— Qu'as-tu mon amie? Parle donc, dit Rosalie. Le deuil est-il encore dans ta famille; quelque nouveau malheur est-il venu vous attrister; tes larmes, ton regard m'annoncent une grande douleur; parle et verse dans mon cœur la moitié de cette douleur qui te rend si belle à mes yeux; je crois voir en toi en ce moment une sainte du ciel et non une pécheresse de la terre.

Marguerite, un peu soulagée, dit à Rosalie — Je te prie de ne point partager ma douleur, car ma mère est morte de cette douleur-là; mais je sais que j'ai en toi une amie. Tu as versé dans mon cœur le saint amour de la patrie, étant au couvent, lorsque tu me lisais les lettres de ton père; je me rappelle encore celle qu'il t'écrivit en réponse à celle qui lui avait annoncé la mort de ta mère : c'était quelques jours après la bataille de Marengo; son âme oppressée succombait à l'excès de sa douleur; nous pleurâmes comme deux sœurs : tu gardas le lit huit jours, tu eus le délire deux nuits.

— Pendant ces huit jours, tu étais au chevet de mon lit, Marguerite. Continue.

frémissions en lisant ces phrases vibrantes. Le généra
Bonaparte l'avait nommé commandant sur le champ de
bataille; c'était la récompense du guerrier. A cette
même bataille, Rosalie, mon sang y était aussi représenté : j'y avais un frère, qui déserta; ton père fut un
héros, mon frère fut un lâche. Depuis que je suis sortie
du couvent, j'ai vu plusieurs fois les gendarmes faire
perquisition chez nous au milieu de la nuit pour chercher
mon malheureux frère. Il s'est fait garçon de ferme en Piémont, où il est resté pendant deux ans; il a quitté cette
ferme, dirigeant ses pas vers le lieu de son berceau, errant la nuit de bois en fermes, de fermes en hameaux,
comme s'il était indigne d'être porté sur cette terre qui
rit au printemps et pleure en automne, se cachant
comme une bête fauve qui habite les forêts, lesquelles
inspirent aux voyageurs attardés leurs saintes horreurs.
C'est dans cette situation que mon frère a frappé cette
nuit à la porte de notre maison, la seule où il a le droit
d'entrer sans rougir; nous l'avons reçu comme un fils,
comme un frère; car, coupable aux yeux de tout Sacy,
il ne l'est point pour son père et sa sœur, qui n'ont
cessé depuis son départ de prier Dieu pour le pauvre
absent. Envisageant la situation de mon frère, jai pensé
à toi, à ton père; je l'ai raisonné comme un insensé,
mais la Providence m'inspirait; car lorsque j'ai eu fini,
j'étais à ses genoux; il m'a embrassée en pleurant et ma
dit qu'il voulait désormais être l'homme du jour et non
l'homme des ténèbres; il fera désormais son devoir. Il a
déserté en face de l'ennemi, la loi militaire le condamne
à être fusillé à la tête de la demi-brigade dont il fait

partie, mais il demande à racheter sa faute; sa conscience n'est qu'un remords; il demande un ange tutélaire qui efface le stigmate que l'esprit des ténèbres a imprimé dans son cœur. C'est moi qui suis son messager; je m'adresse à l'ange du couvent de Tonnerre, à Rosalie Carel, la fille du brave commandant, pour qu'elle intercède auprès de son père, qui, je le sais, a de puissants amis; il écrira, parlera, voyagera, et tout sera sauvé; voilà pourquoi je suis venue ici, Rosalie; Dieu n'a pas voulu que sa servante soit venue en vain, car je lis dans tes larmes la bonté de ton cœur, réverbérant les sentiments d'une créature qui puise dans l'esprit de Dieu les actions qu'elle va commettre en faveur d'une amie dont la reconnaissance sera éternelle.

Rosalie, qui avait aussi versé quelques larmes, les essuya, embrassa son amie, à qui elle dit : courage, et courut au jardin, embrassa son père avec effusion. Celui-ci, s'apercevant que sa fille avait les yeux humides, lui en demanda la cause. — Pourquoi ce baiser convulsif, ma fille? et pourquoi as-tu pleuré? il y a quelque chose là-dessous; je t'adjure, au nom de ta mère qui fut l'ange des saintes amours, de me dire le sujet de ta tristesse. Cette jeune fille a-t-elle apporté le trouble dans notre maison? Vois-tu, mon enfant, autant les sabres et les baïonnettes qui brillent au soleil le matin d'une bataille réjouissent mon cœur et excitent mon courage, autant les larmes qui sortent de tes yeux m'éblouissent et portent le trouble dans mon âme.

— Mon père, cette jeune fille est mon amie, je l'appelais ma sœur au couvent. Après toi et le souvenir de celle que nous pleurons, dont tu viens de me rappeler l'adorable nom, c'est elle qui prend place dans mon cœur. Elle a un frère qui déserta à Marengo, qui se fit garçon de ferme en Piémont....

— Cela est grave, mon enfant, et mérite la mort.

— Je le sais, mon père. Il a abandonné la ferme. Après avoir traversé les forêts, mendié son pain de fermes en hameaux et mangé des racines pour soutenir son existence.

— C'est la punition des lâches, ma fille, celle qui précède d'être fusillé.

— Je sais tout cela, mon père. Ce jeune homme, qui est le frère de mon amie, est arrivé cette dernière nuit à la maison paternelle; après avoir embrassé son père et sa sœur, il a demandé à embrasser sa mère, mais elle est morte du chagrin que lui causait la désertion de son fils. Juge, ô mon père! de la situation de cette honorable famille qui a passé la nuit dans les larmes. Ce jeune homme, en apprenant qu'il était la cause du deuil et du déshonneur de sa famille, qu'il pouvait, pour surcroît d'infortune, en être l'opprobre en subissant, comme tu viens de le dire, la peine capitale, ce jeune homme, dis-je, demande à faire désormais son devoir, et promet d'être bon soldat; pour cela, il lui faut une protection qui, en préparant son avenir, efface son passé. Sa sœur s'est souvenue qu'elle avait pour amie la fille de celui qu'on nomme, dans la contrée, le brave commandant de Nitry; elle est venue supplier cette amie d'intercéder auprès de son père pour sauver son frère de l'ignominie; cette fille, si fière de porter ton nom, viens s'acquitter

de sa mission. Oui, mon père, tout le monde, dans Nitry
comme dans les villages qui l'environnent, me chérit à
cause de toi ; tu es la cause des doux sourires qui partout m'accompagnent, depuis les pâtres qui conduisent
les troupeaux confiés à leurs soins jusqu'aux ministres
des saints autels qui unissent les époux devant Dieu. Tu
es rassuré, n'est-ce pas? tu vois que cette jeune fille n'a
point apporté le trouble dans notre maison ; c'est plutôt
Dieu qui nous l'envoie pour te procurer la joie de faire
une bonne action ; tu vas te mettre à l'œuvre pour venir
en aide aux pauvres affligés. L'étoile invisible qui éclaire
ton esprit t'a toujours donné une lumière suffisante pour
la réussite des bienfaits que tu as médités; tu réussiras
encore dans celui-ci ; un baiser de ta fille, la reconnaissance d'une famille et la bénédiction du ciel seront ta
récompense. M. Carel fut ému autant pour les malheurs
de ceux qui réclamaient sa protection que de la mâle
vertu de celle qui faisait son orgueil de père; à chaque
nouveau grade qu'il avait reçu il s'était dit : — C'est un
honneur pour ma fille. Lorsqu'il reçut un sabre d'honneur, il dit : — Ce sera le blason de ma fille, qui fera le
plus noble ornement de sa chambre. Un désir de sa
chère Rosalie était un ordre de son colonel; aussi pro-
mit-il tout ce qu'elle lui demanda. — Va me chercher
cette jeune fille, mon enfant. Rosalie courut chercher
son amie qu'elle avait laissée anxieuse dans sa chambre,
la prit par le bras et l'amena tremblante devant son
père. — Rassurez-vous, mademoiselle, dit M. Carel, ma
fille m'a raconté le sujet de votre affliction; j'espère arriver à un résultat qui séchera vos larmes. Marguerite fit

une révérence et balbutia un merci, tant son émotion
était grande. M. Carel lui demanda les nom et prénoms
de son frère, le n° de sa demi-brigade, le n° de la compagnie où il était et son n° matricule; après avoir pris ces
notes, il lui dit de recommander à son frère de bien se
cacher, car une dénonciation ferait faire son arrestation,
ce qui pourrait compromettre le résultat de ses démarches. Marguerite, tout à elle-même, remercia M. Carel chaleureusement et lui dit : —Je suis bien heureuse,
Monsieur, que Dieu m'ait donné un ange pour amie.
Puis elle quitta la maison bénie au bras de Rosalie, qui
la reconduisit sur le chemin de Sacy, où elles se séparèrent, l'une pleine de félicité et de reconnaissance, l'autre
l'âme remplie de cette angélique beauté dont le regard
fait deviner la vertu de celle qui la possède. Si elles
n'étaient les deux sœurs par la naissance, elles l'étaient
par les qualités du cœur. Marguerite, livrée à elle-même
sur ce même chemin où il y avait à peine deux heures
elle avait passé si inquiète, si anxieuse, réfléchissait, le
sourire sur les lèvres, à sa mission, ne doutant point de
sa réussite, tant le nom de M. Carel inspirait de confiance dans les environs. Elle dirigea ses pas du côté de
la vigne où travaillait son père; dès qu'elle l'aperçut,
elle lui envoya un sourire si doux qu'il devina tout; il
écouta cependant religieusement les détails qu'elle lui
fit de son entretien avec le commandant. Son père lui
dit : — Nous sommes bien heureux, ma fille, de connaître un si brave homme; je prévois en ce moment le
terme de nos chagrins. Jean fut prévenu, à la nuit close,
du résultat de la mission de sa sœur; il prit toutes

les précautions imaginables pour n'être point aperçu.

Il y avait huit jours que Marguerite avait fait la démarche dont nous venons de parler, lorsque Rosalie montait d'un pas léger les neuf marches de l'escalier qui conduit chez la famille Bernelle. Sa belle figure était souriante, elle reflétait la grâce et la bonté; tout en elle annonçait une messagère apportant de bonnes nouvelles. Elle s'adressa à Marguerite, et lui dit en lui présentant deux papiers qu'elle retira de son sein : — Je t'apporte ce que mon père t'a promis; l'un de ces papiers est la liberté de ton frère, il efface son passé; l'autre lui ouvre la porte de l'honneur. Il fait partie du bataillon de mon père, qui est arrivé de Paris il y a une heure; il m'a remis ces papiers, que j'ai cru devoir t'apporter de suite. Connaissant votre inquiétude, j'aurais considéré comme un crime d'attendre jusqu'à demain pour vous soulager quand je peux le faire aujourd'hui. Des sourires et des larmes de joie furent la première réponse que Marguerite et son père firent à Rosalie; trois personnes étaient heureuses, une quatrième allait bientôt prendre part à cette félicité. Aussitôt après le départ de Rosalie, on instruisit Jean de la bonne nouvelle qu'on venait de recevoir; il remercia sa sœur en l'embrassant, et lui dit : — Vous serez désormais content de moi. Il devait aller à Mayence, c'est là où était le bataillon que M. Carel commandait; il n'avait que le temps nécessaire, d'après sa feuille de route, pour s'y rendre. Il dit à son père : — Je partirai cette nuit, quand aucune croisée au village ne donnera plus signe de lumière; quand tout le monde sera endormi tu me préviendras; j'irai encore

une fois franchir le seuil de notre maison pour vous faire
mes adieux et voir le lit où ma mère rendit son dernier
soupir à cause de moi, misérable que je suis!

Minuit venait de sonner à l'horloge de l'église; toutes
les lumières étaient éteintes; le père Bernelle fut avertir
son fils, qui sortit de sa cachette et vint faire ses adieux
dans la chambre paternelle, adieux qui durèrent jusqu'à
trois heures, après lesquels Jean prit le chemin de Nitry
pour aller remercier son commandant. Quand il fut au-
dessus du coteau, il se retourna et jeta un dernier regard
sur Sacy; comme il avait du temps devant lui, il s'assit
sur l'herbe et se mit à réfléchir. Toute la contrée était
calme et sombre; ce calme était de temps en temps in-
terrompu par les hurlements lointains des loups, les cris
des chouettes et des hiboux, auxquels répondaient les
échos des vallées. Il se dit : — Tout s'harmonise dans
l'œuvre du Créateur ! A peine le rideau de l'aurore est-il
levé que les oiseaux, dans leur ramage harmonieux,
annoncent la beauté du jour; le rideau tombe, les oiseaux
de la nuit et les bêtes fauves prennent possession de
l'horizon. Il raisonnait ainsi les yeux fixés sur Sacy,
cherchant l'endroit où se trouvait leur maison; mais la
douce clarté que le flambeau de la nuit répandait sur
l'horizon n'avait point assez de puissance pour la lui faire
distinguer; il se leva et dit adieu à Sacy du fond de son
âme. Il poursuivit son chemin les yeux fixés vers le ciel
quand une pensée sinistre l'agitait, abaissant ses regards
vers la terre quand il rêvait la gloire. C'est en dissertant
ainsi qu'il arriva à l'angle du bois de Nitry; l'aurore
commençait à paraître. Il fit le tour de cette forêt, écou-

tant le chant des oiseaux et contemplant la nature comme
à Paris un flâneur des boulevards examine les boutiques;
puis il se dirigea vers Nitry. Arrivé devant la maison de
M. Carel, il tira, un peu ému, le même pied de biche que
sa sœur avait tiré en tremblant huit jours auparavant;
Jeannette, la servante, vint lui ouvrir le guichet et l'introduisit auprès de M. Carel qui lisait son journal. Jean,
devant M. Carel, prit une attitude soumise, et lui dit :
— Mon commandant, je m'appelle Jean Bernelle; je suis
de Sacy; je suis venu, avant mon départ pour Mayence,
vous renouveler le serment que je fis à ma sœur, il y a
huit jours, de servir désormais mon pays comme un bon
soldat. Sur ce serment, vous avez daigné faire pour moi
ce qu'un père fait pour son fils; je vous dois l'honneur et
la vie; vous pourrez disposer de moi à l'heure qu'il vous
plaira, ma vie vous appartient.

— Allons, jeune homme, répondit M. Carel, donnez-
moi la main et asseyez-vous; nous avons les yeux devant
la figure, c'est pour ne pas regarder en arrière; ne parlons plus du passé, il est oublié. Cela veut dire ce que je
dis à mon bataillon dans les moments suprêmes : en
avant! Quand vous serez dans ses rangs vous ferez comme
lui, sacrebleu ! M. Carel écrivit des lettres pour quelques
officiers de son bataillon, et chargea Bernelle de les porter aux destinations aussitôt arrivé à Mayence.

Jean Bernelle voyagea d'étapes en étapes et arriva à
Mayence au jour indiqué sur sa feuille; il s'acquitta de
remettre aux destinataires les lettres de son commandant;
chacun d'eux le questionnait sur la santé du brave commandant et sur mille futilités qui marquaient l'estime et

l'amitié qu'ils avaient pour leur camarade ; il fut surtout
touché de l'expression de douceur que les visages durs
de ces guerriers prenaient en recevant des nouvelles de son
bienfaiteur ; puis, rapprochant l'estime qu'il possédait
dans le rayon où il avait vu pour la première fois la
beauté du jour, il se dit : — La bonté du cœur et la
grandeur de l'âme sont la seule noblesse qui existe chez
l'homme ; toute autre appelée ainsi n'est qu'un ridicule.
Il se rendit ensuite à la place d'armes, où l'on vérifia ses
papiers. Après les préliminaires d'usage, on l'envoya à
la caserne où logeait le bataillon de M. Carel. Lorsque ses
camarades futurs, tous anciens soldats du Rhin, l'aperçurent : — Voici un conscrit, dirent-ils ; il faut lui faire
graisser la marmite. — Va le confesser, Lafiole, dit l'un
d'eux. Aussitôt Lafiole l'accosta et lui dit : — Que demandez-vous, jeune homme ? — Je demande la 1re compagnie du 1er bataillon. — C'est notre compagnie, répondit le carottier d'un air goguenard. Venez avec moi, je
vais vous conduire au sergent-major, qui vous inscrira,
vous matriculera, et j'irai ensuite vous montrer l'endroit,
le lit où vous coucherez ce soir ; ce dont Lafiole s'acquitta
avec une grâce et une franchise toutes militaires. Cela
terminé, la conversation s'engagea familièrement entre
le vieux soldat et le conscrit. Lafiole dit à son jeune
camarade : — Vous avez chaud, il faut descendre à la
cantine ; vous boirez un verre de vin, cela vous empêchera d'attraper une fièvre épidémique qui règne ici et
qui a déjà fait mourir beaucoup de monde à Mayence.
Bernelle, qui avait déjà passé par là, comprit où le vieux
soldat voulait en venir. Pour toute réponse, il lui de-

manda où était la cantine. Lafirolie (c'était son véritable
nom, Lafiole était un sobriquet) prit Bernelle par la main.
et l'y conduisit, puis il demanda une bouteille de bon
vin et tous deux s'assirent à une table où Lafirolie commença en ces termes à tirer sa carotte :

— Jeune homme, avez-vous entendu parler du siége
de Mayence qui eut lieu en 93 ?

— Oui, camarade, répondit Bernelle ; je sais que la
garnison française fut, après une défense héroïque, obligée
de capituler.

— Tu es savant, mon ami ; mais ce que tu ne sais peut-
être pas, c'est que cent mille Prussiens, Autrichiens et
Hessois entouraient la ville ; ils avaient du pain et de la
viande à manger à gogo et du vin à boire à tirlarigo, tandis.
que nous, nous n'avions que du pain d'orge, des chats qu'on
payait dix francs l'un ; un rat valait deux francs, une
souris dix sous. J'y étais, vois-tu, j'en parle savamment.
Avant la capitulation, nous avions tué plus d'ennemis.
que la grande marmite de la compagnie peut contenir de
haricots ou préliminaire de paix. A propos de la grande
marmite de la compagnie, camarade, vous ne connaissez.
peut-être pas l'usage de ce que doit faire un jeune
conscrit pour payer sa bienvenue en y arrivant ? Je ne
crois pas vous offenser, je crois même vous être utile en
vous l'apprenant. Vous permettez ?

— Parlez, dit Bernelle.

— Eh bien ! camarade, lorsqu'on se marie avec la
compagnie, il est d'usage que le jeune marié paie les
frais de la noce ; ici, cela s'appelle graisser la marmite ;
d'abord, pour cela, il faut de l'argent. En avez-vous ?

Bernelle prit le sac de toile où était son argent par les deux coins et le renversa sur la table ; il vomit trente francs et quelques sous.

A ce moment, la figure du carottier s'épanouit ; sa carotte était tirée ; un soupir de satisfaction s'échappa de sa poitrine ; ce fut l'affaire d'un instant. Il dit : — Jeune homme, un soldat doit être sans le sou, c'est ainsi qu'il devient bon soldat et qu'il fait son chemin. Masséna, Augereau, Serrurier, Laharpe et le premier Consul lui-même, tous ces hommes, dont le plus petit égale César, ne sont devenus de grands hommes que parce qu'ils n'avaient pas le sou. Ainsi, voici ce que mon expérience vous dicte, sauf votre acceptation. Votre générosité, votre galanterie, votre bonté, votre loyauté, enfin votre amour pour la patrie donneront demain quinze francs pour acheter un morceau de porc pour graisser les haricots de ladite marmite, et cela vous servira à faire connaissance avec l'élite de votre nouvelle famille, que ni les sabres ni les baïonnettes, Prussiens, Autrichiens et Cosaques n'ont jamais pu atteindre ; quand dans un combat quelconque quelques-uns d'entre nous sont en danger, les autres qui veillent à tout font mordre la poussière aux téméraires qui les menacent en les envoyant dans l'éternité. A peine aurez-vous à craindre avec nous quelques balles et quelques boulets qui ricochent, car ces peuples sauvages ne savent pas tirer droit. Voilà quels sont les camarades avec lesquels je veux vous faire faire connaissance. Je ne veux rien te cacher, camarade ; parmi ces braves que je viens de te carnavacoller, il y a les braves des braves, comme qui dirait la crême d'un pot plein de lait; ils sont sept; en me comptant, cela fait huit; eh bien! avec les quatorze francs qui nous restent, nous tirerons avec eux demain une bordée de quatorze coups. Crois-moi, camarade, ce sera de l'argent bien placé. Qu'en dis-tu?

Tout cela est accepté, dit Bernelle, qui avait juré d'être bien avec ses camarades, comme d'être brave au combat, comptez-moi au nombre de ces braves qui savent si adroitement ménager le sang de leurs frères d'armes en reculant les frontières de notre France.

— Comment t'appelles-tu?

— Jean Bernelle.

— Sais-tu lire et écrire?

— J'étais le premier à l'école de mon village.

— Bernelle, mon ami, je te prédis que tu feras ton chemin, je te crois brave et tu as reçu de l'instruction, il ne faut que cela pour arriver avec le petit caporal; je te promets pour mon compte la confraternité une et indivisible de notre belle compagnie formée des soldats sans reproches et sans peur, des Bayards de l'armée française, entends-tu, Bernelle?

— Parfaitement. Et vous, comment vous nommez-vous?

— Lafirolie, dit Lafiole, mon garçon; le premier à la soupe et au combat.

Ils sortirent tous deux de la cantine, bras dessus bras dessous comme s'ils eussent été amis depuis vingt ans. Le lendemain, à onze heures du soir, les huit plus grands carottiers de la compagnie où entrait Bernelle rentraient ivres à la caserne; ils furent punis chacun de huit jours

2.

de salle de police; quant à Bernelle, il ne reçut qu'une semonce, eu égard à son ignorance des règlements militaires.

Depuis la signature du traité de paix d'Amiens, qui eut lieu le 27 mars 1803, paix que beaucoup de monde croyait éternelle, car le calme renaissait après de longs et violents orages; à peine deux années se passèrent-elles dans une douce quiétude qui réjouissait tous les cœurs, que les esprits clairvoyants virent bientôt poindre à l'horizon politique de nouveaux nuages qui présageaient de nouvelles tempêtes. Pendant ce sommeil si doux pour l'humanité, Bernelle subissait impatiemment dans la ville de Mayence la vie inactive du soldat en garnison. Les prières qu'il adressait chaque matin et chaque soir au Dieu de paix lui demandaient avec ferveur de faire renaître la guerre pour la grandeur de la France et la gloire de Bernelle.

Comme si le démon de l'hypocrisie l'eût entendu, il sortit du sein de la Grande-Bretagne, la cervelle remplie d'artifices, la bouche écumante et les mains pleines d'or, parcourant l'Autriche, la Prusse, la Russie, Naples, etc., soufflant dans tous les cœurs la soif du sang; la haine et la vengeance qui formaient son escorte étaient représentées par des vieillards à tête chauve, ou aux cheveux blanchis dans l'art de l'hypocrisie. Ils suscitèrent contre nous la troisième coalition qui devait porter la France au plus haut degré de splendeur dans les fastes militaires; il est vrai que le dieu de la guerre conduisait son maître de victoires en victoires.

M. Carel, depuis qu'il avait fini son congé, avait repris

le commandement de son bataillon; cet excellent homme
qui avait pris Bernelle sous sa protection, le fit passer
caporal, le 5 août 1805. Ce fut pour le nouveau caporal
une grande joie qui grandit encore quand il s'aperçut
que sa nomination n'avait suscité aucune jalousie comme
cela arrive souvent en pareil cas; cela lui prouva qu'il,
était aimé.

CHAPITRE II

La guerre. — Deux amis, Bernelle blessé, son retour. — Une conversation de famille. — Le rêve d'un guerrier. — Affreuse retraite. —
Année 1812.

Il finissait à peine d'arroser ses galons, que la mer en
fureur, prenant son essor des côtes de la brumeuse Angleterre, portait sur elle une multitude de maisons en
bois qui se balançaient dans les flots en fendant ses ondes
salées, laissant derrière elles de vastes sillons d'écume ;
elles portaient dans leur sein les enfants de la fière Albion
et dans leurs flancs le bronze à bouches béantes qui vomit la terreur et la mort. Ces enfants des mers espéraient
brûler et engloutir en quelques heures la ville flottante
qu'un puissant génie avait enfantée en quatre mois sur
la plage de Boulogne. Un combat qui eut lieu le 26 août,
où assistait l'Empereur, suffit pour faire rentrer la flotte
anglaise dans les rades brumeuses d'où elle était sortie.
Mais la mer avait mugi et les échos de ses mugissements

avaient retenti des bords de la Manche et de l'Océan au
Rhin, du Rhin au Danube ; les bords de la Néva l'entendirent, et ceux du Vésuve frémirent de frayeur en entendant leur lugubre son. La torche infernale avait allumé
partout l'incendie. Les cheveux des hommes virils de l'Eu-
rope se dressèrent, leurs cœurs s'enflammèrent ; leurs
bouches. chantaient les hymnes guerriers afférents à chaque nation ; le fer et le feu allaient encore, hélas ! faire
une multitude d'hécatombes humaines, décidant par la
force ou le hasard en nageant dans le sang du sort des
nations, humiliant les vaincus, glorifiant les vainqueurs.
Le jeune caporal, à ces nouvelles, sentit son cœur tres-
saillir ; il attendit en frémissant les grands jours de fêtes
qui l'attendaient. Il ne devait pas attendre longtemps,
car le gant était jeté ; le génie qui présidait alors aux
destinées de la France, depuis qu'il l'avait retirée du
chaos, avait envisagé la situation avec la même facilité
que l'aigle qui plane dans les airs voit de quel côté il
doit diriger son vol ; de son cabinet des Tuileries il or-
ganisait la victoire d'Ulm en faisant marcher nos soldats
sans bruit à travers la France étonnée, de l'Océan au
Rhin ; traversant ensuite les défilés de la Forêt-Noire
pour tourner et enfermer dans un cercle de fer l'armée
autrichienne, en occupant par nos différents corps d'armée toutes les routes par où aurait pu s'échapper la leur,
commandée par le général Mack. Bernelle appartenait
au 96° de ligne, 1er bataillon, 1re compagnie, colonel
Barrois, lequel régiment faisait partie du corps d'armée
commandé par le maréchal Ney, appartenant à la division du général Dupont ; celui-ci avait été placé par son

supérieur sur la rive gauche du Danube, avec 6,000
hommes, au lieu de 20,000 qui lui étaient assignés
par l'Empereur, par une grave erreur que le prince
Murat avait commise en interprétant son plan. Les Autrichiens, s'étant aperçus de la mauvaise situation où ils se
trouvaient, résolurent avec 25,000 hommes commandés par l'archiduc Ferdinand de forcer la rive gauche du fleuve, en passant sur la division Dupont, pour
s'enfuir en Bohême; heureusement qu'ils, ignoraient
le petit nombre de soldats ou plutôt de héros que ce
brave général commandait. Le 11 octobre 1805, nous
fûmes attaqués par ces 25,000 hommes. Le général
Dupont, en voyant un si grand nombre d'hommes qui
allaient tomber sur sa petite troupe, prit une résolution héroïque, pleine de sang-froid et d'audace, se disant:
Si je recule, je suis perdu ; si je fais face, j'ai une chance
sur quatre ; du reste je commande des hommes qui ne
savent que montrer leur poitrine et non leur dos. Il disposa en conséquence sa petite armée pour recevoir cet
ennemi avec le plus de chances possibles; ces dispositions prises, il attendit froid et anxieux le sort que la destinée lui réservait.

Hélas! une belle âme qui a assisté, palpitante d'horreur, à ce moment suprême qui précède une bataille qui
va jeter tant de braves gens dans cet éternel inconnu qui
sépare les vivants des morts, causant tant de larmes de
regrets à leurs familles désolées, ne peut s'empêcher de
maudire la démence des hommes, qui prépare ingénieu-
sement de si horribles scènes.

Le soleil était violacé par les nuages foncés ou grisâ-

tres dont l'ombre noire, blafarde ou blanche selon leur
épaisseur, se réverbérait sur la terre, dont les dépouilles
étaient pour la plupart jaunies ou séchées par la saison;
la cime des arbres se balançait au gré du vent qui faisai
trembler leurs feuilles dorées dont le contact rendait un
léger bruit; on entendait aussi couler les eaux du Danube
à une grande distance dans la contrée; il y avait dans
l'air quelque chose de sinistre, de lugubre, qui émeu
l'âme et la rend profondément triste. Les lignes bleues
de nos soldats portaient au-dessus de chacune d'elles ce
serpent dont les anneaux blancs sont des baïonnettes
instruments de mort, objets d'horreur pour l'humanité
et d'admiration pour le génie destructeur. La pensée de
ces guerriers leur était commune: elle portait à travers
l'espace, en ce moment suprême, leurs adieux à une
mère et un père chéris, à une sœur aimée, à une amante
adorée; leur esprit était rempli d'une sainte terreur qui
devait au premier coup de canon se transformer en un
courage sublime.

Tout à coup une immense et terrible détonation reten
tit dans l'air, qui fit trembler la terre à une grande dis
tance sur l'horizon, laissant dans le camp ennemi d'oi
elle était partie une épaisse fumée qui allait mourir en
s'évaporant dans l'espace; elle était sans cesse renouve·
lée par de nouvelles détonations qui éclaircissaient no
rangs. Le général Dupont qui avait défendu qu'on tirâ
un coup de fusil, voyant la première ligne autrichienn·
qui s'avançait en faisant un feu nourri de mousqueteri
sur nos lignes, donna le signal au 96e de ligne et au 9
léger d'attaquer l'ennemi à la baïonnette. Ces deux bra

ves régiments s'ébranlent et marchent baïonnettes baissées sur la première ligne autrichienne, la culbutent, la
mettent en désordre et lui font 1,500 prisonniers.
Que fait Bernelle en entendant le commandement: à la
baïonnette ? Il sent tout son être frissonner et son âme
bondir d'une sainte colère, il lui semble entendre lé Dieu
de sa famille qui lui dit avec sa mère endormie dans le
cimetière de Sacy: — Voici le moment de réparer tes
fautes; alors il marche tête baissée, les yeux injectés de
sang, avec ses camarades, sur les Autrichiens ; quand il
est à même de pouvoir distinguer dans la fumée ceux qui
lui font face, il aperçoit un gros blond à tête carrée,
court dessus, l'embroche si bel et si bien, que le pauvre
diable ne jette qu'un cri strident et aigu, et son âme tra-
verse la plaine éthérée pour aller jouir aux champs de la
gloire du séjour réservé aux soldats qui meurent pour
leur patrie. Abandonnant sa victime, il court altéré de
sang ; tuer, c'est le devoir et le pardon; sans s'en apercevoir il dépasse ses camarades, une idée subite lui tra-
verse l'esprit , il s'écrie: Mon commandant , mon
bienfaiteur, où est-il ? Il l'aperçoit au moment où son
cheval venait d'être tué sous lui par un boulet; un officier ennemi le voyant tombé était accouru pour le tuer,
mais M. Carel était un adroit guerrier qui avait fait ses
preuves; il se releva vif comme l'éclair et passa son épée
à travers le corps de celui qui voulait le tuer; comme il
respirait encore, il commanda à deux soldats français de
le conduire à notre ambulance, recommandant paternellement d'avoir pour lui tous les égards et les soins
qu'exigeait sa position. A peine un quart d'heure s'était-

il écoulé depuis ce trait d'humanité, que le caporal Bernelle aperçoit de nouveau M. Carel qui se défendait seul
contre trois soldats ennemis : il sautait en arrière, en leur
présentant la pointe de son épée. Bernelle s'élance
comme une flèche au secours de son commandant; dé-
daignant d'envoyer un jeune imberbe tenir société à son
gros blond, il plonge sa baïonnette dans le ventre du
premier soldat qu'il aborde, d'une telle force qu'elle se
tord de manière à ne plus pouvoir servir, mais le soldat
était tué ; écumant de rage, il retourne son fusil, lance
un coup de crosse sur la tête du second soldat, lui fra-
casse le crâne et brise la crosse dont il fait un jambon ;
le troisième soldat s'enfuit. M. Carel était blessé, et il
eût été infailliblement tué sans le secours de Bernelle;
celui-ci se sentant faible s'aperçoit qu'il a reçu un coup
de feu à la cuisse, qu'il perd abondamment du sang, se
fait panser. M. Carel est emporté à l'ambulance ; sa blessure jugée par la science peu dangereuse est aussi immédiatement pansée; et commandant et caporal revien-
nent sur le champ de bataille où ils combattent jusqu'à
la nuit; ce combat héroïque et singulier se termina à
notre avantage. Il est nommé dans l'histoire combat
d'Haslach.

Il n'y eut point, dans cette courte campagne qui dura
quinze jours, de grande bataille comme cela arrive ordinairement quand de grandes masses d'hommes sont ras-
semblées ; il n'y eut que les combats d'Haslach, d'El-
chingen, de Michelsberg et la reddition d'Ulm, qui eut
lieu le 20 octobre. L'armée autrichienne comptant
80,000 hommes fut à peu près complétement dis-

persée sans grande effusion de sang. Le génie du grand
homme avait, par de savantes combinaisons qui ne lui
réussirent pas toujours, tiré un grand résultat par des
sacrifices relativement inférieurs.

Depuis le moment où M. Carel devait la vie à son protégé, à part les convenances militaires, il ne le considéra
plus comme son inférieur en dehors du service, mais
comme un ami dévoué d'une bravoure éprouvée.

Après le 20 octobre, un moment de répit eut lieu pour
toute l'armée ; chacun s'empressa de donner de ses nouvelles à ceux qui lui était chers. M. Carel écrivant à sa
fille lui disait dans le passage concernant Bernelle : —
Ce jeune homme m'a sauvé la vie, je l'ai vu à l'œuvre et
le considère comme un de mes meilleurs soldats ; du
reste, depuis ce jour il est mon ami, je le ferai passer
sergent avant huit jours. Quant à toi, ma bien-aimée,
va au reçu de cette présente verser la joie dans les cœurs
de nos amis de Sacy, dis-leur que leur fils, leur frère, est
un vaillant soldat, et n'oublie pas de leur dire aussi que
je les aime. J'espère, mon enfant, te revoir après la paix
que nous allons conquérir, nous avons encore beaucoup
d'ennemis à combattre, mais la fortune et la gloire nous
accompagnent.

Lorsque mademoiselle Carel reçut la lettre de son père,
elle était dans sa chambre à coucher, brodant une ban-
nière, représentant la mère du Sauveur, destinée à l'É-
glise de Nitry ; elle était entourée de ses compagnes, qui
travaillaient à des ouvrages à l'aiguille destinés au besoin
du ménage. La conversation de ces jeunes filles alternait
du pieux au mondain et ne dépassait jamais les bornes

d'une saine morale ; une jeune fille admise par mademoiselle Rosalie pour en faire sa compagne était respec-
tée ; aucun propos léger ou malséant n'était dirigé contre
elle. Elle prit la lettre des mains du facteur, la baisa et
l'ouvrit, puis la lut palpitante d'émotion. Ses grands
yeux brillaient comme deux étoiles ; ses compagnes
anxieuses la regardaient ; elles scrutaient sur son beau
visage, miroir de son âme, l'expression qu'il reflétait,
tant elles étaient avides de connaître à la seconde, pour
le partager, tout ce qui pouvait lui être agréable ou lui
faire de la peine. Lorsqu'elle fut au passage où son père
lui disait les dangers qu'il avait courus, qu'il était blessé,
sa poitrine oppressée se gonfla, sa figure se contracta,
ses yeux prirent une expression étrange et son cœur se
dilata, elle versa d'abondantes larmes ; ce que voyant
ses amies, elles se levèrent instinctivement et lui demandèrent si elle recevait la nouvelle d'un grand malheur :
— Non, mes chères amies, mais mon père est blessé,
légèrement me dit-il, mon âme oppressée succombe un
instant à l'accès de cette nouvelle. Mademoiselle Rosalie, remise de sa suffocation, leur dit : — Chères compagnes, qui me tenez lieu de sœurs depuis la mort de la
meilleure des mères, qui chaque jour rendez ma solitude
si douce par vos paroles gracieuses et vos joyeux sourires, joignez-vous à moi pour prier Dieu, afin qu'il daigne
faire descendre l'ange de la paix sur la terre, pour qu'il
chasse l'esprit des ténèbres et guérisse mon père. Elle
s'agenouilla et dit :

Dieu tout-puissant qui m'apprit à lire dès mes plus
jeunes années dans la divine page de l'immensité où sont

écrits en caractères de feu la gloire et la grandeur de
ton saint nom; si j'abaisse mes regards vers la terre, je
vois, dans le plus petit insecte qui bourdonne tes
louanges, l'existence d'un monde; j'assemble encore,
dans cette autre page incommensurablement plus petite
que l'autre, les quatre lettres qui forment ton divin nom,
et m'écrie, moi qui ne suis que poussière, que tes desseins sont impénétrables et ta grandeur infinie. Toi qui
jetas l'homme sur la terre comme un sujet d'épreuves,
où, après la mort, la vertu sera récompensée et le vice
puni, tu sais que Satan y a envoyé l'esprit des ténèbres
pour aiguillonner les passions des hommes, pour les
perdre en les soumettant à son empire; je sais, mon
Dieu, que l'ombre de ta main peut tout faire rentrer
dans le néant; daigne faire pénétrer dans le cerveau des
hommes une étincelle de tes lumières; la paix renaîtra
sur la terre et Satan retombera dans les profondeurs de
ses abîmes. Permets encore, ô mon Dieu, qu'un atome
de ton souffle parvienne jusqu'à la blessure de celui que
tu me donnas pour père : il sera guéri et la joie renaîtra
dans le cœur de la plus humble de tes servantes ; mais,
mon Dieu, que ta volonté soit faite !

Sa prière achevée, elle se leva et dit à ses compagnes
que son père la chargeait d'une commission pour leurs
amis de Sacy, qu'elle allait, en raison de l'importance
de cette commission, s'en acquitter immédiatement.
Alors chacune de ces filles des champs vint embrasser
tour à tour leur compagne bien-aimée en lui souhaitant
bon voyage. Jeannette, sa servante, ou plutôt sa confidente, l'accompagna ainsi que Sabro, le chien fidèle de la

maison, élevé par M. Carel. Arrivée chez le père Bernelle, son émotion doubla : elle craignait d'apprendre quelque chose de pire que ce qu'elle connaissait déjà. Dès que le père Bernelle aperçut l'ange de Nitry, il se découvrit religieusement, tandis que Marguerite l'embrassait avec effusion en lui demandant quelle était la cause de son émotion. Aux paroles entrecoupées de Rosalie, le père Bernelle, qui la comprit, lut un passage de la lettre qu'il avait reçue de son fils, dans lequel il disait, en parlant de son bienfaiteur, que, quoiqu'ayant perdu considérablement de sang, le chirurgien n'avait pas jugé nécessaire de le faire entrer à l'ambulance, qu'à la tournure que prenait sa blessure il serait guéri dans huit jours; tel était l'avis de l'homme de l'art. Ces quelques mots la rassurèrent. On se communiqua ensuite les deux lettres, puis on les commenta ; après quoi, ces trois personnes, dans leur patriotisme, remercièrent le grand dispensateur d'avoir permis que le sang de leurs familles fût répandu pour la chose publique. Ces braves gens se séparèrent, chacun en leur âme demandant à Dieu la paix pour la tranquillité des familles et le bonheur de l'humanité.

L'armée française ne se reposa pas longtemps; car, selon l'expression de son chef, elle n'avait encore rien fait, puisqu'il lui restait encore à faire. Il manquait quelques hommes dans les chasseurs à cheval de la garde impériale ; Bernelle, bien malgré lui, fut distrait de son régiment et de son brave commandant pour entrer avec le grade de maréchal-des-logis dans ce corps d'élite. Bien que sachant monter à cheval, il ne connaissait pas

minutieusement l'exercice du cavalier, exercice qu'il
apprit en combattant. Il devait ce changement au rapport que son capitaine avait fait, dans lequel il était dit
que le caporal Bernelle s'était conduit en brave parmi
les braves. M. Carel, le voyant triste parce qu'il le quittait, le prit à part et lui dit : — Je vous donne le conseil d'entrer gracieusement dans les chasseurs à cheval
de la garde, car il faut que notre Empereur soit entouré
d'hommes qui aient fait leurs preuves et ne craignent
pas la mort; vous êtes un de ces hommes-là, c'est un
honneur pour vous d'entrer dans un corps dont la principale mission est de protéger le grand homme qui nous
conduit à la victoire. S'il se trouve en danger, faites-lui
un rempart de votre corps; il faut servir notre France
là où elle nous appelle ; car, soldats, nous-sommes des
jalons que ses mains viriles placent pour sa défense;
nous devons nous laisser faire et obéir sans murmurer.
Bernelle écouta en silence les conseils de l'homme qu'il
estimait le plus sur la terre, avec cette résignation que
les belles âmes s'imposent contre les aspirations maté-
rielles de leur préférence; il entra donc grarieusement
dans ce corps avec le grade de maréchal-des-logis.

Nous avons laissé Vignon voyageant sur la route
d'Auxerre à Paris; il avait appris l'exercice dans cette
dernière ville, où rien d'intéressant ne lui était arrivé. Il
en était à sa première campagne et faisait partie du 1er régiment de chasseurs à cheval de la garde; il était brigadier
dans le 2e escadron où, par un de ces heureux hasards,
Bernelle devait entrer. Ils se rencontrèrent et ne se reconnurent pas ; mais, au premier appel que fit le maréchal-

des-logis chef, ils se rappelèrent mutuellement leurs
noms, se virent et regrettèrent, en s'embrassant, de
n'avoir point à dépenser la pareille petite fortune que
Vignon avait trouvée sur la route, près de Saint-Bris.
Nous aurons désormais occasion de parler souvent de
ces deux hommes, type de l'amitié, qui devinrent frères
d'armes dans toute la valeur de ces deux mots.

L'armée française, poussant devant elle Russes et Autrichiens, passa par Vienne et joignit l'armée coalisée
dans les plaines de la Moravie, dans les derniers jours de
novembre; mais ce ne fut que le 2 décembre suivant
que le sort des belligérants se décida, près du château
d'Austerlitz, où eut lieu la bataille de ce nom, l'une des
plus mémorables du siècle, des plus glorieuses et des
plus fécondes en résultats pour l'armée française, mais
malheureusement des plus horribles pour l'humanité.
Dans le plus fort de la mêlée, Napoléon, ayant aperçu
du désordre dans le 1er bataillon du 4e de ligne qu'un
détachement de la garde impériale russe massacrait,
sabrant même ceux qui étaient à terre, envoie le général
Rapp, à la tête des Mamelucks et des chasseurs à cheval
de la garde, pour le dégager. Le grand duc Constantin,
voyant venir la garde impériale française, lance sur elle
toute la garde impériale russe ; le bataillon compromis
est dégagé, mais une mêlée terrible de cavalerie à lieu ;
en quelques minutes la terre est couverte de cadavres ;
le sang de l'élite des hommes des deux nations arrose ce
champ de carnage ; enfin la garde impériale française
défait la garde impériale russe, qui s'enfuit en désordre.
Le maréchal-des-logis Bernelle, apercevant un groupe

de cavaliers russes qui fuyaient emportant un drapeau,
fond dessus avec quelques cavaliers qu'il commande; il
arrive comme une flèche à celui qui porte l'étendard et
d'un coup de sabre l'étend mort aux pieds de son cheval;
il descend du sien et arrache l'étendard des mains crispées du cadavre. Au moment où il va remonter, il reçoit
un coup de sabre sur la tête, le sang ruisselle et l'aveugle. Le brigadier Vignon, apercevant son ami en danger,
vole à son secours, le dégage et le sauve d'une mort
certaine en coupant le bras du Russe qui l'avait levé pour
lui donner le coup de grâce. Bernelle, dégagé, remonte
sur son cheval, pendant que Vignon, avec cinq de ses
camarades, fait prisonniers les huit cavaliers russes qui
entouraient leur drapeau en le défendant. La bataille
étant terminée, Bernelle alors présente le drapeau russe
à son colonel, celui-ci présente Bernelle au général Rapp,
qui lui-même, couvert de blessures, va le présenter à
l'Empereur. La figure du maréchal-des-logis était horrible; aussi fit-elle impression sur le grand capitaine,
habitué cependant à voir les morts et à entendre les cris
des mourants sur les champs de bataille; il regarda Bernelle et dit d'une voix brève à un de ses aides de camp :
— Ma volonté est que cet homme soit immédiatement
décoré. L'aide de camp détacha la croix de chevalier
qu'il portait et l'attacha sur la poitrine de Jean Bernelle.
Après les divers rapports qui furent faits au ministère de
la guerre, Vignon, par sa belle conduite à Austerlitz,
fut aussi nommé chevalier de la Légion d'honneur. C'est
ainsi que, par leur bravoure, les deux amis foulaient le
chemin de la gloire.

Bernelle entra à l'ambulance, puis à l'hôpital où il resta quatre mois; guéri, il obtint un congé de convalescence et partit de Paris où son régiment tenait garnison, pour se rendre auprès de son père et de sa sœur. Il arriva à Sacy dans la nuit qui précédait le jour de Pâques, 1806, pour n'être point aperçu des habitants du village qu'il voulait surprendre le lendemain. Il embrassa son père et sa sœur et leur dit: — Je vous apporte le grade de maréchal-des-logis dans les chasseurs à cheval de la garde impériale et la croix de chevalier de la Légion d'honneur, plus, une belle cicatrice comme vous voyez; ai-je bien tenu ma promesse, êtes-vous contents de moi? — Oui, mon fils, répondit le bienheureux père, tu as bien travaillé, je suis content de toi. Marguerite soupira et lui dit: — Notre mère serait bien contente si elle te voyait; ainsi, je remercie Dieu qui a daigné exaucer mes prières.

Le lendemain, dès que le jour parut, le maréchal-des-logis sauta de son lit, puis se mit à décrotter, cirer, astiquer, brosser, etc. L'heure de la messe étant arrivée, il revêtit son habillement d'ordonnance, lequel n'avait encore passé qu'une revue de l'Empereur, qui conséquemment était d'une propreté luxueuse. Le maréchal-des-logis avait, comme nous l'avons dit plus loin, une taille de cinq pieds quatre pouces, il était bien cambré, sa figure un peu allongée était ornée de favoris châtains foncés bien fournis; son front large et haut était orné à la tempe gauche par la cicatrice que nous connaissons, laquelle prenant à la naissance des cheveux, venait mourir au coin de l'œil; joignons à cette esquisse une atti-

tude martiale et dégagée, et nous aurons le type du
guerrier; tel était Jean Bernelle.

A peine si le carillonnement des cloches était terminé,
que les habitants de Sacy, en habits de fête, sortirent de
leurs maisons, ignorant le retour de Jean, le croyant toujours déserteur; en ce saint jour, personne à cette époque n'eût manqué d'assister à la messe ; aussi l'unique
rue du village était-elle couverte de monde; environ
1,000 personnes la garnissaient. Les Bernelle sortirent
comme les autres; tous restèrent ébabis en voyant Jean
qui avait passé dans le village comme déserteur, avec un
beau costume de soldat, un grade et une décoration : chacun se pressait sur son passage pour venir lui serrer la
main : les jeunes filles s'approchaient comme les autres
et étaient fières de recevoir les embrassades du guerrier.
Il entra dans l'église et s'assit comme dans ses jeunes
années, à côté de son père; ceux qui étaient en position
de le voir le saluaient de la tête et le contemplaient; chacun pouvait dire en voyant sa balafre, que s'il avait reçu
le baptême de l'eau sacrée dans le saint lieu où il était
pour sauver son âme, il avait aussi reçu le baptême de
sang dans les combats pour sauver sa patrie. La messe
terminée, il pria son père de le conduire auprès de la
tombe de sa mère; y étant arrivé, il s'agenouilla, se
signa et pria; quelques larmes mouillèrent ses yeux : les
mânes de sa mère lui pardonnèrent sa faute, car on
voyait dans son attitude que sa prière était sincère. Tous
les jeunes gens et les camarades de son âge l'attendaient
sur la place de l'église, ceux qui l'avaient déjà vu, pour
le contempler de nouveau, ceux qui ne l'avaient point

3.

encore vu, pour lui serrer la main : tous admiraient son
beau costume et surtout sa décoration dont l'institution
était d'une date récente. Sa balafre à peine cicatrisée
attestait qu'il avait vu l'ennemi de près ; elle était le point
de mire de tous les yeux et chacun l'interrogeait en lui
demandant comment il l'avait reçue ? Jean répondait
gracieusement à tous ceux qui le questionnaient. En ce
moment ce n'était plus Jean Bernelle, c'était le grand
Bernelle dont chacun admirait la tournure en ouvrant
de grands yeux, et écoutait les récits en ouvrant les
oreilles à deux battants. Tous les habitants de Sacy
s'enorgueillissaient que le guerrier qu'ils contemplaient
était un enfant du village.

Parmi les camarades de son âge, était un nommé Boivin, ancien sergent ; il était venu en congé définitif, parce
qu'il avait été blessé en recevant trois balles du côté
droit, dont une près du genou le faisait sensiblement
boiter ; le gouvernement lui avait alloué une modeste
pension de deux cents francs. Boivin qui était orphelin et pauvre aurait désiré se marier ; mais tous les partis
convenables à qui il s'était adressé l'avaient éconduit
d'une manière quelconque, en réalité parce qu'il était
pauvre et boiteux. Boivin serra aussi la main à Bernelle
et lui raconta ses déceptions. Celui-ci en fut outré et
s'aperçut qu'il ne suffisait pas seulement de servir sa
patrie pour être estimé dans son village, il promit pour
toujours aide et protection au camarade qu'il affection-
nait le plus avant son départ pour l'armée.

De retour de la messe, les trois membres de la famille
Bernelle dînèrent ensemble ; il y avait sept années que

cela ne leur était arrivé. Le dîner fut éclipsé par une joie fébrile ; Jean raconta à son père et à sa sœur sa vie militaire, les dangers qu'il avait courus dans les combats, et l'épisode du drapeau, cause de sa décoration. Son père et sa sœur écoutaient en silence, frémissant au récit de Jean, lorsqu'il exposait simplement ces choses terribles des batailles, où des milliers de jeunes hommes, pleins de joie et de santé le matin, jonchaient le soir le sol de leurs cadavres.

Les conversations même les plus intéressantes ont aussi leur fin ; Jean demanda ce qu'étaient devenus ses camarades qu'il n'avait point aperçus au sortir de l'église, ainsi que les jeunes filles de son âge ; après que son père et sa sœur lui eurent répondu sur ce qu'il leur demandait, il demanda à sa sœur pourquoi elle n'était point encore mariée, puisque toutes les demoiselles de son âge l'étaient. Est-ce que les marieurs te manquent, ou es-tu trop difficile ?

Le père Bernelle répondit : Non, mon fils, ce ne sont point les partis qui ont manqué, c'est Marguerite qui est trop difficile, plus de dix demandes m'ont été faites par les familles les plus aisées de Sacy ; ses refus me fâchent sérieusement.

Marguerite répondit : — Cela est vrai, j'ai refusé le fils de Jean Briffaut qui m'apportait quarante arpents de terre en mariage, j'ai refusé le fils de Baptiste Renard qui m'apportait une fortune égale ; j'ai refusé encore d'autres partis fort respectables sans doute, je ne citerai que la demande de Briffaut ; en la citant, tu connaîtras la formule de toutes, la voici : — Bonsoir Bernelle, bonsoir Mar-

guerite ; le bruit court que nous allons avoir la guerre :
comme Pierre, mon garçon, a satisfait à la conscription,
nous avons peur que, comme cela est déjà arrivé, on
ne reprenne des soldats sur les conscriptions passées,
parmi ceux que le sort a favorisés ; mon garçon se trouve
dans ce cas ; comme tu le sais, Bernelle, on ne reprend
jamais de soldats parmi ceux qui sont mariés et qui
comme Pierre ont satisfait à la loi ; enfin nous avons
écidé, moi, ma femme et Pierre, de demander ta fille en
mariage, parce que nous ne voulons pas qu'il soit soldat,
notre Pierre. — Vous nous faites bien de l'honneur,
répond mon père. Briffaut reprend : —Si nous te demandons ta fille, c'est qu'elle est la blus belle et la plus
vertueuse de Sacy ; nous serions bien heureux si vous
étiez assez aimables pour accueillir favorablement notre
demande.

— Cela est sans doute fort bien parlé, ajouta Marguerite ; aussi je m'applique de mon mieux à aider mon père
à les remercier de l'honneur qu'ils nous font.

Vous connaissez mes sentiments, je n'ambitionne pas
le rôle que jouèrent Jeanne Darc et Jeanne Hachette,
héroïnes que je vénère ; comme elles, j'aime ma patrie,
j'aime mon berceau et ceux qui l'entourèrent ; le nom de
Bourgogne raisonne plus agréablement à mes oreilles que
le nom de Champagne ou de toute autre province qui
compose notre France. Je regarderais comme une honte
pour la patrie que ses enfants laissassent franchir ses
frontières, tandis que parmi eux, des milliers de jeunes
gens robustes se soustrairaient par d'ignominieux sub-
terfuges à un devoir aussi sacré que celui de la servir.

Voilà pourquoi, mon frère, j'ai juré de ne donner ma main qu'à un soldat qui ait fait ses preuves, que je trouve de mon goût, et par-dessus tout qu'il prenne l'engagement que mon père reste avec nous, comme il reste avec moi ; voilà pourquoi je suis encore fille, et si toutes les conditions que je viens de citer ne se réunissaient jamais dans un homme qui me demanderait en mariage, je resterais fille éternellement.

Le maréchal-des-logis fut électrisé par la noblesse des sentiments exprimés si énergiquement par sa sœur, lesquels s'adaptaient parfaitement à ses plans de la marier avec son ami Boivin; il lui dit: — Tu raisonnes comme une impératrice et tu serais digne de l'être.

Trois mois après l'arrivée de son fils à Sacy, c'est-à-dire quelques jours avant l'expiration de son congé, le père Bernelle conduisait sa fille à l'autel pour l'unir à Boivin le boiteux, le pensionné de l'État. Au moment où deux jeunes garçons tenaient le poële sur la tête des époux, on entendit un soupir s'échapper de la poitrine du chevalier de la Légion d'honneur, accompagné de ces mots: — Sois heureux, couple que j'aime et bénis.

Quelques jours après cette union, Bernelle était sur la route de Paris, la foulant d'un pied léger pour rejoindre son régiment. Arrivé à la caserne, il déposa à la porte le langage et les habitudes de la vie civile, pour reprendre le langage de la vie militaire, c'est-à-dire une vie joyeuse, qui vit au jour le jour, sans aucun souci du lendemain.

Bernelle affichait sa gaieté partout, dans la caserne et à la promenade. Vignon voyant son ami d'une gaieté

qu'il regardait comme folle, eu égard à son air mélancolique d'avant son départ en permission, lui en demanda
la cause en lui disant : Depuis que tu as été te retremper à ton premier soleil, tu es d'une gaieté telle que si
nous étions à la veille d'une bataille ; il faut que Jeanne-
ton ait promis d'attendre ton retour ; s'il en est ainsi,
allons boire à la santé de Jeanne.

— Tu n'y es pas, Vignon, ce n'est pas cela. Voici : un
dimanche soir, après la danse, j'étais accompagné des
amis du pays, nous entrons chez la mère Marie-Jeanne
qui tient l'unique auberge de Sacy ; après avoir vidé autant
de bouteilles de vin qu'à nous deux nous avons tué
de soldats russes et autrichiens, je vis la salle où nous
étions qui tournait, je me dis : Bernelle, mon ami, si tu
ne veux perdre ta réputation de sobriété, il est temps que
tu déguerpisses d'ici ; après avoir dit bonsoir aux amis,
tant bien que mal, je disparus de l'endroit ; il était environ minuit, heureusement la rue était déserte ; quand je
fus dehors, je pris cette rue qui a vingt-cinq pieds de
large pour un corridor, allant de droite à gauche et de
gauche à droite, me heurtant alternativement aux maisons qui la bordent ; je joignis mon lit qui fut mon meilleur ami, je me jetai dessus et m'endormis ; tout à coup
mon imagination fut bercée par un songe mirobolant :
de maréchal-des-logis, je passai par tous les grades, j'arrivai à celui de général, je devins aide-de-camp de
l'Empereur, je portai ses ordres dans les batailles, nous
les gagnions toutes. Un jour qu'il visitait un hôpital, je
l'accompagnais, il s'approchait du lit des soldats blessés,
les consolant d'un air paternel ; en ayant aperçu un qui

avait eu le bras gauche emporté par un boulet, l'ampu-
tation qui avait bien réussi était en voie de guérison, l'Empereur lui dit : — Eh bien ! mon brave, il paraît que tu as
perdu un bras dans la dernière bataille, t'ennuies-tu ici ?
— Hélas ! balbutia en tremblant le pauvre diable qui
avait reconnu le visiteur, qu'est-ce que je vais devenir, je
ne pourrai plus travailler pour nourrir ma mère. — Ne
t'inquiète pas de cela mon garçon, lui dit l'Empereur
en le décorant, je suis le père du soldat comme la France
est sa seconde mère ; ses mamelles sont assez fertiles
pour nourrir tous ses enfants, et ceux qui versent leur
sang pour elle doivent être les premiers récompensés
par mes soins. Cela dit, l'Empereur lui donna un petit
soufflet comme à un enfant qu'on caresse et continua sa
visite. L'amputé, palpitant d'émotion, laissa tomber sa
tête sur son oreiller en souriant. A la fin de mon rêve, je
retrouvai mon amputé garde dans une forêt de l'État ; il
avait pour femme une jolie brune, ma foi ; deux beaux
garçons que la France instruisait pour sa défense étaient
le fruit de cette union et faisaient l'orgueil du guerrier
qui ne maudissait pas trop le dieu de la guerre qui lui
avait volé son bras. Hélas ! quel beau rêve, Vignon ! que
ne puis-je toujours dormir et rêver ainsi.

— Cela m'intéresse, dit Vignon ; quand tu feras des
rêves de cette sorte, je te saurai toujours gré de me les
raconter.

Le matin en m'éveillant, reprit Bernelle, j'avais encore
mon rêve à l'esprit, je le tournais et le retournais sur
toutes les faces, pour le commenter et l'interpréter
comme autrefois Joseph expliqua les songes de Pharaon.

Je me dis : la guerre c'est les sept vaches maigres ; la paix c'est les sept vaches grasses ; puis me faisant le héros de mon rêve, je mis à la porte de ma chambre les chagrins d'amour du passé, et les noirs soucis de l'avenir pour ne plus penser qu'au joyeux présent, c'est-à-dire cueillir des lauriers si nous sommes en guerre, ou cueillir des roses sur le sein de Jeannette si nous sommes en paix ; voilà, Vignon, la cause de ma métamorphose. En attendant que nous sucions le lait des mamelles de notre France, allons sucer le lait de Rosalie Bonbonne, notre gracieuse et jolie cantinière ; profitons du moment où un vil métal pourrait déchirer ma poche ; qu'en dis-tu?

— Je dis, répondit Vignon, que je partage en tout point ta nouvelle façon de penser ; pour te prouver que ce que je te dis est vrai, allons partager le vin que nous allons boire à la cantine, et que chacun en notre âme ne puisse se plaindre de l'inégalité des portions ; nous porterons au dernier verre un toast, comme disent nos bons ennemis les Anglais, au rêve miraculeux que Minerve versa dans ton cerveau, au moment où Morphée te prodiguait ses plus doux pavots.

L'accord étant parfait, on s'achemina gaiement à la cantine ; la cantinière, qui connaissait son métier, leur donna bon vin et bonne mine. Le baromètre de l'épanchement de cette franche gaieté, où pendant un instant une grande lucidité s'empare de notre esprit, monta jusqu'à la fermeture de la cantine ; il était monté à ce degré qui rompt l'équilibre, de telle façon que les deux maréchaux-des-logis, regardant la lune en sortant de la

.cantine, auraient parié que ce jour-là il y en avait deux.

L'explication qu'avait donnée Bernelle à son ami n'était qu'un faux-fuyant pour échapper aux investigations de ce dernier, à qui il ne voulait point faire la confidence de sa désertion. La première phase de sa vie militaire qui venait de finir avait été l'expiation ; celle qui commençait rentrait dans l'état normal : il croyait son âme réconciliée avec Dieu, sa mère et la société ; c'est pourquoi il reprenait sa gaieté d'autrefois, qui était le mobile de son caractère. Sa sœur avait imprimé dans son cœur l'amour de la patrie et le feu sacré dans les combats ; il en avait raisonnablement usé pour que son esprit fût désormais tranquille.

Nous le retrouvons aussi héroïque à Iéna, Friedland, Wagram, et partout où le devoir l'appela, comme au combat d'Haslagh et à Austerlitz. Il suivit l'Empereur dans la malheureuse campagne de 1812. Il arriva que dans la marche de Witetsk à Smolensk, son cheval mourut de faim et de froid ; lui-même par les mêmes causes, eût certainement éprouvé le même sort que son cheval, sans la pitié qu'il inspira à un paysan, qui, le voyant près de mourir, lui donna à manger, le réchauffa, et l'hébergea pendant la journée du 12 novembre et la nuit suivante ; réchauffé et sa faim satisfaite, il était guéri, mais il était resté seul dans la ferme où il était, honteux d'être considéré comme traînard ; puis il pouvait être fait prisonnier par les Russes ou tué par les Cosaques. Il regardait frémissant, anxieux sur l'horizon, cherchant dans le lointain s'il ne découvrirait pas un détachement français pour se joindre à lui. Il aperçut

en effet, sous un ciel noir et brumeux, une masse d'hommes qui se mouvait dans l'espace; en ce temps de guerre
ces hommes devaient être des soldats, mais ces soldats
étaient-ils des Russes ou des Français; si c'étaient des
Russes il fallait se sauver par les motifs exposés plus
haut; si c'étaient des Français, il fallait les attendre et se
réunir à eux. Au fur et à mesure que ce petit corps
d'armée se rapprochait, car c'en était un, Bernelle toujours frémissant cherchait à discerner à laquelle des
deux nations il appartenait. Tout-à-coup son cœur bondit de joie, car le costume français quoique défiguré par
les haillons que chacun se procurait pour se garantir
du froid, lui apparut; c'était en effet le brave des braves, l'immortel maréchal Ney, qui, un fusil à la main
comme un simple soldat, commandait l'arrière-garde de
l'armée de cette malheureuse campagne; c'est à ce héros
qu'avait été dévolu ce poste périlleux. Une noble âme, un
cœur de père, un esprit fin à la guerre, et un courage
sublime, joint à un corps de fer qui lui faisait supporter
sans murmurer les misères et les privations de toute
sorte que la destinée avait réservées à cette armée;
toutes ces hautes qualités l'avaient fait désigner par le
maître à ce poste important. Bernelle, qui avait été
nommé sous-lieutenant le lendemain de la bataille de
la Moskowa, en portait l'uniforme voilé par les colifi-
chets de toute sorte dont il était affublé. Dans cette retraite, chacun se garantissait à sa manière; les chefs
n'y pouvaient rien, eux-mêmes subissaient cette conta-
gion qui garantissait le corps aux dépens de l'uniforme.
Il se réunit donc à cette poignée de braves et fut sauvé,

non pas des souffrances et des angoisses de toute sorte
dont l'armée était abreuvée, mais il fut sauvé d'être tué
par les Cosaques, ou d'être fait prisonnier par eux. Le
8 décembre, le thermomètre était descendu à 30 degrés
Réaumur, le froid tuait nos soldats, le sentiment moral
n'existait que pour quelques-uns. Les débris de l'armée
marchaient par bandes serrées et sans ordres. Une de
ces bandes dans laquelle se trouvait Bernelle avec une
centaine d'hommes, comme lui mourant de faim et de
froid, avisa une grange dans laquelle une grande
partie entrèrent pour se garantir de cet excessif froid;
mais ne trouvant pas dans cet abri un remède assez
prompt pour soulager leurs souffrances, ils y mirent le
feu. La chaleur endormit les plus fatigués ; ceux qui l'é-
taient à un degré inférieur regardaient hébétés luire
l'incendie, qui mettait quelques heures de répit à d'affreuses souffrances. Tout à coup la toiture s'écroula ensevelissant sous ses débris en flammes la plupart de ces
infortunés qui, plus heureux que le plus grand nombre
de leurs survivants, trouvaient dans une mort violente le
terme de leurs maux; tandis que ceux-là, avec des souliers usés soutenus par des ficelles inconstantes, mal vêtus
ou plutôt couverts de haillons, mourant de faim, subissant
l'air glacé à 30 degrés dans des contrées désertes et en
guerre, et par conséquent doublement inhospitalières;
enfin soumis à d'affreuses angoisses qui les conduisaient à
la mort par une longue agonie. Bernelle ne dut d'être
sauvé qu'au génie tutélaire qui déjà l'avait sauvé cent
fois dans les combats et venait de le sauver encore du
feu, comme il l'avait sauvé de la faim et du froid quel-.

ques jours avant. Après mille perplexités diverses l'armée arriva à Varsovie, où les états-majors arrivèrent aussi, mais sans un seul homme d'escorte. Tant de souffrances avaient annihilé parmi les soldats tous sentiments d'ordre et de devoir.

Après la bataille de la Moskowa, Vignon fut envoyé en reconnaissance avec dix cavaliers pour les besoins du service ; les deux amis ne se revirent qu'à Varsovie où ils s'embrassèrent, ce qui était un signe certain qu'ils avaient miraculeusement échappé à la mort ; en effet, les trois quarts de l'armée avaient péri dans cette épouvantable retraite.

Le 1er régiment de chasseurs à cheval de la garde dont les deux amis faisaient partie, comme tous ceux qui avaient fait cette campagne de martyrs, fut réorganisé dans les mois de mars et avril 1813 ; il accompagna l'Empereur aux batailles de Lutzen et Bautzen, où Bernelle eut son cheval tué, et fut blessé lui-même à cette dernière bataille qui eut lieu le 21 mai, ce qui ne l'empêcha pas de se conduire en héros à cette terrible boucherie humaine appelée bataille de Leipsig, qui eut lieu les 16, 17 et 18 octobre suivant. Nous demandons la permission au lecteur de raconter très-sommairement une esquisse, ou plutôt quelques épisodes de cet épouvantable cataclysme humain.

L'armée française après cette malheureuse bataille, où 500,000 hommes s'égorgèrent pendant trois jours, fut obligée après la trahison des Saxons de battre en retraite à la faveur des ombres de la nuit du 18 au 19. A peine si l'aube venait éclairer la multitude d'héca-

tombes sur ce vaste champ de démence humaine, que
l'Empereur qui venait de passer sur le pont de Lindenau,
non sans de grandes difficultés, vu les masses d'hommes
qui se précipitaient sur cet unique pont, où 125,000 hommes devaient trouver un passage, désirait donner quelques ordres aux maréchaux Marmont et Poniatowski ;
il ne trouvait personne qui pût les transmettre, car on
ne pouvait rebrousser chemin sur le pont, tant il était
encombré ; il fallait donc passer deux rivières à la nage,
la Pleisse et l'Elster. C'est alors que le colonel des chasseurs du 1ᵉʳ régiment de la garde à cheval désigna Bernelle à l'Empereur, lequel remit les papiers contenant
ses ordres à Bernelle, qui les prit respectueusement des
mains de celui qui cessait d'être le maître du monde ; il
les mit entre ses dents et partit au galop, entra dans la
Pleisse, puis dans l'Elster. A ce moment 2,000 pièces
de canon vomissaient la mort, jetaient l'épouvante sur
l'horizon qui tremblait à cet effroyable bruit, dont l'écho
sombre et majestueux annonçait à vingt lieues aux alentours de cette scène le voile funèbre qui la couvrait.
C'est au milieu de ce cataclysme de la vengeance humaine, que Bernelle remit aux deux maréchaux les ordres écrits dont on l'avait chargé ; cinq minutes s'étaient
à peine écoulées depuis la remise de ces ordres, qu'une
détonation dominant toutes les autres vint jeter la consternation dans l'armée en la glaçant d'épouvante et d'effroi ; c'était la première arche du pont, qui avait été
minée par ordre de l'Empereur, qui venait de sauter. Des
cris de détresse s'étaient fait entendre par ces mots :
— Voici les Prussiens ; le caporal de génie à qui avait été

confiée un instant la garde de la mine, perdant la tête, y avait mis le feu. Ce n'était pas assez hélas ! du fer et du plomb pour répandre le sang, il fallait encore que pour surcroît de tant de malheurs, 5 à 6,000 hommes s'engloutissent tout vivants dans les flots, vociférant dans une courte agonie les malédictions, les imprécations les plus poignantes, les plus accentuées contre les auteurs de leur mort. Ce malheur laissa 20,000 Français entre le fleuve et 250,000 ennemis avides de notre sang. Une grande partie de ces 20,000 hommes furent tués, blessés ou faits prisonniers; une autre partie parmi laquelle était Bernelle s'échappa à la nage ; un grand nombre se noyèrent, parmi lesquels était le maréchal prince Poniatowski. Les eaux ensanglantées du fleuve auraient seules pu dire, si elles avaient eu le don de la parole, combien elle recouvraient de cadavres dans les profondeurs de leurs abîmes.

Après ces terribles événements, il fallut hélas ! dire adieu à cette malheureuse Allemagne, dont depuis dix ans nous foulions le sol par le droit de nos victoires, en jetant les lambeaux de ses institutions, de ses lois, au vent de ces épouvantables tempêtes, qui arrosaient cette terre que Dieu a bénie du sang des vainqueurs et des vaincus; comme si le démon dans son abominable génie en eût fait un engrais pour aider à nourrir ceux qui survivaient !

Bernelle eût été bienheureux si l'arrière-garde de l'armée eût réussi à passer sans accident sérieux; son orgueil de soldat s'en serait attribué une raisonnable part; malheureusement il n'en avait point été ainsi. Après avoir repassé l'Eslter et la Pleisse, il revint le cœur na-

vré de douleur reprendre sa place dans les rangs, regardant tristement l'armée qui reprenait le chemin
de la France.

Tout à coup le bruit circule dans l'armée que 70,000
hommes, Austro-Bavarois, commandés par le général
baron de Wrède, mesurant leur fidélité aux revers de nos
armes, voulaient nous barrer le passage et convertir ces
revers en désastre; ce bruit n'était que trop réel. L'Empereur avec 45,000 hommes prit ses dispositions en con-
séqence en s'armant de son puissant génie, pour punir
sévèrement les traîtres, hier nos alliés, aujourd'hui nos
ennemis. Il les corrigea si épouvantablement, que nos
équipages roulèrent pendant une lieue dans une boue
de chair humaine. O guerre! quand ta terrible mission
n'a pas pour but d'humaniser des peuples barbares, tu
es le plus grand des fléaux que le grand dispensateur
puisse envoyer aux hommes.

Bernelle fut blessé de nouveau à cette bataille, que
l'histoire nomme bataille de Hanau, et fut emporté sur
une voiture en grande compagnie jusqu'à Mayence.

Deux mois après, les alliés envahissaient notre France.
Bernelle, guéri de sa blessure, la rage dans le cœur, se
battit à Brienne, à Montmirail, non en homme, mais
comme un lion dont la tanière est envahie par d'autres
familles que la sienne. Il ne comptait plus ses ennemis;
il en avait tant immolés qu'il était repu de leur sang,
cependant son bras fatigué tuait toujours.

A Arcis-sur-Aube, l'escadron dont Vignon et Bernelle
faisaient partie perdit la moitié de son effectif; Vignon
venait de sauver d'une mort certaine son chef d'escadron,

M. Durocher, qui était aux prises avec cinq cavaliers
prussiens, en en tuant deux ; les trois autres se sauvèrent
parce qu'ils ne virent pas que Vignon était dangereusement blessé à la jambe droite. Celui-ci tomba tout à coup
de cheval ; ce que voyant, un des trois cavaliers prussiens,
qui s'était retourné, revint sur ses pas et allait fracasser
le crâne de Vignon d'un coup de carabine, lorsque Bernelle, qui avait vu son ami tomber, en voyant l'intention
du Prussien, arrive sur lui au moment où il visait Vignon et, d'un coup de revers de son sabre sous le men-
ton, lui fait une entaille dans le cou qui lui renvoie la
tête à la renverse entre les deux épaules. Puis il charge
Vignon sur son cheval, monte en croupe par derrière et
le conduit à l'ambulance. Nous verrons plus tard comment les deux amis se retrouvèrent ; quant à la vie militaire de Vignon, elle était finie.

Son précieux fardeau déposé, Bernelle revint combattre au milieu d'une armée de héros qui ne comptaient
pas les ennemis ; nous savons que quatre étaient contre
un, et le champ de bataille leur resta. Honneur à ces
braves qui mettaient l'honneur au-dessus de la mort,
qu'ils méprisaient !

Bernelle avait vu tomber à ses côtés les neuf dixièmes
de ses camarades ; il voyait le foyer de sa famille où
commandait l'étranger d'un œil sec ; la barrière du chagrin était passée ; son appréciation sur les choses était
telle qu'il voyait partout des traîtres qui transigeaient
avec les alliés, vendant son Empereur et les hommes de
cœur qui mouraient sans se plaindre en combattant pour
la France et pour lui.

Nous le retrouvons dans la cour d'honneur du château de Fontainebleau, apprenant que les alliés étaient entrés dans la capitale, criant, hurlant, vociférant avec toute l'armée moins les états-majors : — A Paris ! à Paris !

Nos maréchaux fatigués de tant de revers, doutant du retour de la fortune, présageant de nouveaux malheurs, abandonnent celui qui les avait si longtemps commandés en les conduisant de victoires en victoires ; tandis que l'Empereur et toute l'armée, moins les grands chefs, avaient une grande confiance au retour de cette fortune qui leur avait souri si longtemps. Dieu seul pourrait être le juge entre eux sur ce qui serait advenu dans le cas où les lieutenants de Napoléon auraient dit comme lui ; seulement la sagesse, après avoir consulté l'humanité, répond que la terre eût été couverte de 50,000 cadavres de plus. Cet événement heureux pour l'humanité et les alliés, funeste pour la France, laissa ceux-là possesseurs de notre sol, contenant par la force une nation qui avait la rage dans le cœur. C'est dans cette situation que l'ancien maître du monde, vaincu par les observations jusqu'alors inconnues de ses maréchaux, abdiqua les pouvoirs qu'il tenait d'une nation qui l'avait adoré, laissant pour le moment à d'autres le soin de la gouverner.

CHAPITRE III

Après cette abdication, le premier régiment de chasseurs où était Bernelle reçut plusieurs fractions de régiment dans son sein et prit le nom de régiment de chasseurs de France. Ce régiment comme tous ceux qui composaient la garde royale sortait de la garde impériale. La personne du roi était gardée par sa maison militaire composée d'émigrés et de fils d'émigrés jouissant de toutes les faveurs du monarque; leur uniforme, les traits caractéristiques de leur physionomie et leur maintien formaient un tout arrogant qui déplaisait à la garde royale, qui n'était garde royale que de nom, ou plutôt si elle gardait quelqu'un c'était l'ombre du grand homme qui, hélas! méditait dans son île son retour dans sa patrie, aspirant de nouveau à l'honneur de la gouverner.

La réduction de l'armée laissa 30,000 officiers de tout grades sans emplois; Bernelle, qui était de ce nombre, dut se résigner avec ces 30,000 officiers à recevoir une demi-solde et à marcher à la suite de son régiment. N'ayant rien à faire il allait jusqu'à conspirer pour le rétablissement de son idole; quand tout à coup l'aigle qui avait porté à travers le monde les véri-

tés puissantes, triomphantes, de notre glorieuse révolution, après s'être reposé dans l'île du maître en sa
noble compagnie, battit de nouveau ses ailes, prenant
son essor à travers la mer, fendant l'air sur la tête des
héros, vint se reposer frémissant avec eux à Cannes,
pour voler ensuite de clochers en clochers à travers la
France étonnée et s'arrêter haletant aux Tuileries, sur
le pavillon Marsan, pour y annoncer le retour du maître.
Bernelle en apprenant cet heureux événement faillit
tomber dans le délire; il se transporta en compagnie
de 3,000 officiers à la demi-solde présents à Paris le
20 mars 1815, à onze heures du matin. Leurs yeux inter-
rogent au travers des croisées l'intérieur des appartements où ils n'aperçoivent que le silence de la solitude;
ils apprennent que les Bourbons sont partis; aussitôt ils
demandent à quelques domestiques qui sont restés de
leur ouvrir les portes; ceux-ci exécutent cette demande
comme un ordre du maître; ils font immédiatement
retirer le drapeau blanc, qui est remplacé par le drapeau tricolore, aux cris de cinquante mille voix cent
fois répétés de Vive l'Empereur; c'est ainsi que les officiers à la demi-solde préparaient les appartements de
leur auguste maître.

L'Empereur fit son entrée aux Tuileries à neuf heures
du soir, étouffé, meurtri par les caresses des officiers à
la demi-solde et de ses fidèles serviteurs qui étaient
accourus pour lui préparer une réception aussi digne
que le comportait le tourbillon d'hommes qui se pressait
sur son passage. Les mugissements de la mer ne font
pas un plus grand bruit que celui qui eut lieu de neuf

à onze heures; on ne se comprenait que par les cris
frénétiques et enthousiastes de cette masse émue jusqu'aux larmes, auxquelles répondait par les larmes de
l'émotion celui qui en était l'objet.

. Dès le lendemain de son arrivée, Napoléon s'occupa
activement de la réorganisation de l'armée. Bernelle
fut incorporé dans le troisième régiment de grenadiers
de la vieille garde à pied deuxième bataillon avec son
grade de lieutenant; il savait qu'il fallait de nouveau
combattre à outrance; pour lui comme pour l'armée
l'apprentissage était fait, tous étaient résolus de vaincre
ou de mourir; seulement l'amertume que renfermait
son cœur depuis Fontainebleau était le doute sur la fidélité des grands chefs.

Dans les derniers jours de mai, tout ce qui restait à
Paris de la garde partit sans bruit, se concentrant vers
le nord. Le 14 juin, l'Empereur arriva au milieu de l'armée qui était près de Beaumont; celle-ci en le voyant
lui fit un brillant accueil : c'était un enthousiasme indicible, de la frénésie, une véritable rage pour son Empereur, comme on en vit jamais.

Nous avions 110,000 Anglais et 120,000 Prussiens à
combattre. L'armée française commandée par Napoléon
était de 124,000 hommes. Le 16, l'Empereur, désirant
battre les deux armées ennemies séparément, envoie le
maréchal Ney avec 10,000 hommes pour contenir l'armée
anglaise, pendant que le reste de l'armée s'apprête à
combattre les Prussiens, commandés par le vieux et énergique Blücher. Napoléon monte sur le toit d'un moulin
à deux heures et demie pour diriger plus sûrement ses

coups. Des masses d'hommes s'ébranlent de part et
d'autre, nos boulets sont notre avant-garde, pour prendre le village de Ligny qui est entre les mains des Prussiens. Nous entrons dans ce village pour les en chasser;
en un instant la principale rue est jonchée de cadavres
et de membres palpitants des deux armées; on prend
et reprend Ligny en s'égorgeant avec furie; amoncelant
cadavres sur cadavres pendant trois heures, pour rester
un moment possesseur chacun de la moitié de ces ruines
épouvantablement ensanglantées. Pareil carnage avait
lieu à saint Amand-la-Haye, près de Ligny. Après six
heures de combat acharné et terrible, la nuit allait
bientôt apparaître pour couvrir de ses ténèbres cette
boucherie humaine; le soleil n'éclairait plus que la cime
des arbres et cependant la bataille était indécise. La vieille
garde était restée jusque-là spectatrice frémissante, im-
patiente de retremper ses armes dans le sang de ses
cruels ennemis de Leipsig; ces vieux guerriers n'avaient
cessé de mordre leurs moustaches depuis le premier
coup de canon, tant leur impatience était grande. Un
silence de joie ou plutôt un silence de mort succéda au
commandement donné par Napoléon pour les conduire
au feu et terminer la bataille. A ce commandement
ils se mettent en mouvement, traversent un ruisseau
où baignent plusieurs hécatombes de cadavres des deux
nations; le ruisseau traversé, ils reforment leurs rangs;
pendant qu'ils rectifient leur alignement l'ennemi les
crible de balles, de boulets, de mitraille : cette muraille
vivante ne bouge pas. La cavalerie prussienne s'élance

vivacité et la justesse de leurs coups, en quelques minutes, couvrent la terre de leurs cadavres; beaucoup de
chevaux veufs de leurs cavaliers se sauvent effrayés dans
toutes les directions : *ils gênent les mouvements de nos*
héros; ceux-ci marchent en avant baïonnettes baissées,
fonçant sur les masses ennemies, tuant, brisant, renversant tout sur leur passage. Rien ne résiste à la rage
si longtemps comprimée de ces redoutables guerriers
qui immolent hécatombe sur hécatombe, décidant du
gain de la bataille au moment où la nuit commençait à
couvrir de ses ombres cette horrible scène. Bernelle
ruisselant de sueur et de sang, la bouche écumante, son
épée brisée, un fusil à la main (son bonnet à poil perdu
laissait voir des cheveux hérissés qui en étaient la paro-
die), ses habits déchirés par le fer et par le plomb, blessé
en plusieurs endroits, était horrible à voir.

O génie! ô héroïsme sublime! vous voilà aux prises dans
vos propres rangs avec le crime, la lâcheté, la honte qui
enfantent le désastre et le désespoir. Le surlendemain de
la bataille de Ligny, le 18 juin, jour d'un immense deuil
pour notre France, Napoléon, qui avait réussi à battre
l'armée prussienne à Ligny en la séparant de l'armée
anglaise avait laissé un de ses lieutenants, le maréchal Grouchy, avec 34,000 hommes pour maintenir la séparation des deux armées ennemies, résolut
de battre l'armée anglaise, rangée en bataille sur le plateau du mont Saint-Jean, près du village de Waterloo,
forte, comme nous l'avons dit, de 110,000 hommes
commandés par le plus brave et le plus savant capitaine
de l'armée anglaise, le duc de Wellington. Napoléon,

pour l'attaquer, n'avait que 65,000 hommes, dont la
valeur, il est vrai, jointe à son génie, pouvait com-
penser le nombre. Il passa la nuit à placer ses troupes, donnant des ordres à ses généraux pendant une
pluie battante produite par un violent orage qui avait
détrempé la terre. Notre armée, rangée en bataille à
deux kilomètres de l'armée anglaise, attend patiemment
que la terre se raffermisse pour l'attaquer. A onze heures et demie, l'Empereur, jugeant que la terre est assez
solide, donne le signal d'attaquer; l'armée s'ébranle aux
cris mille fois répétés de vive l'Empereur; elle a bientôt
fait, dans son impétuosité, de terribles trouées dans la
première ligne anglaise. Vers quatre heures, Napoléon
promène son regard à l'aide de sa longue-vue sur l'horizon, il aperçoit dans le lointain ou une forêt ou une
armée; quelque temps après, il regarde de nouveau : « La
forêt remue, dit-il à son chef d'état-major, le général
Soult. — Plus de doute, c'est une armée, Sire, répond
celui-ci.—Ce ne peut être que Grouchy. — Ou les Prussiens, Sire, répond Soult. — Mais Grouchy n'aurait pas
laissé passer les Prussiens sans les voir, à moins d'une
maladresse impardonnable; il importe, dans le doute, de
vaincre ou de mourir avant l'arrivée de ces troupes. »
Alors Ney, l'intrépide Ney s'élance à la tête de la cavalerie, tue, renverse, tue encore : la première ligne anglaise est enfoncée, il charge de nouveau, et fait une
véritable boucherie de cette armée dont la seconde ligne
est encore enfoncée; il n'en reste plus qu'une à trouer
et c'en est fait de cette armée. Ney s'élance jusqu'à dix
fois, cinq chevaux sont tués sous lui, ses vêtements sont

en lambeaux, percés de balles, déchirés par le fer. O
prodige ! ce corps d'acier n'est point atteint. La vieille
garde est dirigée partout où il y a du désordre, et partout où elle apparaît, elle regagne largement le terrain
perdu. 30,0000 Prussiens (car c'étaient eux et non
le malheureux Grouchy), avant-garde de 60,000 autres, arrivent sur la scène; ils sont arrêtés à Planchenois par la jeune garde envoyée à leur rencontre; celle-
ci est débordée et perd Planchenois avec des pertes
sensibles. Ce qu'apprenant Napoléon, il envoie deux
bataillons de la vieille garde qui courent sur les Prussiens
baïonnettes baissées et tuent un régiment tout entier de
ces nouveaux venus; celle charge épouvantable met le
désordre dans leurs rangs, la jeune garde reprend courage et Planchenois est repris, 5 à 6,000 braves arrê-
tent pendant deux heures 30,000 Prussiens. Pendant
que se passait ce combat de géants, à quelque distance de l'action principale, Wellington voit une partie de ses troupes en déroute, il rassure les meilleures
en leur montrant les Prussiens qui arrivent pour les secourir. Napoléon, Ney et le vieux Friant lancent tout ce
qui reste de la vieille garde pour donner le coup de
grâce à l'armée britannique. Wellington voit tomber ses
plus braves à ses côtés; la moitié à peine est debout,
l'autre moitié couvre la terre de morts et de mourants;
il ne s'émeut point, car il aperçoit la cavalerie prussienne
qui s'avance rapidement; il ranime de nouveau ses troupes en la leur montrant. Tout à coup cette cavalerie,
qui est suivie de 60,000 fantassins, vient inonder de
ses nombreux escadrons ce champ de moisson hu-

maine ; enfin, toute l'armée prussienne moins les morts,
les blessés et les prisonniers de l'avant-veille, vient peser
de tout son poids dans le plateau de la balance qui va
décider du sort de la France. 150,000 Anglo-Prus-
siens réunis se battent contre 50,000 Français haras-
sés de fatigue, et Grouchy ne vient pas. Napoléon réclame le feu sacré de toute l'armée, qui s'allume aussitôt dans le sang et dans les muscles des guerriers, qui,
voyant la patrie en danger, redoublent de courage et
d'audace, et alors l'éternité ouvre ses portes à deux battants pour recevoir les âmes de ceux qui succombent.
Dans ce moment de fureur indicible, de sainte fureur, des
lâches semés dans nos rangs, intéressés à une autre politique que celle de l'honneur, crient de toute la force de
leurs poumons : *Sauve qui peut !* Ces trois mots sont répétés de bataillons en bataillons et y jettent la consternation ; l'Empereur est mort, disent les uns ; la France
doit vivre, disent les autres. Le désordre se met dans
l'armée, auquel succède une affreuse déroute. C'est alors
que les glorieux débris des bataillons de la garde se forment en carré ; on leur crie de toute part : Rendez-vous,
votre défense est vaine, vous serez tous tués. Le général
Cambronne répond : — *La garde meurt et ne se rend pas !*
Ces huit mots traverseront les siècles, ils seront l'éternel
honneur de ces héroïques martyrs de la patrie expi-
rante. Le deuxième bataillon du troisième de grenadiers
où était Bernelle, dont chaque nom d'homme formant
ce bataillon devrait être inscrit sur une colonne placée
sur une des places publiques de la capitale pour exemple
de vertus guerrières aux générations présentes et futu-

res; «ce bataillon de 500 hommes est réduit à 300, ils
sont formés en carré, leurs blessés au milieu, les cadavres de leurs camarades sous leurs pieds, 500 cadavres ennemis devant leur front, ils refusent de se rendre et combattent toujours, abattant à chaque décharge
une centaine de cavaliers. L'ennemi, furieux, amène de
l'artillerie et tire à outrance sur cette citadelle vivante,
les quatre angles en sont abattus, réduits à 150, ils se
forment en triangle, tuent toujours des ennemis; pressés de toutes parts, ils ne peuvent plus charger leurs
fusils, ils se précipitent alors baïonnettes en avant, tuent
chevaux et cavaliers et meurent dans ce sublime et dernier effort. »

Bernelle était tombé un des derniers, le fusil à la main,
l'épée étant devenue inutile; blessé sérieusement à Ligny,
dangereusement à Waterloo, tombé, il fit le mort pour
ne pas être tué; car il savait que les Prussiens, dans leur
fureur contre nous, sabraient ceux qui étaient blessés;
pour surcroît d'infortune, son corps fut meurtri par les
pieds de leurs chevaux. A la nuit close, il pansa ses blessures le mieux qu'il put et s'éloigna de cette terre dé-
trempée par le sang de ses camarades; il arriva à Genappe à minuit, protégé par des troupes qui avaient conservé un peu d'ordre dans leurs rangs. A une centaine
de mètres de cette petite ville, il aperçoit quelques soldats qui déposaient sur un des talus de la route un colonel mortellement blessé, le laissant mourir à la belle
étoile et à la garde de Dieu. Il s'approche instinctivement du mourant et l'examine attentivement, il croit
reconnaître M. Carel: Bernelle a le frisson, cette pensée

le fait frémir. Il croit s'abuser, le moribond parlait encore, mais par monosyllabes ; il lui demande s'il ne s'appelle pas Carel : —Oui, murmura celui-ci. Ô désespoir !
ô journée cruelle et terrible ! il maudit le fer et le plomb
ennemis qui n'ont pu le tuer. Un soldat voyant son désespoir, lui présente une gourde où il y avait encore un peu
d'eau-de-vie, il la fait boire à M. Carel, qui, après l'avoir
bu, est un peu ranimé. Bernelle prie ce soldat de lui
aider à le mettre sur son dos ; mais il avait trop compté
sur son courage et pas assez sur ses blessures, car sa faiblesse l'empêcha de porter son précieux fardeau. Alors
quatre soldats s'offrent à lui pour l'aider à le porter à
Genappe ; Bernelle accepte avec reconnaissance. Ces
quatre soldats le prennent, le portent et le déposent
dans une grange sur de la paille. Bernelle les remercia
affectueusement, puis se mit à panser les blessures de
son bienfaiteur. Vers cinq heures, il put obtenir un
lit au chevet duquel il s'établit ; à neuf heures, un chirurgien qu'il avait envoyé chercher arriva, qui pansa
de nouveau les blessures du colonel et, ensuite celles de
Bernelle, puis il dit à celui-ci : — Vous guérirez, mais
le colonel n'a plus que quelques heures à vivre : Le
poumon gauche étant percé par une balle, et le réser-
voir urinaire par un coup de baïonnette ; le sang re-
fluant au cœur devait infailliblement l'étouffer. Le chirurgien parti, M. Carel fit signe à Bernelle d'approcher
son oreille près de sa bouche, ce qu'il fit d'un bond. Ces
deux guerriers, qui avaient si largement payé leur dette
à la patrie, représentaient en ce moment suprême le tableau vivant d'une intéressante et sublime amitié. M. Ca-

rel fit un suprême effort pour parler et dit à Bernelle :
— Mon ami, embrassez-moi. Celui-ci embrassa son
bienfaiteur avec tendresse.

— Ecrivez ce que je vais vous dire. .

Bernelle prit une plume, la trempa dans l'encre et mit
de nouveau son oreille près de la bouche du mourant.

« Je vais mourir avec le regret de ne pouvoir embrasser ma Rosalie chérie, son digne mari, et leurs deux
charmants enfants que j'ai tant de fois bercés sur mes
genoux; quand vous le pourrez, embrassez-les pour
moi, ce sera pour eux une consolation. Je meurs avec
la croyance d'entrer dans une nouvelle vie, dans laquelle
Dieu me tiendra compte de mes bonnes et mauvaises
actions. Je n'ai fait de mal à personne, sinon à la guerre,
mais c'était le devoir. J'ai fait du bien autant que je l'ai
pu. J'espère voir face à face, en le serrant sur mon cœur,
l'ange qui partagea pendant quinze années de bonheur
mes joies et mes chagrins. Voilà quinze ans que je ne lis
plus dans ses yeux la réverbération des saintes pensées
qui animaient son âme; ce grand inconnu qui nous sépare me paraît radieux en ce moment. Si je me suis
trompé, je meurs dans une bien douce erreur. Dites à
ma fille que je quitte cette vie dans ces sentiments; cela,
j'en suis certain, adoucira le chagrin que va lui causer
ma mort; dites-lui encore que je désire que mon corps
repose auprès de ceux de mes aïeux à Nitry, avec cette
inscription sur ma tombe : *Ci-gît un brave défenseur de
sa patrie et de son, empereur.* J'ai environ 500 francs :
prenez-les pour faire transporter mon corps à Nitry immédiatement après ma mort. Telles sont mes dernières

volontés, que je vous fais écrire pour qu'elles ne soient point oubliées. » Ces dernières paroles prononcées, l'agonie commença, puis il s'endormit du sommeil éternel.

M. Carel avait mis près de deux heures à dicter ce qui précède : la faiblesse et la douleur qui l'étouffait l'empêchaient souvent de finir un mot commencé, bien que sa pensée fut lucide.

Bernelle, en ce moment suprême, en présence de ce corps vénéré dont le cœur venait de cesser de battre, ne sentait plus ses douleurs : tout son être tremblait en contemplant cette noble figure; la mort, qui avait terminé ses souffrances, lui avait rendu ses traits réguliers; la mâle beauté de ce visage pâli par le sommeil éternel annonçait dans sa sérénité que l'ange de la paix lui avait fermé les yeux.

Bernelle s'occupa ensuite de sa sainte mission. Après avoir enseveli pieusement son bienfaiteur, il fit précéder son corps de la lettre suivante, adressée à M. Boyer, mari de Rosalie.

Genappe, 20 juin 1815.

« Monsieur,

« La mort, l'impitoyable mort, vient de moissonner en la personne de votre beau-père le courage, la bonté, la vertu. Le colonel Carel, le père de votre femme, n'est plus; il a succombé entre mes bras, les bras d'un ami, Monsieur. Cet ami, qui se nomme Bernelle de Sacy, a eu la douleur et le bonheur de recueillir ses dernières volontés. Ce guerrier a été blessé mortellement au

5

champ d'honneur dans la cruelle et fatale journée du 18 ;
son noble cœur a cessé de battre hier 19 à deux heures
du soir. Ses derniers moments ont été pour sa fille bien-
aimée, pour vous, Monsieur, et les deux charmantes
créatures qui seront un jour héritières de ses vertus et
des vôtres. Je joins à la présente ses dernières volontés,
écrites de ma main sous sa dictée, lesquelles ont précédé son agonie. En les lisant, vous reconnaîtrez non-
seulement un bon père, mais aussi un serviteur de Dieu,
de sa patrie et de son empereur. Quant à ses restes chéris, je vous les envoie par un ecclésiastique, n'ayant pu
les accompagner moi-même à cause de graves blessures reçues à la bataille citée. Si je ne craignais de vous
offenser, Monsieur, je vous dirais que ma douleur égale
la vôtre. Si Dieu permet que je guérisse, aussitôt après,
je partirai pour Sacy, ensuite j'aurai l'honneur de vous
faire une visite, alors nous pleurerons ensemble, vous un
père et moi un ami.

« Daignez agréer, Monsieur, et faire agréer à votre digne épouse mes sentiments de respectueuse condoléance,
qu'accompagne la plus sainte et la plus vive douleur,
avec lesquels je suis votre tout dévoué serviteur,

                                    « BERNELLE. »

La lecture de cette lettre produisit une immense douleur dans la famille Boyer. La digne fille du guerrier, en
apprenant le malheur qui la frappait, embrassa convulsivement son mari et ses deux enfants, s'enferma dans
sa chambre et pleura amèrement ; puis elle mit toute sa
consolation dans la prière. Elle invoquait les mânes de

sa mère et de son père et leur disait, comme si ces parents si regrettés eussent été vivants devant elle : —
N'est-ce pas, petite mère, et toi, père chéri, que je
vous reverrai tous deux dans le ciel pour ne plus nous
quitter, lorsque Dieu me fera la grâce de m'appeler à
lui? Puis, comme si elle eût répondu pour eux, elle disait : — Oui, ma fille, nous nous reverrons pour ne plus
nous quitter. Nous t'attendons.

Cette malheureuse nouvelle fut bientôt connue de
tout Nitry et des environs, où on venait d'apprendre
l'affreux désastre de Waterloo, qui remplissait tous les
cœurs vraiment français de stupeur, stupeur qui précédait un grand deuil; elle y produisit un autre deuil uni-
versel privé, circonscrit dans le département, qui navra
tous les cœurs. A l'arrivée de ce corps inanimé, dont ils
avaient tant admiré la belle structure et les mâles vertus,
tous les habitants de Nitry et des alentours, un grand
nombre d'ecclésiastiques, les autorités civiles et militaires du département, vinrent rendre les derniers devoirs au guerrier, à l'homme de bien, et prononcèrent
plusieurs discours sur sa tombe, qui émurent jusqu'aux
larmes les nombreux assistants de cette funèbre cérémonie.

Six semaines après la mort de M. Carel, Bernelle
était au Val-de-Grâce, à Paris, attendant sa convalescence; cette convalescence étant terminée, il apprend
qu'il est licencié, que la pension à laquelle il a droit
sera réglée prochainement, qu'il en recévra l'avis au
lieu de sa naissance. Il se dit : — Décidément ma vie
militaire est terminée. J'ai assisté à d'effroyables tem-

pêtes qui ont· bouleversé le monde ; profitons du calme
pour retourner à notre berceau ; allons vivre tranquillement au milieu de ma famille. J'ai trente-trois ans,
bon pied, bon œil, cicatrisé, il est vrai, mais cette cicatrice, c'est ma gloire. Je ne suis pas trop fané pour mon
âge ; je pourrai trouver à me marier avec une bonne
fille des champs : alors je labourerai mes terres, culti-
verai mes vignes et faucherai mes prés ; puis je raconte-
rai dans les veillées d'hiver à la jeune génération de
Sacy les mille facéties que j'ai apprises à l'école des
camps ; les batailles auxquelles j'ai assisté sont assez
nombreuses pour les amuser longtemps ; j'aurai ainsi
l'honneur de faire son éducation politique et guerrière ;
chacun, en me voyant passer, dira : — Voilà l'officier,
ou bien voilà le chevalier ; on aura le choix sur la
qualification ; je serai ainsi l'homme le plus considéré,
le plus important de Sacy. Allons, Jean Bernelle, em-
boîte le pas à ton étoile, et en avant, marche !

La France étant de nouveau envahie par les Anglais et
les Prussiens, ceux-ci dans la Champagne et la Bourgogne ; ceux-là à Paris, en Normandie, en Picardie, etc.,
il était prudent pour Bernelle de faire disparaître de sa
personne tout ce qui lui donnait un air militaire. Avant
de quitter Paris, il s'habilla moitié campagnard et moitié citadin, fit couper ses moustaches, prit la route de
Lyon, dirigeant ses pas vers Sacy, rencontrant partout
où il passait des Prussiens insolents et provocateurs. Sacy
avait reçu de ces derniers un nombre proportionné à sa
population. Arrivé chez son père, il fut obligé de vivre
au milieu de ces hôtes détestés. Ce qui doubla sa haine

contre eux fut d'apprendre qu'un nommé Droin, comme
lui militaire licencié, était rentré la veille en uniforme à
Sacy. A quelques pas de la maison paternelle il fut as-
sailli par une dizaine de soldats prussiens, qui, voyant le
numéro qu'il portait sur son schako, tombèrent sur lui
à coups de pied et à coups de poing, le laissant à demi-
mort au milieu de la rue. Ce malheureux fut porté chez
ses parents, qu'il n'avait pas vus depuis quatorze ans,
respirant à peine. Cette réception était peu en harmonie
avec les services qu'il avait rendus à son pays; c'est ainsi
que les vainqueurs en usent avec les vaincus. Bernelle
n'eut pas plus tôt appris cette lâcheté qu'il se transporta
chez Droin, lequel lui confirma ce qu'on venait de lui
raconter. Il fut tellement exaspéré d'un tel forfait qu'il
ne put manger de la journée. Il jura de venger Droin.

Le lendemain de son arrivée, il partit à Nitry pour
s'acquitter de la promesse qu'il avait faite à M. Boyer.
Il fut reçu par ces braves gens comme s'il avait été un
membre de leur famille, ou plutôt ils voyaient en lui
l'ombre parlante de leur père, qui allait les entretenir
pendant quelques instants des moindres détails de ses
derniers moments, ce que Bernelle fit d'une manière
simple et touchante. Puis tous furent faire une visite à
cette tombe vénérée, arrosant de leurs larmes les lauriers qui l'entouraient. Bernelle reprit le chemin de
Sacy, méditant sur la sainteté de la famille dont il venait de voir un si parfait modèle. Il se dit : — Si la vie
militaire a parfois ses agréments, la vie civile a aussi ses
charmes; il faut décidément que je me marie; je vais me
mettre en campagne pour chercher une femme.

Il y avait deux mois qu'il était de retour, pendant lesquels il avait essayé de reprendre le travail des champs.
Son corps ne s'y prêtait que difficilement, tant il s'était
façonné au métier des armes. Cependant sa sœur lui
avait trouvé une femme digne de porter son nom : c'était
la fille d'un fermier aisé de Nitry, ancien volontaire
de 93. Sa pension venait d'être liquidée. Il lui était alloué 300 fr., qui joints aux 250 fr. qu'il touchait de sa
croix lui faisaient une rente viagère de 550 fr. Sa position
était nette. Son père, qui mourut sur ces entrefaites,
lui laissa une douzaine de mille francs de terres, vignes
et prés. Il allait demander la demoiselle que sa sœur lui
avait désignée, lorsqu'une circonstance grave l'empêcha de donner suite à ce projet, en renversant toutes ses
combinaisons.

Un jour qu'il se promenait seul, dans les derniers
jours d'août, une demi-heure après soleil couché, dans
le sentier qui coupe en deux les vignes d'une côte appelée la côte des prés, son imagination en délire murmu-
rait Haslagh, Austerlitz, Leipsig, Fontainebleau, Waterloo, mon empereur, génie sublime, malheureux Waterloo,
imbécile de Grouchy, cochons d'Anglais, scélérats de
Prussiens, son exagération monta jusqu'au paroxysme ;
chaque juron qui sortait de sa bouche était accompagné
d'un geste de son bras droit qui passait son épée à travers le corps d'un ennemi imaginaire. Deux soldats prussiens qui avaient voulu profiter d'une belle soirée pour
faire une promenade au milieu des vignes, lesquels s'é-
taient un peu attardés, marchaient derrière lui à quelque
distance ; comme ils marchaient plus vite que notre for-

cené, ils arrivèrent près de lui et le prirent pour un
homme ivre. On ne pouvait passer dans le sentier que un
à un ; l'un des soldats prussiens dit à Bernelle, dans un
langage écorché d'allemand et de français, de se détourner pour les laisser passer. Pour répondre à ce que
demandait le Prussien, Bernelle les injuria en leur jetant
un défi ; les deux Prussiens voient en lui un ancien militaire ivre ; croyant en avoir bon marché, ils tombent sur
lui, comme leurs camarades étaient tombés, deux mois
avant, sur Droin. Bernelle se dégage, recule de quelques
pas, arrache un échalas à un cep de vigne et, avec la dextérité qu'il avait eue à la guerre, s'en sert si bel et si bien
contre les deux malheureux Prussiens, que sa furie ne
s'arrête que quand ils ne remuent plus ; puis il s'assure
s'ils sont bien morts en mettant son oreille sur la bouche
de chacun d'eux : ils avaient bien cessé de vivre. Heureusement pour lui que la nuit prenait possession de l'horizon et que la contrée était déserte. Il prend un des cadavres sur son dos, qu'il dépose dans une vigne à vingt
mètres du sentier, puis il revient chercher le second, le
porte en haut des vignes où se trouvent d'anciennes carrières depuis longtemps comblées, le dépose dans un
interstice de l'une d'elles formant grotte ; il revient chercher le second qu'il dépose à côté de son camarade.
Profitant des ténèbres, il amoncelle une grande quantité
de pierres à l'orifice et revient tranquillement se coucher
vers minuit, content de lui ; Droin était vengé.

Le lendemain, deux soldats manquant à l'appel de
midi, ayant déjà manqué à l'appel du soir la veille, le
commandant les fit rechercher activement pendant huit

jours ; on n'en trouva trace. La justice vint à Sacy, fit
fouiller tous les puits, fit battre la campagne, ne trouva
rien non plus. Bernelle trembla un instant en voyant des
corbeaux qui s'obstinaient à rester sur les pierres qu'il
avait amoncelées à l'entrée de la grotte ; alors le commandant furieux fit son rapport à son colonel, lequel
punit les habitants de Sacy, en ordonnant la prise de
cinquante vaches.

Bernelle était le seul auteur du crime, aucun témoin
ne l'avait vu commettre. En en voyant les conséquences,
il se le reprocha amèrement ; se méfiant de lui désormais, il résolut de quitter Sacy et d'abandonner son projet de mariage ; j'ai voulu venger Droin, se dit-il, et j'ai
perdu la partie, car ces deux mâchoires de Prussiens ne
valaient certainement pas les cinquante vaches volées à
ces braves gens ; quant à moi, suis-je bien en sûreté ici ?

Il vendit sa portion de l'héritage paternel à son beau-
frère Boivin et partit pour Paris, où il se promena pendant un mois en visitant chaque jour les personnes qu'il
connaissait ; comme elles étaient peu nombreuses, il
s'aperçut qu'il tournait autour d'un cercle qui avait une
circonférence peu étendue, qui l'obligeait à renouveler
souvent ses visites. Il craignit d'ennuyer les visités,
cette crainte d'ennuyer les autres fit qu'il s'ennuya
lui-même. Un jour que cet ennui le travaillait plus fort
qu'à l'ordinaire, il se posa cette question : Qui peut
éclipser l'ennui ? — C'est le travail, se répondit-il,
alors cherchons-en ; du reste je ne suce le lait de la
France que par une de ses mamelles, je n'ai pas assez
de fortune pour vivre. J'aspirais dans la vie militaire à un

grade plus élevé que celui de lieutenant et à une plus longue vie du métier, ce qui aurait arrondi de plus de moitié la pension qui m'est allouée; allons Bernelle, puisque le sort en a décidé autrement et que tu ne veux pas solliciter une place auprès du gouvernement de Sa Majesté Louis XVIII, il faut chercher l'autre moitié dans la vie civile indépendante. C'est en se promenant d'un bout à l'autre de la chambre de son hôtel qui avait quatre mètres de longueur sur trois de largeur, qu'il se posait ces questions; n'ayant encore rien trouvé, il s'assit sur une chaise devant sa petite table, mit ses deux coudes dessus, appuya sa tête dans ses deux mains, réfléchit quelques minutes pendant lesquelles il jeta les dés de sa destinée sur le tapis. Les dés ayant parlé le conduisirent chez un nommé M. Chandeau, lequel habitait dans l'île Saint-Louis, près l'hôtel de Bourgogne où il logeait. M. Chandeau faisait le commerce de vins en gros à Bercy; il était né à Sacy et y venait quatre à cinq fois par an. Son commerce prospérant, il y avait fait bâtir deux belles maisons relativement au village, et trois pressoirs, lesquels lui rapportaient annuellement soixante feuillettes de vin. Il était choyé de tous les habitants de Sacy; heureux celui qui avait l'honneur de le recevoir à sa table. M. Chandeau qui était bon aimait tout le monde de Sacy; celui qui venait à Paris était certain d'être bien reçu s'il lui faisait visite. Bernelle savait tout cela, mais n'était pas connu de lui; néanmoins, connaissant son adresse, il fut le trouver et lui exposa sa position en lui disant qu'il désirait faire le commerce de vins en détail et qu'à ce sujet il venait lui demander ses conseils. M. Chandeau le

reçut très-bien et le conduisit dès le lendemain chez un
de ses amis nommé Borno, marchand de vins en détail,
rue de la Friperie n° 15, lequel désirant vendre son
fonds lui en avait fait part. La rue de la Friperie, qui
datait du quinzième siècle, fut démolie en 1838 pour l'a-
grandissement des halles ; elle n'avait qu'un côté qui faisait face à la halle aux pommes de terre ; le premier étage
de cette rue surplombait sur le rez-de-chaussée d'environ
deux mètres cinquante centimètres ; cet étage comme
tous les étages supérieurs était soutenu par des piliers
placés en devanture, bornant la rue. Les marchands
de vieux habits, appelés fripiers, y étaient en majorité ;
ils étalaient leurs haillons sur le mur de devanture et sur
les piliers, ce qui donnait à cette rue la physionomie de
la misère. Les autres commerçants étaient des savetiers,
gargotiers, herboristes, marchands de vins, etc.

La boutique du père Borno était très-sombre à cause
du surplombage des étages supérieurs ; elle était éclairée
par deux petites croisées ornées de rideaux rouges, placées
de chaque côté de la porte, laquelle était une porte pleine,
le jour toujours ouverte, qu'il neige ou qu'il gèle ; au-
dessus de cette porte étaient deux carreaux formant im-
poste. A droite, en entrant, était un comptoir d'étain
d'une longueur de deux mètres, lequel avait une bordure
de quatre centimètres de large ; au milieu était une
cuvette garnie d'une série de mesures en étain, deux
entonnoirs en fer-blanc, rouillés, et deux brocs en bois de
six litres chacun, raisonnablement propres ; sur le bout
du comptoir opposé au mur, étaient une cinquantaine de
verres de diverses grandeurs ; ces verres étaient lar-

moyants et conséquemment d'une propreté douteuse;
l'autre bout du comptoir était séparé du mur par une
planche en chêne qui était cirée tous les matins par
le garçon. Derrière le comptoir était une vieille
banquette pour asseoir M. et madame Borno et le garçon dans ses moments de loisir; au-dessus une longue
planche sur laquelle étaient étalées des bouteilles contenant des liqueurs de toute espèce; au-dessus de cette
planche, vis à vis le milieu du comptoir, était une pendule donnant l'heure aux pratiques et aux passants de la
rue; au-dessous était une glace ayant son cadre depuis
longtemps dédoré; en face du comptoir, à l'extrémité de
la boutique, était un banc ou plutôt une planche appuyée
contre le mur, servant à asseoir les pratiques; au bout de
cette planche, était l'entrée de la cave, recouverte par un
tambour en bois, sur lequel étaient une cinquantaine de
bouteilles vides; au bout du comptoir, était une grande
fontaine en plomb, avec trois robinets en cuivre, dont un
pour l'eau de Seine filtrée, un pour la non filtrée, et le
troisième pour l'eau de puits, servant à rincer les bouteilles. La boutique était pavée de pavés de Fontainebleau, semblables à ceux que nous voyons aujourd'hui
dans la plupart des rues de Paris. Un cabinet, servant de
salle à manger à M. Borno, et une cuisine en face étaient
séparés par un corridor qui conduisait à une grande
salle à boire qui, dans les grands jours de débit, contenait soixante personnes; cette salle était éclairée par un
vitrage de six mètres de large sur deux de haut; ce vitrage recevait le jour par la cour de la maison dans
laquelle il y avait un puits commun à tous les locataires;

au fond de cette cour, il y avait deux escaliers qui des-
servaient deux corps de bâtiments habités par trente-deux
locataires, dont la plupart étaient des pratiques de
M. Borno. Telle était la situation de l'établissement que
Bernelle, accompagné de M. Chandeau, allait acheter.

M. Chandeau débattit le prix du fonds avec M. Borno :
le dernier mot de celui-ci fut 14,000 francs et 500 francs
d'épingles pour madame Borno; de part et d'autre on
mit vingt-quatre heures pour réfléchir; ces vingt-quatre
heures écoulées, MM. Borno et Bernelle signèrent un
acte sous seing privé, pour Bernelle prendre possession
dans la quinzaine, c'est-à-dire le 1er octobre 1815. Voilà
comment Bernelle le déserteur, le sabreur, le chevalier
de la Légion d'honneur, le lieutenant de la vieille garde,
l'assassin de deux soldats prussiens, devint marchand
de vins en détail.

CHAPITRE IV

Bernelle marchand de vin en détail. — Les Cabassou et les Malineau.
Une bataille de manants. — Mariage de Bernelle. — Année 1817.

Le 1er octobre 1815, Bernelle coiffé d'une casquette
en peau de loutre, chacune de ses oreilles ornée d'un
anneau d'or, vêtu d'un pantalon et d'une veste en ve-
lours noir, un tablier de coutil noir-bleu devant lui, ser-

vait du vin, de l'eau-de-vie et des liqueurs à ses pratiques.

Parmi elles, une des plus assidue était un nommé
Cabasson, père de cinq enfants, deux garçons et trois
filles, auxquels grâce au travail, à l'ordre et à la fer-
meté de leur mère, le strict nécessaire n'avait jamais
manqué. Deux de leurs filles étaient placées, par les
soins de leur mère, chez un nommé M. Delmas marchand d'oranges en gros : c'étaient Marie la plus âgée, et
Louise la cadette; elle avait placé Françoise, la plus
jeune, chez une fruitière de ses amies. La bonne mère
avait donné à ses filles une instruction et une éducation
en harmonie avec leur position. Elle en était récompensée par les consolations qu'elle recevait d'elles; ces
filles vertueuses, pétries d'amour filial, venaient adoucir
les chagrins domestiques qui rongeaient son cœur; car
les yeux de la pauvre mère avaient tant pleuré, qu'ils
avaient besoin d'être mouillés par l'eau vivifiante des
doux fruits sortis de ses entrailles. Ses deux garçons
avaient aussi reçu une instruction correspondant à
celle qu'avaient reçue leurs sœurs. Pierre, alors âgé de
seize ans, était ouvrier serrurier; et Jean, âgé de quinze
ans, finissait son apprentissage de mécanicien; tous deux
avaient appris leur métier, aussi par les soins de leur
mère. Quoique jeunes, ils s'adonnaient à la débauche et
au libertinage. Cabasson était fils unique d'un cultivateur très-aisé de Conflans, lequel, étant infirme, était
obligé d'envoyer sa femme conduire sa voiture remplie
de légumes à la halle de Paris, pour vendre les primeurs
qu'il récoltait. Celle-ci étant venue à mourir, il fut forcé

de confier cette besogne à son fils alors âgé de seize ans,
lequel s'en acquitta convenablement pendant trois ans, à
la suite desquels il enticha peu à peu la recette de ses
marchés, par des déjeuners et des libations intempérés,
lesquels étaient suivis de péchés de jeunesse. Son père
cachait autant qu'il le pouvait l'inconduite de son fils,
pour ne pas nuire à un projet de mariage, qu'il avait depuis longtemps médité, pour l'unir à la fille d'un de ses
amis nommé Renard, cultivateur comme lui, Marie Renard avait été instruite dans une des meilleures pensions de Paris, d'où elle était sortie depuis environ un
an. Ce mariage eut lieu non sans quelque difficulté;
mais les deux jeunes gens s'aimant depuis leur enfance, cela décida les parents de la jeune fille, et le mariage fut conclu. Pendant une année qui lui parut bien
courte, le père Cabasson crut que son fils avait changé
de conduite; hélas! ce n'était que l'auréole de la lune
de miel qui l'avait séparé de ses amis de débauche qui
se lamentaient déjà d'avoir perdu un si bon soldat de
leur compagnie. Dans la deuxième année, les douces vapeurs de l'auréole disparaissaient peu à peu, quand un
jour la dernière molécule s'envola, emportant avec elle
l'illusion, mettant à nu la triste réalité qui reprenait ses
droits quelque temps méconnus. C'est de ce moment
que datèrent les malheurs de Marie, qui ne passait jamais deux années sans payer un tribut à la mater-
nité. Cabasson continua ses orgies jusqu'à ce que les
15,000 francs de la dot de sa femme qu'il avait reçus
en terre, et les 25,000 francs également en terre qu'il
avait reçus de son père, fussent enfouis dans le gouffre

béant, au fond duquel apparaissent les huissiers et la
misère. Sept années étaient à peine écoulées depuis leur
mariage, qu'il n'y restait plus qu'une terre d'une valeur
d'environ 3,000 francs provenant de la dot de sa femme,
qui n'était point engagée par sa signature; elle avait tant
aimé son mari qu'elle avait regardé jusqu'alors comme
un sacrilége de la lui refuser; mais quand son amour de
mère lui fit voir que dans un avenir prochain elle ne
pourrait plus donner le nécessaire aux frêles créatures
sorties de son sein, elle se révolta contre sa faiblesse.
Tout en faisant son devoir d'épouse, elle méprisa son
mari dans son for intérieur, et attendit qu'il lui de-
mandât de nouveau sa signature pour engager le dernier
morceau de terre qui lui restait, pour la lui refuser et
profiter de cette circonstance pour lui montrer le hideux tableau de leur position, et la main criminelle qui
l'avait peint avec le pinceau de la débauche. Elle n'attendit pas longtemps. Un jour elle vit venir son mari de
Paris, la figure bouleversée, moitié par l'ivresse, moitié
par une violente contrariété. — Petite, lui dit-il, en s'ap-
prochant d'elle, tu viendras demain à Paris avec moi;
nous irons chez le notaire, pour que tu donnes ta signature pour la terre de Boileau qui vient de toi, car il nous
faut de l'argent pour payer des intérêts que nous devons,
et nous n'en avons pas. M. Tudor le notaire m'a dit
que, si nous ne payions pas, il serait obligé de faire
vendre tout ce que nous possédons, et nous n'avons que
cette terre pour nous procurer la somme qu'il nous faut.
— Mon ami, répondit-elle, voilà sept ans que nous sommes mariés et d'environ 40,000 francs que nous avons

reçus de nos parents, il ne reste plus que ce lambeau de terre qui n'est point engagé. Ton père étant infirme nous a donné tout ce, qu'il possédait, conséquemment nous sommes obligés de le nourrir; il est vrai que nous ne le nourrirons pas longtemps, car il se meurt du chagrin que ta conduite lui cause : de plus nous avons des enfants que nous ne pouvons nourrir de l'air du temps, ni vêtir avec les baisers d'une mère au désespoir. J'ai été coupable de faiblesse jusqu'à la lâcheté, l'amour que j'avais pour toi couvrait toutes tes infamies; lorsque des personnes qui prenaient intérêt à ma position venaient me dire : — Marie, ton mari mange son avoir et le tien à Paris après son marché, dans des déjeuners, accompagné de mauvais sujets et de femmes de mauvaise vie; à ta place je mettrais ordre à cela. Malgré les preuves les plus positives qu'elles me donnaient pour m'ouvrir les yeux sur ces monstruosités; je me refusais d'y croire, insensée que j'étais; mon rêve, hélas! n'a duré que trop longtemps; mon réveil me montre ton malheureux père descendant dans la tombe que tu lui as creusée, nos enfants avant un an couverts de haillons, mourant de faim, inspirant la pitié à tout le monde; et leurs père et mère couverts de mépris par tous ceux qui les connaissent. On peut donc vendre tout ce qui est engagé, Cabasson, j'en fais mon deuil; mais quant à ce dernier morceau de terre, il ne sera jamais vendu, ou s'il l'est, ce sera pour donner du pain à mes enfants.

Cabasson n'ayant jamais éprouvé un refus de sa femme resta un moment étourdi sous le coup des reproches sanglants qu'elle lui faisait; les sachant mérités, il ne répliqua rien que ces mots : — Comme ça, tu refuses?

— Oui je refuse; tu m'arracherais plutôt la vie que ma signature pour engager cette terre.

— Mais on vendra tout ce que nous possédons.

— C'est bien entendu, puisque je te dis que j'en fais mon deuil.

La conversation en resta là; le lendemain même demande; même réponse.

Cabasson voyant qu'il n'y avait rien à espérer partit comme à son ordinaire pour vendre ses légumes à la halle de Paris, sondant les bosses de sa cervelle pour connaître laquelle débrouillerait ce qui était indébrouillable sans argent. A bout de réflexions et n'ayant rien trouvé, il se dit : —Ma femme a raison ; mon bien vendu, nous ne pourrons rester à Conflans, on me montrerait au doigt; il faut laisser vendre, s'il reste un peu de bouillon nous ferons un peu de soupe; en attendant, je vais m'occuper d'avoir une médaille de porteur à la halle. J'ai de bons muscles et jouis d'une bonne santé : j'ai fait des bêtises, il faut en subir les conséquences en les réparant un peu. — Cabasson n'était pas méchant, mais il avait reçu de la nature une faiblesse de caractère qui contrastait singulièrement avec la force physique dont il était doué ; l'excès du vin le rendait insupportable, et ce défaut était la cause de deux jugements qu'il avait subis en police correctionnelle, dont l'un l'avait fait condamner à huit jours de prison, et l'autre à quinze pour coups et blessures.

Ces deux jugements furent la cause qu'il n'obtint sa médaille de porteur qu'avec beaucoup de difficultés. Trois mois après que sa femme lui eut refusé sa signa-

ture, il avait reçu tous les sacrements que donnent la justice pour arriver à la vente; il demanda et obtint un
sursis de quelques jours pour la pose des affiches, ce
qui lui permit de déménager avant que le bruit offi-
ciel de sa honte ne fût répandu. Le matin de la pose
des affiches, à deux heures, par une nuit noire, il em-
menait son mobilier à Paris; son vieux père malade
a femme et ses enfants l'accompagnaient, les yeux levéss
vers le ciel, étouffant, en sanglots, en disant adieu à
leurs champs qu'avait arrosés la sueur de leurs aïeux,
dont le travail avait été béni par les rosées du ciel, qui
leur avait donné les sucs et les prémices de la terre; à
cette maison qui avait reçu le dernier soupir de ceux qui
avaient laissé ces gages à leurs enfants pour exemple de
ce que peuvent le travail et l'économie.

L'auteur de cette scène douloureuse était lui aussi
confondu par le remords : de même que l'heure du sup-
plice du criminel oublie rarement de sonner, n'en devient que plus terrible pour avoir longtemps attendu ;
de même aussi, cette heure en ce moment sonnait tristement lugubre pour Cabasson, plût à Dieu qu'elle lui
servît d'exemple désormais !

La voiture arriva à Paris vers dix heures, c'était dans
les premiers jours de septembre; elle s'arrêta devant la
maison portant le numéro 15, rue de la Friperie, dans
laquelle Cabasson avait quelques jours avant loué un
logement convenable au troisième étage, pour lui et sa
famille.

A dater de ce jour, Cabasson qui avait obtenu une médaille travaillait en qualité de fort à la halle, rappor-

tant quatre francs environ par jour à la maison, et une
dizaine de demi-setiers à son corps, humés chez le père
Borno. Il était resté une quinzaine de cents francs entre
les mains du notaire, reliquat de la vente de son bien,
qui lui furent remis, et dont madame Cabasson s'empara
sans difficultés; tant elle s'était rendue maîtresse du caractère faible de son mari depuis leur arrivée à Paris.

Quoique ayant reçu une bonne éducation et une instruction raisonnable pour une jeune fille, madame Cabasson devenue mère et pauvre, malgré les expressions
triviales du personnel des halles de cette époque, se
mit revendeuse; elle acquit bientôt par la distinction
de ses manières une clientèle d'élite, qui lui rapportait
chaque jour un bénéfice inespéré, qui lui permit pendant
l'espace de quatorze ans de placer 14,000 francs, à l'insu de
son mari, chez le marchand d'oranges où elle avait placé
deux de ses filles. Pendant ces quatorze années, la famille
descendait tous les soirs le pain et la pitance pour souper
chez le père Borno, qui fournissait ses assiettes et vendait son vin; aussi considérait-il les Cabasson comme
étant ses meilleures pratiques.

Une autre pratique de Bernelle, un peu moins importante que celle des Cabasson, était un marchand des
quatre saisons nommé Malineau, ancien aubergiste dans
un village aux environs de Bayeux; lui aussi avait mangé
son bien comme on dit; ce n'était pas dans l'orgie comme
Cabasson, c'était dans la procédure. Malineau avait une
femme qui était une de ces mégères qui feraient battre
deux montagnes, si deux montagnes pouvaient se battre,
comme on dit vulgairement.

Les époux Malineau avaient trois enfants, deux garçons et une fille; ils habitaient Paris depuis cinq ans,
logeaient dans la maison où était Bernelle, à l'étage
supérieur où demeuraient les Cabasson. Malineau avait,
dès ses plus jeunes années, rêvé la richesse; pour réa-
liser ce rêve, voici comment il s'y prit : il envoya
son fils Jean, le plus âgé, à l'école du village; à treize
ans, Jean, qui avait fait sa première communion, savait
lire et écrire correctement. Le but où voulait arriver
Malineau était atteint; il alla à Bayeux, acheta le Code
Napoléon, et s'en revint chez lui joyeux, croyant avoir sa
fortune dans sa poche. C'est alors que, pendant une
année d'étude qui parut au père et à la mère Malineau,
qui ne savaient pas lire, ne devoir jamais finir, Jean
le savant lisait le bienheureux Code tous les soirs jusqu'à
minuit. Quand on travaillait dans les champs, après
chaque repas, la lecture remplaçait la sieste, on discutait les articles que Jean venait de lire en famille; lorsque celui-ci, qui avait lu, opinait, on l'écoutait comme
s'il avait prononcé une sentence. Au bout d'une année
d'étude, la famille légiste résolut de mettre à exécution
son érudition; Jean feuilleta tous les titres de propriété,
sur tous on trouva matière à procès. Malheur aux propriétaires voisins des propriétés de Malineau; tous eurent
à répondre à ses attaques, et aucun d'eux ne voulut se
dépouiller de la dixième ou de la vingtième partie de
son champ pour lui faire plaisir. Il eut bientôt cinq
procès, qu'il perdit en première instance, c'est-à-dire
devant le juge de paix. Au moment où celui-ci pronon-
çait sa condamnation, il disait : — J'en rappelle ! Il en

rappelait, en effet, pour s'entendre toujours condamner ;
il en rappelait jusqu'en dernier ressort, et toujours il
répétait ces deux mots sacramentels : — J'en rappelle !
Au bout de trois ans, sa ruine était complète ; on vendit
une quinzaine de mille francs de terres et sa maison.
L'acquéreur de cette dernière ne put prendre possession
d'elle qu'accompagné des gendarmes, qui mirent les
Malineau à la porte, emportant leur chétif mobilier,
parmi lequel était le livre, presque usé, qui avait causé
tous leurs maux. Ils vociféraient que la justice était in-
juste, qu'elle ne connaissait pas le Code, que les usuriers,
qui leur avaient prêté de l'argent à quinze et vingt
pour cent, lesquels avaient fait vendre leur bien, étaient
de la canaille comme tous ceux qui avaient plaidé contre
eux. Un jour ils quittèrent, avant l'aurore, le village où
ils étaient nés, dans le cimetière duquel étaient enterrés
leurs ancêtres, lançant contre lui et ceux qu'ils renfer-
maient les malédictions les plus accentuées pendant tout
le trajet de Bayeux à Paris. C'est avec de tels sentiments
qu'ils arrivèrent dans la grande ville, où viennent se ré-
fugier une grande partie de ces infortunés, génies incom-
pris des provinces, qui, honteux des passions désordon-
nées qu'ils ont dans leur village, viennent se cacher à
Paris, fuyant une société qui les poursuit de son
dédain.

Cabasson et Malineau, quoiqu'ayant, d'une manière
différente, mangé l'héritage de leurs parents, avaient
cependant les mêmes défauts ; ils étaient joueurs et
ivrognes. De même que les qualités nous rapprochent,
les défauts nous rassemblent ; ainsi Cabasson et Malineau

se fréquentèrent; ils se grisaient et se battaient quelquefois ensemble; si la bataille avait lieu le soir, on
signait la paix en buvant le vin blanc le lendemain matin,
en attribuant à un malentendu les coups de poings donnés
et reçus la veille.

Malineau et sa femme traînaient chacun une petite
voiture à bras dans les rues de Paris, sur lesquelles étaient
étalés des fruits frais en été et de conserve en hiver,
accompagnés, selon les saisons, d'œufs, de légumes, etc.,
qu'ils vendaient aux bonnes et aux ménagères des rues
par où ils passaient.

Madame Malineau, comme madame Cabasson, descendait tous les soirs, chez le père Borno, la pitance
pour sa famille; comme cette pitance était fort maigre
comparée à celle de madame Cabasson, cela fit naître
des quolibets de la part des habitués de la maison Borno,
qui, étant venus aux oreilles de la mère Malineau, exci-
tèrent chez elle une violente jalousie contre les innocents
Cabasson; cette jalousie pour madame Malineau était
une déclaration de guerre. Les deux fils Malineau étaient,
comme Cabasson, porteurs à la halle, Jean et Joseph;
quant à Lisa, elle vendait dans les rues avec sa mère.

Il y avait encore dans la maison du n° 15, rue de la
Friperie, plusieurs ateliers de cordonniers et tailleurs
dont le personnel, qui fraternisait ensemble, n'oubliait
jamais la promenade à la barrière le dimanche pour assister, dans les cabarets, aux premières vêpres de la Saint-
lundi, laquelle se faisait toujours chez Bernelle, avec
force côtelettes de porc frais à la sauce, délayées dans
l'estomac de chaque membre de la société par une com-

pagnie de litres de vin composé d'un mélange des vins
du Midi et du Centre. Ces disciples de Bacchus ne ces-
saient de vider leurs verres que lorsque le bol stoma-
chique débordait ; c'est alors que ceux à qui il restait
un peu de voix et de raison entonnaient un couplet sur
une chanson et un couplet sur une autre ; cette salmi-
chanson était hurlée avec des voix fêlées et caverneuses,
sorte de glas précurseur de la mort de leur intelligence.
D'autres, la tête appuyée sur la table entre leurs bras,
cuvaient dans les bras de Morphée les produits de cette
plante adorée, importée sous le beau ciel de France par
Brennus le Gaulois ; la catégorie intermédiaire jouait aux
cartes en se disputant sans cesse, se bousculant quelquefois plus ou moins mollement, en proférant des cris
rauques et sauvages, ou, par des retours d'idées désor-
données, s'embrassait par bonds avec des figures hé-
bétées aux yeux larmoyants. Le mardi, les ateliers
reprenaient la vie ordinaire ; quelques ouvriers avaient
la figure un peu chiffonnée par les maux de tête causés
par les libations de la veille ; la maison de commerce de
Bernelle reprenait alors le calme ordinaire, c'est-à-dire
la vente régulière.

Il y avait aussi, parmi les locataires de cette sorte de
république, plusieurs petits ménages dont la plupart
venaient s'approvisionner de vin chez Bernelle. Tous les
locataires de la maison du n° 15 se connaissaient à différents degrés, les uns par le coudoiement des rencon-
tres quotidiennes, les autres par des rapports d'intérêts
ou des aspirations de sentiments identiques.

Deux partis partageaient la république en deux camps :

le parti du désordre, de la gourmandise et de la paresse, représenté par la mère Malineau, et le parti de l'ordre, de l'action et de l'honnêteté, ne comptant que sur le travail pour amener la paix et l'aisance dans la famille, représenté par la mère Cabasson.

Chaque maison de commerce de vins a deux genres de vente, la vente locale faite aux voisins, qui est celle que nous venons d'énumérer, et la vente casuelle faite aux passants ; des fruitiers, des maîtres d'hôtels et chefs de cuisine de restaurants et de maisons bourgeoises et princières, qui venaient s'approvisionner à la halle, complétaient la clientèle de la maison Bernelle.

Depuis vingt mois qu'il était marchand de vin, l'ancien lieutenant de la garde impériale voyait en souriant sa maison prospérer. L'inventaire fait au bout d'une année lui montra 4,000 francs de bénéfice net; voyant la fortune lui sourire comme autrefois la gloire, il désira se marier; il chercha dans sa pensée, dans les jardins des personnes qu'il connaissait, s'il ne pourrait y cueillir une fleur pour l'allier à son nom. Nous verrons dans un instant dans quelle circonstance il la rencontra sans la chercher.

Les Cabasson avaient l'habitude de fêter le saint qui avait donné son petit nom à Cabasson, lequel était le bienheureux saint Pancrace, dont l'Église honore la mémoire le 12 mai. Tous les ans la famille Cabasson, la veille de ce jour, était au complet; chacun de ses membres apportait, soit un bouquet, soit un biscuit surmonté d'une rose, ou une pièce montée par le pâtissier le plus en renommée des environs de la halle. Le festin, qui

commençait ordinairement à sept heures du soir, avait
toujours lieu dans la grande salle du père Borno ; c'était
la seconde fois que Bernelle, son successeur, allait voir
chez lui cette fête de famille de sa meilleure pratique.
Le jour approchait ; la famille Cabasson, ses amis et
Bernelle avaient médité de lui donner, par la cuisine,
les bouquets, le vin et les chansons, un attrait nouveau
qui devait épanouir le cœur de celui qui était l'objet de
ces prévenances. Tous avaient résolu, en souhaitant la
Saint-Pancrace à Cabasson, de faire tomber en ce jour,
sur l'un des plus forts portefaix de la halle, toutes les
béatitudes terrestres.

Madame Malineau n'avait pas oublié non plus la veille
de Saint-Pancrace ; car c'était la cinquième fois qu'elle
allait voir cette fête qui rendait les Cabasson si heureux
en faisant naître dans son âme le germe de cette jalousie
arrivée à la hauteur de la colère. La méchanceté, longtemps comprimée dans son âme, allait enfin éclater ;
pour cela, elle comptait, comme les Cabasson, les jours
et les heures. La veille de Saint-Pancrace se trouvant un
lundi, elle se mit en campagne le dimanche, recrutant,
parmi les locataires de la maison et les employés des
halles, tous ceux qui professaient ses sentiments contre
les Cabasson ; elle organisa contre eux une véritable
conspiration ; la circonstance, l'heure, le signal où devait
éclater sa vengeance, rien n'était oublié. Peu lui importait qu'elle ou les siens reçussent quelques horions,
pourvu que la fête des Cabasson tournât au tragique ;
qu'au lieu de finir dans la joie elle se terminât dans
le sang et les larmes. Elle, d'ordinaire si indiscrète,

sut cette fois garder son secret comme un diplomate.

Le 11 mai, jour tant désiré pour les délices des uns
et la vengeance des autres, arriva enfin. Le matin de ce
jour, vers quatre heures, madame Cabasson, en prenant
possession de sa place, interrogea l'horizon le long des
rues qui pouvaient lui indiquer l'état du ciel aux quatre
points cardinaux; elle n'aperçut, au-dessus de chacune
d'elle, que des rubans d'un bleu d'azur diapré par des
milliers d'étoiles, dont le scintillement annonçait une
belle journée; cependant l'air, qui était un peu lourd
pour la saison, venait seul troubler sa douce quiétude.
Elle acheta et prépara les mets, dressa avec Bernelle la
table, qui était trois tables réunies au bout l'une de
l'autre, sur laquelle on mit les plus belles nappes de
Bernelle, sa plus belle porcelaine et ses plus beaux cris-
taux. A sept heures, le tableau était rempli; on n'attendait plus que le cadre vivant qui devait dévorer joyeusement depuis le premier plan jusqu'au dernier.

Madame Malineau, après avoir donné ses derniers
ordres à ses amis, descendit, comme à l'ordinaire, sa
pitance chez Bernelle; comme elle recevait une vingtaine de personnes, elle fit mettre trois tables au bout
l'une de l'autre, à l'instar et à l'extrémité de celle des
Cabasson, et déposa dessus des saucisses et du boudin,
ce qui n'avait lieu que dans les grandes circonstances,
puis elle attendit son mari et ses enfants, qui arrivèrent
vers sept heures, au moment où arrivaient aussi les
enfants de Cabasson et ses invités, apportant bouquets,
biscuits et nougats, ainsi que la belle pièce montée au-
dessus de laquelle était placé saint Pancrace artistement

fabriqué par le pâtissier; le tout donné par la piété
filiale, et l'amitié était placé symétriquement par les
mains douces et délicates de la brune et belle Marie Cabasson, alors âgée de vingt-deux ans.

De part et d'autre on se mit à table. Madame Malineau,
en entrant dans la salle, avait jeté un regard furtif et
fauve qui avait embrassé l'ensemble somptueux de l'ornementation de la table des Cabasson; à cette vue, elle
laissa échapper de sa poitrine un soupir qui fit claquer
ses dents, lequel fut suivi d'un sourd grognement res-
semblant à ceux qu'ont les bêtes fauves quand elles
aperçoivent une proie qui ne peut leur échapper.

Une franche gaieté s'alluma bientôt dans le cœur des
convives des Cabasson, qui, nouveaux Gargantuas, faisaient disparaître chaque mets avec la dextérité de gens
qui ont promis une bonne fête à leurs estomacs de fer;
le rôti disparut comme le bouilli. Tous les mets furent
arrosés de vins généreux: le madère fit le coup du milieu, l'épineuil remplaça le mâcon et le bordeaux remplaça l'épineuil. Cabasson avait placé son vieux père à sa
droite, sa femme venait s'asseoir à sa gauche après chaque plat servi par elle; ses deux fils et ses trois filles
étaient intercalés parmi les convives; il nageait en ce
moment au milieu d'un océan de bonheur.

A l'autre extrémité de la salle était la table des Malineau, qui faisait piteuse mine comparativement à celle
des Cabasson, malgré toutes les précautions que la mère
Malineau avait prises; le vin ordinaire ne fit point défaut: il devait être le principal agent qui devait allumer
la querelle qu'elle méditait.

Pierre Cabasson, qui, la veille, avait fait de copieuses libations chez un marchand de vin voisin, s'était querellé avec un individu qui venait de s'asseoir à la table des Malineau; cet individu avait laissé échapper une menace dans cette querelle en disant : — Que la bande des Cabasson se tienne sur ses gardes, car elle pourrait bien, quelqu'un de ces jours, recevoir une rouflée. En voyant asseoir cet individu au milieu de la société des Malineau, il ne douta point que le moment de la rouflée était proche. Il se leva immédiatement de table et courut chez le même marchand de vin où il s'était querellé; comme c'était un lundi, il était certain d'y trouver quelques amis qu'il trouva, en effet, vidant joyeusement leurs verres. Il leur dit en quelques mots ce dont il s'agissait; on combina que ces amis, qui étaient six, dont le plus jeune avait vingt ans, tous six forts de la halle, et par conséquent doués de la force musculaire que réclame ce métier, stationneraient devant la boutique de Bernelle, et au moindre bruit mal sonnant entreraient chez lui. Ceci convenu, Pierre rentra, reprit sa place, annonçant qu'un gros nuage s'approchait du côté de la halle aux blés, que la lueur des réverbères était presque nulle, qu'il faisait très-noir dehors.

Les estomacs, quoique solidement constitués, commençaient à se fatiguer; Cabasson prit la parole et dit : — Allons, Marie, une chanson. Marie, un peu émotionnée, entonna, d'une voix harmonieuse et vibrante, la chanson qu'elle fredonnait depuis deux mois dans son magasin en déballant les caisses d'oranges; mais, comme elle finissait le premier couplet, un violent coup de ton-

nerre qui fit vibrer les vitres, dont l'éclair qui l'avait
précédé éclaira la salle d'une vive lumière qui éclipsa la
lueur des quinquets de la salle, l'arrêta. Le tonnerre
ayant cessé de gronder, elle recommença le premier
couplet qu'elle avait mal fini ; ce couplet chanté fit cesser
toutes les conversations des Malineau qui parlaient tous
ensemble ; quand elle entonna le second, on eût entendu
une mouche voler dans la salle ; elle finit ainsi sa chanson de quatre couplets sans que madame Malineau,
comme elle l'avait promis, songeât à siffler au second.
On dit que les serpents les plus féroces se laissent char-
mer par de doux sons ; c'est ainsi que la douce voix de
Marie avait abusé les sens de madame Malineau et des
siens. La chanson finie, les Cabasson applaudirent des
mains et des bravos. C'est à ce moment que madame
Malineau redevint elle-même en lançant avec sa fille
deux coups de sifflet qui étaient le signal de vingt autres
qui dominèrent les claquements de mains et les bravos
des Cabasson. Un coup de tonnerre, plus violent encore
que le premier, vint, par sa toute-puissance, dominer
tout ce bacchanal.

En entendant les sifflements provocateurs des Malineau, Bernelle les pria de les cesser ; dans le cas contraire, de s'en aller : le tonnerre l'interrompant, il fut
obligé d'attendre que son roulement se perdît dans le
lointain pour recommencer son invitation. Comme il
avait refusé de faire crédit à Malineau et à la plupart de
ses invités, qui lui devaient des sommes plus ou moins
importantes dont il ne recevait pas un sou, ils lui répondirent en chœur, pour paiement sans doute, en vomissant

contre lui les injures les plus grossières. Un d'eux, qui
était plus ivre que les autres, ayant la bave et le sang à
la bouche, prend une bouteille sur la table, la lance
sur Bernelle, qui est atteint à la tempe à l'endroit de sa
cicatrice, et l'étend étourdi, ruisselant de sang, sur le
carreau ; au même moment, madame Malineau et sa fille,
emportées par une rage égale, lancent chacune leur verre
sur la table des Cabasson. Le verre de l'adroite Lisa tombe
sur saint Pancrace qu'il réduit en morceaux, puis il
ricoche et rencontre une bouteille de bordeaux pleine
qu'il brise aussi ; son délicieux contenu arrosa la table
en la parfumant. Madame Malineau, qui avait visé Cabasson, l'atteignit au nez, duquel le sang jaillit abondamment. Ce commencement de bouleversement fut l'instant
d'une étincelle : tout le personnel des deux tables était
debout ; une bataille de manants à coups de pieds, à coups
de poings était imminente.

Malgré les étreintes de sa femme, qui voulait empêcher Cabasson de se ruer sur leurs adversaires, il se
dégagea vivement d'elle ; le lion blessé rugissait ; il sauta
par-dessus la table, prit un banc en chêne de deux mètres
cinquante centimètres de longueur servant à asseoir les
pratiques d'un côté d'une table, le manœuvra comme
un bâton, et frappa à coups redoublés dans le tas des
Malineau, dont la plupart se sauvaient dans un recoin de
la salle opposé à celui où il était ; tous cependant prirent, de part et d'autre, part à la bataille ; chaque combattant défiait l'ennemi à qui il en voulait le plus ; les
deux champions se regardaient une seconde, puis bon-
dissaient l'un sur l'autre à coups de pieds, à coups de

poings. Chacun des combattants, impatient de vaincre,
quittait bientôt ce genre de combat pour se prendre à
la gorge; puis ils s'entrelaçaient à bras le corps, se poussant, se repoussant pendant un instant d'indécision de
leur force, et tombaient lourdement sur le carreau, se
roulant l'un sur l'autre, les uns au milieu de la salle, les
autres sous les tables qu'ils renversaient en se débattant;
alors bouteilles, verres, assiettes, etc., tout tombait avec
fracas; tous criaient, hurlaient, vociféraient. Comme
partout gisaient des éclats de verres, de bouteilles et de
vaisselles brisées, vainqueurs et vaincus se relevaient
meurtris et sanglants. Tout à coup les amis de Pierre
Cabasson, ayant entendu le bruit auquel ils s'attendaient,
firent leur entrée dans la salle; cette entrée mit le trouble
parmi les Malineau, en voyant arriver des troupes fraîches
qui allaient immédiatement se mettre en ligne contre
eux; ce que voyant, madame Malineau et sa fille elles
tournèrent leur rage contre la table des Malineau, qui
était restée debout, et la renversèrent; alors bouteilles,
verres, pièces montées, vaisselles, tout tomba avec un
épouvantable fracas, qui lutta un instant avec le bruit
du tonnerre qui ne cessait de gronder. Cabasson, voyant
qu'ils allaient avoir bon marché de la bande des Malineau, quitta son banc, criant d'une voix de Stentor : —
Frappez sur les yeux, les yeux au beurre noir. Tous
obéirent à ce commandement, car le commandant donnait terriblement l'exemple; madame Malineau étant
venue défendre son mari, Cabasson la prit par ses jupons
et l'envoya à la volée tomber sur les éclats des verres et
des bouteilles qui étaient son ouvrage; elle tomba si mal-

heureusement sur les carreaux que sa figure embrassa
des parcelles de verres et de bouteilles cassés, qui la
mirent en sang et lui firent des cicatrices que son visage
montra le reste de sa vie ; bien qu'elle criât de toutes ses
forces : A l'assassin ! elle se crut morte et ne bougea de
cette position que quand on vint la chercher. Le commandement de Cabasson fut si bien exécuté que tous les
Malineau eurent le tour des yeux meurtri ; ceux-ci, se
voyant vaincus sur toute la ligne, songèrent à la retraite.
Il fallait sortir de l'établissement de Bernelle par l'unique
porte de la rue de la Friperie ; Cabasson avait déjà orga-
nisé, dans la boutique qui précédait cette porte, une
double haie des siens, de telle façon que les Malineau,
pour effectuer leur retraite, furent obligés de passer un
à un au milieu de cette double haie d'un ennemi vainqueur. Cabasson, avec un ami de sa force, terminaient la
haie, chacun d'un côté de la porte où ils appréhendaient
au corps chaque Malineau qui passait et l'envoyaient à la
volée prendre un bain dans le ruisseau de deux pieds de
profondeur que l'orage avait produit ; tous subirent cette
ablution d'un nouveau genre. Madame Malineau était
restée dans la même position où Cabasson l'avait jetée ;
sa fille était auprès d'elle qui l'accompagnait de ses cris :
A l'assassin ; on fut obligé d'aller chercher ces deux
furies, qu'on emporta d'où elles étaient, pour les jeter
dans le bain improvisé, où elles terminèrent, en se baignant, ce jeu sanglant de la force et du hasard.

La salle de Bernelle, ou plutôt le champ de bataille,
présentait l'aspect d'un grand compartiment mis à sac et
à sang. Les trois tables des Cabasson étaient renversées

sur les carreaux, où gisaient parsemés, nappes, débris de bouteilles, de verres, d'assiettes, pièces montées, biscuits et fleurs. On voyait çà et là, où avait eu lieu chaque combat singulier, des petites mares de sang. La plupart des carreaux du grand vitrage donnant sur la cour étaient brisés. En regardant l'ensemble de cet épouvantable désordre, l'âme était émue d'une profonde tristesse sur l'imperfection de l'esprit humain, quand sans culture il est abandonné à l'état sauvage.

Chacun souffrit de ses blessures sans se plaindre; des deux côtés, on mit une sorte d'honneur de n'en point instruire le commissaire de police.

Madame Malineau, rentrée chez elle, pansa toutes les blessures de sa famille et les siennes, puis elle dit avec un sourire strident : — Saint Pancrace n'a pas béni les Cabasson aujourd'hui. Elle se coucha ensuite, s'applaudissant d'avoir fait une bonne journée. La fièvre avait envahi tout le monde; les plaintes et les gémissements n'avaient cessé de la nuit. Comme il n'y avait pas d'argent à la maison, ayant été dépensé pour l'échauffourée de la veille, n'ayant aucun crédit chez les commerçants, il fallut que ces abonnés de la misère, malgré les souffrances qu'ils endurèrent pendant trois jours, travaillassent s'ils voulaient vivre sans voler. Ces souffrances, jointes aux plaisanteries du personnel des halles, leur retournèrent complétement l'esprit : la Saint-Pancrace pouvait désormais venir, elle ne trouverait plus en eux qu'indifférence ou docilité.

Nous avons laissé Bernelle étourdi, ruisselant de sang sur le carreau; il fut relevé du milieu de la mêlée par la mère Cabasson et sa fille Marie la chanteuse, qui le

conduisirent dans son lit; Marie avait reçu en le rele-
vant un coup de pied à l'avant-bras gauche, qui l'avait
fait enfler d'une manière sensible. Bernelle déposé sur
son lit fut obligé d'attendre la fin de la gabarre pour
être pansé, après laquelle Cabasson et sa femme montèrent dans sa chambre; ils le trouvèrent revenu à lui,
mais baignant dans son sang. La blessure paraissant
très-grave, la mère Cabasson courut chercher un médecin, qui après l'avoir pansé dit que le blessé en avait
pour une huitaine à garder le lit, que la blessure demandait de grands soins, attendu qu'elle était faite sur
une blessure ancienne, dont la guérison avait laissé une
partie très-faible. Il pansa ensuite le bras de Marie, et dit
que cela ne serait rien, que quelques jours de repos suffiraient pour amener la guérison.

La mère Cabasson passa la nuit auprès du blessé pour
exécuter l'ordonnance du médecin, laquelle prescrivait
une potion et de la tisane à des intervalles qu'elle déter-
minait. Le lendemain à quatre heures du matin, elle fut
obligée d'aller faire ses achats pour vendre à sa place
habituelle les primeurs qu'elle débitait chaque matin à
ses pratiques. Voyant l'heure approcher et son blessé
endormi, elle fut réveiller sa fille Marie qui ne pouvait
reprendre ses travaux; elle avait à peine sommeillé quelques heures; la douleur qu'elle ressentait à son bras lui
avait donné un peu de fièvre. Elle s'approcha de son lit et
lui dit : — Marie, lève-toi, ma fille; tu sais que le médecin a dit que M. Bernelle ne pouvait rester seul, je
vais faire ma halle, et pendant ce temps tu resteras auprès de lui ; je vais te dire ce qu'il faut faire.

— Ma mère, je me lève, aide-moi à m'habiller, car je
sens que je ne le pourrais seule à cause de mon bras malade; mais ne crains-tu pas les médisances du monde
de la halle? Car une jeune fille restée seule pour soigner
un garçon malade pourrait donner naissance à des propos légers.

— Ma fille, nous sommes la cause de ce qui est arrivé
à M. Bernelle, nous lui devons nos soins jusqu'à sa guérison; je connais la pureté de ton cœur, cela me suffit
pour engager ma responsabilité de mère; Dieu et notre
devoir, ma fille, peuvent nous faire braver les médisances du monde.

Marie habillée s'agenouilla aux pieds d'une chaise, fit
sa prière comme à l'ordinaire, puis suivit sa mère qui
l'installa auprès du blessé, et lui dit ce qu'elle avait à
faire.

L'ancien soldat sans peur dormait, non de ce sommeil
tranquille et doux qu'a l'enfant couché sur le lit virginal
de l'innocence, mais on voyait sur ses traits légèrement
colorés par la fièvre un certain bonheur qui lui donnait
un air souriant : c'était le rêve qui depuis six mois lui
travaillait l'esprit, qui l'agitait. Son imagination en feu
voyait une jeune fille qui descendait des régions cé-
lestes, revêtue du costume des filles du peuple, qui marchait dans l'espace en descendant sur la terre, elle le
regardait d'un œil tranquille et doux qui semblait dire :
Regarde comme je suis belle. C'était cette charmante
créature qu'il avait vue cent fois dans ses rêves, mais
avec moins de bonheur qu'en ce moment; le reste de
sa vie eût été un Éden s'il eût toujours dormi en

rêvant ainsi. Il s'éveilla en souriant, ouvrit les yeux et
demanda à boire. Marie se leva, prit la timbale d'argent
qui venait de la mère de Bernelle, versa de la tisane
dedans, et la lui présenta en disant : — Voilà, M. Bernelle.
Le malade, en entendant la douce voix de Marie, ouvrit ses yeux plus grandement qu'à l'ordinaire en la
fixant d'un air étrange; leur réverbération se perdit un
instant dans les siens. Quoique étant bien éveillé le malade croyait toujours rêver, car il voyait en réalité sur la
terre la jeune fille qu'il venait de voir descendre si majestueusement du ciel, et cette jeune fille était là, près
de lui, qui le servait avec une grâce qui le charmait. Il
se dit : c'est le ciel qui m'envoie cette angélique créature; pourquoi irai-je chercher le bonheur si loin,
tandis qu'un ange voltige autour de moi.

Cette organisation de la mère Cabasson et de sa
fille dura cinq jours, pendant lesquels, lorsque chaque
matin à quatre heures et demie Marie entrait dans la
chambre de Bernelle, il semblait au malade que son
souffle la remplissait de parfums inconnus, qui impré-
gnaient son âme de la poésie de l'amour; lorsqu'elle
parlait, sa voix seule était une harmonie de cent instruments divers; tous les sens de Bernelle étaient bouleversés quand il contemplait cette fleur dont la beauté
l'éblouissait en le laissant dans une douce extase.

Marie avait reçu une instruction raisonnable pour une
jeune fille jusqu'à l'âge de douze ans, âge où elle fit sa
première communion; c'est alors que sa mère l'avait
placée chez M. Delmas. Les cinq premières années, elle
avait exigé qu'elle couchât dans le logement paternel,

où chaque matin et chaque soir elle lui donnait l'instruction morale et religieuse qu'elle même avait reçue
en pension; en y ajoutant cette autre solide instruction
qu'elle avait apprise dans les premières années de son
mariage à l'école de déception et de malheur. C'est
ainsi que la mère prévoyante avait préparé sa fille pour
en faire une bonne ménagère et une bonne mère. En
travaillant elle grandissait ; en grandissant elle devint
belle, non de cette beauté mignonne et délicate, mais
de cette beauté mâle pétrie au travail; ses cheveux
soyeux d'un noir d'ébène encadraient une figure aux traits
distingués et réguliers; l'ensemble de sa personne rappelait cette beauté des filles bibliques, reproduite avec
tant d'art par le burin, le ciseau et le pinceau de nos
grands maîtres. Elle avait vu dès ses plus jeunes années souvent couler les larmes des yeux maternels; elle
s'était étudiée à les sécher par un raisonnement bien
au-dessus de son âge. Quand elle ne réussissait pas, du
moins elle réussissait toujours à les transformer; c'est
alors qu'aux larmes amères succédèrent des larmes de
douceur, que la mère répandait sur l'ange de consolation
qu'elle tenait enlacée dans ses bras. Elle apaisait son père
quand, pris de vin, il rentrait en colère, suite de ces disputes sans nom qu'ont les hommes de cabaret qui se ven-
gent de leurs camarades ennemis d'un moment, en inju-
riant leur compagne et leurs enfants en rentrant chez eux.

L'exemple que Marie avait devant les yeux fit qu'en
avançant en âge elle méditait souvent sur le ménage;
bien qu'elle sût que tous les maris n'étaient point des
ivrognes, des piliers de cabaret, elle s'était dit : Je ne

7

me marierai pas, je resterai fille pour consoler ma mère
en partageant ses chagrins. En effet, plusieurs bons ouvriers avaient demandé sa main à ses parents, auxquels
elle avait toujours fait cette invariable réponse : —Je désire rester fille, c'est là mon seul bonheur, ma seule ambition. C'est dans ces sentiments qu'était Marie, quand
par obéissance à sa mère elle avait involontairement
inspiré à Bernelle l'amour que celui-ci regardait comme
lui venant d'en haut.

Au bout de cinq jours, Marie étant guérie reprenait son
travail chez monsieur et madame Delmas, à leur grande
satisfaction. Son absence leur avait fait voir combien son
service intelligent et dévoué était nécessaire à leur
maison : aussi augmentèrent-ils ses appointements de
cinq francs par mois, ce qui réjouit beaucoup Marie, qui,
le cœur épanoui, porta dans la soirée du même jour
cette bonne nouvelle à sa mère.

Si monsieur et madame Delmas, après cinq jours de tribulations que leur avait causées l'absence de Marie, reprenaient le sixième le calme qu'ils avaient avant cette absence, il n'en était pas de même de Bernelle, qui, con-
valessant et triste, reprenait le gouvernement de son
commerce. Quoique sachant que Marie devait rentrer
chez M. Delmas, l'heure à laquelle elle était venue pendant cinq jours avait été attendue avec un bonheur délirant. Le sixième jour, lorsque le timbre de sa pendule
sonna quatre heures et demie, ce tintement solitaire,
hier si joyeux, raisonna aux oreilles de Bernelle triste et
mélancolique ; ses dernières vibrations remuèrent toutes
les fibres de son cœur en portant le trouble dans son

âme. Depuis cinq jours que s'était passée la tragédie dont
il avait été une des principales victimes, il avait remarqué le lendemain, sortie d'un cachot sanglant et hideux,
une jeune fille dont la figure sereine, empreinte d'une
douce majesté, n'avait cessé depuis son apparition de
bercer son imagination au milieu d'un fleuve enchan-
teur. Chaque fois qu'il sortait de ses rêveries, envisageant la réalité, il se disait : Ce n'est aboutir à rien que
d'aimer une jeune fille dont on veut faire sa compagne
sans la demander à ses parents, c'est de l'enfantillage;
heureux ou malheureux il faut la demander aujourd'hui
même à sa mère, qui est le chef de la famille, car son
père est un être nul; du reste, je ne puis rester plus
longtemps en cet état, cela me donne la fièvre, et me
rend plus malade que ma blessure. Lorsque la mère Cabasson va venir, je vais lui conter l'affaire le mieux que
je le pourrai; comme j'ai l'habitude de causer librement
avec elle, j'aurais l'air d'un grand nigaud, moi ancien
soldat sans peur, si je tremblais eu lui demandant sa fille
en mariage. Cependant, il faut que j'aie de la déférence
et un peu de cérémonie; elle ne peut tarder à rentrer
de sa halle, attendons-la patiemment.

Madame Cabasson rentra en effet, et passa chez Bernelle
comme à son ordinaire; dès qu'elle le vit, elle remarqua
sur son visage pâle une grande tristesse qui l'étonna
et lui dit : — Vous souffrez, monsieur Bernelle?

— Oui, madame Cabasson, je souffre d'ennui.

— Il faut secouer cet ennui en vous promenant ce soir
au bois de Boulogne. Le mois de mai dans lequel nous
sommes est le meilleur mois de l'année pour guérir toute

sorte de maladies ; prenez mon conseil pour une ordonnance de médecin : je suis persuadée qu'en le suivant
vous vous lèverez guéri demain matin.

— N'ayant pas entendu les plaintes du malade, il est
difficile que le médecin fasse une ordonnance. Je crois
cependant que, dans une certaine mesure, vous pouvez
aider ma guérison ; pour cela il me faudrait une consultation de vous qui dure au moins cinq minutes ; selon
l'espérance que vous me donnerez, je serai guéri ou plus
malade.

— Je suis prête à vous écouter, parlez.

Bernelle ouvrit la porte de sa petite salle à manger,
présenta une chaise à madame Cabasson qui lui dit :
Parlez, monsieur le malade, votre médecin vous écoute.

— Mon ennui me vient de ne point avoir une compagne, une épouse, un second moi-même à qui je puisse
raconter mes affaires.

— Mais, monsieur Bernelle, dans votre position cela
est facile à trouver : si vous aviez cherché sérieusement
dans le commencement de votre établissement à vous
marier, vous ne seriez plus célibataire aujourd'hui. Vous
êtes probablement comme la plupart des hommes qui
sont dans votre position, qui cherchent une jeune fille
parfaite, et par-dessus tout couronnée de cette couronne
appelée pécuniaire, aimant irrésistible attirant à lui les
hommes à volonté de fer, lesquels la trouvent tout à fait
jolie avec cette gracieuse parure.

— Cela peut être vrai pour beaucoup d'hommes; quant
à moi, je m'honore de faire exception à cette généralité.
Il y a vingt mois que je succédai au père Borno : au bout

d'une année je fis mon inventaire, lequel me donna
4,000 francs de bénéfice net, qui, joints à 550 francs
que je reçois de l'État, me prépare une position raisonnable pour l'avenir; c'est alors que je vis que, sous
le rapport pécuniaire, comme vous l'appelez, je pourrais rendre une compagne heureuse, ne demandant
en retour qu'une épouse de mon choix; ayant toujours été modeste et obéissante envers ses parents,
sans m'inquiéter d'une dot que je ne recherche point.
J'ai cherché vainement pendant sept mois, lorsqu'il y a
six jours, je vis Marie votre fille, que la fatalité avait jusqu'alors dérobée à mes yeux; elle m'a donné pendant
cinq jours avec une douceur angélique les soins que réclamait ma position; chaque fois que je la regardais, je
me rappelais ma mère, je croyais avoir retrouvé toutes
les joies et les attendrissements du foyer paternel; je
l'aime enfin, et dans ma présomption, je vais jusqu'à
croire que Dieu me l'a destinée pour épouse. Ce matin
l'heure où était venue Marie pendant cinq jours a sonné,
mais l'ange n'est pas venu; de là mes souffrances; j'ai
recours à vous comme étant le chef de votre famille, je
vous la demande en mariage pour en faire la compagne
de mes joies et de mes chagrins.

La pauvre Cabasson était loin de s'attendre à un pareil honneur. Quoi qu'il arrive, je vous en remercie;
mais, monsieur Bernelle, avez-vous bien réfléchi avant
de me faire votre demande? Épouser une Cabasson, la
fille d'un fort de la halle toujours pris de vin, la sœur de
deux noceurs; l'épouse, la mère humiliée par l'inconduite des siens, peut bien porter sa croix dans le monde,

car on est solidaire les uns des autres dans les familles ;
mais vous, monsieur Bernelle, chevalier de la Légion
d'honneur, ex-lieutenant de la vieille garde, ayant une
pension de cinq cent cinquante francs de l'État, un commerce qui vous prépare chaque jour un avenir heureux,
comment pouvez-vous penser à vous mésallier en vous
abaissant à devenir le gendre de Cabasson l'ivrogne et
de la mère Cabasson, la bête à chagrin, comme m'appellent mes concurrents. Oh non! croyez-moi, monsieur
Bernelle, une telle alliance est trop éloignée de l'esprit
du siècle pour qu'elle soit possible; en me faisant cette
demande, je crois que vous n'avez pas mûrement réfléchi
à toutes ces considérations.

— Madame Cabasson, j'ai trente-cinq ans; si je vous
avais fait une pareille demande sans mûre réflexion, je
serais indigne de votre fille, car je ne serais pas un
homme, je ne serais qu'un grand enfant. Votre esprit du
siècle conclut tout simplement qu'un homme, occupant
une position de fortune un peu supérieure à celle qu'il
aime, sera une barrière infranchissable qui l'empêchera
de l'épouser; il faudra que cet homme au cœur ulcéré,
pour ne pas être éternellement malheureux, jette sa position au vent; bien que cela ne me paraisse pas raisonnable, je suis prêt à en faire l'abandon pour épouser votre
fille. Les défauts de votre mari et de vos fils n'empêchent
point leur probité, cela me suffit. Quant à vous, madame Cabasson, je suis tenté de vous dire que Dieu n'a
donné des défauts aux uns que pour rehausser la vertu
des autres; on ne parle de vous à la halle qu'avec cette
déférence qui marque l'estime de tous; je connais vos

tribulations ; si le résultat de ma demande était tel que
mon cœur le désire, je vous dirais, ma mère : A nous
deux vos chagrins, noyons-les dans les joies et les douceurs de notre ménage. Dieu, qui conduit les saintes
amours par-delà le tombeau, en bénissant la fille conso-
lerait la mère.

— En vérité, monsieur Bernelle, tant de désintéresse-
ment et d'abnégation mettent un terme à mes observations ; je communiquerai votre demande à ma fille et
vous ferai prochainement réponse.

Madame Cabasson quitta Bernelle et monta à son troisième étage, pensive ; son orgueil de mère était satisfait,
c'était pour elle un éclair de bonheur qui serpentait
dans le nuage noir de sa vie.

Bernelle se déroba prudemment aux regards de ses
pratiques, car la joie qu'il ressentait le rendait insensé.

Dans la soirée du même jour, madame Cabasson vint,
à la fermeture du magasin de M. Delmas, demander à
celui-ci sa fille Marie pour jusqu'au lendemain à l'ouverture du magasin, ce qui intrigua beaucoup sa sœur
Louise. Dès que la mère Cabasson eut Marie à son bras,
elle lui dit : —J'ai une nouvelle à t'apprendre qui t'intéresse, de laquelle dépend ton bonheur et qui peut ajouter
à notre considération.

—Mais quelle nouvelle, maman ? tu me réjouis en me
parlant ainsi.

— Tu m'es demandée en mariage par un homme que
j'estime ; désirant que tu lui sois unie, je lui ai fait une
réponse qui le fait espérer, ai-je bien fait, ma fille ?

Quelle que soit la décision de ma mère, je m'y soumettrai toujours respectueusement. Tu n'ignorais pas, en faisant espérer cette personne, mon désir de rester fille pour te consoler des maux qui t'affligent ; mais il me tarde de connaître le nom de cet homme.

— C'est M. Bernelle, notre marchand de vin.

— M. Bernelle, c'est un galant homme, mais comment peut-il s'abaisser à devenir...

— Ici je t'arrête, tout ce que tu veux me dire a été dit ; il t'aime et t'épouserait sans dot ; de plus il me promet de m'aider contre le mauvais génie qui nous poursuit, contre lequel je lutte depuis longtemps. Tu as vingt-deux ans, si je venais à mourir, que deviendrais-tu toi et tes sœurs ? Notre famille tomberait dans le désordre, dans la misère, tandis que l'ascendant que M. Bernelle a sur ton père et sur tes frères n'aurait que plus de poids s'il était ton mari. Par la position de M. Bernelle, tu serais à l'abri de la misère ; par-dessus tout, tu épouserais un honnête homme ; son cœur, qui bat pour l'honneur du pays, battrait pour l'épouse de son choix, attachée à son sort par les liens les plus sacrés. Voilà l'homme à qui j'ai fait espérer ta main ; j'espère que ton cœur lui appartiendra si tu deviens son épouse ; cependant, si, malgré mon désir et l'intérêt que je te porte, les considérations que je viens de présenter à ton esprit n'étaient point agréées par ton cœur, tout resterait dans le même état que s'il n'avait été question de rien.

— Mais, maman, de la manière que tu as fait espérer ma main à M. Bernelle, c'est presque une promesse.

— Que tu es enfant ! comment peux-tu croire que j'aie promis ta main sans consulter ton cœur : j'ai fait espérer et rien de plus.

— Pardonne-moi, ma mère, d'avoir voulu te mettre en quelque sorte à l'épreuve en te disant qu'une espérance était presque une promesse ; quand même c'en eût été une, j'aurais dû m'incliner sous le raisonnement de ma mère dont le cœur est l'éloquence. Oui, j'épouserai M. Bernelle, parce qu'il me préfère sans dot à une autre qui en aurait une ; je l'épouserai, parce qu'il adoucira nos chagrins ; je l'aimerai quand je serai son épouse, je m'efforcerai de toute mon âme de le rendre heureux jusqu'au jour où Dieu éteindra en moi le souffle qu'il me donna en naissant.

— Je m'attendais à cette réponse. Il y a déjà longtemps que je cueille les doux fruits de l'éducation que je semai dans ton cœur dès tes plus jeunes années ; nos pensées sont comme si elles étaient une. Oh ! que je souhaite aux mères d'éprouver comme moi, dans le moment le plus solennel de la vie de leurs enfants, le saint orgueil dont je suis enivrée.

Bernelle reçut la réponse de madame Cabasson avec une grande joie, bien qu'il n'eût pas douté un instant qu'elle ne fût satisfaisante ; il connaissait la valeur et la droiture des paroles de la mère, il s'était dit : La mère étant une vertu, la fille doit être un ange.

Jamais contrat de mariage ne fut fait avec plus d'abnégation ; Bernelle donnait au cas où il décèderait avant sa femme tout ce qu'il possédait en usufruit, sa vie durant ; celle-ci, ne possédant rien avant le mariage, cher-

chait en son âme par quelle délicatesse de sentiments
son cœur pourrait payer son mari de retour.

Bernelle, voyant arriver le jour de son mariage, écrivit
à Boivin son beau-frère de venir y assister avec sa femme,
pour resserrer les liens de la famille et voir, disait-il,
celle que j'ai choisie pour compagne; quand vous la con-
naîtrez, vous verrez qu'elle est digne de s'asseoir au banquet fraternel. Il écrivit également à M. Boyer de venir
avec son épouse pour représenter son bienfaiteur; je
désire, lui écrivait-il, m'entourer en ce jour de l'amour
de ma femme, de la tendresse de ma famille et de l'amitié la plus pure, dussé-je en mourir de plaisir. Madame
Boivin et Boyer répondirent par leur présence à cette
invitation. Son plaisir fut grand en apercevant les deux
messagères de son honneur, qui allaient assister à l'acte
le plus solennel de sa vie.

Après le mariage à la mairie, c'est-à-dire le mariage
devant les hommes, les époux accompagnés des parents
et amis se rendirent à Saint-Eustache, pour y consacrer
leur union devant Dieu. L'église était pleine de monde et
la halle déserte. De tout ce monde parmi lequel était la
femme du marchand de liqueurs de Bernelle, avec ses
deux demoiselles, et généralement tous les fournisseurs
de la maison, tous étaient venus là, les uns par devoir,
les autres, et c'était le plus grand nombre, par curiosité
et pour critiquer ou applaudir la cérémonie et la toilette
de la mariée; une toute petite partie pour prier, en appelant les bénédictions du ciel sur les époux. Ceux-ci en
voyant cette foule sympathique étaient heureux. La cérémonie eut lieu au chœur; commencée dans la joie, elle

se passa dans le recueillement ; les orgues de l'église
remplirent l'air de leurs mélodies et imprégnèrent les
âmes de pensées divines qui montaient vers le ciel. Après
avoir passé l'anneau au doigt de son épouse, comme cela
se fait dans cette cérémonie, il se retourna, jeta un regard
vers sa sœur, mais ô surprise ! il la vit entre son père et
sa mère qui faisaient chacun un signe de croix; à cette
vue, ses yeux se voilèrent, il devint extrêmement pâle ;
sa sœur vint lui demander s'il était malade. — Non, lui
répondit-il. Puis il se retourna de nouveau, regarda où il
venait de voir ceux qu'il avait tant aimés, ils avaient disparu. Son imagination et sa tête en feu avaient produit
cette vision, laquelle le convainquit que les ombres de son
père et de sa mère assistaient à la cérémonie et lui donnaient leur bénédiction. Il ne reprit ses sens que dans la
sacristie où chacun vient donner l'accolade en compli-
mentant les époux et couvrir ensuite de sa signature l'acte
sacré qui vient de les unir.

Le festin et le bal qui le suivit se passèrent dans la
gaieté; une franche cordialité ne cessa de régner. Ni Cabasson, ni ses fils, pas plus qu'une dizaine d'invités, tous
hommes des halles, ne troublèrent cette fête, comme il
arrive souvent parmi les hommes qui professent l'intempérance du vin.

Huit jours après ce mariage, Marguerite et Rosalie
quittaient Paris, émerveillées des beautés que renferme
cette grande cité, et pleines de reconnaissance pour les
prévenances que l'amitié fraternelle leur avait prodiguées.
Elles emmenèrent avec elles madame Bernelle, pour lui
faire connaître sa nouvelle famille. Arrivée à Sacy, madame

Bernelle fut fêtée comme une reine. Pour faire diversion aux beautés de Paris et aux arts cultivés dans son sein par des mains habiles qu'anime un souffle divin, son beau-frère et sa belle-sœur la promenaient ensemble ou tour à tour selon les exigences de leurs travaux, lui montrant l'horizon du territoire du village, en lui détaillant : ici une colline agreste à laquelle les ronces et les épines parsemées dans la couche de pierre qui la couvre donnent une couleur grisâtre et un aspect sauvage à ce séjour des couleuvres en été ; des lièvres et des perdrix à l'époque de la chasse y font la joie des chasseurs ; là, au bas de cette colline, serpentait une prairie riche de végétation émaillée de mille fleurs diverses, d'où s'évaporait de chacune d'elles l'odeur que le Créateur lui avait assignée dans son ouvrage ; ces mille parfums emportés par la brise du printemps embaumaient l'air de la contrée. Là encore des vignes plantées sur une côte inclinée appelée côte des prés, exposées aux rayons du soleil de midi, faisaient voir leurs treilles en lignes droites jalonnées de paissiaux ; à chacun d'eux était attaché un cep verdoyant, montrant une multitude de jeunes grappes que contemplaient de temps en temps les vignerons semés çà et là, qui piochaient la terre pour détruire les plantes parasites et faciliter l'imbibition des eaux bienfaisantes du ciel, pour humecter les racines de la plante chérie ; cette contemplation leur donnait du courage et réjouissait leur âme. On voyait aussi au gai sourire des vieillards que le cœur s'épanouissait dans l'espérance de boire et chanter encore au souvenir des amours d'un autre âge. Les hôtes de cette côte arrosée de leur sueur craignaient en fré-

missant que quelques noires tempêtes ne vinssent semer
la grêle sur les innocents raisins en détruisant ce fruit de
leur travail et de leur espérance. Dans la plaine, au-dessus des divers vallons peuplés de noyers séculaires, on
apercevait parsemées une cinquantaine de charrues;
chacune était traînée par deux chevaux ou deux bœufs;
ces animaux étaient doux et paisibles comme les troupeaux de moutons qui paissaient près d'eux. Ces charrues
étaient tenues par d'adroits laboureurs qui fendaient la
terre en la fertilisant pour la nourriture du riche, du pauvre et de l'infirme. Toutes ces choses étaient jusqu'alors
restées inconnues à Marie; ses hôtes aimables déchiraient
chaque jour le voile qui couvrait le mystère, par des dé-
monstrations simples et claires. Après lui avoir fait voir
le territoire de Sacy en détail, ils la conduisirent sur le
monticule le plus élevé de la contrée, d'où l'on découvre
ce vaste finage; ils lui montrèrent l'immense plaine de
blés qu'ondulait le vent frais du matin, lui indiquèrent
de la main les endroits qu'elle avait vus et parcourus, la
prairie, les coteaux et les vallons. Toutes ces choses
étaient enfermées par une ceinture verte et dentelée,
formée de forêts bornant l'horizon, qui se quittent ici et
se reprennent là; la grandeur de cet horizon en fait un
des sites les plus majestueux de la Bourgogne. En voyant
toutes ces choses, Marie embrassa sa belle-sœur et madame
Boyer qui était venue à Sacy ce jour-là; elle ne put retenir deux larmes d'admiration; elle dit: —Mon Dieu, que
vous êtes grand, quelle distance incommensurable entre
le tableau de la cité que j'habite, ouvrage des mortels,
et celui que j'ai devant les yeux, que votre divin pinceau

colore chaque jour de couleurs fraîches et infiniment
variées; que je plains l'aveugle qui n'y voit pas votre
harmonie divine !

Après quinze jours d'une vie agréable et tranquille,
inconnue à Paris, Marie vit venir son mari la veille de la
Saint-Jean; elle lui souhaita sa fête au milieu d'un modeste festin qui réunit la famille dans la soirée du même
jour, dans lequel il reçut les compliments les plus
mérités sur le choix de sa compagne. Tout lui réussissait; ce n'était pas la première fois que l'orgueil faisait déborder son cœur. La perspective était riche d'avenir, plût à Dieu qu'elle se réalisât! Mais, hélas ! qui ne
sait par lui-même ou par autrui que chaque bonheur en
ce monde a son apogée : celui-ci, au faîte des honneurs,
tombe au moment où il se croit le mieux consolidé, à
moins que, comme ce général qui vient de gagner une
bataille, un boulet retardataire, messager de mort,
ne vienne l'ensevelir dans son triomphe. Celui-là, que la
fortune a favorisé dans son commerce ou ailleurs, doit
s'attendre à n'être pas toujours caressé par elle, à moins
que, comme le général, la mort ne vienne l'atteindre quand
il est au sommet. Cet autre qui n'a jamais eu de peines de
cœur doit s'attendre à les trouver d'autant plus terribles,
qu'elles se seront fait longtemps attendre. Ceux qui font
exception à ces règles sont réellement les heureux ici-
bas.

Le lendemain, Bernelle et son épouse furent à Nitry
faire une visite à leurs amis qui les accueillirent avec le
cœur que nous connaissons. Le tombeau de M. Carel ne
fut point oublié; la rosée du ciel et les larmes de la

terre avaient arrosé les fleurs du petit jardin qui était
devant la pierre tumulaire, ce qui leur avait donné une
riche végétation qu'admiraient les visiteurs ; Bernelle
s'agenouilla, fit une prière et dit encore une fois adieu à
ce coin de terre que Dieu a béni.

Comblés de présents composés des meilleurs fruits et
volailles que possédaient leurs parents et amis, les époux
Bernelle partirent pour Paris, emportant les adieux et les
gracieux sourires qui les avaient accompagnés jusqu'à
Vermenton. Ils reprirent la direction de leur commerce,
qui avait été confiée pendant l'absence de Bernelle à un
ami. Ils virent bientôt la recette augmenter sensiblement,
car chacun disait :— Allons boire chez le gendre à la mère
Cabasson. Une personne était-elle blessée à la halle, on
la portait chez Bernelle, où on lui donnait les premiers
soins. Un malheureux que la faim poursuivait était toujours certain de recevoir un morceau de pain chez Bernelle, s'il s'adressait poliment en le demandant. Il arrivait
quelquefois, lorsque ce malheureux inspirait une grande
pitié, qu'une collecte était faite parmi les revendeuses, à
la requête de madame Bernelle; cette collecte variait de
quatre à cinq francs. L'affamé en la recevant quittait la
bienheureuse maison et quelquefois la bénissait en son
âme.

Cabasson, malgré les sages conseils de sa femme et de
son gendre, continuait de s'enivrer de plus en plus,
négligeait son travail et cherchait querelle à sa femme
tous les soirs en rentrant se coucher; il ne buvait plus
chez son gendre et le voyait peu, par crainte d'en recevoir des reproches qui auraient contrarié ses goûts

d'ivrognerie; il s'était rapproché de Malineau, malgré
la scène tragique que nous avons racontée. Les mêmes
passions rapprochaient ces deux hommes : le jeu et le
vin. C'était dans les bouges les plus mal famés des environs des Halles, de la Cité et de la place Maubert, qu'ils
passaient ensemble leurs soirées à jouer et à boire.
Quand ils étaient un peu connus dans un établissement,
ils demandaient crédit d'un écot peu important, qui
était bien payé; quelque temps après ils redemandaient
un nouveau crédit plus considérable que le premier,
qu'ils payaient encore, et ainsi de suite, jusqu'à ce qu'ils
aient inspiré un crédit de quinzaine, qu'ils oubliaient
toujours de payer; le tour était fait. Ils avisaient un autre
cabaret, qui subissait le même sort et ainsi de suite.

Cabasson ne sortait jamais de chez lui sans avoir un
bâton à la main, à un bout duquel était passée une petite
lanière de cuir dans laquelle il passait sa main jusqu'à son
avant-bras, c'était le signe distinctif de son métier; il
était vêtu d'une veste ronde et d'un pantalon de couleur
grisâtre, et coiffé d'un chapeau rond de feutre gris
à larges bords; ses souliers rustiques étaient graissés tous
les jours par sa femme, il sortait toujours relativement
propre et rentrait toujours sale, par les caresses qu'il
faisait aux pavés de la rue, étant ivre.

Malineau, au contraire de Cabasson, sortait de chez
lui toujours sale; il était coiffé d'un chapeau à haute
forme dont le bord et le fond avaient été rattachés dix fois
grossièrement par sa femme, il était vêtu d'un pantalon
fangeux et d'un habit provenant d'un domestique à
livrée, moitié troué, moitié rapiécé; ses souliers étaient

à jours et éculés; ses effets étaient couverts d'une couche luisante, ils défiaient l'œil le plus exercé de voir
quelle couleur avait reçu l'étoffe.

On voyait ces deux hommes sortir des bouges bras
dessus bras dessous, la pipe à la bouche, la bave calci-
née aux lèvres et les yeux larmoyants, quelquefois hurlant des paroles décousues, sorte d'injures vomies par
la crapule hébétée; ils prenaient les rues pour des corri-
dors, se heurtant à droite et à gauche; parfois ils tombaient mollement l'un sur l'autre, inspirant les moque-
ries et les rires des uns, et le mépris, le dégoût et la pitié
des autres.

Si madame Cabasson avait quelque agrément par les
consolations et les caresses que ses trois filles et son
gendre lui prodiguaient, l'état d'abjection dans lequel
était tombé son mari la désespérait, malgré que ses deux
fils se conduisissent beaucoup mieux depuis qu'ils avaient
vu leur père renouer ses relations orgieuses avec Malineau. Pierre tira au sort; malgré qu'il avait un bon
numéro il s'engagea, pour fuir la mauvaise société qu'il
fréquentait et pour éviter d'être quotidiennement témoin
des scènes domestiques qui lui faisaient mal. Jean, quoique n'ayant point atteint l'âge pour satisfaire à la conscription, suivit l'exemple de son frère; tous deux s'enga-
gèrent dans un régiment qui tenait garnison à Montdau-
phin : ils allaient chercher dans l'armée une conduite
que la capitale leur refusait, ils jurèrent de ne rentrer à
Paris qu'avec des preuves de bonne conduite. Nous verrons plus tard comment ils arrivèrent à n'être point
parjures.

CHAPITRE V

Un déjeuner de marchands de vins à Bercy, au restaurant des Marronniers, en 1819. — Un enterrement d'un marchand de vin. — Vignon
se marie.

Il y avait quatre ans que Bernelle était marchand de
vin, lorsqu'un matin ayant besoin de ravitailler sa cave
il partit pour Bercy, fit son choix comme à l'ordinaire
dans les magasins de M. Chandeau, lequel avait fait
beaucoup d'affaires cette matinée-là avec d'autres clients
qu'il invita tous à déjeûner. Pour disposer agréablement
l'estomac de ses invités, il donna un coup de foret dans
le fond d'un quart de vin de Madère réservé à cet effet
et en offrit à chacun une tassée; tous buvaient à la
ronde dans la tasse de M. Chandeau. Bernelle, ayant bu
un des premiers, transmit la tasse à un client qu'il
n'avait point encore vu, ce client regarda Bernelle une
seconde. Ces deux hommes se reconnaissant tombèrent
instinctivement dans les bras l'un de l'autre et s'embrassèrent sans se dire un mot, pas même une in-
terjection; après cette embrassade Bernelle s'écria : —
Mon vieil ami Vignon, et celui-ci dit : —Mon pauvre Bernelle, je ne croyais pas te revoir. La tasse était tombée
au moment de l'expansion. Des larmes de joie mouillèrent les paupières des deux amis, qui procuraient involontairement aux personnes présentes le plaisir de

contempler une des scènes de cœur les plus nobles de
l'humanité. Monsieur Chandeau ayant ramassé sa tasse
fit finir la ronde commencée en ayant soin de la remplir
jusqu'au bord, afin que chacun ne pût se plaindre de
l'inégalité des portions. C'est donc sous l'agrément
du cœur et de l'estomac que chacun se mit à table.
M. Chandeau donna sa tasse, sorte de talisman consacré, qui donne droit d'entrée dans le magasin du propriétaire de la tasse (la tasse des clients fidèles a la même
faveur), afin d'obtenir du premier garçon le vin qu'il lui
demande pour déjeûner; il donna sa tasse, dis-je, à un
jeune garçon du restaurant, lequel rapporta d'après sa
demande huit bouteilles de vin d'Épineuil de l'année
précédente, 1818, et quatre bouteilles de Château-Margaux de 1811. Tous mangèrent comme on mange en
buvant du bon vin, c'est-à-dire que le bon vin éclipsa
les mets les plus exquis. La conversation par rapport à
la rencontre de Bernelle et de Vignon commença par
des épisodes de guerre; tous les convives y prirent part,
car, sur cinq marchands de vins en détail, deux courtiers et un marchand de vin en gros, cinq étaient d'anciens militaires. On fit ensuite l'éloge de l'Épineuil en
concluant qu'il était pourvu d'une belle couleur, beaucoup de corps et de spiritueux, et pourvu d'un bouquet excessivement agréable. On adora en le savourant
le Château-Margaux pour sa légèreté, sa finesse et son
joli bouquet; tous le trouvèrent soyeux et d'un aromate
délicieux; n'oublions pas qu'ils appartenaient à l'année
de la comète.

Une conversation entre gens du métier eut lieu pen-

dant une heure, dans laquelle on discuta la propriété et
la valeur des meilleurs vins de France.

M. Chandeau était âgé de soixante ans; il y avait trente-
cinq ans qu'il avait commencé à vendre du vin en détail
rue de la Lanterne, mais les ivrognes l'en dégoûtèrent
bientôt; il quitta le détail pour le gros. Il était connais-
seur sur le vin intelligent et discoureur sur tout. Comme
il venait de vider son verre jusqu'à la dernière goutte,
il dit : — Qu'il est agréable de savourer de pareil liquide.
J'ai souvent entendu dire que le vin donne de l'esprit
aux sots, du courage aux lâches, qu'il transforme la douleur en joie et fait dire la vérité aux menteurs. On pourrait dire aussi, en retournant la médaille, qu'il rend sots
les gens d'esprit, qu'il abat les hommes de courage, qu'il
est le désespoir de la douleur, qu'il transforme la vérité
en mensonge et qu'il arme le bras des assassins. S'il
n'avait que ces qualités et ces défauts, la sagesse nous
commanderait d'arracher nos vignes et de maudire
Brennus le Gaulois, qui importa cette plante dans notre
beau pays. Mais à Dieu ne plaise, il a des qualités bien
plus dignes de son créateur; c'est la meilleure boisson
que ce créateur a indiquée à l'espèce humaine en lui
commandant d'en user sagement; il répare les forces
perdues dans une longue maladie, il ranime l'ouvrier abattu par un travail long et pénible, il épanouit
le cœur dans les repas de parents et d'amis. M. Chandeau
remplit les verres et dit après avoir trinqué : — Buvons,
mes amis, à cette côte du Médoc qui s'étend sur la rive
gauche de la Garonne et de la Gironde, depuis les environs de Bordeaux jusqu'à la mer; buvons aux dieux

qui nous l'ont laissée pour produire cette liqueur qui nous procure un plaisir divin.

— Les dieux en ce moment, dit le courtier de Vignon, nommé Darius, c'est nous. Bénissons cette côte que nous chérissons, en savourant un de ses meilleurs produits, quoique cependant le Château-Lafitte lui soit supérieur, car il est le roi des vins. Ensuite vient celui que nous buvons, puis le Clos-Latour, le Haut-Brion, le Clos-Rozan, Léoville, Larose, Mouton, Pichon-Longueville, Saint-Julien, Saint-Estèphe et Castelnau-de-Médoc, etc.

— Moi, dit un marchand de vin de la place des Italiens, je préfère les grands vins de la haute Bourgogne aux grands vins du Médoc. Il est vrai qu'étant du pays, je puis avoir un faible pour eux.

M. Chandeau envoya chercher une bouteille de vin de Chambertin de l'année de la comète, que l'heureuse société dégusta en le comparant à celui de Château-Margaux; les appréciations furent partagées.

— Je maintiens, dit le marchand de vin de la place des Italiens, que ce vin a plus d'agrément que le Château-Margaux. Les côtes de Nuits, de Beaune et Châlons produisent des vins aussi délicieux que la côte du Médoc. Goûtez avec attention ce Chambertin, et vous verrez qu'il est supérieur au Château-Margaux, et cependant le vin du Clos-Vougeot lui est supérieur. Je les classe ainsi : Clos-Vougeot, Chambertin, Romanée-Conti, Richebourg, Romanée-de-Saint-Vivant, la Tache, le Saint-Georges, le Clos-des-Prémeaux, le Musigny, le Clos-du-Tart, les Bonnes-Marres; ensuite les vins de Nuits, Beaune, Volnay,

Corton, dont les premières cuvées sont délicieuses, mais inférieures aux vins qui précèdent.

— Moi, dit un marchand de vin qui était d'Auxerre, je préfère à vos vins du Médoc et de la haute Bourgogne les vins provenant des côtes de la Chaînette et de Migrenne de mon pays. Chacun son goût.

M. Chandeau, dont le caveau était bien assorti, envoya chercher une bouteille de vin de la Chaînette de l'année de la comète; mais soit que les palais de nos demi-dieux fussent fatigués en dégustant ce vin, ils le trouvèrent un peu inférieur à ceux du Médoc et de la haute Bourgogne.

M. Darius le courtier, qui était Bordelais, et dont nous nous entretiendrons ultérieurement, dit : — J'ai goûté, il y a quelques jours, des vins rouges de Bessas, Beaumes, Raucoulé, Creffien, Méale, aussi de l'année de la comète et provenant du territoire de l'Hermitage en Dauphiné; ces vins soyeux ont un bouquet qui exhale un parfum qui me plaît tellement, que je les estime autant que ceux que nous venons de goûter.

— Moi, dit un autre courtier, je fus appelé il y a environ un mois, pour expertiser des vins rouges pour faire un inventaire après le décès d'un négociant en vins de la Champagne; ces vins proviennent aussi de l'année de la comète, ils ont été récoltés sur les territoires de Bouzi, Saint-Basle, Verzi, Verzenay et Mailly; nous les avons estimés avec un confrère deux mille francs la pièce; ce sont des vins d'une couleur veloutée et d'un arôme agréable; je les crois un peu inférieurs à ceux que nous dégustons.

Pour terminer le déjeuner, M. Chandeau envoya chercher une bouteille de vin blanc du Château-Yquem, toujours de l'année de la comète. En dégustant ce vin, tous se regardèrent ébahis, tant leurs sens en furent émerveillés; tous restèrent dans une douce extase pendant un instant. — Je n'ai jamais bu un liquide aussi délicieux, disait l'un. — Je ne croyais pas que la terre pût produire une liqueur aussi délectable que ce vin; j'ai cru un instant que je montais aux cieux, disait l'autre.

Croyez-vous, messieurs, leur dit M. Chandeau, que les meilleurs vins blancs de Champagne qui sont certainement des vins exquis, tels que ceux de Sillery, Ay, Mareuil, Pierry, Hautviller, Menil, Grammant et Oger, département de la Marne; ceux de Montrachet, département de la Côte-d'Or; de l'Hermitage, département de la Drôme, et de Chablis, département de l'Yonne; croyez-vous que tous ces vins délicieux, sans doute, puissent être comparés à celui-ci?

— Non, répondirent en chœur les joyeux convives de M. Chandeau. Celui-ci, que le bon vin avait rendu joyeux et généreux, envoya chercher pour compléter le déjeuner et la dégustation une bouteille de vin de liqueur de Tokaï, lequel vin est récolté dans le canton de ce nom, dans la Haute-Hongrie, comté de Zemplin; ce vin est le premier vin de liqueur du monde. M. Chandeau dit en le versant dans les verres: — Messieurs, je vous engage à conserver cette liqueur dans votre bouche, pendant cinq à six secondes, pendant lesquelles vous fermerez les yeux; c'est ainsi que se boit ce vin, pour qu'il soit bien apprécié. Tous obéirent à l'invitation de leur royal amphytrion

et jouirent pendant ces quelques secondes d'un bonheur
qui leur était jusqu'alors inconnu, en traversant une
multitude de régions enchantées qui ne sont pas de ce
monde; après quoi les éloges ne tarissaient pas. M. Chandeau demanda le café, puis continuant la conversation
sur les vins il dit: — Tous ces vins que nous venons
de déguster et de nommer ne sont point accessibles
aux pratiques des marchands de vins en détail de
Paris; leur prix est trop élevé. Ce ne sont que les vins de
troisième classe des pays cités, qui peuvent par leur
prix peu élevé s'harmoniser avec leur bourse. Les vins
du Beaujolais et du Mâconnais sont généralement connus
dans le commerce sous le nom de vins de Mâcon; ce sont
les meilleurs vins pour faire la bouteille de vin ordinaire
dont le prix varie selon la qualité de un à deux francs;
les principaux sont: le Moulin-à-vent, les Thorins, Che-
nas, Romanèche, Fleury, Odenas, Saint-Léger, La Cha-
pelle-Quinchey, Juliénas, Cheroubles, etc. La loi qui
permet le mélange est très-sage; elle facilite la vente des
vins inférieurs et ne nuit pas à la vente des vins communs
supérieurs. Les mélanges bien faits sont de tous les goûts,
il arrive cependant qu'un mélange qui convient parfaitement aux consommateurs d'un quartier peut être trouvé
détestable par les consommateurs d'un autre quartier:
c'est au marchand à étudier le goût de ses pratiques et
non le sien pour faire ses soutirages, afin qu'ils conviennent à leur goût et surtout que la différence d'un souti-
rage, je veux dire d'un mélange, soit très-peu sensible.
Telle est la manière de faire de bonnes maisons.

— Mais, dit un marchand de vin qui n'est pas de notre

connaissance, pourquoi ne pas vendre le vin en nature tel
que le récolte le propriétaire.

.—Mon ami, répondit M. Chandeau, vous perdriez votre
maison en le vendant ainsi ; il n' y a que les vins de Bordeaux qui soient de tous les goûts : en vendant en nature
les plus communs, vous ne feriez qu'échanger votre argent ; alors adieu le bénéfice, ce ne serait plus du commerce ; du reste les mélanges bien faits, je le répète, sont
de tous les goûts, et ceux dans lesquels il entre le plus
de variétés de vins sont ceux qui conviennent le mieux.
Paris est habité par une population dont la plus grande
partie vient des départements vinicoles et autres ; conséquemment, si vous vendez du vin de Bourgogne au pro-
vincial du midi, il le trouvera sûr et froid ; si vous vendez
du vin du midi au Bourguignon, il le trouvera sucré et
chaud. Il faut donc que le vin que vous vendez à Paris
soit mélangé comme ses habitants le sont eux-mêmes ;
car vous ne pouvez avoir autant de pièces en perce qu'il
y a de genres de vins en France. J'ajoute quant aux mélanges que, s'il était possible de mettre dans une même
cuve tous les vins de France de la même année, pourvu que
cette année-là produisît du vin raisonnablement bon, on
obtiendrait sinon un vin fin et délicat, du moins un vin qui
contiendrait tous les principes chimiques qui, étant bien
proportionnés, constitueraient un vin qui se conserve-
rait longtemps, qui, bien que ne possédant pas de bouquet, serait cependant bon et de tous les goûts.

Après l'argumentation de M. Chandeau, un courtier
dont je ne connais pas le nom tira sa montre de sa poche
et dit : — Il est deux heures et demie, je suis d'enterre-

8

ment à quatre heures, je n'ai plus qu'une demi-heure à dépenser ici. — Je suis aussi d'enterrement à quatre heures, dit Bernelle; comme vous, je n'ai plus qu'une demi-heure à dépenser ici.

— Comment appeliez-vous la personne décédée, répliqua le courtier?

— Franconneau, marchand de vins, rue Montmartre, près Saint-Eustache.

— C'est la même personne. M. Franconneau était ma pratique et mon ami. Connaissez-vous la cause de sa mort?

— Oui, dit Bernelle; celui qui en est l'auteur se nomme Malineau, un ivrogne, un vaurien.

— Un jour que cet homme était ivre, il entre chez Franconneau, demande qu'on lui serve un demi-setier de vin : mon ami lui refuse paternellement en lui disant: — Vous n'en avez pas besoin, allez vous reposer. L'ivrogne prend un des brocs du comptoir et veut se servir lui-même. Franconneau lui arrache le broc des mains et se met en devoir de le mettre à la porte. Alors l'ivrogne lui lance un coup de poing si vigoureux dans l'estomac; que Franconneau tombe à terre. il se relève vivement et d'un bond il envoie notre ivrogne rouler au milieu de la rue Montmartre, mais si malheureusement qu'un fiacre lui passe sur les deux jambes et lui en casse une; il y a trois mois de cela, notre ivrogne est parfaitement guéri. Les passants s'amoncelèrent; on porte Malineau chez le pharmacien où la douleur le dégrise. Quelques personnes officieuses qui n'avaient rien vu se détachent de la foule et vont chez le commissaire de police dénoncer la brutalité

de Franconneau qui était d'un naturel très-doux. Procès-verbal est dressé ; l'ivrogne intenta un procès à
Franconneau qui fut condamné à lui payer deux mille
francs pout dommages et intérêts à lui causés. Quant à
mon malheureux ami, sentant le lendemain du jour où
il avait reçu le coup de poing une douleur aiguë à l'estomac, il envoya chercher le médecin qui ordonna d'ap-
pliquer des sangsues sur le mal ; après quoi il fut tellement soulagé qu'il se crut guéri. Mais le lendemain du
jugement qui le condamnait à payer deux mille francs à
Malineau, sentant renaître sa douleur, il envoya de nouveau chercher le médecin qui déclara qu'une tumeur se
formait à la place où il avait reçu le coup ; le mal fit tant
de progrès que mon ami est mort avant-hier dans les bra
de sa femme, entouré de ses enfants, après d'horribles
souffrances. J'étais allé pour le voir, le croyant moins
malade, et je suis arrivé juste à temps pour recevoir un
adieu si déchirant que j'ai le frisson depuis ce moment.

    — Nous avons en effet un commerce bien désagréable,
dit un marchand de vin de la rue Mouffetard. Au nombre de mes pratiques, se trouvent des courtiers et des
garçons marchands de chevaux, qui ne viennent dans
mon établissement que quand ils sont ivres ou avinés. Il
y a trois ans, ils vinrent quatre au moment de la fermeture de mon établissement me demander une tournée sur
le comptoir ; je m'empressai de les servir pour me
débarrasser d'eux. L'un débourrait sa pipe, la rebour-
rait, usait dix allumettes avant de pouvoir l'allumer ; un autre demandait un brin de balai de bruyère
pour déboucher le tuyau de la sienne ; le troisième et le

quatrième cherchaient querelle à mon garçon. A minuit,
n'étant pas débarrassé d'eux, ne voyant aucun agent de
police, toutes bonnes raisons étant épuisées, je me hasar-
dai à en pousser un doucement à la porte ; à ce moment
je reçois un coup de pied de son camarade qui me casse
la jambe. Ma femme, qui était accouchée depuis trois
jours, avait la fièvre de lait ; en entendant mes cris elle
se leva et mes quatre garnements s'enfuirent. Je restai
trois mois au lit pour la guérison de ma jambe, en
compagnie de ma femme dont le saisissement fit remonter le lait à la tête. Ses jours furent en danger pendant
ces trois mois ; sa raison gravement atteinte alors n'est
pas encore parfaitement revenue aujourd'hui. Si j'étais à
recommencer le commerce, ce n'est certainement pas le
commerce de vins que je choisirais. Mais, que voulez-
vous, quand on a été quinze ans soldat, qu'il répugne à
vos bras, que le métier des armes a rendus cotonneux, de
reprendre les travaux des champs auxquels ils étaient si
bien rompus autrefois, que votre modeste patrimoine et
celui de votre femme sont engagés dans ce métier, on ne
peut rétrograder qu'en faisant des sacrifices, ignorant si
une nouvelle profession n'offrira pas d'autres désagréments ; j'ai préféré avaler le calice jusqu'à la lie.

—Je suis marchand de vin, place des Italiens, dit un
autre convive âgé d'une soixantaine d'années, dont les
trois quarts s'étaient passés dans le métier. Dans la longue carrière que j'ai parcourue, je n'ai eu qu'une affaire
sérieuse ; il y a de cela dix ans. Un soir, c'était aussi à la
fermeture de ma boutique, un cocher de fiacre, qui était
aviné et très-méchant, me demanda un demi-setier de

vin et un sou de pain que je me dépêchai de lui servir.
Voyant qu'il prenait longuement son temps, je le priai
de vider son verre et de s'en aller; il me répondit des
injures. Trois jeunes gens qui passaient, voyant ma porte
entrebâillée, entrent, demandent une tournée sur le
comptoir, boivent, payent et se disposent à sortir. C'était
en hiver; le garçon qui avait balayé les salles ratissait la
boutique, pour que le lendemain tout fût propre à son
ouverture; il dit au cocher : Détournez-vous un peu pour
que je finisse de ratisser et de balayer. Le cocher, au
lieu de se détourner, donna un coup de poing à mon
garçon entre les deux yeux qui l'envoya tomber dans un
coin. Mon jeune homme, qui était très-vif, se releva, tenant toujours sa ratissoire; il en appliqua un coup si
violent sur la tête du cocher qu'il tomba mort au milieu
de la boutique. Je tremble chaque fois que je pense à ce
drame qui ne s'effacera jamais de ma mémoire. On em-
prisonna mon garçon, qui avait vingt-deux ans; un procès eut lieu, le témoignage des trois jeunes gens fit qu'il
fut acquitté, heureusement pour lui et pour moi;
car, dans le cas contraire, les parents du cocher auraient pu intenter un procès civil contre moi, comme
étant responsable de la malheureuse action de mon
garçon. Voilà, Messieurs, à quoi nous sommes assujet-
tis. Tous les métiers ont leur bon et mauvais côté; il
faut, dans tous les cas, s'armer de prudence et en prendre son parti.

  —Moi, dit un autre marchand de vin qui était borgne,
j'ai reçu aussi un coup de poing, il y a quatre ans, en
séparant deux individus qui se battaient dans ma bou-

8.

tique, lequel m'a fait perdre un œil. La preuve est visible, j'espère. Coquin de commerce !

Bernelle, quoique jeune dans le métier, aurait pu aussi raconter son histoire tragique ; mais l'heure à laquelle devait avoir lieu l'enterrement de M. Franconneau ne permettait plus que de dire au revoir au restaurant des Marronniers.

Vignon n'était point invité à l'enterrement de M. Franconneau, mais il y suivit naturellement Bernelle ; ces deux amis des camps avaient beaucoup de choses à se dire depuis leur séparation : — Voyons, dit Vignon à Bernelle, qu'as-tu fait depuis que nous nous sommes vus ?

Bernelle raconta à Vignon les motifs qui l'avaient fait quitter son village pour venir à Paris ; comment il avait acheté son fonds avec M. Chandeau ; son mariage avec Marie Cabasson, lequel l'avait rendu père d'une jolie petite fille. — Je m'aperçois, cher ami, aux caresses de ma femme et aux sourires de ma petite Marguerite, que si la vie des camps a eu ses agréments, la vie civile a aussi ses charmes et ses attendrissements. Enfin, comme je te dis, je suis bien en ménage et mon petit commerce va bien ; voilà mon histoire depuis notre séparation ; à ton tour maintenant de me raconter la tienne, laquelle je désire ressembler à la mienne ; s'il en est ainsi, tant mieux, mais dans le cas contraire, tu peux compter sur un vieux camarade. Autrefois nous nous sommes mutuellement sauvé la vie dans les batailles, aujourd'hui que tu es marchand de vin en détail et moi aussi, si l'une de nos maisons prospère, il faut que l'autre fasse for-

tune ; si l'une tombe, il faut que l'autre succombe. A ces
mots, les deux amis s'arrêtèrent quelques secondes et se
donnèrent une poignée de main. Le contrat de l'amitié
était renouvelé.

C'est dans la chaleur de cette amitié, épanouissement
du cœur, que Vignon commença ainsi son histoire. —
Cher ami, tu sais qu'après avoir été blessé à Arcis-sur-
Aube, où tu me sauvas d'une mort certaine, je restai
six mois à l'hôpital militaire de Troyes ; c'est de cette
ville que je t'écrivis la dernière lettre que tu as reçue de
moi. Tu dus remarquer sur cette lettre combien je re-
grettais de n'être plus à côté de toi et des camarades,
pour continuer à larder de mon sabre Autrichiens, Prussiens et Cosaques. Quelques mois après, la France, vain-
cue, humiliée, rendait les armes, puis elle s'endormit
du sommeil du lion. Tout à coup , comme tu le sais, il
prit envie au petit caporal de sortir de son île pour réveiller le royal animal. C'est alors que je maudis ma
jambe droite qui était paralysée. Waterloo, hélas ! ne
vit pas le maréchal-des-logis Vignon. Deux mois après
cette fatale journée , ma jambe se réveilla doucement et
fonctionne parfaitement aujourd'hui. J'avais laissé en
quittant mon village pour les combats où, comme tu le
sais, le sort m'appelait , une bonne amie que je devais
regarder comme la future compagne de ma vie, puisqu'elle était orpheline et m'avait juré sur la tombe de
sa mère qu'elle n'appartiendrait jamais à un autre qu'à
moi. Avant de partir pour la Russie, je lui écrivis que je
faisais partie de l'armée destinée à combattre ce grand
empire. Comme elle était fière de recevoir mes lettres,

élle n'en fit point mystère; tout le monde de mon village
sut ce que mon amie connaissait. Quand on apprit en
France notre affreuse retraite, on dit dans les villes que
les trois quarts de l'armée avaient péri. Les villages, par
leur ignorance, renchérissant nos malheurs sur les villes, dirent qu'il n'était pas échappé un seul homme; mon
village, partageant la pensée commune, me tua comme
les camarades. Mon père et ma mère étaient décédés
depuis quelques années. Mon unique frère , qui faisait
valoir le bien de l'héritage paternel, crut ce que tout le
monde croyait. Étant seul, il lui fallait une compagne,
il ne trouva rien de mieux dans les replis de son cœur,
que de persuader à ma Louise, en demandant sa main,
que mon âme viendrait des climats glacés de la Russie
se réchauffer au contact de leur union. Ils se marièrent,
hélas! et je puis t'assurer que mon cœur, pas plus que
mon âme, qui faisaient partie de ma personne, laquelle
était à six cents lieues de mon village, ne vint se
réchauffer au contact de leur union. La vibration du son
des cloches ne vint point jusqu'à moi m'annoncer que
la bénédiction du ciel allait tomber sur eux.

  — Pauvre Vignon, la fatalité s'en mêlait en Russie.

  — C'est vrai. Mon frère était-il sincère? Je l'ignore et
veux le croire. Étant à l'hôpital de Troyes, je lui écrivis
une lettre sur ma situation et mes intérêts; j'en écrivis
une également à Louise, en lui apprenant que j'étais
blessé; je lui exprimais les sentiments les plus chaleureux, en lui faisant espérer mon prochain retour. Je ne
sais quelle impression ces deux lettres firent sur eux;
quant à leur réponse qui m'annonçait mes malheurs, elle

brisa tellement toutes les fibres de mon cœur, que la
première idée qui me vint à l'esprit fut de m'ôter la
vie.

—Diable, dit Bernelle, cela devenait grave. Ce que
n'avaient pu Cosaques, Kaiselichs et Prussiens, un amour
malheureux l'eût fait; permets-moi, cher ami, de te féliciter de ce changement d'idées.

—Quelques jours après, continua Vignon, je revins à
des sentiments plus humains et m'armai de courage. Au
bout de dix mois de séjour à l'hôpital, ma jambe étant
en convalescence, je quittai Troyes et dirigeai mes pas
du côté d'Aigremont pour partager avec mon frère l'héritage paternel. J'arrivai à son foyer, où je m'étais promis de faire bonne contenance pour leur cacher mon
chagrin; ce que je souffris le temps que j'y restai, les
damnés de l'enfer seuls peuvent le savoir. Les excuses
si simples et si naturelles qu'ils me donnaient sur leur
union remplissaient mon cœur d'une rage infernale.
Dans la nuit, quand tout reposait, j'étais tenté de mettre
le feu à la maison et jeter dans les flammes l'innocente
et frêle créature sortie du sein de celle que j'aimais encore. Malgré le soin que je mettais à déguiser mes souffrances, mon frère et ma belle-sœur ne s'y trompaient
pas, ils les comprenaient en me voyant languir; leur position n'était pas moins fausse que la mienne, nous souf-
frions tous. Nos partages terminés, je quittai, au bout de
quinze jours d'un affreux délire, la chambre où j'étais
né, dans laquelle ma mère m'avait donné les baisers de
sa tendresse. Le jardin dépendant de la maison, où autrefois j'avais respiré un air pur et embaumé, était pes-

tiféré ; les fleurs semblaient se rire de mon malheur ;
enfin, quinze jours de plus dans ce lieu et Vignon était
rayé du tableau des vivants. J'avais vendu mon petit patrimoine 5,500 francs , que j'apportai avec moi à Paris ;
ma pension était réglée à 200 francs , qui , joints aux
250 francs que me rapporte ma croix , me faisaient une
rente viagère de 450 francs par an. Arrivé à Paris, je fus
trouver un courtier de fonds de commerce de vin , rue
de la Mortellerie, nommé Guydamour, qui me fit acheter un fonds de marchand de vin, rue Saint-Honoré, près
Saint-Roch, où je fais convenablement mes affaires. Depuis que j'ai pris possession de ce fonds, je cherche à me
marier ; les demoiselles de mon choix ne veulent pas de
moi, ou mon commerce ne leur convient pas ; celles qui
accepteraient volontiers de partager ma position ne me
plaisent pas. Que veux-tu ? quand on devient vieux, on
devient difficile.

— Eh bien ! mon vieux, nous chercherons ensemble,
de mon côté je proposerai et tu disposeras.

— J'ai un pressentiment que tu me marieras ; du reste,
je suis rebuté et n'ai plus confiance en moi.

— Es-tu ambitieux ? Si, par exemple, la personne
était laide, transigerais-tu si elle avait de la fortune ?

— Ma foi non, je désire que la personne soit au moins
passable au physique ; au moral, qu'elle soit sage, intelligente et élevée au travail ; ainsi organisée, je l'épouserais d'un grand cœur, sans un sou.

— C'est ce que j'ai fait, Vignon, et plus d'un millionnaire envierait mon sort s'il connaissait mon bonheur.

Jamais la rue Montmartre n'avait paru aux deux amis aussi rapprochée de Bercy, tant la conversation en avait raccourci l'espace.

Ils arrivèrent devant la maison Franconneau, dix minutes avant l'arrivée du corbillard. Outre les parents et amis qui remplissaient la maison mortuaire, et les voisins qui étaient sur le seuil de leur porte, attendant, habillés pour la circonstance, le départ du convoi, on voyait cent cinquante personnes divisées par petits groupes. Ici était le groupe des camarades à divers degrés, là les collègues du quartier; un peu plus loin était le groupe commercial, formé de marchands de vins en gros, avec lesquels M. Franconneau faisait des achats, son courtier, son marchand de liqueurs, les courtiers de fonds de marchands de vins, qui sont aussi placeurs de garçons dans ce commerce. Tous, dans ce groupe, échangeaient des poignées de main et s'entretenaient ensuite de la mort de M. Franconneau et de la cause qui l'avait produite. Après s'être enquis de la santé des membres de leurs familles respectives, ils parlaient commerce, de la maison mortuaire à l'église et de l'église au cimetière. C'est ainsi qu'ils entretenaient mutuellement leurs rapports à l'aide d'un devoir sacré.

De retour du convoi, Bernelle emmena Vignon chez lui, le présenta à sa femme, lui montra sa maison dans tous ses détails et le retint pour dîner, puis le reconduisit chez lui, rue Saint-Honoré. Vignon félicita Bernelle de la beauté de sa femme et du charme de sa conversation; à quoi celui-ci répondit :

— Tu as vu et entendu parler ma femme; eh bien!

mon ami, sa beauté et son esprit sont éclipsés par la
bonté de son cœur ; aussi, la première fois que je la vis,
elle me fit une impression telle, que j'eusse été bien
malheureux si je n'avais pu obtenir sa main.

— Je vois que tu es véritablement heureux ; je don-
nerais la moitié du peu de fortune que je possède pour
avoir une compagne qui ressemblât quelque peu à la
tienne.

Minuit sonnait à toutes les horloges publiques de la
grande cité lorsque Bernelle quitta Vignon. Quoique
fatigué par l'émotion de la journée, augmentée par un
déjeuner arrosé des meilleurs vins du monde et de quelques libations faites avec son ami, Bernelle, avant de se
livrer au repos, dit à sa femme : — Il faut que je fasse
marier Vignon avec Louise, ta sœur ; elle a vingt-deux
ans, il est temps de penser à son établissement. Qu'est-ce
que tu dis de mon idée ?

— M. Vignon est sans doute un honnête homme,
puisqu'il est ton ami ; s'il trouve ma sœur digne de lui,
j'en parlerai à Louise ; si sa réponse est satisfaisante,
nous pourrons nous occuper de leur union.

Pour commencer cette union, Bernelle invita Vignon,
sa belle-mère et Louise, sa belle-sœur, à dîner chez eux.
Le jour de cette invitation étant arrivé, en voyant sept
heures approcher, qui était l'heure fixée, il dit à Louise,
qui ressemblait beaucoup à sa femme, de se mettre au
comptoir, pendant que celle-ci s'occupait de la cuisine.
Madame Cabasson avait été prévenue du but de la réunion ; Louise et Vignon l'ignoraient, quoiqu'étant les
deux plus intéressés.

Ponctuel comme au temps où il était militaire, Vignon mettait le pied sur le seuil de la boutique de son ami au moment où l'horloge de Saint-Eustache sonnait sept heures. N'ayant vu qu'une fois sa femme, il prit Louise pour elle, et lui dit : — Bonjour, madame Bernelle ; comment vous portez-vous ?

— Je ne suis pas madame Bernelle, monsieur, répondit Louise en souriant ; je n'ai l'honneur que d'être sa sœur.

Bernelle, de sa petite salle à manger, avait vu entrer son ami ; il se présenta à lui au moment où Louise finissait sa réponse ; il le vit rougir, et se dit : — Cela va bien.

Le dîner fut gai ; on s'amusa un peu de la méprise de Vignon, puis les deux convives, objet du dîner, s'abandonnèrent en toute liberté à la conversation, appréciant chaque chose, chaque discussion selon leurs goûts. Ce qui permit à madame Cabasson et à madame Bernelle d'étudier le caractère de l'homme que Bernelle destinait pour époux à Louise, leur fille et sœur.

Louise Cabasson avait reçu la même instruction que sa sœur Marie. Leur mère se serait bien gardé de faire pour l'un de ses enfants plus que pour l'autre. Quoiqu'elle ressemblât beaucoup à sa sœur, vues à côté l'une de l'autre, on eût donné la palme à Marie.

Le dîner finit dans la gaieté comme il avait commencé. Vignon donna une poignée de main à son ami, embrassa sa femme, et dit bonsoir à tout le monde. Minuit sonnait à la même horloge de Saint-Eustache qui avait sonné sept heures au moment où il mettait le pied sur

9

le seuil de la maison qu'il quittait. Sa pensée était tout autre; à peine s'il entendit le langage de cette ingénieuse machine qui marque le temps. Il rentra chez lui et s'endormit dans la douce pensée qu'un changement depuis longtemps désiré allait avoir lieu dans sa position.

Le lendemain, la première personne qui entrait dans la boutique de Bernelle était Vignon, qui venait le prier d'ajouter un trait d'union pour lier l'amitié à la fraternité en l'unissant à sa belle-sœur, la charmante personne qui était vis-à-vis de lui au dîner de la veille.

Bernelle prit la main de Vignon, la serra dans la sienne et lui dit : — J'ai proposé, tu disposes ; sans préjuger le résultat de ta demande, tu peux compter que ton ami fera tout ce que tu attends de lui pour arriver au but que ton cœur désire.

Six semaines s'étaient écoulées depuis cette demande, et Pierre Vignon et Louise Cabasson étaient unis par le mariage, à la satisfaction de tout le monde. Jamais frères et sœurs ne ressentirent à un plus haut degré le bonheur de l'amitié fraternelle que les époux Bernelle et Vignon.

CHAPITRE VI

M. Darius le courtier. — Année 1820.

Quelques jours après son mariage, Vignon, ayant besoin de vin pour ravitailler sa cave, vint prier Bernelle de l'accompagner à Bercy pour y faire des achats de vins. Bernelle, par une circonstance indépendante de sa volonté, ne put obtempérer à la demande de son ami. Vignon partit donc seul. Arrivé à Bercy, il s'adressa comme d'ordinaire à M. Darius, son courtier, lequel lui avait prêté 4,000 fr. lors de la prise de possession de son fonds, somme non encore remboursée à l'époque où nous parlons. J'ai besoin d'interrompre un instant mon récit pour faciliter l'intelligence du lecteur, pour faire en courant le croquis du courtier en vins.

Le courtier est dans tous les genres de commerce l'intermédiaire entre le vendeur et l'acquéreur, moyennant salaire. Dans le commerce de vins qui nous occupe, qui est celui de détail, le vendeur paye au courtier 2 fr. par pièce de 200 à 250 litres l'une. Cette rémunération est licite et est la consécration d'un usage depuis longtemps établi. Il y a à Bercy et à l'Entrepôt deux sortes de courtiers : ceux qui sont assermentés et ceux qui ne le sont pas. Ces derniers sont ordinairement appelés courtiers marrons, parce qu'ils exercent un métier sans titre. Ces deux catégories fournissent chacune de bons et de mau-

vais courtiers. On peut dire que de ce côté ils sont au
niveau de toutes les classes de la société. Ces intermé-
diaires sont excessivement nécessaires, surtout pour les
commençants, qui n'ont qu'une faible idée comment se
font les achats. Ils connaissent chaque jour, je dirai
presque chaque heure, la fluctuation des prix, que le
détaillant qui ne va sur le marché qu'environ une fois
par mois ne peut connaître. Le courtier peut donc être
considéré comme étant le conseil ou pour mieux dire
l'homme de confiance du marchand de vins en détail.
Comme j'aurai l'occasion de reparler plusieurs fois du
courtier dans cet ouvrage, cette esquisse nous suffit
quant à présent. Cependant, hâtons-nous de dire que Vignon, en prenant M. Darius pour son courtier, avait fait
un choix très-malheureux.

M. Darius conduisit Vignon dans plusieurs magasins,
où ils ne firent point d'affaires. Ils furent en dernier lieu
dans les magasins de M. Chandeau. Ce fut un commis à la
vente qui les reçut. M. Darius glissa quelques mots dans
l'oreille du commis, que Vignon n'entendit pas. Ils achetèrent dix pièces de vin de Marseille pour le prix
de 75 fr. l'une. Le lendemain, ce vin était dans la cave de
Vignon, qui le fit goûter à son beau-frère. Celui-ci, le
trouvant de son goût, lui en demanda le prix. — 75 fr.,
lui dit Vignon; il en reste encore au moins cent pièces
numérotées 50 sur le fond de chacune; elles sont
placées dans le deuxième magasin sur le premier chan-
tier à droite en entrant. Le lendemain Bernelle, muni
de ces renseignements, fut à Bercy. Il s'adressa au
même commis à qui Vignon avait acheté, lequel, igno-

rant la parenté et l'intimité qui existait entre les deux
beaux-frères, vendit le même vin à Bernelle 70 fr. Celui-
ci, à son retour de Bercy, fut trouver Vignon, à qui il
raconta son achat. Vignon, apprenant que son beau-frère
avait payé 5 fr. de moins que lui par pièce, en fut tellement surpris qu'il lui répondit que désormais il ferait
comme lui, qu'il se passerait de courtier. Il fut cependant convenu entre eux qu'avant que Vignon ne rompît
avec M. Darius, on ferait d'autres achats en usant des
mêmes moyens que les précédents; que s'ils procuraient
le même résultat, Vignon retirerait sa confiance à M. Darius. Quinze jours après cette convention, Vignon, qui
avait besoin de vin de Mâcon, fut à Bercy. Il s'adressa
comme à l'ordinaire à M. Darius, qui le conduisit dans
les magasins d'un nommé M. Talar, où ils achetèrent
douze pièces de vin de Mâcon, à raison de 96 fr. l'une.
Le lendemain, Bernelle achetait chez M. Talar la même
quantité de pièces du même vin, au prix de 90 fr. Le
doute n'était plus permis : Vignon était trompé par son
courtier, qu'il croyait son ami; mais il lui devait 4,000 fr.

Voici comment M. Darius avait prêté 4,000 fr. à Vignon. Celui-ci avait acheté son fonds 18,000 fr., et le
vendeur exigeait 9,000 fr. comptant et 800 fr. pour les
six mois de loyer d'avance. Vignon ne possédait que
5,800 fr. C'est alors que le courtier qui lui avait fait
acheter son établissement lui proposa pour courtier
M. Darius, qui était son ami. Celui-ci, qui était riche,
avait en outre la confiance de plusieurs banquiers. En
voyant venir à lui un nouveau client, il lui offrit gracieusement l'argent dont il avait besoin, et lui porta les

4,000 fr. le jour de son entrée en jouissance en faisant l'inventaire des marchandises; c'était le 1er mai 1816. Le lendemain, Vignon souscrivait quatre billets de 1,000 fr. à l'ordre de M. Darius: le premier échéant fin mai, à trente-et-un jours d'échéance; le second fin juin, le troisième fin juillet, et le quatrième fin août. La veille de chaque échéance, M. Darius apportait 1,000 fr. à Vignon et un billet de pareille somme à signer pour renouveler celui qui échéait le lendemain, et ainsi de suite. Ces renouvellements duraient depuis le 31 mai 1816, et nous étions en septembre 1819. Vignon, qui avait eu 3,000 fr. à payer chaque année sur son fonds, n'avait pu jusqu'alors rembourser un seul billet à M. Darius. Celui-ci avait un banquier qui lui escomptait son papier à 1 p. 100 au-dessus du taux de la banque, et lui, Darius, prenait 1 p. 100 à Vignon au-dessus du taux de son banquier. La pratique de Vignon lui était donc considérable. Il achetait pour lui environ deux cents pièces de vin par année, qui avec un bénéfice licite de 2 fr. par pièce, soit. . . . . 400 fr.

Un bénéfice illicite de 3 fr. par pièce, soit. 600

Plus un bénéfice de 1 p. 100 sur l'escompte d'une somme de 4,000 fr. par année. 40

Total. 1,040

Aussi M. Darius, qui avait de nombreux clients comme Vignon, faisait-il une rapide fortune avec eux. Il était originaire d'un village du Médoc et était âgé de quarante ans; sa taille était un peu au-dessus de la moyenne; sa tête ronde, sans barbe, était ornée de cheveux d'un

noir d'ébène; ses yeux percés en vrille avaient une couleur d'un gris perle; son nez pincé se relevait un peu
vers le bout. Tout cela avait un teint raisonnablement
basané; son intelligence était supérieure; son ensemble
annonçait une personne distinguée; il joignait à cette
distinction une conversation aimable qui ne manquait
pas d'esprit. Il était fils unique et avait vingt-cinq ans
lorsque son père, qui était veuf, mourut, lui laissant une
modeste fortune de 50,000 fr. Il entreprit alors le commerce des grands vins du Médoc. Sa jeunesse, son inexpérience le jetèrent dans le monde des flibustiers, lesquels
lui firent faire, dans la cinquième année de son négoce,
un naufrage de 300,000 fr. Profitant de la leçon de ceux
qui le jetaient à la mer, il sauva une épave de 60,000 fr.
Dans ces entrefaites, il fut impliqué dans un procès criminel, pour avoir fait noyer dans la Garonne un de ses
amis d'enfance nommé Junior, qui rapportait 50,000 fr,
d'Amérique, pour se les approprier; mais, faute de preuves suffisantes, il fut acquitté. Je reviendrai sur ce procès. Taré dans son pays, ses affaires légalement arrangées, il vint à Paris, visita Bercy, où il avait quelques
amis. L'un d'eux le mit en rapport avec un vieillard,
honnête courtier en vins, qui lui vendit sa modeste clientèle 10,000 fr. Au bout d'une année, il avait triplé le
nombre de ses clients. Pour arriver à ce résultat, voici
ce que son intelligence lui suggérait. Il recrutait parmi
les garçons marchands de vins les plus intelligents, les
plus économes, les interrogeait sur leur intention de
s'établir dans le commerce de vins, et ensuite sur le chiffre qu'ils espéraient avoir de leur patrimoine et sur ce-

lui de leurs économies. Quand il apprenait que la con-
duite, l'économie et le patrimoine du jeune homme répondaient à ses calculs, il agissait avec lui comme il
avait agi avec Vignon. Faisant commerce de tout, il procurait son nouveau client à un marchand de liqueurs,
qui par réciprocité lui en procurait un autre; dans le
cas contraire, il lui payait un courtage proportionné à
l'importance de la pratique procurée. Puis, il tenait
suspendue sur la tête du jeune homme, comme une sorte
d'épée de Damoclès, le remboursement de quelques mille
francs qu'il lui avait prêtés; de telle façon que l'emprunteur était obligé bon gré mal gré de subir la loi du
courtier-prêteur.

Au moment où Vignon allait rompre avec M. Darius,
celui-ci était déjà possesseur d'une fortune d'environ
300,000 fr.; conséquemment, c'était peu de chose pour
lui que la perte de sa pratique.

C'était dans la journée du 25 septembre que Bernelle
avait acheté les douze pièces de vin de Mâcon dont la
différence de prix avec les douze pièces que Vignon
avait achetées la veille venait changer leur doute en certitude sur l'improbité de M. Darius.

Il fut convenu entre les deux beaux-frères que lorsque M. Darius se présenterait le 29 septembre pour
donner les 1,000 fr. du billet échéant le 30, Vignon le
rembourserait avec l'argent de Bernelle et non avec celui de M. Darius, que Vignon refuserait.

M. Darius apporta, comme il en avait l'habitude, d'après leur convention, les 1,000 fr. à Vignon pour payer
le billet à ordre qu'il avait souscrit, le lendemain, qui

était le jour de son échéance, et un billet à ordre de pareille somme tout préparé, sur lequel Vignon devait
mettre sa signature en payant l'intérêt qu'il devait produire à quatre mois d'échéance. C'est alors que Vignon
dit à M. Darius : — Je suis en mesure de payer mon billet demain, ainsi que les trois autres qui le suivent. Du
reste, je désire me liquider avec vous.

— Mais, mon ami, vous me dites cela un peu brusquement, ce me semble. C'est probablement la dot de votre femme qui vous procure cette aisance. Vous n'avez
pas, je suppose, à vous plaindre de mes conseils, pas
plus que de la confiance que vous m'avez donnée.

— Monsieur Darius, j'ai épousé ma femme sans dot;
un ami m'a prêté la somme que je vous dois; quant à
vos conseils et à la confiance que j'ai mise en vous, si
j'en juge d'après les deux derniers achats de vins que
nous avons faits ensemble dans les magasins de MM. Chandeau et Talar, achats que mon beau-frère a faits le lendemain, de chacun d'eux à 5 et 6 fr. par pièce au-dessous du prix que nous avons acheté, je devrais croire
qu'ils m'ont été funestes.

— Mon cher garçon, vous vous trompez. Ce ne sont
pas les mêmes vins que votre beau-frère a achetés, c'est
impossible; du reste, venez demain à Bercy, nous nous
expliquerons de tout cela avec MM. Chandeau et Talar;
si par impossible c'était le résultat d'erreurs commises
par les jeunes gens qui nous ont vendu ces vins, on les
rectifierait. Voyons, franchement, est-ce que vous me
croiriez capable de vous tromper?

— Non, mais je n'aime pas les erreurs qui se renouvellent.

Ils se serrèrent la main et se quittèrent, M. Darius
avec cet air aisé qui est la principale qualité du vrai
commerçant; quant à Vignon, son air froid et un peu
embarrassé voulait dire que le contrat de confiance qui
les avait unis jusqu'alors était déchiré.

Vignon, se trouvant suffisamment éclairé sur l'inté-
grité de son courtier, ne jugea pas à propos de répondre
à son invitation pour assister auprès de MM. Chandeau et
Talar à une justification qui n'eût été qu'une comédie
dont la répétition aurait eu lieu à son insu.

Trois semaines après cet incident, Vignon et Bernelle
furent à Bercy pour y faire les approvisionnements dont
ils avaient besoin, rencontrèrent M. Darius sur le port,
qui offrit ses services à Vignon comme si rien d'extraordinaire ne se fût passé entre eux; mais Vignon, en lui
donnant la main, comme il en avait l'habitude, le remercia froidement. C'est alors que M. Darius comprit
qu'il pouvait rayer Vignon du nombre de ses clients; en
faisant cette radiation, il se dit la rage au cœur; — Tu
t'en repentiras, mon garçon, avec ou sans motif; on ne
me quitte pas impunément. Darius cherche des clients
avec aménité, humilité même; mais quand il est assez
heureux de les saisir, il les tient dans ses griffes; très-
heureux est celui qui s'en retire sans égratignures, à
moins qu'il ne se retire du commerce.

Les deux beaux-frères continuèrent leur chemin; ils
firent leurs achats dans les magasins de M. Chandeau.
Ces achats terminés, ils demandèrent à celui-ci pourquoi

son commis avait vendu, il y avait environ un mois, dix
pièces de vin de Marseille à Vignon, accompagné de
M. Darius, son courtier, 75 fr., et le lendemain, ces
mêmes vins à Bernelle seul, 70 fr.?

— C'est, répondit M. Chandeau, parce que j'avais
reçu, le matin même de l'achat que fit M. Bernelle, des
lettres des vignobles de cette partie du midi qui m'annonçaient une diminution dans le prix des vins proportionnée à la diminution que mon commis lui fit.

Vignon avait eu raison de ne pas répondre à l'invitation que lui avait faite M. Darius pour se justifier, car
MM. Chandeau et Talar, étant prévenus, auraient dit
comme M. Darius, et Vignon eût été obligé de lui faire
des excuses. Il répliqua à M. Chandeau que quinze jours
après cet achat ils en firent deux autres, dans des circonstances identiques, dans les magasins de M. Talar,
votre voisin. — J'achetai douze pièces de vin de Mâcon
96 fr. l'une, toujours accompagné de mon courtier. Mon
beau-frère achetait le lendemain la même quantité de
pièces du même numéro, à 90 fr. l'une. Il y a certainement dans cette différence de prix quelque chose que je
voudrais voir autrement. Je sais bien que le vendeur
vend le plus cher qu'il peut; c'est son affaire; mais le
courtier qui est quotidiennement au courant des prix
peut-il ignorer qu'il achète au-dessus du cours? Non; et
la différence doit lui profiter; mais lorsque son client
s'en aperçoit, il l'abandonne; c'est ce que j'ai fait à l'é-
gard de M. Darius.

— Vous êtes d'honnêtes gens qui n'aimez pas être du-
pés, répliqua M. Chandeau. Je dois vous dire en toute

liberté et franchise que nous sommes obligés avec certains courtiers de vendre en conséquence ; heureusement que le nombre de ces courtiers-là est très-restreint
et noyé dans la masse honnête de leur corporation ; malheureusement ce petit nombre ne se recrute pas toujours
parmi les courtiers à petite clientèle ; parmi ceux qui en
possèdent une grande, il s'en trouve aussi d'une exigence
de salaire peu en rapport avec l'équité et qui ont plusieurs fois froissé ma conscience ; mais que voulez-vous
que nous fassions? Nous sommes tous marchands de vins
en gros de Bercy et de l'entrepôt, quoiqu'à divers degrés, sous la dépendance de ces messieurs, et conséquemment obligés, pour faire notre commerce, d'accepter certaines conditions de quelques-uns de ces loups-cer-
viers du métier. Votre intelligence comprend que ces
quelques mots de réponse à votre demande sont du do-
maine de la discrétion la plus absolue.

Vignon et Bernelle remercièrent M. Chandéau, et lui
dirent que les paroles qu'ils venaient d'entendre, dont
ils feraient leur profit, n'entreraient jamais dans d'autres oreilles.

CHAPITRE VII

Fançoise Cabasson et Dumoulin. — Années 1821 à 1823.

Deux années s'écoulèrent dans les familles Cabasson, Bernelle et Vignon dans un bonheur qui n'était contrarié que par l'inconduite de Cabasson père. Vignon depuis qu'il était marchand de vin avait un garçon nommé Dumoulin, qui l'avait toujours bien servi ; il était intelligent et adroit. Dumoulin était fils unique ; il venait de perdre sa mère, qui était d'Auxerre, laquelle lui laissait pour héritage une petite maison située dans un des faubourgs de la ville, trois hectares de vignes et deux hectares de terre labourable à la charrue. Il demanda conseil à son patron, ce qu'il devait faire de cet héritage.

— Êtes-vous dans l'intention de vous établir à Paris, lui répondit Vignon, ou de retourner cultiver la vigne à Auxerre?

— J'ai l'intention de m'établir marchand de vin à Paris.

— Eh bien ! vendez votre maison, vos vignes et vos champs et achetez un fonds de marchand de vin.

Quinze jours après cet entretien, Dumoulin rapportait 25,000 fr. du produit de la vente de l'héritage de sa mère.

Vignon et Bernelle, qui s'intéressaient à Dumoulin à cause de sa bonne conduite, lui firent acheter un fonds de commerce de vins dans le faubourg Montmartre, et le marièrent avec leur belle-sœur Françoise, qui servait

chez une fruitière de la rue du Temple. Le bonheur ne
devait pas régner dans ce ménage. Dumoulin, sobre de
boisson au service de Vignon, se livra tout à coup à elle
en travaillant pour son compte ; il lui arrivait quotidiennement d'avoir trois verres en permanence dans son
établissement : un à son comptoir pour trinquer et
boire de la liqueur avec Pierre, sa pratique ; un dans sa
salle pour boire sa portion de bischoff avec une société
de viveurs du voisinage ; un autre dans sa salle de billard pour boire avec une société analogue. Il remplaçait
à l'occasion un joueur quelconque. Généralement, à onze
heures du matin, sa tête s'alourdissant, il était obligé
d'aller se coucher : il appelait ce coucher-là sa première cuvée. Il se relevait vers une heure, déjeunait avec
quelques pratiques, Pierre, Paul, Philippe aujourd'hui ;
Jacques, Antoine et Auguste demain. Vers quatre à cinq
heures, sa tête s'alourdissant de nouveau, il allait faire
sa seconde cuvée ; il se relevait encore pour dîner, puis
se remettait au jeu et buvait jusqu'à minuit, moment où
il allait se coucher pour la troisième fois. Sa femme alors
lui faisait de douces et justes remontrances sur son inconduite, auxquelles il répondait : — Tu ne connais rien
au commerce de vins ; on ne peut mieux faire que je fais
pour le faire marcher. Ces sortes de discussions dégé-
néraient toujours en disputes, qui amenaient souvent
Dumoulin à donner, comme il le disait avec ostentation,
une correction à sa femme en la frappant. Vignon et
Bernelle s'étaient bien des fois interposés pour le rame-
ner à une conduite plus sage et à de meilleurs sentiments envers sa femme ; mais il les éconduisait brutale-

ment en leur disant qu'il était maître chez lui, qu'il ne
voulait recevoir de conseils de personne. Il loua un petit magasin à Bercy, qu'il remplit de vins, où il allait
une fois par semaine, emmenant toujours avec lui plusieurs de ses pratiques les plus gourmandes, emportant
soit un gigot, ou un poulet rôti avec les accessoires
pour bien déjeuner. Il savait trouver, parmi ses voisins
de magasin, quelques marchands de vins débauchés
comme lui : tous se recrutaient mutuellement; qui se
ressemble s'assemble. Le vendredi était le jour qu'ils
avaient consacré à leurs plaisirs, comme étant le jour
où leurs maisons de détail de Paris étaient moins fréquentées. Arrivé à Bercy, Dumoulin traçait tant bien
que mal la besogne à son garçon, puis ne s'occupait
plus que de déjeuner, blaguer, rire, chanter et boire.
Chacun des convives avait un nom de bataille; celui-ci
s'appelait Boit-sans-Soif, celui-là Suce-Canelle, un autre Puits-à-Vin, etc.

Dumoulin ne revenait jamais de Bercy sans être ivre à
un degré plus ou moins élevé; ceux qui l'accompagnaient
ne pouvant se conduire chez eux, on envoyait chercher
un fiacre qui les descendait à la porte de Dumoulin, d'où
un des garçons les conduisait l'un après l'autre jusque
sur le palier de leur demeure, puis tirait le cordon
de la sonnette et descendait les marches de l'escalier
quatre à quatre. La femme de l'homme ivre venait ouvrir la porte, se trouvait en face de son mari chancelant,
le déshabillait comme elle pouvait pour le faire mettre
au lit, donnant à Dumoulin absent les bénédictions les
plus accentuées.

Devenu ivrogne, il se livra bientôt au libertinage; il séduisit sa bonne et vécut en concubinage avec elle dans le domicile conjugal; les positions respectives de l'épouse et de la servante furent interverties. Françoise Cabasson s'était mariée à vingt ans; elle avait alors la beauté de ses sœurs. Trois ans après son mariage, il ne restait plus de son visage si lisse et si frais que la pâleur et la chétivité; ses yeux étaient fatigués par les larmes de l'humiliation et des mauvais traitements qu'elle subissait. Cependant elle allait bientôt devenir mère, c'est ce qui soutenait son courage en lui donnant le seul espoir qui l'attachait à la vie. Un jour qu'elle s'était plus bercée dans cette illusion qu'à l'ordinaire, elle vit venir de Bercy son mari, qui entra dans leur petite salle à manger. Le voyant plus calme qu'à l'ordinaire, elle voulut l'embrasser; mais ce monstre la repoussa avec violence et l'envoya tomber sur une chaise; elle se releva sanglante et meurtrie. Neuf jours après cet acte de barbarie, elle accoucha d'un garçon sans vie; alors le désespoir la prit : elle voulut mourir. Un jour sa mère, entrant dans sa chambre, y trouva un réchaud de charbon allumé; elle arriva juste à temps pour la sauver et l'emmena chez elle, lui donna les soins que sa position réclamait et l'engagea à intenter à son mari un procès en séparation; ce qu'elle fit.

Dumoulin, quoique n'aimant pas sa femme, sentait bien cependant qu'il avait besoin d'elle pour voiler ses orgies. Il vint la trouver chez sa belle-mère; il les supplia toutes deux de ne point donner de suite au procès, qu'il renverrait sa bonne et qu'il serait désormais le meilleur des maris. Mais il avait tant de fois fait de pareilles promesses, qu'il avait noyées dans les pleurs et dans le sang de sa femme par les coups et les souillures humiliantes de la couche conjugale, et aussi parce qu'il était tombé dans un abrutissement tel qu'il faisait perdre tout espoir de retour à la raison. Ces considérations firent que sa femme et sa belle-mère refusèrent ce qu'il demandait et promettait. Dumoulin, voyant que ses promesses et ses supplications n'aboutissaient à rien, changea tout à coup de contenance; il prit une allure farouche, ses tempes se gonflèrent, ses yeux s'injectèrent de sang, puis il dit d'une voix terrible : — Je jure sur les cendres de mon père et de ma mère que si d'ici huit jours ma femme n'est pas rentrée avec moi, vous mourrez toutes deux de ma main; je prends à témoin ce pistolet et ce couteau-poignard (Il tira de sa poche ces deux armes en les brandissant). A la vue de ces instruments de mort, les deux femmes jetèrent un cri perçant; quant à lui, il remit ses armes en poche et s'enfuit comme un insensé. Revenues de leur frayeur, Françoise dit à sa mère : — Je veux rentrer avec lui; je le connais: il nous tuerait toutes les deux. J'aime mieux mourir seule et lui épargner un crime deplus; du reste, je le sens, la mort approche, le chagrin me tue; un peu plus tôt, un peu plus tard, la différence sera courte. Mon malheureux père, abruti aussi par la boisson, a besoin de toi pour le nourrir, le vêtir. Oh! que nous sommes malheureuses, ma mère! Au nom de Dieu, tu me laisseras partir, n'est-ce pas? Comme elle parlait encore, le médecin entra. Après avoir été instruit de ce dont il s'agis-

sait, il engagea madame Cabasson de mettre sa fille dans
une maison de santé, hors des atteintes de son mari. Ce
fut lui qui fit les démarches pour arriver à ce résultat.
Madame Dumoulin fut donc placée dans une maison de
santé des environs de Paris, cachée à toutes les investigations de son mari. Le jour de l'audience étant arrivé,
Françoise y fut amenée au bras de sa mère et de son
avocat. Elle était vêtue de noir et coiffée d'un bonnet
blanc; sa pâleur était extrême; ses traits réflétaient la
résignation; elle attirait tous les regards et intéressait
tout l'auditoire. En voyant son mari elle se trouva mal.
Pendant ce temps, les juges parcoururent les pièces du
procès. Revenue à elle, le président lui dit : — Femme
Dumoulin, il paraît que dans les derniers six mois que
vous êtes restée avec votre mari, vous ne partagiez pas
sa couche; une autre, votre servante, vous avait rem-
placée?

— Oui, monsieur le président, répondit Françoise
fondant en larmes.

— Pourquoi n'avez-vous pas intenté ce procès plus tôt
et confié à votre mère, dès le commencement, que votre
mari vous maltraitait, les tortures qu'il vous faisait en-
durer? car en versant dans le cœur d'une mère une partie de nos chagrins, nous en recevons toujours des consolations et de bons conseils.

— Lorsque je disais à mon mari : je vais dire à mes
parents que tu me frappes, que tu m'injuries, que tu me
fais coucher dans la chambre de notre bonne pendant
que tu couches avec elle, il me montrait un pistolet
qu'il me passait sous la gorge en me disant : si tu avais

le malheur de raconter les nouvelles de l'école, voilà qui ferait ton affaire; alors je croyais devoir me taire pour alléger mon sort.

— Un jour ne vites-vous pas arriver votre mari de Bercy? vous paraissant plus calme qu'à l'ordinaire, vous voulûtes l'embrasser, en lui disant que le moment approchait où vous alliez devenir mère; pour répondre à vos caresses, ne vous repoussa-t-il pas d'une manière si brutale et si violente que vous tombâtes sur une chaise, et que, neuf jours après cet acte sauvage, vous accouchiez d'un enfant sans vie?

A ces derniers mots du président, Françoise tomba évanouie dans les bras de sa mère; un frémissement de dégoût parcourut l'auditoire.

— Dumoulin, dit le président, vous entendez les accusations de votre femme; qu'avez-vous à répondre?

— Tout ce qu'elle a dit est faux, faux, faux, monsieur le président.

— Malheureusement pour votre cause, plusieurs témoins, parmi lesquels est votre servante et concubine, qui n'a pourtant pas intérêt à vous accuser, l'attestent d'une manière péremptoire.

— Tout ce qu'ils disent est faux, faux, monsieur le président.

Les témoins furent entendus et corroborèrent dans leurs dépositions orales ce qu'ils avaient dit devant le juge d'instruction qui les avait écrites.

L'avocat de madame Dumoulin se leva pour plaider; mais le président lui dit : — Asseyez-vous, la cause est entendue.

Le président adressa des reproches sévères à Dumoulin, puis il prononça la séparation de corps et de biens
des époux.

Dumoulin s'attendant à ce résultat, n'en parut point
affecté; ses amis étaient venus l'accompagner à l'audience, il les invita à venir chez le marchand de vin qui
était vis-à-vis du palais, où ils burent et déjeunèrent; à
la fin de ce déjeuner, il les invita à un autre déjeuner
plus grandiose pour le lendemain, dans le meilleur restaurant de Vincennes.

—Je veux, leur dit-il, célébrer gaiement ma séparation d'avec ma femme; il faut que notre déjeuner soit
plus gai que le dîner d'adieu qu'un garçon bien élevé
donne à ses amis quelques jours avant de s'enchaîner
dans les liens monstrueux du mariage. Vous amènerez
avec vous, ajouta-t-il, chacun une demi-vertu des bals
publics de vos quartiers respectifs; car je veux que nous
dansions dans le bois de Vincennes; qu'en dites-vous,
mes amis, est-ce accepté?

— Oui, répondirent en chœur six voix fêlées par la
débauche : vive Dumoulin!

— Eh bien! mes amis, voilà qui est entendu, demain
à midi, à Vincennes, au restaurant de la Tourelle.

Fdèles au rendez-vous et aux recommandations de
Dumoulin, tous les convives arrivèrent à l'heure; chacun était accompagné d'une fille de joie capable d'atti-
ser le feu de la folie jusqu'à l'incendie. Dumoulin amena
sa servante, quoique ayant déposé contre lui la veille, et
deux violons ambulants.

Le dîner commença dans une folle joie et finit dans

l'orgie. Pour remplir le programme et diversifier les
plaisirs, tous réclamèrent la danse promise. Dumoulin
paya le déjeuner et les musiciens, puis toute la société
quitta le restaurant et s'engagea dans une allée du bois ;
arrivé à une clairière, on organisa la danse ; les musiciens, qui avaient bien bu et bien mangé, et qui étaient
bien payés, firent retentir le bois des airs les plus sono-
res. Au bout d'un quart d'heure de joyeux entrain, Dumoulin, sous le prétexte d'un besoin, quitta sa compagnie, s'enfonça dans un fourré, avisa un chêne de la
grosseur de sa cuisse, qui avait une branche horizontale
à dix pieds au-dessus du sol, pouvant porter un homme ;
du côté opposé à cette branche, à deux pieds au-dessus,
s'en trouvait une autre, également horizontale, pouvant
aussi porter un homme. Dumoulin vit d'un coup d'œil
que cet arbre pouvait servir son dessein, grimpa gaiement dessus, puis il tira de sa poche une corde de six
pieds de longueur, de la grosseur du doigt, à un bout de
laquelle il avait disposé un nœud coulant le matin : il se
mit sur la branche la plus rapprochée du sol et attacha
solidement le bout de la corde opposé au nœud à la
branche la plus haute ; puis il passa sa tête dans le nœud
coulant, écouta l'air retentissant des violons auxquels se
mêlaient les rires perçants des bacchantes, puis profitant d'un moment où la musique était entraînante, il se
lança gaiement dans le vide.

Le quadrille étant fini, danseurs et musiciens s'étalèrent négligemment sur le gazon, attendant en folâtrant
le retour de leur libéral amphitryon. Vingt minutes s'é-
coulèrent et Dumoulin ne parut pas. Une chanteuse des

rues l'appela de toutes ses forces ; sa voix perçante retentit dans tout le bois que l'écho répéta; un silence
désespérant fut la réponse. Alors tous se levèrent instinctivement, coururent dans la direction qu'il avait prise ,
appelant : Dumoulin! Dumoulin! Et Dumoulin ne répondait pas ; mais ils aperçurent bientôt sa redingote
et son chapeau qui étaient par terre, et au-dessus, Dumoulin qui faisait une piteuse grimace , en finissant de
se balancer dans le vide, comme le balancier d'un cou-
cou qui va s'arrêter, parce qu'on a oublié de remonter
les poids qui lui donnaient le mouvement. Il était trop
tard; son âme venait d'abandonner son corps, elle s'en-
volait pour prendre éternellement possession de la place
qui lui était réservée dans les profondeurs des abîmes
infernaux. Dès qu'ils l'aperçurent, ils poussèrent des cris
de détresse; les danseuses et les musiciens se sauvèrent
dans toutes les directions, appelant du secours ; mais en
réalité , ils cherchaient la direction de Paris, pour s'es-
quiver et se soustraire aux interrogations du commissaire de police, toujours désagréable aux bohémiens de
la capitale. Les amis de Dumoulin se regardaient, ter-
rifiés. L'un disait : Il faut couper la corde; un autre répondait : Non, nous serions répréhensibles, il faut le
laisser tel qu'il est et aller chercher le commissaire de
police. Cependant le plus hardi, le plus intelligent, se
hasarda : il monta sur le chêne et coupa la corde. Alors
Dumoulin tomba lourdement, ils lui ôtèrent la corde du
cou, son cœur avait cessé de battre, l'asphyxie était complète. Deux d'entre eux se détachèrent pour réquérir le
commissaire de police; qui arriva deux heures après ;

accompagné d'un médecin, qui constata légalement le décès par l'asphyxie résultant d'un suicide par la pendaison. Le commissaire fit ensuite transporter le cadavre à son domicile.

Le lendemain on le conduisit au cimetière Montmartre; les prières religieuses lui furent refusées à cause des saturnales qui avaient précédé le suicide.

Lorsque les fossoyeurs, après l'avoir descendu dans la fosse, eurent jeté quelques pelletées de terre sur le cercueil, l'un des six amis de Dumoulin, qui s'était muni d'une bouteille de vin de Bordeaux, la déboucha et arrosa la terre qui recouvrait la bière, aux yeux ébahis des fossoyeurs. Il dit d'une voix émue : —Adieu, Dumoulin! adieu, joyeux ami; on t'a refusé les prières et l'eau bénite, rien ne peut être plus agréable à ton âme que ce refus, car tu n'aimais en ton vivant ni les prières ni l'eau, tu leur préférais les chansons et le vin, j'arrose donc la terre qui couvre ton cercueil avec le vin que tu savourais le mieux en ton vivant. Quant aux chansons, nous allons chanter ta préférée, la mère Gaudichon, chez le marchand de vin voisin du cimetière ; nous la noierons dans force bouteilles de vin en mangeant du fromage de Brie; adieu encore une fois, brave Dumoulin ! ta fin fut digne de ta renommée, vaillant capitaine des soldats de la folie! Puisse ton exemple renaissant de ta cendre être imité par nos fils et nos neveux pour se perpétuer d'âge en âge jusqu'à la fin des siècles. — Amen, répondirent les soldats de la folie.

Ainsi finit l'histoire de ce monstre.

Pendant que se passait dans l'orgie la fin dramatique

de son mari , l'état de maladie de la pauvre Françoise ,
qui avait été ramenée dans la maison paternelle, empi-
rait chaque jour. Le médecin, qui avait été témoin des
avanies que faisait Cabasson à sa femme et à sa fille en
rentrant, attribuait cette aggravation à ces querelles bru-
tales d'une stupidité révoltante, que l'abrutissement oc-
casionné par les boissons fermentées rend souvent féroce,
elles rappelaient à la malade, disait-il, les angoisses provenant de même nature que son mari lui avait fait subir. Bernelle et sa femme alors la réclamèrent et l'installèrent dans leur lit; à dater de ce moment, rien ne lui
manqua, les soins de l'amitié et de la science lui furent
prodigués. Mais hélas ! l'ange de la mort avait versé sur
ses lèvres blémies par les souffrances le poison glacé qui
devait la rendre à la terre avant le terme ordinaire que
Dieu a fixé aux mortels. En apprenant la fin dramatique
de son mari, elle adressa une prière au Dieu qui les avait
unis ainsi conçue : — Mon Dieu ! pardonnez-lui les crimes qu'il a commis envers vous et envers son prochain,
comme je lui pardonne ceux qu'il a commis envers moi ;
en exauçant ma prière, votre pardon égalera votre miséricorde et votre bonté.

Un mois environ après son installation chez Bernelle,
Françoise, qui d'abord avait éprouvé du mieux, devint
tout à coup beaucoup plus malade; une consultation de
médecins eut lieu, laquelle conclut que la maladie était
inguérissable, que les poumons, qui depuis longtemps
étaient engorgés, en étaient arrivés à cette période de la
maladie qui précède ordinairement la mort d'une
quinzaine de jours. Bien qu'on déguisât à Françoise le

résultat de cette consultation, elle n'en pressentit pas
moins sa fin prochaine; voulant mourir chrétiennement,
comme elle avait vécu, elle demanda un prêtre, se confessa, reçut l'absolution et la sainte Eucharistie, et,
quelques jours après, l'extrême onction. Depuis ce moment, sa blanche figure ne refléta plus les souffrances
aiguës qu'elle avait éprouvées si souvent; un certain
calme, empreint d'une sainte résignation, annonçait que
la vie s'éteignait. Un jour, vers midi, éprouvant un ma-
laise qui lui était jusqu'alors inconnu, accompagné d'une
grande faiblesse, lui annonçant que le moment suprême
était proche, elle demanda tous ses parents auprès d'elle;
à peine étaient-ils arrivés qu'elle se trouva mal : on courut chercher le médecin, qui lui fit prendre quelques
cuillerées de café qui la ranimèrent. Elle rouvrit les
yeux, recouvra la parole et demanda sa mère, lui prit
les mains, qu'elle pressa convulsivement dans les siennes; elle fit approcher son père et lui dit : — Je meurs
victime de l'ivrognerie qu'enfanta la débauche; puisse
la mort de ta fille faire impression sur ton cœur, afin
que ma mère ne meure pas aussi victime de ce hideux
fléau ! Puisse encore Dieu qui m'écoute te pardonner les
larmes que tu lui as fait verser, ainsi qu'à tes enfants.
Elle manda ensuite ses sœurs et ses beaux-frères qu'elle
embrassa tour à tour; un instant après, l'agonie commença, elle dura deux heures; à quatre heures, l'ange
de la paix descendit du ciel, il toucha de son sceptre
d'or ses yeux fatigués et les ferma délicieusement à la
lumière. Puis elle s'endormit au milieu des siens, et son
avec la vitesse de l'éclair, s'envola vers Dieu.

10

Sa mère et ses sœurs veillèrent en silence aup̀
son corps, contemplant de temps en temps, à la
d'une lampe, ses traits chéris dont la douce sé
annonçait le sommeil paisible qui attend le révei
mis par la foi.

Le lendemain, les ministres de Dieu lui rendaie
honneurs funèbres en récitant les prières divines
l'église Saint-Eustache; les parents et amis, recu
les larmes aux yeux, étaient rangés autour de so
cueil, s'associant à ces prières. Tous accompagr
silencieusement à sa dernière demeure cette marty
devoir; Bernelle et Vignon marquèrent d'une cr
place couverte de terre au-dessus de laquelle elle
sait, en attendant le modeste monument qu'ils lui
naient.

Les doux souvenirs de l'amitié vinrent souvent,
le silence de la solitude, s'entretenir par de sc
pensées avec ce corps que chaque jour qui s'éc
réduisait en poussière, arrosant de leurs larmes la
bénie qui le couvrait.

CHAPITRE VIII

Deux voleurs. — Madame Cabasson. — Mort de deux ivrognes.
Années 1823 à 1824.

Madame Cabasson, déjà si éprouvée, ressentit un violent chagrin de la perte de sa fille. Huit mois après cette mort, son beau-père, le confident de ses plus secrètes pensées, suivit Françoise dans la tombe, emportant les regrets de la pauvre femme. Pour entretenir son chagrin, son mari tombait de plus en plus dans l'ivrognerie la plus abjecte, dans l'abrutissement le plus complet; les jours, les mois, les années s'écoulaient ainsi; depuis longtemps il avait quitté tout travail pour s'attacher à Malineau dont la passion s'harmonisait avec la sienne : tel l'aimant attire la foudre, telles les passions humaines identiques ont une attraction irrésistible. La femme de Malineau et Lisa, sa digne fille, clabaudaient dans les halles que Cabasson avait perdu Malineau, qu'il ne voulait plus rien faire depuis qu'il avait fait sa connaissance ; enfin, que Jean et Joseph ses fils suivaient l'exemple de leur père, qu'elles étaient bien malheureuses.

Aussitôt que Malineau eut obtenu les 2,000 francs de M. Franconneau, il renouvela ses voitures et les chargea chaque matin de primeurs fraîches et variées; lui et sa femme changèrent leurs haillons et ceux de leurs enfants pour des vêtements neufs. Au bout de dix-huit mois, ces

2,000 francs avaient disparu. Alors reparut la misère; il cherchait, depuis une année, par tous les moyens dont il était capable, à se débarrasser des étreintes de cette déesse, quand tout à coup l'occasion se présenta : voici comment.

Un jour, étant attablé dans la salle d'un marchand de vin de la rue de la Juiverie, buvant chopine avec Cabasson; à une autre table, à côté, déjeunait un garçon boucher, il était en recettes et avait déposé sa sacoche, contenant 800 francs en pièces de cinq francs sur un tabouret à côté de lui. Son déjeuner fini, il paya et sortit; soit préoccupation ou distraction, il oublia sa sacoche. Malineau, qui avait plusieurs fois jeté sur elle des regards de convoitise, voyant le garçon boucher qui l'oubliait, s'en saisit avidement pendant que Cabasson payait leur consommation. Puis nos deux voleurs sortirent et allongèrent le pas, prenant les petites rues tortueuses de la Cité pour dépister le garçon boucher, qui ne devait pas rester longtemps sans s'apercevoir de son oubli, lequel, en les poursuivant, pouvait les atteindre et leur ravir leur trésor. Après plusieurs détours, ils arrivèrent rue de la Barillerie, vis-à-vis de la grille du Palais de Justice. Ce monument de la punition des crimes leur fit peur : ils s'enfuirent, passèrent sur le pont Saint-Michel, s'enfilèrent dans la rue de la Huchette, entrèrent chez un marchand de vin de cette rue dont l'établissement ne recevait à midi qu'une lumière crépusculaire. Ils entrèrent dans une salle ténébreuse et déserte, demandèrent deux canons, partagèrent le contenu de la sacoche et empochèrent chacun 400 francs. Cabasson suivit les rues qui conduisent du côté des Invalides, et Malineau suivit celles qui conduisent du côté de l'Entrepôt des vins. L'un et l'autre rentraient à onze heures du soir, une heure plus tôt qu'à l'ordinaire ; tous deux étaient moins ivres que de coutume.

Malineau, en rentrant chez lui, y trouva sa femme seule comme toujours ; Lisa, leur fille, était couchée depuis longtemps. Elle l'attendait pour lui faire une scène ; aux premières invectives qu'elle lui adressa, il lui répondit en faisant résonner ses pièces de cinq francs ; alors la voix de sa femme s'adoucit sensiblement, elle lui demanda qui lui avait donné cet argent.

— Chut ! répondit Malineau, pas si haut, si j'eusse attendu qu'on me le donnât, il serait loin de nous ; regarde comme il est beau.

— Mais tu l'as donc volé, malheureux?

— Mais non, ma femme, on l'a oublié, je l'ai pris, voilà tout ; moi ou un autre, et j'aime mieux moi qu'un autre. Nous étions nous deux, Cabasson, mon ami, à boire une chopine chez un marchand de vin ; un garçon boucher, qui était dans la salle où nous étions, est parti, oubliant une sacoche pleine de pièces de cent sous : nous la flairons, Cabasson paye la chopine, et moi je prends la sacoche, la mets sous l'habit que porta autrefois le domestique de Rothschild, puis, pour dépister les malins, nous avons fait des marches et des contre-marches, nous sommes ensuite entrés chez un marchand de vin où nous avons partagé le contenu de la sacoche : voilà la chose, dit-il, en déposant les 400 francs dans le tablier de sa femme qui souriait.

10.

— Le marchand de vin est-il fermé? dit-elle.

— Non, pas encore.

— Alors je vais chercher un litre de vin pour arro
cette bonne aubaine ; surtout n'en parlons pas, Maline

— De mon côté, j'en réponds.

— Du mien, j'en réponds aussi.

Madame Malineau fut chercher le litre de vin, q
tous deux savourèrent jusqu'à la dernière goutte en co
templant quatre belles piles de 100 francs.

Quant à Cabasson, il trouva sa femme couchée et
lui chercha pas querelle comme d'ordinaire ; il se d
habilla, mit, comme il en avait l'habitude, ses effets s
une chaise, à l'exception de sa veste, qu'il porta dans
cabinet où était un porte-manteau et l'y accrocha. M
dame Cabasson, qui ne dormait pas, fut intriguée
cette dérogation aux habitudes de son mari, elle ne l
parla d'abord pas ; mais le lendemain, en se levant
quatre heures comme toujours, elle fut visiter la vest
la fouilla et trouva les quatre malheureux cents franc
elle réveilla doucement son mari, et lui demanda
tremblant d'où lui venait cet argent.

— Ça ne te regarde pas, répondit Cabasson d'une vo
mal assurée qui déguisait un repentir.

— J'ai un pressentiment que tu l'as volé.

— Veux-tu te taire ou je te f... par la fenêtre.

— Mon ami, je te supplie de me dire d'où vient cet a
gent. S'il provenait d'une source impure, j'irais mo
même le porter à qui il appartient, qui est peut-être
ouvrier père de famille, qui attend sa paye pour donn
du pain à ses enfants.

— F... moi la paix et laisse-moi tranquille, fut toute
la réponse que les douces supplications de la pauvre
femme put obtenir.

Le garçon boucher n'avait pas fait cent pas quand il
s'aperçut de son oubli. Tout à coup, faisant demi-tour,
il courut tout effaré chez le marchand de vin, entra dans
la salle, vit le tabouret où il avait déposé sa sacoche. Ne
la voyant plus, il demanda au marchand de vin si son
garçon avait trouvé une sacoche contenant de l'argent
en desservant la table où il était. On appela le garçon,
qui ne sut ce qu'on voulait lui dire en lui demandant.
— Alors, dit le garçon boucher, ce sont les deux buveurs qui étaient à côté de moi qui l'ont prise. — Allez
faire votre déclaration chez le commissaire de police,
dit le marchand de vin. Et tous deux furent ensemble
au bureau de ce magistrat, où le garçon boucher fit sa
déclaration, en donnant minutieusement le signalement
des deux voleurs.

Dès le lendemain, quatre agents de police, munis des
signalements de Malineau et de Cabasson, les arrêtaient
dans un cabaret borgne de la rue de la Grande-Truanderie
et les conduisaient en prison comme prévenus de vol.
Aucune preuve n'existant contre eux, ils eussent été infailliblement renvoyés de cette prévention sans les in-
conséquences de la Malineau, qui en apprenant l'arrestation de son mari et de Cabasson voulait faire retomber
le crime tout entier sur celui-ci. Elle racontait tout haut
dans la halle, à qui voulait l'entendre, que Cabasson
avait volé une sacoche contenant 800 fr. étant avec son
mari, et à son insu, qu'on avait emmené l'innocent avec

le coupable; ce qu'entendant deux agents de la police
secrète le rapportèrent au juge d'instruction saisi de
l'affaire. Ce rapport eut pour conséquence de faire condamner nos deux voleurs à six mois de prison après
cinq semaines de prévention.

Madame Cabasson, qui était partie toute tremblante à
la halle avec le pressentiment que son mari avait commis une mauvaise action, se trouva mal en apprenant
son arrestation. Revenue à elle, elle fit tout ce qui était
en son pouvoir pour empêcher la condamnation des coupables. D'abord elle désintéressa le garçon boucher, qui
se désista; ensuite elle employa des agents d'affaires qui
lui soutirèrent des sommes importantes en lui promettant de faire rayer du rôle de la police correctionnelle
l'affaire Malineau, Cabasson, et conséquemment leur
mise en liberté, à cause, lui disaient-ils, du désistement
du garçon boucher; mais la justice, gardienne des intérêts de la société, dut sévir contre deux coupables qui
voulaient vivre à ses dépens.

A dater de cette condamnation, madame Cabasson,
désormais l'épouse d'un voleur, ne devait pas survivre
à cette nouvelle infortune; l'ivrognerie et la débauche
lui avaient fait verser bien des larmes; le déshonneur
trouva ses yeux secs et la halle ne la revit plus; sa place
fut donnée à la fille d'une amie. Aux consolations que
lui prodiguaient chaque jour ses filles et ses gendres, la
pauvre mère répondait invariablement : — Mes enfants,
votre père, mon mari, est en prison pour vol. Chaque
jour écoulé la laissait plus triste et plus desséchée. Au
bout de cinq mois de monotonie et de taciturnité, les

conversations ordinaires de la vie revinrent, mais pour
faire bientôt place à une divagation qui s'élevait souvent
jusqu'au paroxysme. Un médecin fut consulté, et déclara que c'était une névralgie qui avait pris naissance
dans l'épine dorsale et était montée jusqu'à la première
toilette de la cervelle, laquelle était enflammée; qu'il
était urgent de garder la malade par crainte qu'elle ne
commît quelque violence sur elle-même.

Quelques jours après ces recommandations du médecin, les muscles de la malade refusant leur service,
elle fut obligée de garder le lit. Tous ceux qui l'approchaient voyaient que la vie de la malade ne tenait plus
qu'à un fil que la Parque ne pouvait tarder à couper. Depuis huit jours elle ne parlait plus que par monosyllabes et ne connaissait plus personne, quand tout à coup
elle prononça de nouveau, pour le répéter à toutes les minutes jusqu'à sa mort : — Mon mari est un voleur. Elle
répétait cette phrase depuis le matin, lorsque vers midi,
Cabasson, qui avait subi sa peine, rentra chez lui légèrement aviné par un déjeuner qu'il avait fait avec Malineau en sortant de prison. Il s'approcha du lit sur lequel mourait sa femme; il la contempla un instant. Sa
figure livide et amaigrie et ses yeux ternes lui arrachè-
rent quelques larmes. Il se pencha doucement et appliqua un baiser sur son front. Comme il se retirait, la
malade répéta pour la centième fois depuis le matin :
— Mon mari est un voleur. La seconde fois qu'il l'entendit, il s'enfuit comme un forcené de cette habitation
qu'il avait tant de fois souillée pour noyer un chagrin
qu'il ne pouvait supporter que dans l'eau-de-vie, qu'il

appela désormais sa consolation. Vers onze heures du
soir, il entra chez Bernelle qui, aidé de sa femme, le
couchèrent, en prenant toutes les précautions que
réclamait sa hideuse situation, recevant en récompense
le salmis d'injures qu'il vomissait contre eux. Le lendemain, il s'éveilla complétement dégrisé; il porta la
main droite à son front comme s'il fût sorti d'un songe;
c'est alors que la journée de la veille lui apparut
comme un rêve, lequel se transforma bientôt en réalité
pour lui montrer sa femme mourante. Ne voyant ni sa
fille ni son gendre, il demanda au garçon, qui était au
comptoir servant les pratiques, où ils étaient. — Ils sont
auprès de votre femme qui se meurt, dit le garçon. S'armant de courage, il monta en tremblant les trois étages
qui le séparaient d'elle et entra. Il la vit entourée de ses
filles et de ses gendres, lesquels attendaient, anxieux, les
yeux tournés vers elle, qu'elle rendît son dernier soupir
pour lui fermer les yeux. Chaque seconde en ce moment
suprême paraissait une année à ces cœurs aimants.

Un moment tous crurent que c'était fini, quand tout
à coup elle rouvrit ses yeux déjà voilés par la mort et
dit faiblement, mais assez haut pour être entendue de
tous : — Mon mari est un voleur. Ses yeux se refermè-
rent pour ne plus s'ouvrir et son âme alla jouir d'une
lumière brillante et douce dans le divin palais des cieux.
Quant à son mari, il s'enfuit comme la veille chercher
dans les cabarets la seule consolation qu'il eût désormais : l'eau-de-vie.

Il assista au convoi comme un hébété; on eût dit que
le cercueil qui renfermait les restes de sa femme, de

celle que tous ceux qui l'avaient connue estimaient et
chérissaient, lesquels étaient venus lui rendre les derniers devoirs; on eût dit, dis-je, que toutes ces choses
suprêmes ne le regardaient pas, tant la vie intelligente,
repoussée de son être par l'intempérance et la débauche,
l'avait abandonné.

Ses filles, mesdames Bernelle et Vignon, héritèrent
de leur mère pour les soins à donner à leur père; elles
firent leur devoir d'une manière telle que Cabasson ne
s'aperçut pas de la perte de sa femme. Des éclairs de lucidité apparaissaient de temps en temps dans le noir
nuage de sa conscience comme des spectres accusateurs
qui le poussaient instinctivement vers la tombe de sa
femme, sur laquelle il versait quelques larmes et réci-
tait quelques prières exhumées de sa mémoire de l'époque où il fit sa première communion. Au bout d'un
quart d'heure, il quittait ce lieu de l'humilité humaine,
le cœur satisfait, dirigeant ses pas du côté de la halle,
faisant cinq à six stations chez les marchands de vin qui
bordaient son passage, buvait une goutte d'eau-de-vie
chez chacun d'eux, puis entrait chez Paul Niquet, rue
aux Fers, où il avait donné rendez-vous à Malineau, qui
ne manquait jamais de s'y trouver. C'est dans cet établissement, ouvert la nuit comme le jour, qui était situé
au fond d'un long corridor, où venaient se gorger de vin
et surtout d'eau-de-vie portant le nom du chef de l'établissement, les ivrognes d'en bas et ceux d'en haut, les
désœuvrés, et les curieux de toute sorte, que Cabasson
et Malineau venaient assouvir leur fatale passion. Lorsque l'effet de vapeurs alcooliques ne permettait plus à

leurs jambes chancelantes de les conduire chez eux pour
se coucher, ils s'asseyaient chacun sur un tabouret, ap-
puyaient leur tête sur une table, que l'empreinte des liqueurs avaient rendu poisseuse, posaient leurs verres
d'eau-de-vie à moitié vide à côté d'eux, que leurs coudes,
dans le sommeil de l'ivresse, renversaient quelquefois sur
la table; alors le liquide adoré qu'avait refusé leur bouche venait complaisamment se faire aspirer par leurs na-
rines. C'est ainsi qu'ils passaient la nuit.

Ces habitudes d'intempérance, arrivées à un tel degré,
ne pouvaient avoir un terme éloigné. Un jour, vers onze
du soir, ils étaient dans cet état voisin de l'ivresse qui
donne la gaieté, ils firent rencontre de quatre forts de
la halle, collègues de Cabasson, ce jour-là en goguette
comme eux; les quatre forts voulant s'amuser des deux
ivrognes qui étaient depuis longtemps le jouet des
halles, les invitèrent à boire avec eux; Malineau et Cabasson n'eurent garde de refuser une offre qui s'alliait
si bien avec leur gloutonnerie. Ils entrèrent tous les six
dans un cabaret de troisième ordre, situé rue des Marmousets, vis-à-vis la rue de la Licorne, maison bien
connue dans la Cité par la multitude d'alors, qui l'avait
baptisée le Petit Palais-Royal; ils s'assirent à une table
où un des quatre forts demanda un litre d'eau-de-vie
qui fut versé dans six verres par portions égales, puis
dans une conversation moitié badine et moitié gogue-
narde, les quatre forts défièrent Cabasson et Malineau
de boire chacun trois verres du précieux liquide, dont
la couleur dorée brillait à leurs yeux. — Ça te va-t-il, dit
Cabasson à Malineau? — Oui, mon vieux, répondit celui-

ci ; ils prirent chacun un verre, trinquèrent et burent à la
santé de ceux qui les régalaient, et successivement en
quelques secondes ils vidèrent chacun les trois verres
qui leur étaient destinés, jusqu'à la dernière goutte.
L'ivresse ne se fit pas immédiatement sentir, au grand
désappointement des forts qui voulaient les griser complétement ; ils demandèrent un second litre d'eau de-
vie, que l'un d'eux versa dans six verres comme la première fois ; puis ils invitèrent nos deux gourmands à
recommencer le duel. Cabasson et Malineau hésitèrent
d'abord, mais bientôt, pressés et mis au défi par les forts,
et craignant de perdre leur renommée, ils firent la répétition de la première fois, Cabasson vida encore ses
trois verres, mais Malineau laissa tomber son second
par terre après l'avoir bu et s'affaissa ; Cabasson trébu-
cha et devint bleu. Les quatre forts étant satisfaits,
deux d'entre eux prirent Malineau par chacun un bras,
les deux autres prirent également Cabasson et les dépo-
sèrent tous deux au milieu de la rue fangeuse de la Licorne, à côté d'une borne. Il était minuit et demi. Cette
rue, étant peu éclairée, était déserte la nuit ; ce ne fut
qu'à quatre heures qu'un chiffonnier passant par là avec
sa lanterne les trouva morts, ils étaient couchés l'un sur
l'autre ; il courut au poste le plus voisin et avertit le
chef de sa lugubre trouvaille. A six heures, le commissaire de police du quartier de la Cité les fit transporter
à la Morgue, et requit, pour faire l'autopsie des cadavres, un médecin, qui dit, dans son rapport, que ces
deux hommes avaient été asphyxiés par les vapeurs alcooliques, que la noirceur de leur organe intérieur ser-

11

vant à la nutrition prouvait surabondamment une habitude extrêmement démesurée de l'eau-de-vie; que, sans
craindre de tomber dans l'erreur, il concluait que ces
deux hommes étaient morts comme ils avaient vécu,
dans l'ivrognerie. Dans la même journée, les deux cadavres furent reconnus par leurs familles.

Les enfants Cabasson firent enterrer leur père modestement et n'invitèrent personne au convoi, regrettant pour
le bien de tous et surtout pour les regrets qu'inspirait
celle qui n'était plus, qu'il ne fût point mort dix années
plus tôt.

Madame Malineau fit faire le convoi de son mari avec
le corbillard du pauvre; on eut beaucoup de peine à
l'empêcher de se jeter dans la fosse où l'on venait de
descendre son mari; elle et sa fille se tordaient en poussant de hauts cris plaintifs, auxquels répondaient les
échos du cimetière et des alentours.

Quelques jours après l'enterrement de son mari, madame Malineau, qui devait trois termes de loyer, reçut
la visite de son propriétaire, qui réclama son dû; malgré
toutes les supplications qu'elle lui fit, où fut étalée artistement toute sa misère, il fit impitoyablement saisir de
son chétif mobilier tout ce qui était saisissable et le fit
vendre; la malheureuse dut donc dire adieu à son logement.

CHAPITRE IX

Madame Malineau et Lisa sa fille. — Perversité. — Une visite
à la halle. — Années 1823 à 1824.

Les deux fils Malineau avaient depuis longtemps pro-
fité du mauvais exemple que leur avaient donné leurs
père et mère; quoique jeunes encore, ils avaient formé
de ces ménages honteux qui sont l'écume du ruisseau
social; ils ne venaient voir leurs père et mère que lorsqu'ils étaient ivres ou sans le sou; ils avaient assisté à
l'enterrement de leur père, vêtus de haillons. Ce n'était
donc pas de ce côté que madame Malineau devait regarder pour voir venir des ressources; elle devait des petites sommes à tous les commerçants de bouche qu'elle
connaissait, dont le plus généreux aurait préféré lui
donner deux sous que de lui faire crédit de pareille
somme.

Il restait pour toute fortune à madame Malineau,
après la saisie du propriétaire, les deux voitures qui
servaient à porter dans les rues les fruits et légumes
qu'ils y vendaient, son lit et celui de Lisa sa fille,
le tout d'une valeur d'environ 250 francs. Elle vendit tous ces objets que la loi défendait au propriétaire de faire saisir, n'ayant pas d'argent pour acheter
la marchandise qu'elle vendait. La mère et la fille cou-
chaient en garni depuis quelques jours, réfléchissant

toutes deux à l'avenir. Une flamme vomie de l'empire
des ténèbres vint tout à coup illuminer le cerveau de la
mère, qui dit à sa fille : Lisa, ma bien-aimée, je n'ai
que toi au monde à qui je puisse dire toutes mes pensées, puisque tes frères nous abandonnent.

— Ce sont de franches canailles mes frères.

— Nous sommes obligées de coucher en garni, parce
que nous n'avons pas de meubles; la somme que nous
possédons va être bientôt dépensée, et alors que ferons-
nous ?

— Mais, ma mère, nous travaillerons dans les halles
au service des revendeuses, telles que la mère Croquechoux, Geneviève Baudet et autres qui ont chacune une
femme à leur service.

— Cela te serait plus dur que tu ne le penses, ma fille,
et puis cela nous humilierait, nous qui avons toujours
été indépendantes, être sous la dépendance des autres,
fi donc ! j'aimerais mieux me mettre chiffonnière.

— Mais alors comment faire?

— Ma fille, tu as vingt ans, tu es aussi jolie que j'étais
à ton âge lorsque ton père m'épousa; si tu ne trouves
pas à te marier, c'est parce que tes effets inspirent la
misère et ne font pas ressortir ta beauté, et puis, te marier avec plus misérable que toi, c'est toujours la misère;
tandis que si tu étais vêtue comme une grande dame, je
suis certaine que tu ferais le caprice d'un homme riche
qui te mettrait dans tes meubles, comme y sont tant
d'autres, et alors tu te souviendrais des bons conseils d'une mère; tu ne serais pas ingrate envers moi,
n'est-ce-pas?

— Je ne t'abandonnerai jamais, ma louloute; mais si après avoir dépensé la somme que nous possédons à m'habiller comme une grande dame, je ne réussissais à faire ce que tu dis, comme tu le désires?

— Ma fille, je connais les hommes et leurs faiblesses; je te promets que tu aurais le choix, et qu'avant huit jours, nous serions heureuses toutes deux.

— Eh bien, ma mère, dépêchons.

Quatre jours après cet entretien de la mère et de la fille, la blonde Lisa, mise avec toute la coquette-rie sortie du cerveau de sa mère, et munie de ses ins-tructions, se promenait dans le Palais-Royal, s'arrê-tant en curieuse, regardant les bijoux étalés aux montres des orfévres, qui avaient alors les boutiques les plus splendides de Paris; elle portait un panier à son bras semblable à celui des ouvrières quand elles reportent leur ouvrage au magasin. Comme elle s'extasiait devant une boutique de bijouterie à regarder une parure en diamant, un ouvrier endimanché s'approcha d'elle et lui dit :—Voilà de jolis bijoux, mademoiselle! Elle se re-tourna et vit que c'était un ouvrier, elle ne lui répondit pas; mais elle quitta cette boutique et s'arrêta devant une autre du même genre; l'ouvrier, la suivant, s'appro-cha de nouveau d'elle et lui dit : que ce qu'elle regar-dait dans cette montre était moins beau que dans l'au-tre; sans répondre à l'ouvrier, elle quitta cette devanture comme elle avait quitté l'autre. Un monsieur dont le maintien et la distinction annonçaient l'aisance, dont les favoris grisonnants annonçaient la cinquantaine, avait remarqué Lisa dès son entrée dans le Palais-Royal, s'ap-

procha d'elle et lui dit paternellement : — Mademoiselle, si ce libertin continue à vous poursuivre de ses
obsessions, veuillez, si cela vous est agréable, marcher
à côté de moi, ou, si vous l'aimez mieux, me donner le
bras pour vous débarrasser de lui.

— Oh, monsieur! je vous remercie, répondit Lisa en
s'attachant fébrilement au bras du monsieur comme le
serpent s'enlace aux branches d'un arbre pour en dévorer les fruits à son aise.

— Mademoiselle, dit le monsieur, il n'est pas prudent
à une jeune fille de s'arrêter aux devantures de boutiques, surtout quand elle est douée comme vous des
attraits de la grâce et de la beauté.

— Cela est vrai, Monsieur, c'est une distraction que
dans ma position je devrais bien me passer, car si vous
saviez combien je suis malheureuse?

— Quel est donc le sujet de votre affliction, mon enfant?

— Hélas! Monsieur, j'habitais Orléans où il y a trois
mois je perdis mon père, mon unique soutien, ma mère
étant morte depuis longtemps; je n'avais plus de parents, j'étais seule au monde. Alors une ouvrière en
chemises, qui avait connu ma mère et mon père, en
apprenant mon dernier malheur, me manda auprès
d'elle pour y travailler de son métier, j'acceptai, c'est
moi qui porte les chemises aux pratiques quand elles
sont faites. Lorsque ma patronne s'absente pour les
besoins du travail et du ménage, son mari, qui est hor-
loger et travaille à façon chez eux, me poursuit de ses
obsessions; ce matin encore, il me disait, voyant que je

résistais à certaines brutalités : tu seras à moi, Lisa, ou
je te tuerai; heureusement ma patronne est rentrée, et
il m'a laissée tranquille. Cela disant, les joues de la
belle Lisa étaient mouillées de larmes.

— Mais, mon enfant, dit le monsieur attendri, il faut
dire cela à votre patronne et cela finira.

— Ou ma patronne ne voudrait pas me croire, ou je
lui ferais faire mauvais ménage, j'ai calculé tout cela,
Monsieur, je ne peux plus rester un seul jour chez eux,
tant cet homme me fait peur; j'ai juré en partant tout à
l'heure de me jeter à la Seine quand la nuit sera venue,
et je m'y jetterai. Les larmes de Lisa doublèrent.

Le Monsieur, ému aussi jusqu'aux larmes, lui dit :

— J'ai une proposition à vous faire, qui, si vous
l'acceptez, peut tout arranger; vous êtes trop jeune et
trop belle pour mourir, je suis riche et veuf, et ne veux
point me remarier par crainte de faire du tort à mes
enfants; s'il vous est agréable, je vous louerai un logement convenable pour une jeune fille, dans lequel vous
pourrez travailler librement; je vous donnerai tout ce
dont vous aurez besoin; je ne vous demande en retour
que des regards amis et la permission de vous faire
quelques visites.

Des larmes d'attendrissement brillèrent sur les joues
de Lisa, qui prit le bras du monsieur et le serra fébrilement en lui disant : — Vous êtes mon second père,
mon sauveur, puisque vous me sauvez la vie; quoi qu'il
arrive, je n'oublierai jamais vos bienfaits. Je vous remercie bien de ce que vous faites pour moi.

Ils étaient arrivés rue du Bouloi, le monsieur regardait

à droite et à gauche, cherchant un hôtel; en ayant
aperçu un, ils y entrèrent; le monsieur loua une
chambre pour huit jours, y laissa Lisa en lui disant
qu'il allait immédiatement s'occuper de lui chercher le
logement promis, lui recommandant de s'absenter le
moins possible, afin qu'il puisse la prévenir du moment
où il serait prêt pour son installation. Comme le monsieur, que nous appellerons désormais Bertonia, se
disposait à sortir de la chambre, Lisa lui dit : — Permettez-moi, Monsieur, de vous embrasser comme autrefois j'embrassais mon père. — Oui, mon enfant, répondit M. Bertonia, qui, après avoir reçu le doux baiser de
Lisa, lui mit une pièce de vingt francs dans la main et
descendit l'escalier, ravi; un retour au tendre amour de
ses jeunes années avait traversé son cœur en recevant le
baiser filial de l'innocente Lisa.

La mère insensée avait suivi sa fille et M. Bertonia à
distance, supputant leurs gestes et, quand elle le pouvait, lisait sur leurs visages si l'accord entre eux était
parfait; elle était en une minute dix fois contrariée, dix
fois satisfaite; de ces péripéties qui l'agitaient devait
sortir la réussite de ce qu'en son âme elle appelait son
bonheur, sans s'inquiéter que ce bonheur qu'elle allait
bientôt éprouver ne valait pas la plus grande des misères,
puisqu'il était le plus lâche et le plus criminel des sacrifices, du déshonneur d'une fille par la plus monstrueuse des mères.

Madame Malineau vit M. Bertonia sortir de l'hôtel, le
suivit un instant, voyant qu'il rentrait dans le Palais-
Royal, elle revint vivement dans l'hôtel où elle avait vu

entrer sa fille; celle-ci était déjà dans la cour qui l'attendait.

La mère et la fille, qui ne s'embrassaient que dans les
grandes circonstances, tombèrent silencieusement dans
les bras l'une de l'autre, comme deux serpents qui se
comprennent et se caressent. — Eh bien! Lisa, dit la
mère, il paraît que tu as réussi, tu vois que je m'y connais; conte-moi ça.

— Je lui ai conté une fable, dit Lisa, à peu près
comme tu me l'avais dit, et il a tout gobé.

Le lendemain, vers six heures du soir, M. Bertonia
vint trouver Lisa, lui annonça qu'il avait loué et meublé
un logement rue Saint-Lazare, près la rue de Clichy,
qu'il venait pour l'y installer. Une heure après cette
visite, Lisa Malineau était chez elle, au milieu de ses
meubles, sous le patronage de M. Bertonia.

On devine, sans être doué d'une grande intelligence,
qu'elle devint bientôt sa maîtresse. Elle fut encensée,
adorée, rien ne lui manqua; elle partagea avec sa mère,
qui devint bientôt sa femme de chambre, le bien-être
qu'elle éprouvait; toutes deux se désaltéraient, selon
leur goût, à la coupe empoisonnée du déshonneur que
l'ange de la nuit entretenait toujours remplie jusqu'au
bord.

Lisa, la tête ornée d'un chapeau sorti du magasin le
plus en renommée de Paris, couverte de soie, habillée
en grande dame, ayant la figure d'un ange et l'âme
d'un démon, se promenait deux heures par jour dans la
belle saison, avec M. Bertonia, qui était un des plus
riches banquiers de l'époque.

11.

Plusieurs des connaissances de la famille Malineau qui travaillaient dans les halles, ayant rencontré Lisa en équipage, coquettement mise, à côté d'un monsieur d'un certain âge, en répandirent le bruit; ce bruit fit naître des cancans où furent prononcés les quolibets les plus accentués, les plus drôlatiques, contre madame Malineau et sa fille.

La mère Malineau, ignorant ces cancans, méditait depuis longtemps de faire une visite à ses vieilles connaissances de la halle, pour étaler devant elles les vêtements bourgeois qu'elle et sa fille portaient, lesquels attestaient leur aisance. On était aux premiers jours de mai. M. Bertonia, qui était parti à Marseille pour traiter une affaire importante, lui en fournit l'occasion.

Dès le lendemain de ce départ, madame Malineau dit à sa fille : — Lisa, habille-toi coquettement ce matin, car c'est aujourd'hui que nous faisons une visite à nos amis des halles; je veux que nous ébouriffions tout le monde, en faisant voir nos riches toilettes et en achetant des primeurs sans marchander.

— Mais ma louloute, répondit Lisa, ne crains-tu pas que la jalousie que nous ferons naître dans le cœur de ces gens stupides des halles par notre belle tenue et la distinction de nos manières, ne fasse qu'il se recrute dans cette canaille, même parmi nos anciens amis, un groupe qui, sous prétexte de nous faire de la morale, nous fasse un mauvais parti?

— Allons donc, petite sotte, il vaut mieux faire envie que pitié. Dépêche-toi de t'habiller et partons.

Lisa, en fille obéissante, s'habilla en toilette du

matin, comme les grandes dames d'alors; sa mère, vêtue
d'une robe en mérinos marron, les épaules couvertes
d'un châle noir à bordures roses, coiffée d'un bonnet
à rubans bleus, portant un panier à provisions à son
bras droit, tenant sa fille à son bras gauche, la tête
haute et l'orgueil dans les yeux, partit pour la halle où
toutes deux arrivèrent vers neuf heures du matin.

Ce fut la fille de madame Cassemiche, la revendeuse,
dont la mère était absente, qui eut l'honneur de leur
première visite.

— Bonjour, Mademoiselle, comment vous portez-
vous? lui demanda madame Malineau.

— Je me porte bien, Madame, je vous remercie.

— Me reconnaissez-vous?

— Oui, Madame, vous êtes madame Malineau, et mademoiselle est votre fille.

— Vous avez de belles asperges, ma petite, combien
les vendez-vous?

— Pour vous c'est cinq francs, madame Malineau.

Celle-ci prit une botte d'asperges qu'elle mit dans
son panier, retira cinq francs de sa bourse qu'elle mit
dans la main de la jeune Marie Cassemiche, qui la remercia; puis toutes deux, voulant imiter le salut des
grandes dames, s'inclinèrent gauchement en souhaitant
bonne chance à la gracieuse Marie.

Leur seconde visite fut pour la mère Grosset, aussi
marchande de primeurs, une des plus vieilles connaissances de madame Malineau. Celle-ci l'aborda en lui
disant : — Bonjour, la mère Grosset, la vente est-elle
bonne aujourd'hui?

— Tiens, répondit madame Grosset, mame Malineau et sa fille qui sont mises comme deux marquises; t'as donc fait un héritage, hein, dis! ma vieille?

— Mais oui, j'ai fait un héritage; combien vends-tu tes petits pois aujourd'hui?

— Trois francs, ma biche; vois comme ils sont fins et beaux.

— C'est vrai, dit madame Malineau, ils sont magnifiques; tiens, voilà trois francs, mets-m'en un litre dans mon panier.

La mère Grosset mesura un litre de petits pois qu'elle mit dans le panier de la Malineau en lui disant : — C'est donc bien vrai que t'as fait un héritage, dis?

— Pardi, si c'est vrai; crois-tu que si cela n'était pas, que je te paierais un litre de petits pois trois francs sans marchander? je suis riche et veux en faire profiter tout le monde que je connais.

— T'as raison, ma vieille; si je persiste à te demander ça, vois-tu, c'est qu'on dit dans la halle que t'as vendu ta fille pour de l'or, à un riche banquier qui l'a mise dans ses meubles.

— Les insolents! si je les connaissais, je leur apprendrais qui je suis; quelle méchante invention!

— Tu ferais mieux de laisser cette canaille-là tranquille, dit Lisa tout bas à sa mère.

— Tiens, voici le père Poilroux qui vient de porter un sac de petits pois, demande-lui si j'invente ce que je te dis.

Le père Poilroux, qui était très-près des trois femmes, ayant entendu prononcer son nom, s'approcha d'elles,

les salua en leur souhaitant le bonjour, et dit : — Vous parlez de moi, mère Grosset, que me voulez-vous ?

— Je disais à mame Malineau que le bruit courait dans la halle qu'elle avait vendu sa fille pour de l'or à un monsieur qui l'avait mise dans ses meubles; comme elle se récriait en disant que c'était une invention de la jalousie, je vous prenais à témoin pour lui dire que ce n'était pas moi qui l'inventais.

—Pardi, dit le père Poilroux, si je n'y croyais qu'à moitié, j'y crois tout à fait maintenant que je vois cet or étalé sur la mère et sur la fille.

— Comment, Poilroux, tu me croirais capable d'une telle abomination? allons donc; est-ce qu'on ne peut hériter sans exciter à un tel point la jalousie dans le cœur de ses plus vieilles connaissances?

— Tu vas entendre la mère Croquechoux, Geneviève Baudet et son garçon, la mère Cassemiche, sa fille et bien d'autres, qui ont vu ta marquise habillée en duchesse dans une voiture, à côté d'un prince russe.

La mère Croquechoux, Geneviève Baudet et la mère Cassemiche, qui avaient leur place de revendeuses près du groupe où l'on discutait, avaient relevé la tête en entendant parler haut; elles reconnurent au premier coup d'œil les personnes qui le composaient, et à leurs gestes, de ce dont il s'agissait. Comme elles étaient mères, elles sentaient bondir leur cœur d'indignation chaque fois qu'on parlait de l'action dénaturée de la Malineau, elles s'étaient promis de la lui reprocher violemment si l'occasion se présentait; aussi, ce ne fut pas sans éprouver une sorte de joie qu'elles aperçurent

le père Poilroux qui leur faisait signe d'approcher.
Lorsqu'elles firent partie du groupe, le père Poilroux
leur dit :

— Est-ce vrai que vous avez vu la fille de Madame
(montrant la Malineau du doigt) plusieurs fois roulant
en grand équipage, habillée comme une marquise à côté
d'un prince russe ou d'un riche pékin?

— Oui, c'est vrai ! répondirent en chœur madame
Croquechoux, Geneviève Baudet et la mère Cassemiche.

— Qu'est-ce que ça prouve ? répliqua la Malineau; ce
prince russe, ce pékin, c'est mon frère qui a perdu sa
femme; il demeure avec nous, nous avons hérité ensemble d'un oncle puissamment riche qui est mort en
Amérique. Je ne vous en veux pas d'avoir eu de mauvaises pensées sur nous, je sais que la richesse fait envie
à la pauvreté; vous êtes comme j'étais autrefois, rien
de plus, rien de moins.

— Tu es une misérable menteuse, répliqua Geneviève
Baudet. Ta fille est entretenue par M. Bertonia, banquier, rue de Provence; c'est moi qui fournissais sa
bonne qui est sortie de chez lui avant-hier, c'est elle
qui portait chez ta fille les cadeaux qu'il lui fait; par ma
foi de Dieu! la voici sa bonne qui cherche une place, ça
se trouve bien. La bonne étant arrivée, souhaita le bonjour
à madame Baudet, salua madame Malineau et Lisa d'une
telle façon que les personnes présentes ne purent douter qu'elle les connût très-bien. A ce moment, les
vieilles connaissances de la Malineau poussèrent des
clameurs parmi lesquelles on distinguait : — Mère sans

entrailles qui a vendu sa fille ; lâche, sans âme, tu fini-
ras mal, et des mots plus accentués que la plume ne
peut reproduire.

Geneviève Baudet, la mère Croquechoux et la mère
Cassemiche souffletèrent la Malineau sans merci ni pitié ; celle-ci voulait bien riposter ; mais les personnes du
groupe qui avait quintuplé la pressaient de toute part, de
telle manière qu'elle et sa fille ne pouvaient se mouvoir.
Les huées et les trognons de choux les accompagnèrent
jusqu'à une centaine de mètres des halles,

Lorsqu'elles furent débarrassées de tout ce monde,
Lisa dit à sa mère : — Tu vois que j'avais raison de te
détourner d'aller dire bonjour à cette canaille, j'avais un
pressentiment de ce qui devait nous arriver.

— Sans la bonne à M. Bertonia, tout allait bien se passer, dit madame Malineau, sa présence a tout gâté ; c'est
pourtant la jalousie qui leur a fait faire tout ça.

Elles entrèrent chez un marchand de vin où elles net-
toyèrent et rajustèrent leurs vêtements qui étaient sales
et en désordre, puis rentrèrent dans leur logement,
l'orgueil abaissé, leur toilette chiffonnée et sale : leurs
traits bouleversés annonçaient que c'était le premier
châtiment de la perversité qui se faisait sentir.

CHAPITRE X

Bernelle et Vignon font l'escompte qu'ils ajoutent à leur commerce de
vin; leurs mauvaises opérations. — M. Darius donne des conseils et
fait des locations. — Désespoir de Bernelle et de Vignon. — Deux
jeunes gens de cœur. — Années 1825 à 1828.

Les époux Bernelle et Vignon portèrent longtemps
dans leur cœur le deuil d'une mère qu'ils chérissaient.
Ils regrettaient amèrement d'avoir uni leur sœur Françoise avec Dumoulin; la mort ignominieuse de ce monstre, qu'ils comparaient au martyre qui avait conduit leur
sœur à une sainte mort, les terrifiait parce qu'ils étaient
la cause de cette union.

Leur commerce n'avait pas eu à souffrir des peines
que leur cœur ressentait. Avant ces deuils, c'est-à-dire
en 1824, Bernelle et Vignon, qui avaient payé leurs dettes
en s'entr'aidant, disposaient d'une somme de 15,000 fr.
qui n'était point nécessaire à leur commerce, somme
que leur intelligence ne pouvait laisser inactive. Ils résolurent pour l'employer de faire la petite banque, qui
consiste à escompter des billets comportant des sommes
peu importantes, moyennant intérêt. Ce qui les décida
à faire cet escompte, c'est la demande réitérée que leur
faisait une partie considérable de leurs pratiques, entrepreneurs de constructions dans le bâtiment tels que :

maçons, charpentiers, menuisiers, serruriers, peintres, couvreurs, etc.

Cette résolution arrêtée entre eux fut bientôt mise à exécution; les 15,000 francs étaient loin de suffire à toutes les demandes qui leur furent faites. Vignon, qui connaissait le caissier de M. Bertonia, banquier que nous connaissons déjà, fut le trouver et lui exposa l'intention que lui et son beau-frère avaient de faire l'escompte, qu'ils avaient déjà commencé à faire avec une somme de 15,000 francs, laquelle somme était insuffisante; il lui demanda si son patron pouvait leur ouvrir un compte d'une somme de 50,000 francs à découvert. Le caissier lui répondit qu'il en parlerait à M. Bertonia; que, selon sa réponse, il ferait ou ne ferait pas ce qu'il lui demandait. Le caissier s'acquitta de sa commission, dès le lendemain; M. Bertonia lui dit : — Je vais prendre quelques informations sur la valeur pécuniaire et morale de ces messieurs; ensuite je vous dirai ce que vous aurez à faire. Huit jours après, M. Bertonia, qui avait pris des informations sur Vignon et Bernelle, disait à son caissier qu'il pouvait leur ouvrir un compte de 50,000 francs à découvert. Le caissier fit part de cette nouvelle à Vignon dans la soirée du même jour.

Bernelle et Vignon l'accueillirent avec bonheur, ne doutant pas qu'ils allaient puiser à plein vase à une source qui roulait dans son eau limpide des pépites d'or qui devaient, en les recueillant, faire leur fortune.

Une grande quantité de billets à ordre, qu'ils n'avaient pu escompter jusqu'alors, leur furent de nouveau présentés par les petits entrepreneurs déjà nommés, lesquels, ne pouvant les escompter chez des banquiers sérieux, souvent à cause de leur insolvabilité, venaient ou chez Vignon ou chez Bernelle, qui les escomptaient à deux ou trois pour cent au-dessus du taux que prenaient les banquiers sérieux. Ces petits entrepreneurs étaient tellement satisfaits qu'ils faisaient des déjeuners dans leurs salles et buvaient des tournées sur leurs comptoirs, de telle façon que ces déjeuners et ces tournées rapportaient plus de bénéfice que l'escompte des billets; l'accessoire valait mieux que le principal.

L'année 1825 vit s'agrandir l'échelle de leurs escomptes; mais en même temps que cette échelle grandissait, le sérieux de leurs opérations, guidé par leur inexpérience, diminuait. Le résultat, au bout d'une année d'exercice, parut d'abord très-satisfaisant. Le débit de vins et liqueurs, dans leurs maisons, acquérait une importance proportionnée à leurs opérations, lesquelles atteignaient de 55 à 65,000 fr.

Cependant leurs livres attestaient qu'un tiers des billets escomptés formant le quart de la somme versée était renouvelé à chacune de leurs échéances, signe non équivoque de billets de complaisance prouvant des positions embarrassées, souvent précurseurs de faillite.

L'exercice de leurs opérations, de 1826 à 1827, leur fit voir 20,000 francs de pertes réelles, causées par des faillites. Ils furent atterrés de ce résultat; mais malheureusement il est bien plus facile de s'engager dans une mauvaise voie que d'en sortir.

Si le vent de la roue qui nous donne la fortune souffle le poison de l'envie jusque dans le cœur de quelques-uns

de nos proches, combien les revers qui tendent à notre
ruine réjouissent nos ennemis ! Aussi M. Darius, qui avait
l'œil sur ceux dont il avait juré la perte, se frotta-t-il les
mains de satisfaction en apprenant la perte qu'éprouvaient Vignon et Bernelle.

M. Chandeau, dans le courant de l'année 1823, fut atteint d'une maladie mortelle, qui devait rendre son corps
à la terre du cimetière de Sacy vers le milieu de l'année
1824. Lorsqu'il se sentit sérieusement malade, il céda ses
magasins et sa clientèle à son premier commis nommé
Sauton. Le commerce en gros exige beaucoup de prudence ; M. Sauton, qui était jeune et ambitieux, n'en
avait pas : il voulait faire sa fortune en dix ans au lieu de
la faire en vingt-cinq ou trente années. Il fit des achats
considérables, disproportionnés avec la vente qu'il avait
l'habitude de faire ; les paiements des vins qu'il avait
achetés arrivaient, et l'argent et les billets à ordre provenant de la vente n'arrivaient pas à temps pour faire ces
paiements. Dans cette situation, il allait trouver les courtiers et leur offrait ses vins à 5 et même jusqu'à 10 p. 100
au-dessous des cours, ce qui le mit bientôt dans une position très-embarrassée, de laquelle il ne devait sortir
qu'avec la faillite. M. Sauton, se voyant vaincu par tous
les expédients qu'il avait laborieusement médités et mis
en pratique pour éviter la faillite, cherchait encore une
planche de salut qui pût lui faire gagner le rivage ; il
s'adressa à M. Darius qui lui faisait vendre beaucoup de
vin, dont l'expérience en affaires était grande ; il lui exposa sa position et lui ouvrit ses livres. Au premier coup
d'œil que celui-ci jeta dessus, il vit que celui qui lui

demandait ses conseils ne pouvait éviter la faillite ; il
porta la main droite à son front comme pour y chercher
une idée grandiose pour sauver le malheureux qui le regardait, mais il ne sortit de son cerveau qu'une idée
propre à servir ses desseins.

Il dit à M. Sauton: — Votre avoir est de 205,000 fr., et
votre doit de 250,000 fr.; conséquemment vous êtes de
45,000 fr. au-dessous de vos affaires. Vous avez dans
vos dettes 40,000 fr. de billets de complaisance; il ne
faut pas que ce genre de billets qui ne représente aucune
marchandises vous effraye; ils ont sauvé des positions
plus aventurées que la vôtre; je vous conseille même d'en
faire souscrire à quelques-uns de vos clients amis pour
20,000 fr. Ces 20,000 fr. de billets étant renouvelés
pourraient vous conduire loin; il ne faut qu'une année
pour vous faire gagner 50,000 fr.; enfin une gelée ou une
coulure de la vigne, succédant à des achats heureux,
suffiraient pour vous sauver.

—Mais, M. Darius, je ne sais à qui je pourrais demander à m'escompter ces nouveaux billets; mon banquier
s'étant aperçu que je lui présentais des billets qui ne représentaient rien m'a limité le chiffre de l'escompte qu'il
me fait, de telle sorte que j'ai été obligé de chercher des
petits banquiers marrons qui m'escomptent à gros intérêt les billets que je leur donne, lesquels banquiers
m'ayant aussi limité leur chiffre refuseraient de l'augmenter; je vous le répète, M. Darius, je ne saurais à
qui m'adresser pour faire escompter ces nouveaux billets.

—Faites vous souscrire par deux de vos pratiques amies,
Vignon et Bernelle, par exemple, deux billets de chacun

10,000 francs; je suis certain qu'ils ne vous refuseront
pas ce service. Ils vous en souscriront donc chacun un ;
vous me consignerez 20,000 francs de vins que nous
ferons mettre dans un magasin que je connais, puis je
vous escompterai les deux billets.

M. Sauton remercia M. Darius avec effusion et fut immédiatement trouver Vignon et Bernelle, qui lui souscri-
virent sans observation chacun le billet qu'il leur demandait, à six mois d'échéance. Les deux billets furent
escomptés par M. Darius, et les 20,000 francs de valeurs en vins furent distraits des magasins de M. Sauton,
et mis dans un magasin que M. Darius indiqua; les pièces
furent marquées à son nom.

M. Darius ne s'arrêta pas en si bon chemin. Ayant appris que le bail de Bernelle finissait le 1er octobre 1828,
il fut trouver son propriétaire accompagné d'un jeune
homme ; après lui avoir exposé la mauvaise situation de
son lotataire, il lui dit : — Votre bail avec M. Bernelle
finit dans six mois c'est-à-dire le 1er octobre prochain;
votre locataire actuel vous paie 1,500 fr. de loyer : ce
jeune homme pour lequel je me porterais caution au besoin vous offre de ce local 1,800 fr., avec quinze années
de bail. Au cas où cette proposition vous serait agréable,
je vous prierais d'avoir la discrétion la plus absolue, afin
que votre locataire continue à faire son commerce convenablement.

Le propriétaire, apprenant en même temps et la mauvaise situation de son locataire et l'offre avantageuse
qu'on lui faisait, demanda trois jours de réflexions pour
s'informer si les allégations qu'on lui faisait contre son

locataire étaient vraies ou fausses et si ceux qui lui faisaient des offres étaient solvables.

Les allégations ayant été trouvées justes, et ceux qui
offraient de passer un bail solvables, le bail demandé fut
signée le lendemain des informations du propriétaire.

Bernelle, qui estimait son fonds 15,000 francs et
était persuadé de la solvabilité de M. Sauton, était
loin de penser qu'il perdait 25,000 francs. Depuis
longtemps il remettait à demander un renouvellement de bail à son propriétaire; il se décida à l'aller
demander le surlendemain que celui-ci l'avait signé avec
le jeune homme qui accompagnait M. Darius. A cette
demande, le propriétaire lui dit qu'il arrivait trop tard,
que lui propriétaire, ayant appris que son locataire était
dans une position plus qu'embarrassée, il avait dû dans
ses intérêts passer un bail avec un autre qui lui offrait
plus de garantie pour ses loyers. Bernelle eut beau se
récrier: il lui fallut boire le calice jusqu'à la lie; et cependant il ignorait encore qu'il serait obligé de payer le
billet de 10,000 francs, qu'il avait souscrit à M. Sauton.
Il était perdu et n'avait plus de ressources qu'en la faillite.

M. Darius le savait, lui; il avait perdu celui qui avait
conseillé Vignon de quitter son courtier; mais celui qui
avait reçu le conseil n'était point encore perdu. Il s'in-
forma combien Vignon avait encore de bail; ayant appris qu'il avait encore sept années, il fut déconcerté,
lorsque le hasard vint le servir à souhait. Un jour qu'il passait rue Saint-Honoré, il aperçut vis-à-vis de la boutique
de Vignon un magasin à louer, plus vaste et mieux placé
que le sien. Il le loua dès le lendemain avec un bail

de quinze années, puis il chercha dans sa clientèle un jeune homme intelligent. L'ayant trouvé, il lui céda son bail et lui fit toutes les avances nécessaires à son installation pour un commerce de vins; deux mois après cette installation, il le fit marier avec la fille d'un marchand de vin de ses clients.

Cette concurrence fit diminuer d'un tiers les recettes journalières de Vignon, et jeta dans son esprit le germe du doute sur la réalisation de cette fortune qu'il avait tant espérée avec Bernelle.

Les deux amis se voyaient tous les jours et cherchaient dans leurs entretiens une issue à leurs mutuels embarras, que chaque jour d'échéance leur montrait de plus en plus grand.

Le 29 juin 1828, M. Bertonia s'étant aperçu des renouvellements excessifs des billets que faisaient les clients des associés Vignon-Bernelle donna ordre à son caissier de refuser à l'escompte le papier venant d'eux.

Bernelle et Vignon apprirent ce refus par une lettre que ce caissier envoya à Vignon, aussitôt qu'il eut reçu cet ordre de son patron.

Les deux beaux-frères, quoique ne connaissant pas toute l'étendue de leur malheur, auraient préféré qu'une bombe tombât entre eux deux au moment où ils conversaient que d'apprendre cette nouvelle qui était le préliminaire d'un désastre, dont ils ignoraient encore toute la portée.

Il y avait deux mois que deux ménages modèles étaient minés par le chagrin que leur causait le mauvais état de leurs affaires; lorsqu'un jour madame Bernelle, qui lisait

le journal à côté de son mari, vit aux déclarations de
faillites le nom de M. Sauton ; alors ses yeux se voilèrent, elle tomba à demi évanouie dans les bras de son
mari qui ne comprenait pas la cause de cet évanouisse-
ment. Revenue à elle, elle lui prit la main et lui mit le
doigt sur la déclaration de la faillite Sauton. Bernelle en
voyant ce nom devint blême et tomba dans l'abattement.
Cette révolution de ses sens s'étant un peu calmée, il
embrassa sa femme qui pleurait, puis il fut chez Vignon,
pour lui apprendre le malheur qui donnait le coup de
grâce à leurs illusions.

Les époux Vignon, en apercevant la figure décomposée de Bernelle, écoutèrent en tremblant ses premières
paroles ; à peine eut-il commencé quelques mots qu'ils
comprirent toute l'étendue du nouveau malheur qui se
réunissait aux autres pour les accabler. Un tremblement
nerveux agita tellement Vignon, qu'il ne put dans le premier moment proférer une parole ; son épouse fondit en
larmes, embrassant tour à tour son mari et ses enfants
comme une insensée.

Dès qu'il recouvrit la parole, il dit : — Nous sommes
perdus. — Oui, répondit Bernelle, nous sommes perdus.
Un silence glacé succéda à ces quelques mots, pendant
lequel une décision terrible fut prise. Ces deux amis
des camps et de la famille, qui avaient vingt fois, cent fois,
affronté la mort dans les combats, baissaient la tête en
ce moment ; ils venaient de décider par une muette et
commune pensée de faire le sacrifice de leur vie, plutôt
que de voir s'accomplir le déshonneur qu'ils ne pouvaient éviter.

M. Sauton, toujours conseillé par M. Darius, venait de
déposer en effet son bilan ; il avait eu soin, avant de faire
ce dépôt, de retirer le plus de vins possible de ses magasins et de faire naître des dettes fictives pour escroquer
ses créanciers, afin de leur laisser de son avoir le moins
qu'il pourrait, pour lui faciliter la reprise de son commerce lorsque ses affaires seraient arrangées. M. Darius lui procura à cet effet un agent d'affaires intelligent,
qui lui fit obtenir son concordat en payant 25 p. 100 à ses
créanciers, au lieu de 50 p. 100 qu'il aurait pu leur payer
en agissant loyalement. Comme il devait 250,000 fr., il paya
62,500 fr. à ses créanciers ; pareille somme lui resta pour
recommencer son commerce, qui resta suspendu pendant
quelques mois. Voilà quel fut le résultat des conseils de
M. Darius, qui s'y connaissait comme ayant foulé autrefois la même route qu'il avait indiquée à M. Sauton.

Les familles Bernelle et Vignon ne montraient plus à
leurs pratiques que des figures tristes et décomposées,
ce qui en éloignait quelques-unes, même des plus fidèles ; ce commerce exige quand même bon vin et bonne
mine.

Monsieur et madame Boyer avaient continué leurs
bonnes relations avec Bernelle ; ils avaient un fils nommé
Alphonse, qui depuis deux ans était sorti du collége
d'Auxerre, pour venir terminer ses études à Paris où son
père l'avait conduit et particulièrement recommandé
à Bernelle.

Par une heureuse coïncidence, M. Durocher, qui avait
aussi conservé des relations presque fraternelles avec
celui qui lui avait sauvé la vie à Arcis-sur-Aube, avait

12

aussi amené son fils, qu'il destinait au barreau, à Paris, pour y étudier le droit, et avait ausssi reccommandé Edmond à Vignon.

Les deux jeunes gens, en fréquentant ces deux familles qui n'en formaient qu'une dans une certaine mesure, devinrent d'abord camarades, puis amis, et s'aimèrent comme on s'aime au jeune âge. Alphonse et Edmond avaient remarqué le chagrin qui minait ceux qu'ils appelaient avec bonheur leurs amis, mais n'avaient jamais osé leur en demander la cause.

Cependant, un jour, Alphonse s'étant aperçu que le chagrin de Bernelle et Vignon avait doublé, résolut, quitte à passer pour un indiscret, d'en demander la cause à Bernelle, avec lequel il était très-libre. Un jeudi, au lieu d'aller à l'école d'équitation comme il en avait l'habitude, il vint chez Bernelle qu'il trouva avec sa femme: celle-ci pleurait et Bernelle avait la figure décomposée. Après leur avoir souhaité le bonjour, il leur dit si c'était une indiscrétion de leur demander quel était le malheur qui les attristait? —Hélas! mon ami, il est des malheurs dans la vie des familles qui ne doivent être connus de ceux qui les aiment qu'à de certaines heures ; le nôtre est de ceux-là et l'heure n'a pas encore sonné.

Alphonse se retira tout honteux, mais ne se tint pas pour battu; il entra dans le comptoir, prit un journal et s'assit à côté du garçon comme cela lui arrivait souvent. Il parcourut ce journal avec une distraction fébrile, attendant une occasion pour obtenir de madame Bernelle seule ce qu'il n'avait pu obtenir de son mari. Celui-ci, qui s'attachait de son mieux à mettre de l'ordre dans ses affaires, fut trouver son beau-frère à ce sujet. Alphonse, le voyant s'éloigner, quitta le comptoir où il était et fut trouver madame Bernelle, qui était restée seule dans leur petite salle à manger; elle essuyait ses larmes, attendant qu'elles fussent raisonnablement séchées pour paraître à son comptoir. Il lui dit : — Dès mes plus jeunes années j'appris par mes parents à aimer votre mari; j'ai dix-huit ans et je sens que mes sentiments ont grandi en proportion des années. Lorsque vous épousâtes M. Bernelle, quoique enfant, je vous confondis sans vous connaître dans la même amitié que j'ai pour lui. Depuis deux ans que je suis à Paris je suis venu bien des fois chez vous, et chaque fois en franchissant le seuil de votre boutique j'ai senti la joie renaître dans mon cœur; les soirées que je passe dans votre famille me paraissent si douces qu'elles me la font regarder l'égale de la mienne; c'est vous dire, Madame, que je vous aime comme si vous étiez mes seconds père et mère, et votre fils et votre fille, comme s'ils étaient mon frère et ma sœur.

— Vous n'oubliez pas, monsieur Alphonse, que vous êtes payé de retour.

— Je le sais, Madame; cependant, si une seconde indiscrétion n'était pas un crime dans votre pensée, je vous demanderais, au nom des sentiments que je viens d'invoquer, pourquoi ce chagrin, cette tristesse, ce désespoir, ces souffrances sont-ils peints sur votre visage autrefois si gai et si frais; cela me déchire le cœur, Madame, et me fait souffrir aussi. Oh! si je pouvais dans la mesure de mes forces vous aider à porter le fardeau de vos malheurs, ce cœur qui saigne en voyant tant de souffrances serait soulagé s'il comprenait l'étendue des douleurs qui vous affligent.

— Il ne m'est pas permis, mon enfant, de vous dire ce que mon mari vient de vous refuser; vous le saurez malheureusement trop tôt.

— Vous me torturez, Madame; je vous jure, quoi qu'il vous arrive, de vous conserver ainsi qu'à vos enfants toute mon estime et mon amitié; fussiez-vous coupables de malversations dans vos affaires aux yeux de tout le monde, vous ne le seriez pas pour Alphonse Boyer, le petit-fils du colonel Carel de Nitry.

— Eh bien! Alphonse, vous venez de toucher la corde dont les vibrations torturent le cœur des époux Bernelle et Vignon; la faillite est à leur porte. Dans quelques jours deux amis qui portent les insignes de l'honneur auront forfait à l'honneur; ma sœur et moi, voyant leur désespoir, craignons de grands malheurs. Vous comprenez maintenant, monsieur Alphonse, pourquoi mon visage réverbère mes souffrances.

— Oui, Madame, je comprends le chagrin qu'éprouvent deux familles qui ont été jusqu'ici des modèles de probité et d'honneur, et qui sont prêtes à tomber dans l'abîme d'une faillite. En venant ici, j'avais le pressentiment de votre position; de même, je ne pressens pas que votre déficit s'élève à ces sommes fabuleuses que quelques banquiers et quelques notaires font perdre à ceux qui ont eu confiance en eux, lorsqu'ils se mettent en faillite, jetant la perturbation dans des centaines de familles.

— Mon enfant, vous vous attachez trop à connaître

jusqu'où s'étendent les rayons de nos malheurs, pour
que j'ignore la grande part que votre cœur y prend ;
soyez donc mon confident comme si vous étiez mon
propre fils ; aidez-moi de vos conseils pour sauver la vie
de mon mari et de mon beau-frère. Puis, ouvrant
un livre qui était resté sur la table, elle lui dit : — Voilà
notre position.

DOIT :		AVOIR :	
A M. Bertonia, banquier, en association avec Vignon, 30,000 fr., ma moitié.	15,000 fr.	Caisse.	2,500 fr.
		Marchandises en cave.	4,500 fr.
		Bons billets en souffrance, sur mon escompte.	9,000 fr.
A M. Sauton, mon billet échéant le 15 octobre.	10,000 fr.		
A M. Desormatre, mon billet échéant même date.	4,500 fr.	Total de mon avoir.	16,000 fr.
A M. Cyrus, marchand de liqueurs, facture de 6 mois.	1,500 fr.	Perte ou mauvais billets.	51,000 fr.
A divers.	1,000 fr.	Perte de mon fonds.	14,000 fr.
Total de mes dettes.	32,000 fr.	Total des pertes.	65,000 fr.
Report de mon avoir.	16,000 fr.		
Déficit.	16,000 fr.		

Alphonse, après avoir jeté un coup d'œil sur ce tableau,
dit à madame Bernelle : — Je vois très-clairement que
vous êtes de 16,000 francs au-dessous de vos affaires, mais
pourquoi n'avez-vous pas cherché à emprunter cette
somme ?

— C'est que nous ne pouvions voir comment nous
pourrions la rendre, n'ayant plus de fonds pour la
gagner.

— C'est vrai, votre fonds est votre instrument de

12.

travail; ne l'ayant plus, votre espérance de ce côté est
perdue.

Madame Bernelle raconta ensuite comment ils perdaient chacun 10,000 francs avec son beau-frère pour les
billets souscrits à M. Sauton, ainsi que les 30,000 francs
qu'ils devaient solidairement à M. Bertonia, lequel s'étant
mis légalement en mesure envers eux, attendait patiemment le retour de jours plus heureuxr

— M. Bertonia possède une belle âme.

— Aussi nous le bénissons.

— La position de M. Vignon est-elle plus embarrassée
que la vôtre?

— Mon beau-frère est de 18,000 francs au-dessous de
ses affaires; son fonds ne vaut plus rien; un concurrent,
étant venu s'installer vis-à-vis de lui, a coupé sa recette
en la diminuant de moitié, et c'est sur cette moitié qu'il
tirait son bénéfice.

— Ou la fatalité s'en mêle ou un mauvais génie vous
poursuit. A vous de consoler et à moi d'agir. Au revoir,
madame Bernelle, du courage et à bientôt.

Madame Bernelle, livrée à elle-même après le départ
d'Alphonse, se sentit soulagée; elle se dit : Cet enfant a
un accent dans ses paroles tellement fébrile en même
temps qu'il est doux, que j'ai l'espoir qu'il nous sauvera;
mais non, insensée que je suis ! cela est impossible.

Alphonse, la tête en feu, le cœur dilaté par la joie
d'avoir trouvé à son âge l'occasion de sauver du déshonneur deux honnêtes familles, et peut-être sauvé la vie à
leur chefs, se dirigea vers l'Odéon, emporté par le vent
du sentiment qui le poussait. Arrivé sur la place de ce

théâtre, il entra au café Voltaire, où il savait trouver son ami Edmond Durocher. Celui-ci y était en effet, qui jouait aux dominos. Alphonse se mit en face de lui, le regarda fixement et lui dit : — Edmond, j'ai à causer avec toi de choses sérieuses. Edmond, en voyant la figure illuminée d'Alphonse et ses yeux qui brillaient comme deux diamants, se leva vivement et pria un camarade qui était là de suivre sa partie; il s'approcha d'Alphonse qu'il prit par le bras avec cet air d'amitié candide qui n'appartient qu'au jeune âge, puis ils sortirent de l'établissement.

— Qu'as-tu, mon ami? dit Edmond, ta figure me fait peur; te serais-tu attiré un duel?

— Non, Edmond, il ne s'agit pas de cette invention que le démon jeta en pâture aux hommes de cœur pour désoler leurs familles; il s'agit de sauver du déshonneur deux familles que nous aimons tous deux : les familles Bernelle et Vignon.

— Comment, Alphonse, nos amis Vignon et Bernelle sont menacés d'être déshonorés? Conte-moi cela bien vite, je t'en supplie.

— Oui, Edmond, ils sont menacés de faire faillite. Avec le caractère que nous leur connaissons, tu comprends qu'ils préféreront laisser deux tombes à la société que deux hommes qui seraient obligés de baisser le front devant elle.

— Oui, je comprends tout cela; tu m'épouvantes, mais continue.

— Tu as remarqué comme moi que depuis trois mois, nos soirées du dimanche qui alternent chez Bernelle et chez Vignon, de joyeuses qu'elles étaient, sont tout à

coup devenues fort tristes; cela m'inquiétait, j'ai voulu
en connaître la cause. Alphonse raconta ensuite sa
démarche chez Bernelle et la conversation qu'il avait eue
avec son épouse; puis il ajouta : — Je suis venu trouver
mon ami Edmond Durocher, pour qu'il partage avec
moi la gloire de faire une bonne action. Écrivons à nos
parents, exposons-leur la position de nos amis et ils
seront sauvés; c'est aujourd'hui le 2 octobre, le 6 ils
seront auprès de nous. Nous aurons huit jours pour travailler tous ensemble, pour faire renaître le bonheur là
où règne le désespoir; car c'est le 15 de ce mois qui est
la date des échéances de billets qu'ils ne peuvent rembourser; c'est aussi ce jour-là que Bernelle quitte son
établissement.

Les deux jeunes gens, remplis d'ardeur, puisèrent dans
leur âme les nobles sentiments qui les agitaient, écrivirent à leurs parents et leur exposèrent la mauvaise situation dans laquelle se trouvaient leurs amis.

Quatre jours s'écoulèrent, et Edmond et Alphonse ne
voyaient rien venir. Ils s'impatientaient déjà, lorsque le
matin du cinquième jour, MM. Boyer et Durocher frappaient chacun à la porte de leurs fils à quelques heures
d'intervalles; ces deux hommes les embrassèrent avec
l'orgueil de pères qui aiment à voir revivre dans leurs
enfants les sentiments généreux qu'eux-mêmes ont reçus
comme le plus noble héritage de leurs parents. Ainsi se
transmet l'éducation dans les familles vertueuses, de
génération en génération.

A cette première réunion, Alphonse expliqua avec
clarté la conversation qu'il avait eue avec madame Ber-

nelle, à laquelle avait succédé l'ouverture du livre où est
exposé le tableau de leur situation. — Elle m'a dit ensuite
que la position de son beau-frère était aussi désespérée
que la leur; puis elle a ajouté avec l'accent d'une épouse,
d'une mère dont le cœur est déchiré, qu'elle et sa sœur
craignaient, en voyant les traits bouleversés de leurs
maris, que la faillite à laquelle ils ne pouvaient échapper
ne fût la cause de grands malheurs.

Après cet exposé, les quatre personnes tinrent conseil
pour savoir ce qu'il y avait de mieux à faire pour sauver
leurs amis avec délicatesse. Edmond, Alphonse et
M. Boyer opinèrent pour désintéresser immédiatement
tous les créanciers; mais le commandant Durocher qui
connaissait parfaitement Paris et les roueries qu'il renferme, comme ayant rempli avant d'être militaire un
emploi important au ministère de la police, crut reconnaître dans le récit d'Alphonse qu'une pensée vengeresse
et mystérieuse poursuivait ceux qu'ils étaient venus sauver.
— J'ai, dit-il, un ami, rue des Prouvaires, qui est agent
d'affaires; il était autrefois mon collègue au ministère de
la police où il est resté vingt-cinq ans; il connaît une
grande partie du personnel de la police d'aujourd'hui.
je crois qu'avec son concours les affaires s'arrangeraient
beaucoup mieux que si c'était nous qui nous en occu-
pions.

Tous partagèrent l'avis de M. Durocher et se rendirent
chez son ami, nommé Sabini, qu'ils trouvèrent à travailler
dans son bureau. M. Sabini était âgé de soixante ans; Il
était de haute taille et bien proportionné; sa figure
allongée et sans barbe était blême; ses yeux gris et vifs

avaient un regard pénétrant qui faisait presque toujours baisser les yeux de ceux à qui il parlait; il alliait à une parole douce et quelquefois mielleuse une conversation éloquente, qui se transformait selon les circonstances et prenait un ton d'autorité farouche, quand il était poussé à bout par son interlocuteur. Il portait une longue redingote à collet droit boutonnée jusqu'au col.

Après les compliments d'usage que se font deux vieux amis, M. Sabini les invita à dîner avec tant d'insistance qu'ils acceptèrent. M. Salbini, qui fixait alternativement ses quatre hôtes, en dînant, leur dit :—Il me semble, à voir vos fronts soucieux, qu'une grave affaire vous amène à Paris?

— Je vois avec plaisir, mon cher Sabini, dit M. Durocher, que tu es toujours un physionomiste doué d'une grande pénétration; nous sommes venus, en effet, pour une affaire très-sérieuse pour laquelle nous réclamons ton concours et ton génie. Nous te parlerons de cette affaire après dîner.

— Je suis tout à vous, mon cher Durocher.

Le dîner étant terminé, M. Sabini fit passer ses hôtes dans son cabinet, où Alphonse lui exposa l'objet de leur visite. Après avoir entendu cet exposé, M. Sabini fut de l'opinion de M. Durocher; il dit qu'il serait nécessaire, avant qu'il commençât à s'occuper de l'affaire, d'avoir un entretien avec madame Bernelle.

Alphonse proposa à M. Sabini un rendez-vous pour le lendemain à neuf heures du matin; il savait qu'à cette heure Bernelle s'absentait pour aller chez son beau-frère, que conséquemment on trouverait très-probable-

ment madame Bernelle seule. Cette proposition ayant
été acceptée, Alphonse et M. Sabini étaient à l'heure
convenue à une petite distance de la maison Bernelle.
Après s'être assurés que M. Bernelle était sorti, ils entrèrent, et trouvèrent madame Bernelle seule qui lisait
une assignation à comparaître devant le tribunal de
commerce, le 15 du courant, pour les 30,000 francs dus
à M. Bertonia; sa figure était décomposée; elle cherchait
sans pouvoir le trouver le motif qui lui avait fait changer
si brusquement ses idées généreuses sans les prévenir,
pour une action toute de rigueur. Puis suffoquée par la
douleur elle s'écria : — Quel est donc ce démon qui
souffle dans le cœur de tous nos créanciers le plaisir
infâme de nous torturer, puisqu'ils savent que nous
ne pouvons les payer? et cette date du 15 octobre est
donc une fatalité ! O mon Dieu ! mon mari et mon beau-
frère ne survivront pas à ce jour funeste. Ainsi raisonnait la pauvre femme, au moment où Alphonse et
M. Sabini entraient chez eux.

Après le salut d'usage, Alphonse lui dit : — Nous
venons vous apporter les consolations nécessaires à
votre position; mon père et le père d'Edmond sont arrivés hier à Paris, munis d'une somme plus que suffisante
pour payer vos créanciers et ceux de M. Vignon. Je
vous présente M. Sabini, un ami de M. Durocher; qui se
charge d'arranger vos affaires.

— Soyez mille fois béni, monsieur Alphonse; mais
M. votre père et M. Durocher savent-ils qu'en nous
prêtant cette somme ils sont susceptibles de n'être jamais
remboursés?

— Tranquillisez-vous, Madame; les prêts de l'amitié
ne sont pas des prêts; ce sont des dons qui trouvent
leur récompense dans l'épanouissement du cœur de
ceux qui les font.

Madame Bernelle était émotionnée; elle resta quelques
secondes sans répondre; deux larmes brillaient dans ses
yeux, elle renaissait à l'espérance. Elle demanda à M. Sabini s'il pouvait arranger leurs affaires à l'insu de leurs
maris, qu'elle et sa sœur les connaissaient comme eux.

— Nous vous donnerions tous les renseignements dont
vous auriez besoin, car je crains qu'en voyant des amis
qui emploient tant de délicatesse pour nous sauver,
la rougeur ne leur monte au front, parce qu'ils ont été
maladroits dans leurs opérations commerciales. Mais je
m'abuse peut-être, Monsieur?

— Non, Madame, dit M. Sabini, vous ne vous abusez
pas; tout cela peut se faire comme vous le désirez. Ayez
l'obligeance de me faire voir le livre où se trouve le résumé de votre situation. Madame Bernelle lui présenta
ce livre et le lui ouvrit à l'endroit où était ce résumé; il y
prit tous les renseignements qu'il y savait et lui demanda
ensuite d'obtenir de sa sœur les adresses de leurs créanciers. Elle répondit qu'elle les lui enverrait dans la
soirée.

— Nous avons fait la remarque avec mon ami Durocher,
dit M. Sabini, qu'à l'exception de la dette Bertonia, vos
malheurs vous venaient ou de la fatalité, ou de quelqu'un
de riche dont la vengeance vous poursuit dans l'ombre.
On vous a soufflé le renouvellement de votre bail; on a
installé une maison de commerce de vin vis-à-vis celle

de vôtre beau-frère; ces deux faits, quoique différents, sont identiques comme résultat, puisque l'un vous retire votre maison de commerce et l'autre empêche votre beau-frère de se maintenir honorablement dans la sienne, enfin on a coupé l'arbre par la racine. Quoique dans tout cela il n'y ait rien de surnaturel, je ne peux m'empêcher de vous demander si vous avez des ennemis, non pas de ces ennemis pauvres et fripons auxquels vous faites crédit de quelques chopines, qui vous payent en injures lorsque vous leur réclamez; mais de ces ennemis riches et haineux qui portent dans leur âme le génie du mal et qui, pour une misérable question d'amour-propre blessé ou d'un intérêt futile, vous enverraient à l'échafaud s'ils le pouvaient?

— Il ne m'était jamais venu à l'idée que nous pouvions avoir des ennemis; cependant vos dernières paroles me font réfléchir. Je me rappelle qu'à l'époque où Vignon épousa ma sœur, il se servait d'un courtier pour faire ses achats de vins; quelque temps après son mariage, mon mari fit remarquer à mon beau-frère que son courtier le trompait : il y a neuf ans de cela et depuis cette époque il ne s'est plus servi de lui. Je crois avoir entendu dire à mon mari et à mon beau-frère que cet homme était méchant, qu'il leur en voulait à tous deux; à mon mari pour avoir conseillé Vignon de le quitter et à Vignon de l'avoir écouté.

— Connaissez-vous le nom de ce courtier?

— Il se nomme, je crois, Darius.

— Darius, Darius, se dit M. Sabini, comme se parlant à lui-même, en mettant sa main droite à son front, mais

13

cet homme est un démon; puis, se tournant vers madame
Bernelle, il lui dit : — C'est cet homme qui est la cause de
vos malheurs; c'est à son profit ou au profit d'une personne qu'il protège en même temps qu'il l'exploite, qu'a
été consenti le bail qui remplace le vôtre; c'est lui qui
a loué où fait louer la boutique qui est vis-à-vis de celle
de votre beau-frère; c'est encore lui qui a conseillé à
M. Sauton, qu'il savait dans de mauvaises affaires, de se
faire souscrire par Bernelle et Vignon, chacun un billet
de complaisance de 10,000 francs, pour vous donner
le coup de grâce; il savait que M. Sauton serait dans
l'impossibilité de vous apporter la somme que com-
portent ces deux billets, la veille de leur échéance,
comme cela se pratique dans ces sortes d'expédients.

— Que voulez-vous, monsieur, il faut bien subir ce
qu'on ne peut empêcher.

— Cela est vrai, madame. Je connais cet homme dès
l'époque où j'étais employé au ministère de la police; je
possède un secret infaillible pour lui faire rendre gorge,
c'est-à-dire pour lui faire réparer les mauvaises actions
qu'il a commises contre vous; je vous promets que vous
ne quitterez pas cette maison, car le bail de votre établissement consenti par le propriétaire au profit du pre-
neur qui doit vous succéder vous sera transporté par
ce dernier, sans aucun dérangement de votre part.

— Je vous remercie, monsieur, des consolations que
vous me donnez et principalement de la promesse que
vous me faites de ne point quitter cet établissement; car
c'est ici que j'ai connu mon mari et reçu les premiers
sourires de mes enfants.

M. Sabini et Alphonse quittèrent madame Bernelle à qui M. Sabini dit qu'il allait immédiatement se mettre à l'œuvre.

Aussitôt sortis de chez Bernelle, M. Sabini et Alphonse se séparèrent; celui-ci fut joindre son père, M. Durocher et Edmond, rue du Petit-Lion-Saint-Sulpice; et celui-là s'en fut directement chez M. Sauton, qui demeurait quai de Béthune. Celui-ci se disposait à sortir au moment ou M. Sabini entra; après le salut d'usage, M. Sabini lui dit :— Je désire causer avec vous d'affaires importantes; veuillez, je vous prie, m'accorder un moment d'entretien. M. Sauton fit entrer M. Sabini dans son bureau, lui présenta une chaise et lui dit : — Parlez, monsieur, je vous écoute. — Je me nomme Sabini, ancien chef de bureau au ministère de la police sous l'empire, et actuellement agent d'affaires, rue des Prouvaires. Ce qui m'amène auprès de vous, monsieur, n'a rien qui doit vous surprendre, quoique cependant cela soit important et vous intéresse; il s'agit donc d'une affaire qui mérite votre attention. Il y a environ six mois, vous vous présentâtes chez deux de mes clients, qui alors étaient aussi les vôtres; vous leur demandâtes pour vous rendre service, dites-vous, de vous souscrire chacun un billet de 10,000 francs à votre ordre, à six mois d'échéance, lesquels échoient le 15 du courant; ces deux billets qui ne représentent aucune marchandise se nomment, comme vous le savez, billets de complaisance.

— Mais, monsieur, ces billets que vous dites être de complaisance sont la représentation de même valeur en vins que je leur ai fournis.

— Vous niez ce qu'ils affirment; votre grand tort est de ne les avoir point portés sur le bilan de votre faillite comme avoir; car ne les y ayant pas portés vous frustrez vos créanciers de 20,000 francs.

— Je n'ai fait aucun tort à mes créanciers, puisque je sais que ces billets ne seront pas payés, leurs souscripteurs étant ruinés.

— C'est ce que vous ignorez. M. Sabini sondant l'inconnu qu'il désirait connaître dit à M. Sauton :—Vous avez fait escompter ces deux billets par M. Darius, courtier en vins, lequel vous connaissant dans une mauvaise position a exigé 20,000 francs de valeurs en vins pour répondre de son escompte, puisque comme vous il croit que mes clients ne sont pas solvables; je connais, ajouta M. Sabini, l'endroit où sont ces vins, et dans l'intérêt de la justice je pourrais les faire porter à votre actif, pour les faire partager à vos créanciers.

— Cela peut être vrai, répliqua M. Sauton terrifié, mais cela ne prouve pas que MM. Vignon et Bernelle m'ont souscrit des billets de complaisance.

— Non, sans doute, dit M. Sabini, venant d'apprendre ce qu'il désirait connaître, mais cela prouve que dans certaines positions on peut commettre quelque irrégularité. Vous ne pouvez me donner ces deux billets qui font l'objet de ma visite, gratuitement, comme mes clients espéraient que je les obtiendrais, parce qu'ils savaient que ces billets n'avaient point paru dans votre faillite?

— Non, Monsieur; je ne le puis, cela m'est impossible.

— Ne pourriez-vous me donner l'adresse de M. Darius,

cela m'éviterait de le chercher à Bercy ou à l'Entrepôt?

— Quai Napoléon, n° 24; vous le trouverez chez lui le matin jusqu'à dix heures.

— Merci, Monsieur; j'ai l'honneur de vous saluer. Puis il quitta M. Sauton, très-satisfait de la visite qu'il venait de lui faire.

Dans la soirée de ce jour, M. Sabini fut à la préfecture de police voir un ami employé dans la salle aux sommiers judiciaires; avec le concours de cet ami, le sommier de M. Darius fut bientôt trouvé, car c'était M. Sabini lui-même qui l'avait commencé en 1811, époque à laquelle il avait été envoyé à Bordeaux en qualité d'agent de police pour aider à éclairer la justice à l'égard d'un procès criminel dans lequel était accusé un nommé Caldaguès, d'avoir noyé un nommé Junior dans les eaux de la Garonne, en lui volant 50,000 francs qu'il rapportait d'Amérique. M. Sabini arrêta deux bateliers qui étaient deux ivrognes, lesquels se promenaient en bateau au moment du crime, sur la Garonne. Ils se nommaient Cardinet et Rotia; ils furent mis au secret et relaxés faute de preuves suffisantes, bien qu'ils fussent coupables. Le malheureux Caldaguès, quoique innocent, fut condamné aux travaux forcés à perpétuité. M. Darius avait aussi été impliqué dans ce procès, parce que Junior était son ami et qu'il était descendu chez lui en revenant d'Amérique; il fut aussi renvoyé faute de preuves, puis surveillé pendant quelque temps par la police. Mais comme tout passe en ce monde, on laissa dormir M. Darius tranquillement, et son sommier se reposa à côté d'une multitude d'autres; on ne vint remuer sa poussière

qu'en 1823, époque à laquelle Cardinet, un des deux
coupables relaxés, était mort. A dater de cette mort, la
peine du pauvre Caldaguès avait tellement été adoucie
qu'il pouvait se promener, étant au bagne de Toulon, en
toute liberté dans la ville. C'est à cette date que quelques
lignes ajoutées au dossier Darius apprirent à M. Sabini
que Darius faisait une rente à Rotia, le survivant des deux
coupables relaxés. M. Sabini et son ami, en voyant ces
quelques lignes, ne doutèrent pas que Caldaguès était
victime d'une erreur judiciaire, que les coupables étaient
Cardinet et Rotia, comme ayant exécuté le meurtre et
Darius l'instigateur, lequel avait fait noyer son ami Junior
et ensuite palpé les 50,000 francs qu'il rapportait
d'Amérique; que très-probablement la mort de Cardinet, qui coïncidait avec l'adoucissement des peines de
Caldaguès, était le résultat de sa confession à son lit de
mort; que le ministre de Dieu qui l'avait reçue, avait dû
en instruire secrètement le procureur du roi; que ce
magistrat avait dû interroger de nouveau le malheureux
Caldaguès et sollicité et obtenu l'adoucissement de sa
peine. M. Sabini ne demandait pas d'en connaître davantage pour obtenir de M. Darius ce qu'il désirait.

Il se transporta dans cette même soirée à Bercy, avisa
un tonnelier dérouleur qui lui parut intelligent et lui
dit : — Si vous m'indiquez un magasin où se trouve une
certaine quantité de pièces de vin qui ont été retirées
des magasins de M. Sauton, il y a environ six mois, je
vous donne cinquante francs; voilà mon adresse.

Le tonnelier ainsi intéressé chercha parmi ses camarades un ouvrier qui avait travaillé dans les magasins de

M. Sauton à l'époque de sa faillite; il en trouva bientôt
un qui le renseigna sur ce qu'il lui demandait, il lui dit:
— Ces vins sont, port de Bercy, cour de M. Magnus, magasins 67 et 68; il y en a environ 200 pièces marquées
par derrière S. T. à la rouanne; une partie de ces pièces
se trouve appuyée contre le mur et l'autre partie se trouve
sur deux chantiers où les pièces sont placées en culs
battants; toutes sont marquées par devant D. R., de la
marque que M. Darius le courtier a exigée en les faisant
placer lui-même. Ces vins ont été soutirés il y a une
quinzaine de jours, replacés au même endroit et de la
même manière. C'est muni de ces renseignements que
le tonnelier à qui M. Sabini s'était adressé se présenta
chez lui, où les cinquante francs promis lui furent gracieusement comptés.

M. Sabini, qui avait beaucoup travaillé cette journée-là,
ne la crut cependant pas suffisamment remplie; car il
restait quelque chose à faire pour compléter la tâche
qu'il s'était imposée en se levant.

Après son dîner, il fut trouver le propriétaire de Bernelle, duquel il apprit ce que nous connaissons et ce dont
il se doutait; de chez lui, il s'en fut chez le propriétaire
du concurrent de Vignon où il apprit que c'était au profit
de M. Darius que le bail avait été consenti. Tous les doutes de M. Sabini étaient donc des réalités. Celui qu'il
s'était promis de dompter était bien cet esprit méchant
et pernicieux que le génie du mal n'avait point abandonné
depuis le procès Caldaguès; à force de roueries et d'astuce il était devenu plus que millionnaire.

Le lendemain, M. Sabini armé de tous ces renseigne-

ments s'acheminait vers neuf heures du matin chez
M. Darius, se disant comme s'il lui eût parlé : — Va, tigre
sorti des abîmes infernaux, tu ne dévoreras pas cette
fois la proie que tu crois tenir dans tes griffes ensanglantées, et que tu regardes de tes yeux fauves. M. Sabini
sonna à la porte de M. Darius et demanda à la personne
qui vint lui ouvrir si M. Darius était chez lui ; il lui fut
répondu que oui ; il donnait en ce moment 200 francs
qui manquaient à un marchand de vin, son client, pour
payer un billet échéant le même jour. Après le départ
de ce client, M. Sabini salua M. Darius et lui demanda
quelques minutes d'entretien.

— Je vous écoute, Monsieur.

— Je suis agent de police et m'occupe un peu d'affaires ; je suis chargé par deux de mes clients qui sont aussi
mes amis de régler avec vous certains comptes plus ou
moins ténébreux.

—Mais, Monsieur, je n'ai point de comptes ténébreux ;
ce n'est pas à moi que vous avez affaire ; votre visite est
certainement le résultat d'une erreur.

— Je me trompe rarement en affaires sérieuses, Monsieur, et celle que j'ai à traiter avec vous est de ce nombre. J'ai cru longtemps m'être trompé une fois, sur
les arrestations que j'ai faites et fait faire, ce qui était
peu eu égard au grand nombre. Hé bien ! Monsieur, j'ai
appris hier que je ne m'étais point trompé ; c'est une
petite histoire qui vous intéresse.....

— Parlez-moi de ces comptes ténébreux, dit M. Darius
impatienté ; j'ai peu de temps à disposer, mes affaires
m'appellent.

— Si vous refusiez d'écouter cette courte histoire, je
suis sûr que vous le regretteriez amèrement dans quelques jours.

— Parlez et soyez court, je vous en prie.

— C'était en 1811, à Bordeaux, à l'époque du procès
Caldaguès, procès célèbre dans les annales de la justice
bordelaise ; j'arrêtai deux bateliers dont l'un se nommait
Cardinet et l'autre Rotia ; tous deux étaient ivrognes, ils
furent inculpés d'avoir le 13 juin, à minuit, noyé un
nommé Junior dans la Garonne, en le promenant dans
leur bateau ; ils furent mis au secret, puis relaxés faute de
preuves. Le sort en voulait au malheureux Caldaguès
accusé du même fait; tous les témoignages semblaient
ne laisser aucun doute sur sa culpabilité ; il protesta énergiquement disant qu'il était innocent : il fut condamné
aux travaux forcés à perpétuité. Il y a quelques années,
Cardinet, se voyant prêt à mourir, confessa son crime à un
ecclésiastique qui en instruisit le procureur du roi ; ce
magistrat fit immédiatement adoucir la peine de l'innocent Caldaguès. Des éclaircissements nouveaux ont été
récemment donnés à M. le préfet de police, lequel m'a
chargé, comme ayant aidé la justice en 1811 dans ce procès, de faire une nouvelle enquête pour vérifier les allégations de certaines lettres qui lui sont parvenues, qui
jointes à la confession de Cardinet, qui s'avoua coupable
avec Rotia, prouveraient, si ce qu'elles contiennent est
trouvé vrai, que ce n'est point Caldaguès qui a noyé Junior
dans la Garonne, le 13 juin 1811, mais bien Cardinet et
Rotia, lesquels, disent la confession et les lettres, reçurent
2,000 francs d'une certaine personne qui avait inté-

rêt à faire disparaître le trop confiant Junior. Selon le
rapport que je ferai à M. le préfet de police, le procès
sera révisé ou les pièces continueront de dormir. Il résulte de ce que je viens de vous raconter que je n'ai jamais
commis d'erreurs dans mes arrestations, ce dont je me
félicite; je ne crois pas en commettre en vous disant que
vous connaissez aussi bien que moi le crime que je viens
de citer et ses vrais auteurs, que vous vous nommez Jean-
Baptiste Darius, né au village de X. près Bordeaux, dans
laquelle ville vous fîtes le négoce des grands vins du
Médoc; ce commerce ne vous ayant pas réussi, vous vîn-
tes à Paris vers 1812, où depuis cette époque vous êtes
courtier en vins sur les places de Bercy et de l'Entrepôt.
Dites-moi maintenant, je vous prie, si je suis dans l'erreur, si je vous prends pour une autre personne.

M. Sabini qui fixait M. Darius le vit tellement pâlir en
commençant son récit qu'il crut un instant qu'il allait
être obligé de l'interrompre; à cette pâleur succéda un
tremblement nerveux qui lui rendit la langue tellement
embarrassée qu'il resta une demi-minute sans pouvoir
répondre à M. Sabini; après quoi il lui répondit :
— C'est bien moi, Monsieur, mais enfin que me voulez-
vous?

— Je vous demande la tranquillité de deux honorables
familles que vous avez poussées au bord d'un abîme commercial, à la faillite.

— Si j'avais le malheur d'avoir involontairement porté
le trouble dans le commerce de deux familles, il suffirait
qu'on m'indiquât cette erreur pour que je la répare, si
cela est possible,

— Je ne suis pas un homme à demander l'impossible,
dit M. Sabini ; mes amis sont tous deux marchands de
vins en détail, vous les connaissez : l'un se nomme Vignon
et l'autre Bernelle, deux anciens soldats décorés.

— J'ai connu en effet ces deux hommes ; je les ai perdus de vue depuis longtemps.

— Hé bien ! c'est pour eux que je viens vous demander
gratuitement trois choses : la première, ce sont deux billets à ordre de chacun 10,000 francs, dont l'un est souscrit
par Vignon et l'autre par Bernelle, au profit d'un nommé
Sauton qui les a passés à votre ordre ; la seconde, que
vous fassiez à Bernelle un transport du bail que vous avez
obtenu de son propriétaire, pour le local où il exploite
son commerce, de telle façon qu'il n'y ait aucune inter-
ruption dans sa jouissance ; la troisième, que vous fassiez
fermer l'établissement du marchand de vin, rue Saint-
Honoré, vis-à-vis de celui de Vignon, qui lui fait concurrence, établissement que vous avez fait ouvrir en vertu
d'un bail consenti en votre faveur. Je crois donc, Monsieur,
venir au-devant de vos désirs en vous indiquant, comme
vous me le demandez, quelques erreurs que vous avez
commises envers deux hommes honorables ; ces erreurs
ne sont probablement dues qu'à des hasards malheureux ;
j'espère que votre gracieuseté s'alliera à votre libéralité
pour les réparer.

— Mais, Monsieur, y a-t-il erreur lorsqu'on me présente
deux billets à ordre que j'escompte ; n'est-il pas naturel et juste que je rentre dans mes fonds le jour de leur
échéance?

— Oui, sans doute, cela est naturel et juste dans une

foule de cas; seulement dans celui qui nous occupe il
n'en est pas ainsi, car vous avez conseillé à M. Sauton,
pour le sauver d'une position que vous saviez perdue,
d'obtenir les signatures de Bernelle et de Vignon, pour
chacun 10,000 francs; vous saviez donc que ces deux
billets sont ce qu'on appelle dans le commerce des billets de complaisance, vous saviez encore que les souscripteurs ne pourraient les payer, puisque vous aidiez à
les perdre par la concurrence que vous faisiez faire à
l'un et le bail que vous souffliiez à l'autre. Ceci est tellement exact que, pour escompter ces billets, vous avez
exigé de M. Sauton avant sa faillite 20,000 francs de
vins en garantie, qui furent distraits de ses magasins et
réemmagasinés port de Bercy, cour de M. Magnus, dans
les magasins 67 et 68; les fûts portent votre marque DR
par devant, et S T par derrière, qui est la marque de
M. Sauton. Vous voyez, Monsieur, que je suis bien renseigné. Je pourrais dénoncer ce fait, ce serait justice;
les 20,000 francs reviendraient aux créanciers de
M. Sauton; mes clients étant insolvables, vous perdriez
cette somme; mais je n'aime pas le scandale.

— Passons sur cette première chose, dit monsieur
Darius, je reconnais qu'elle est juste; je me rembourse-
rai avec les vins de M. Sauton et rendrai les billets à
leurs souscripteurs. Mais, si cette première demande
est justifiée, en est-il de même de la seconde, où vous
me demandez que je fasse un transport de bail à
M. Bernelle; voyons, j'apprends que son propriétaire
connaissant sa mauvaise position ne veut pas lui renouveler son bail, je me présente à lui, lui fais des offres qu'il

accepte : je ne vois véritablement pas en quoi j'ai péché en agissant ainsi.

— Si les choses s'étaient passées ainsi, vous n'auriez certainement rien fait qui ne soit conforme à la délicatesse qu'on se doit entre confrères ; mais ce n'est point ainsi que vous avez agi. Vous vous êtes présenté chez le propriétaire de Bernelle en lui peignant sa situation désespérée, ce qui n'était pas vrai ; car bien que mes clients se soient lancés dans l'escompte où leur innocence de ce métier leur a fait perdre une certaine somme, la position de Bernelle n'est devenue réellement mauvaise, que par la signature du billet Sauton et le bail que vous lui avez soufflé. J'ai la preuve que vous avez obtenu ce bail à l'aide du mensonge ; vous devez à votre conscience la réparation que je vous demande.

— Mais je ne vois quelle preuves vous pourriez me donner, mes paroles ont aussi leur valeur.

— La preuve sortira de la bouche du propriétaire lui-même, lequel m'a dit ce que je vous répète ; je ne suppose pas que cet homme, qui n'a aucun intérêt dans cette affaire, nie devant nous deux ce qu'il a dit à moi seul. Allons le trouver.

— C'est inutile, je vois qu'il faut passer par où vous voulez ; cependant, je ne puis m'empêcher de présenter encore quelques observations à l'égard de la fermeture de la maison de commerce de vins de la rue Saint-Honoré. Il y a environ six mois je passais dans cette rue : je vois une boutique qui était à louer ; trouvant cette boutique convenable pour y installer un marchand de vin, je la loue en mon nom et cède mon bail à un garçon intelligent

qui y fait de bonnes affaires, et vous voulez que je fasse
fermer cet établissement; je n'en ai pas le droit, puisqu'il
ne m'appartient pas.

— Si vous ne pouviez faire fermer ce débit, vous seriez
à plaindre, car le procès Caldaguès serait révisé, et le
mieux qui pourrait vous revenir de cette révision serait
un grand scandale qui envelopperait non seulement
votre personne, mais aussi votre femme et vos enfants;
quant au pire, je le livre à vos méditations. Je désire
vous faire apercevoir que tout ce mal que vous avez fait à
mes amis vous vient d'avoir perdu, il y a une dizaine
d'années, la pratique de Vignon, ce qui pour vous était
une misère. Il a fallu, pour que vous commettiez toutes
ces bassesses, qu'un démon vous soufflât son génie pour
ruiner deux hommes de cœur dont le sang a coulé pour
la France, et ce sont ces deux innocentes créatures du
commerce que vous prenez pour en faire vos victimes.
Oh! croyez-moi monsieur Darius, vous avez mal choisi,
revenez à des sentiments meilleurs envers eux; du reste
il y va de votre tranquillité et de celle de votre famille.
Je termine ce trop long entretien comme je l'ai commencé, en vous demandant pour demain avant midi, à mon
bureau, les deux billets Vignon et Bernelle, le transport
du bail que vous tenez du propriétaire de Bernelle à
Bernelle, et la fermeture de la maison de commerce de
vins qui fait concurrence à Vignon pour après demain;
non seulement cet établissement sera fermé, mais il
vous sera interdit de rouvrir cette boutique comme
marchand de vin, pendant toute la durée de votre bail,
lequel a encore quatorze années à courir, Voilà,

Monsieur, mon ultimatum, comme disent nos diplomates,
Cela dit, M. Sabini prit son chapeau et se disposa à s'en
aller. M. Darius le reconduisit machinalement. Arrivé
dans l'antichambre, il lui prit en tremblant la main
et lui dit : — Vous êtes un homme terrible, il sera fait
comme vous le voulez.

— Dites plutôt, Monsieur, que c'est l'ange de la miséricorde qui m'envoie pour vous faire souvenir des fautes
que vous avez commises, afin que vous demandiez le
pardon de ces fautes à celui qui est plus grand par sa
bonté et sa miséricorde que les hommes d'ici-bas ne sont
petits par le mal qu'ils font à leurs semblables. A demain
Monsieur.

M. Sabini descendit l'escalier aussi gaîment que quand
il avait quinze ans, se rendit à son bureau où il trouva réunies quatre personnes qui l'attendaient. Dès que
M. Durocher l'aperçut, il lui dit : — Eh bien ! Sabini où
en sommes-nous ? — Eh bien ! mes amis, le tigre est
dompté, je l'ai fait mouton ; demain à midi il me re-
mettra ici les deux billets Sauton ; le transport du bail
qu'il a obtenu du propriétaire de Bernelle sera remis a
celui-ci, et la boutique qui fait concurrence à Vignon
sera fermée après-demain et ne pourra servir à vendre du vin pendant quatorze ans. Ai-je bien travaillé,
mes amis? Il fut répondu à M. Sabini par des bravos.

Tous cinq furent déjeuner au café de Paris. Alphonse
courut instruire madame Bernelle de ce qui se passait
et rejoignit ses amis au moment où ils montaient les
quatre marches qui conduisaient au rez-de-chaussée du
café de Paris,

Quant à M. Darius, aussitôt que M. Sabini l'eut quitté, il s'enferma dans son bureau, posa ses coudes sur le meuble qui porte aussi ce nom, appuya sa tête dans ses mains et se mit à réfléchir sur son passé et sur l'homme qui venait de le lui rappeler; sa tête était un volcan. — Il est donc bien vrai, se dit-il, que l'heure de l'expiation tôt ou tard vient faire entendre son lugubre son. Oh! oui, ses vibrations par l'organe de cet homme, qui se dit un ange de miséricorde, remplissent mon âme d'épouvante et d'effroi; il me semble qu'un cercle de fer rouge étreint ma tête qui bouillonne. Les tortures infernales sont peut-être moindres que celles que j'endure. Ce n'était point assez des menaces sans cesse renaissantes que ce misérable Rotia me fait, pour augmenter chaque année la pension du crime. Dans quelques années elle aura dépassé les 50,000 francs cent mille fois maudits de mon malheureux ami.

— O Junior! combien de fois je t'ai vu dans mes rêves, faisant ensemble l'école buissonnière, à la pension où nous bâtissions des châteaux en Espagne au milieu de forêts de lauriers-roses. Je te revois encore, te faisant la conduite jusqu'à bord du vaisseau qui t'emporta vers un autre hémisphère, où nous nous dîmes adieu par une accolade fraternelle; ton retour enfin après dix années d'absence, le 13 juin 1811, à six heures du soir; je te vois accompagné d'un portefaix qui porte ta valise; tu sautes à mon cou; en m'embrassant tu me dis : — Je dîne et je couche chez toi, je te confie pour cette nuit César et sa fortune, car je ne pourrai faire huit lieues pour aller coucher chez ma mère, — Je suis encore garçon, je

l'accueille en véritable ami ; tu déposes ta valise dans ma
chambre à coucher, tu l'ouvres et me fais voir cinquante
billets de mille francs honorablement gagnés. —Oh! que
ma mère qui est dans la misère va être contente en me
voyant cette fortune ! A dater de ce moment mon rêve
se transforme toujours en un affreux cauchemar. Notre
dîner, où nous bûmes cinq bouteilles de vin de Haut-
Brion et deux bouteilles de Champagne, est servi par des
spectres qui me glacent d'horreur. A onze heures je
vois ta tête alourdie par la fumée du vin, appuyée sur
la table; c'est alors qu'une pensée infernale de jalousie
aidée par l'ivresse souffle dans mon cœur l'infâme pensée de te faire noyer dans la Garonne. Te voyant endormi, je descends sur le quai qui est à peu près désert ;
cependant j'aperçois deux misérables bateliers ivres,
ayant la bave et la pipe à la bouche. Je les accoste et leur
propose de faire monter dans leur bateau un homme ivre
et de le noyer dans la rivière. —Il y a deux mille francs
pour vous, leur dis-je; ils acceptent. Je monte te chercher, Junior ; je te descends sous le prétexte de te faire
prendre le frais; je te propose une promenade en bateau.
Tu te soutiens à peine, tu es sans volonté, je t'aide à
monter dans le bateau des deux misérables qui te conduisent à la mort: mais que dis-je, misérables? ne suis-je
pas mille fois plus misérable qu'eux, moi le promoteur
intéressé du crime ! Enfin, je t'abandonne à tes bour-
reaux qui font remonter leur bateau jusqu'à une demi-
lieue de la cité. Tu me réclames plusieurs fois dans le
parcours en balbutiant mon nom, pendant que je suis
anxieux sur le rivage au lieu du départ du bateau, atten-

dant le retour de mes deux mercenaires pour leur payer
le prix de ton sang. Tu prononces encore quelques
paroles dans lesquelles est mêlé le nom de ta mère.
Tout à coup mes deux ivrognes, qui veulent gagner leur
argent, te jettent dans le milieu de la rivière, qui te garde
pendant neuf jours dans sa profondeur, après lesquels
elle te vomit à sa surface, appelant ainsi la justice humaine sur tes assassins. Mais celle-ci s'égare ; au lieu de
saisir les coupables et de les condamner au dernier sup-
plice, c'est l'innocent, le malheureux Caldaguès qui se
trouve accusé du crime. Le flambeau testimonial éclaire
les jurés d'une fausse lumière, qui le fait condamner
aux travaux forcés à perpétuité. En cet endroit de mon
cauchemar, qui n'est que la reverbération de mon crime,
un spectre qui m'étouffe est couché sur ma poitrine
haletante ; un autre vomit sur ma bouche une flamme
qui me brûle jusque dans mes entrailles. Je pousse des
gémissements saccadés qui réveillent la compagne qui
est couchée à mes côtés, à laquelle j'ai toujours caché
mes remords. Elle m'éveille, j'ouvre les yeux, j'aperçois
a la lueur de la veilleuse nos meubles transformés en
spectres menaçants ; les rideaux de nos croisées, ceux
de notre lit, les tapis sur lesquels nous marchons, toutes
ces choses de couleurs diverses me paraissent couleur
de sang, c'est le tien qui crie vengeance. Si, comme on
le dit ici-bas, Junior, les justes qui habitent l'Eden
céleste sont doués d'une seconde vue sur cette terre de
crimes, de malheurs et de souffrances, du haut de ce
séjour bienheureux, tu vois mes angoisses. Je t'en supplie, mon ami, pardonne-moi mon crime.

M. Darius consacra ensuite le reste de la journée à préparer les papiers qu'il avait promis à M. Sabini. Il fut trouver le concurrent de Vignon, qu'il indemnisa pour qu'il lui abandonnât sa boutique dès le lendemain. Cet arrangement conclu, les papiers demandés par M. Sabini en bon ordre, il se coucha comme à l'ordinaire. La nuit se passa dans la fièvre et l'insomnie. Le lendemain, il remettait à l'heure dite à M. Sabini toutes les pièces qu'il lui avait demandées la veille, en le priant de demander pardon pour lui à Bernelle et à Vignon pour tout le mal qui leur avait fait. Rentré chez lui, la fièvre ayant doublé, il prit le lit. Le lendemain, sentant qu'il allait mourir, il fit demander un prêtre, à qui il se confessa. Le résultat de cette confession fut l'envoi immédiat de 10,000 fr. à Caldaguès, à qui le roi Louis XVIII fit la remise de sa peine. 80,000 fr. furent envoyés à la vieille mère de Junior. La nuit suivante, vers neuf heures, sa raison l'abandonna et l'agonie commença. A onze heures, il recouvra la voix et dit : — Junior, Junior; puis il expira.

C'est ainsi que finit ce grand coupable, dont les vices et les crimes égalèrent l'intelligence. Depuis qu'il avait fait noyer son ami Junior, une puissance invisible lui montrait chaque jour le tableau de l'apothéose de son crime. C'était plutôt par dépit que par nature qu'il s'ingéniait à faire le mal. Une fois que nous avons trempé nos mains dans un grand crime, les crimes inférieurs ne nous apparaissent plus que comme des atomes et ne nous coûtent rien à commettre. Il fallait donc à ce dépit né du crime, qui habitait dans une cervelle qui avait

le génie du mal, opposer un autre génie, le génie du
bien, qui saisissant tous les fils en compose une trame
pour menacer le coupable d'en montrer le tissu à la justice. C'est alors que M. Sabini parut sur la scène et fit voir
au coupable ses monstruosités. Espérons que s'il tua le
corps, qui est périssable, il sauva l'âme, qui est éternelle,
et que l'ouvrier de la onzième heure aura sa place dans le
royaume de la paix à côté de celui de la sixième heure.

En se quittant, après le déjeuner du café de Paris,
M. Sabini donna rendez-vous à ses amis pour le lendemain, chez lui, à une heure, pour leur remettre
les papiers que M. Darius lui avait promis; puis il fut
trouver M. Bertonia; il ne trouva que son caissier, qui lui
remit contre remboursement les titres de créances Bernelle et Vignon. M. Sabini demanda au caissier pourquoi M. Bertonia, qui avait d'abord donné du temps à
Vignon et Bernelle pour le payer, avait tout à coup
changé d'idée en les poursuivant devant le tribunal de
commerce. — C'est, lui répondit le caissier, parce que
M. Bertonia a subi dans cette affaire l'influence d'une
femme qu'il entretient, nommée Lisa Malineau, qui a dû
avoir maille à partir avec eux au temps où elle fréquentait les marchands de vin. Le lendemain, M. Sabini remit à ses amis tous les titres de créances acquittées
qu'Alphonse et Edmond portèrent à toutes jambes, la joie
au cœur, à madame Bernelle, qui les reçut avec une telle
joie qu'elle ne put retenir ses larmes. Elle embrassa
avec effusion les deux jeunes gens, qui ne purent s'empêcher de verser aussi quelques larmes, tant ils éprouvaient de plaisir.

Madame Bernelle courut chez sa sœur pour lui apprendre l'heureuse nouvelle. Ces deux sœurs, qui étaient épouses et mères, s'embrassèrent. Leur cœur aimant battait d'un amour égal pour ces doux liens sacrés qui échauffent notre âme. Elles allaient bientôt apprendre à leurs maris et à leurs enfants l'heureuse nouvelle qui allait faire renaître le bonheur dans les deux familles.

Edmond et Alphonse revinrent trouver leurs pères, qui les attendaient chez M. Sabini. En voyant le rayonnement de la figure de leurs enfants, MM. Durocher et Boyer ne purent non plus retenir leurs larmes, tant ils éprouvaient d'orgueil en les admirant. Heureux les pères qui se voient revivre dans de si nobles âmes !

M. Sabini reçut les remercîments les plus chaleureux. M. Durocher lui dit que comme habileté il avait fait un tour de maître. Intérieurement M. Sabini s'applaudissait d'une aussi belle réussite.

Dans la soirée de ce jour, MM. Durocher et Boyer montèrent en diligence pour retourner chacun dans leur famille, se disant avant de se quitter qu'ils n'avaient jamais fait un si bon voyage.

Bernelle et Vignon, qui étaient sortis, rentraient chez Vignon, revenant de la rue Croulebarbe, faubourg Saint-Marceau, où ils avaient loué une chambre dans une maison située sur le bord de la petite rivière qui coule le long d'une partie de cette rue. Ils venaient de porter dans cette chambre un fourneau et du charbon pour s'asphyxier tous deux de compagnie, le jour où devait être prononcé le jugement de leur déshonneur. Ces deux hommes, qui autrefois allaient à la mort dans les

combats, de gaieté de cœur parce que c'était le devoir,
avaient cependant discuté longtemps avant d'en arriver là.
Époux de chacun une femme qu'ils adoraient et pères
d'enfants qu'ils chérissaient, il leur en coûtait de quitter
une vie où tout était une délicieuse harmonie à l'exception de la situation financière. En les voyant rentrer,
leurs femmes sautèrent à leur cou, les embrassèrent
avec fébrilité, puis étalèrent à leurs yeux les billets acquit-
tés et les sous-seing privés. Vignon et Bernelle, après avoir
minutieusement examiné tous ces papiers, demandèrent à qui ils devaient tant de reconnaissance. — C'est,
répondit madame Bernelle, deux jeunes gens qui, voyant
nos souffrances sur nos visages amaigris et décomposés,
ont désiré en connaître la cause. Un d'eux me l'a demandée en tremblant. J'ai d'abord refusé de la lui dire ;
mais sa voix est devenue si suppliante et si douce que je
lui ai tout dit. Aussitôt ces paroles échappées de mes
lèvres indiscrètes pour notre bonheur, ces deux jeunes
gens, à jamais bénis, possédant les trésors de nobles sentiments, ne possédaient pas l'argent qui nous
était nécessaire. Ils l'ont demandé à leurs pères, lesquels ont quitté leurs femmes et leurs enfants pour venir nous donner l'or de l'amitié. Lorsque ces quatre
personnes ont été réunies, elles ont employé un ami,
qui est agent d'affaires, ancien chef de bureau au ministère de la police. Cet homme adroit a obtenu gratuitement de M. Darius les billets Sauton qu'il avait escomptés et les autres pièces que vous avez lues. Quant à ce
que nous devions à M. Bertonia, ces belles âmes l'ont
payé. J'espère qu'un jour viendra où nous les rembour-

serons, et ce jour-là je serai aussi heureuse que je le suis aujourd'hui.

— Ces quatre personnes, répondit doucement Bernelle, suffoqué d'attendrissement, ne sont pas difficiles à connaître ; les deux pères ont probablement voulu se dérober à ce que nous leur exprimions notre gratitude. Nobles hommes ! combien je vous admire et vous aime !

— Tels pères, tels fils, dit Vignon. Ils nous ont sauvés et n'ont point voulu nous voir rougir de notre maladresse. Sont-ils réellement partis ?

— Oui, répondit madame Vignon ; ils sont partis il y a deux heures.

Les deux amis, sauvés d'une faillite et conséquemment du déshonneur, étaient bien loin de cette fortune qu'ils avaient rêvée et caressée avant de la posséder. Ils approchaient tous deux de la cinquantaine, et étaient beaucoup moins avancés à l'arrivée qu'au départ. On dit que chaque être humain, arrivé à un âge un peu avancé dans la vie, a son histoire plus ou moins intéressante ; celle des deux beaux-frères, comme on l'a vu, est passablement accidentée : arrêtés dans leur vie militaire par les malheurs de 1814 et de 1815, quand l'un était maréchal-des-logis et l'autre lieutenant, tous deux décorés de l'étoile du courage ; si la porte du temple de la fortune ne leur était point ouverte, celle du temple de la gloire leur était ouverte à deux battants, lorsqu'il s'écroula dans la malheureuse journée de Waterloo, ensevelissant sous ses ruines ensanglantées une partie des glorieux ouvriers qui avaient apporté et placé les matériaux nécessaires à sa construction.

Rentrés dans la vie civile, ils embrassèrent tous deux le modeste commerce de vins en détail, épousèrent chacun une femme spirituelle, toutes deux raisonnablement instruites. Ils auraient trouvé le bonheur parfait en famille sans l'ivrognerie de leur beau-père et de leur beau-frère. Voulant arriver trop vite à la fortune, ils se perdirent par leur inexpérience, lorsque deux jeunes gens au cœur généreux vinrent les retirer du labyrinthe dans lequel ils étaient entrés. Nous verrons dans la seconde partie de cet ouvrage quel profit ils retirèrent de cette leçon.

DEUXIÈME PARTIE

CHAPITRE XI

Trois futurs marchands de vin quittent leur village pour faire fortune à Paris. — Récit d'une bataille de cabaret de barrière. — Année 1829.

Le 3 mai de l'année 1829, trois jeunes étourdis cheminaient gaiement sur la route de Vermenton à Auxerre, portant chacun un sac de toile sur leur dos, contenant le linge indispensable aux besoins de chacun d'eux. Ils venaient de quitter le village de Sacy, où ils étaient nés, pour aller travailler à Paris, la ville des merveilles, laissant faire à d'autres le labourage des champs, la culture des vignes et le fauchage des prairies.

Ils avaient quitté le matin le foyer domestique avec ses charmes et ses attendrissements, serré la main à leurs amis, gais compagnons de leur âge, et dit adieu à leurs jeunes maîtresses qui pleuraient le départ des infidèles, leur promettant pour les consoler un prompt retour. Il abandonnaient une vie paisible et morale, pour entrer dans une vie fébrile et trompeuse; ils quittaient la

prairie souriante, un air embaumé et un vaste horizon,
pour entendre le brouhaha de la ville, respirer les mias-
mes de ses ruisseaux et voir un horizon encaissé par
chacune de ses rues. Peu leur importait ce changement, que du reste ils ignoraient; le but qu'ils cherchaient c'était la fortune; nous verrons si elle leur fut
fidèle.

Nicolas Boivin, Joseph Bernard et François Duroc,
tout en foulant joyeusement la poussière de la route,
bâtissaient avec un langage plein d'espérance de super-
bes châteaux en Espagne.

Ils couchèrent à Auxerre, chez M. Jacquillat, qui tenait
des petites voitures appelées pataches, heureusement
disparues pour le bonheur des voyageurs. Le lendemain
à six heures du matin ils montaient sous la bâche de l'une
de ces voitures, où on les entassa comme des harengs.
Du haut de ce véhicule ils examinaient les horizons sans
cesse renaissants qui s'offraient à leurs yeux ébahis. Un
compagnon charpentier qui voyageait à côté d'eux sous
le même toit, voyant leur ingénuité, voulut en profiter
pour se placer plus commodément; à cet effet il raconta
à nos trois étourneaux les nombreuses batailles à coups
de pied, à coups de poing, qu'il avait eues, desquelles il
était toujours sorti vainqueur; cela disant il poussait Bernard, qui était à côté de lui, pour gagner un peu d'espace. Mais celui-ci, doué d'un caractère peu endurant et
d'une force musculaire que sa structure n'annonçait pas,
ne tenant aucun compte de l'intimidation, le repoussait de
telle façon, que le terrain gagné par le compagnon était
immédiatement perdu. Ce manége durait depuis dix

minutes, lorsque le charpentier impatienté lança à Bernard un soufflet en plein visage qui l'éblouit ; trois
secondes suffirent pour le remettre de cet éblouisse-
ment et lui montrer le sang qui coulait abondamment
de son nez. Prompt comme l'éclair et avant qu'aucun
témoin n'eût deviné son intention, il saisit d'une main,
à la hauteur de la cuisse, le pantalon du compagnon et
de l'autre le collet de sa veste, puis le lança comme une
botte de foin sur la route. Il tomba à un mètre des roues
de la voiture, qui s'arrêta aux cris que poussèrent les
voyageurs effrayés des conséquences que pouvait avoir
cette chute ; le conducteur descendit, le releva meurtri
et l'aida à reprendre sa place en menaçant d'une voix
criarde de faire arrêter au premier relais ceux qui trou-
bleraient l'ordre désormais. La paix se rétablit sur l'impériale de la voiture jusqu'à sa destination qui était Mon-
tereau. Ils soupèrent à l'hôtel du Lion d'or et montèrent
ensuite dans une grande diligence qui les descendit à
Paris, rue Saint-Paul, n° 7, à l'enseigne de la Poule grise.

Boivin emmena Bernard chez son oncle, rue de la Friperie, et Duroc se fit conduire chez un compatriote auquel ses parents l'avaient adressé, qui tenait un garni
mal famé, rue Saint-Jacques.

Les époux Bernelle reçurent leur neveu avec bonheur
parce qu'ils voyaient en lui le fils d'une sœur et d'un
beau-frère qu'ils aimaient comme toutes les familles de-
vraient s'aimer. Bernelle ne voulut pas que Bernard
allât coucher à l'hôtel; il improvisa un lit dans sa salle où
ils couchèrent. Tous les soirs, après la boutique fermée,
Bernelle leur faisait faire l'exercice du métier de mar-

chand de vin qu'ils avaient résolu de faire, en leur faisant verser des chopines d'eau pour se faire la main.

Duroc fut aussi convenablement reçu chez son compatriote; celui-ci tenait au rez-de-chaussée de son garni,
dans une salle où l'on voyait à peine le jour à midi, une
table d'hôte qui n'était servie qu'à huit heures du soir
pour la commodité de ses pratiques, dont la plupart
étaient des voleurs de profession composés des deux
sexes. Après le dîner, les chefs de la compagnie méditaient en préparant les vols, pendant que les plus jeunes
faisaient l'amour comme on doit le faire en enfer, et que
d'autres jouaient aux cartes. Duroc, le troisième jour de
son arrivée à Paris, après s'être promené avec ses camarades, rentrait un peu gai à son garni; ce que voyant un
adroit de la bande des joueurs, il lui proposa de faire
avec lui une partie d'écarté. Duroc accepta; mais à la fin
du jeu, il avait perdu les 32 fr. que contenait son sac
de toile, il était ruiné.

Le lendemain de cette soirée maudite, Duroc était sans
le sou, et n'avait plus aucune confiance en son compatriote; aussi dès que le jour parut, il emporta sa malle
chez Bernelle, à qui il raconta son aventure de la veille;
celui-ci, qui ne fréquentait pas ce compatriote parce qu'il
n'était point honnête, prêta 5 francs à Duroc qui lui devait
cette somme, pour qu'il les lui portât pour se débarrasser de lui; puis lui proposa, en attendant qu'il se plaçât,
de coucher dans sa salle avec Bernard et Boivin; ce qu'il
accepta de grand cœur, car il eût été fort embarrassé,
étant sans le sou, de faire autrement, à moins de coucher
à la belle étoile.

Nos trois dégourdis, avant de venir à Paris, avaient à peine dépassé de quelques kilomètres le territoire de leur village. Ils étaient abruptes et sauvages et conséquemment dépourvus de politesse et de la minutieuse propreté exigée dans tous les établissements publics où l'on donne à boire et à manger.

Bernelle les conduisit tous trois chez un nommé Guydamour, qui tenait un bureau de placement de garçons marchands de vin et de vente de fonds de commerce de ce négoce, rue de la Mortellerie, auquel il les recommanda.

Deux jours après ils travaillaient en qualité d'apprentis du métier chez trois marchands de vin divers ; Boivin était chez un nommé Fromont, rue Saint-Martin ; Bernard était entré comme quatrième garçon chez un nommé Aubry, barrière des Deux-Moulins ; Duroc était placé chez un nommé Bonor, rue du Faubourg-Saint-Honoré.

Tous trois dans leurs positions respectives portaient le tablier en coutil noir-bleu, balayaient les salles et la boutique, rinçaient les verres et les bouteilles, servaient le vin et les liqueurs aux pratiques ; le soir après dîner ils lavaient des centaines d'assiettes, en réfléchissant aux travaux champêtres, à la maison paternelle, aux jeux et aux danses du village : ils comparaient ces travaux et ces plaisirs aux travaux qu'ils faisaient et aux invectives qu'ils recevaient de pratiques grossières ivres, ou avinées, ayant l'haleine aigre et fétide. Désillusionnés, ils en étaient aux regrets.

Il y avait six mois qu'ils croupissaient dans leur place,

lorsqu'ils demandèrent et obtinrent de leurs patrons un jour de sortie, lequel fut combiné pour sortir ensemble. Ce jour désiré étant arrivé, tous trois sortirent vers dix heures après la besogne du matin terminée, laquelle ce jour-là fut finie deux heures plus tôt que d'ordinaire. Une fois dehors, leurs poumons se dilatèrent en respirant l'air pur et suave de la liberté; liberté dont ils avaient joui jusqu'au jour où ils avaient quitté Sacy, mais dont ils n'avaient pu apprécier la douceur au moment où ils en jouissaient : il leur avait fallu pour cela ressentir les effets de la prison volontaire du devoir pour en apprécier les charmes et encenser cette déesse. A onze heures ils entraient chez Bernelle, où ils s'étaient donné rendez-vous, à quelques minutes d'intervalle; leur joie fut grande en se voyant réunis pour la première fois depuis six mois; ils avaient tant de choses à se communiquer, qu'ils ne savaient par où commencer. Ils déjeunèrent avec la famille Bernelle; on arrosa les mets de vins généreux; c'étaient les trois amis qui payaient. Quand ils furent au café, l'expansion était arrivée à son apogée; nos trois avisés, qui il y a six mois caressaient si éloquemment la fortune, se firent mutuellement leurs confidences, en s'avouant qu'ils regrettaient Sacy. Duroc et Bernard étaient décidés à y retourner; mais Boivin, à qui le vin avait donné de l'éloquence, exposa avec lucidité le fond de sa pensée en disant : — Vous pouvez vous en retourner quand il vous plaira; quant à moi qui m'ennuie peut être plus que vous à Paris, j'y reste; et puis, si nous nous en retournons, on dira de nous que nous sommes des fainéants, comme on l'a dit de Baptiste Renard

et de Pierre Pinçon; puis il faut de la persévérance; l'ennui est ici mon plus grand ennemi, je le sens; mais je suis
résolu de le vaincre ou d'en mourir plutôt que de m'en
retourner au pays.

Duroc et Bernard restèrent tout étourdis de la détermination de Boivin, qui avant qu'il n'eût parlé était
contraire à leur pensée qui était de s'en retourner à
Sacy; mais les raisons qu'ils venaient d'entendre leur
changèrent complétement l'esprit. Ils répondirent à Boivin que comme lui ils resteraient à Paris, qu'ils es-
saieraient de vaincre aussi leur ennui.

—Je sais bien, répliqua Boivin, que le métier que nous
faisons est désagréable; il est quelquefois humiliant. Il y a
huit jours nous avions dans notre salle, à une table, quatre hommes ivres; l'un d'eux, dont l'estomac était plus
que plein, rejeta le supplément sur les carreaux; alors
ses camarades m'appelèrent pour enlever l'ordure.
— Voyant ce dont il s'agissait, je fronçai les sourcils
en murmurant. L'un d'eux m'apostropha en me disant:
— Dis donc, hé! jobard, est-ce que tu dois grogner en
faisant ton métier; n'es-tu pas valet d'ivrognes puisque
tu nous sers? Cela disant, il m'envoya une poussée
qui faillit me faire tomber; alors la colère m'emporta: je lui envoyai un revers de main si bien appli-
qué qu'il alla tomber, sanglant, la figure sur le reste des
ordures que j'avais à moitié ramassées. Ce que voyant les
trois autres, ils tombèrent sur moi; je me serais difficilement débarrassé d'eux sans l'intervention de mon patron, lequel entendant de son comptoir le bacchanal que
nous faisions, vint fort à propos à mon secours, Figurez-

vous dans quel état était mon souffleté lorsqu'on le releva. Le calme étant un peu revenu, j'apportai de l'eau
pour débarbouiller celui que j'avais fait tomber si malheureusement, puis nous les mîmes tous quatre dehors;
ensuite je nettoyai proprement les carreaux salis par mon
pochard. Pendant que je m'acquittais de mon mieux
de cette triste besogne, mon patron, blâmant ma conduite, me recommanda d'être plus prudent à l'avenir, me
disant qu'il fallait être poli et tolérant avec tout le monde,
et plus particulièrement encore envers les personnes
ivres ; que c'était un des mille désagréments du métier
dont il fallait faire son deuil.

— Tu viens de nous raconter, dit Bernard, un fait désagréable qui n'arrive qu'exceptionnellement dans la
maison où tu es ; tu en verrais bien d'autres si tu étais
chez M. Aubry, où nous débitons six pièces de vin le
dimanche et le lundi à trois mille personnes dont la
bonne moitié s'enivrent à divers degrés; un vingtième au
moins de cette moitié s'enivrent au degré des quatre que
tu viens de nous dépeindre. En outre des ordures qu'ils
font et des propos grossiers qu'ils nous adressent, auxquels nous ne répondons que par le dédain, ils se battent
à coups de pied, à coup de poing, mettent ainsi l'établissement sens dessus dessous : alors nous accourons
deux ou trois garçons pour mettre l'ordre, et les plus
mutins dehors ; il nous arrive quelquefois dans ces circonstances de recevoir quelques horions. Des affaires de
ce genre se renouvellent cinq à six fois par jour, les dimanches et les lundis. En voici une toute fraîche ; elle est
d'avant-hier, de dimanche. Deux vauriens taillés en her-

cules qui fréquentaient depuis quelque temps notre
maison, lesquels se faisaient appeler avec ostentation
les francs-buveurs. Chaque fois qu'ils venaient, ils
jouaient la comédie en faisant les hommes ivres; ils se
promenaient dans les salles, chipaient un verre de vin à
une table à droite, en chipaient un autre à une table à
gauche, etc. Ils s'enivraient ainsi sans qu'il leur en
coûtât un sou. La plupart de ceux qui contribuaient à
cet impôt vexatoire de ces deux individus au visage hideux et féroce, soit par timidité ou par prudence, n'o-
saient s'en plaindre, pour éviter une tragédie dans laquelle ils jugeaient n'avoir que du mauvais à recueillir.
Mais comme tous les buveurs ne sont pas prudents ou
débonnaires à laisser boire impunément leur vin, un
garçon chapelier âgé d'une vingtaine d'années, qui avait
plusieurs fois subi les vexations de ces deux chercheurs
de querelles, trop faible pour se venger d'eux, avait tiré
son plan ainsi : en passant devant le comptoir il demanda un litre de vin qu'on lui servit dans un pot de
terre verni en noir, c'est l'usage de la maison; mais au
lieu de payer le vin seulement, comme cela se pratique
chez nous, il voulut payer le pot et le verre qu'il emportait, pour boire le vin à l'une des vingt-quatre tables de
la grande salle. Il s'assit devant une d'elles, remplit
son verre jusqu'au bord et attendit patiemment venir le
moment de sa vengeance. Il y avait à peine un quart
d'heure qu'il était dans cette expectative, quand il vit
venir de son côté un des francs-buveurs qui s'arrêta
devant lui et lui dit d'un air goguenard : — Tu permets
à un franc-buveur de vider ton verre, pas vrai, camarade?

— Oui camarade, certainement, répondit le chapelier.
Le franc-buveur avait à peine fait sentir le verre à ses
lèvres, que le chapelier prompt comme la foudre lui
lança en plein visage son pot avec le vin qu'il contenait,
de telle façon et d'une telle force, que le verre et le pot
se brisèrent, le verre dans sa bouche et le pot sur son
nez ; puis il tomba lourdement à la renverse, aveuglé par
le vin et le sang qui ruisselaient sur son visage. Il resta
un instant étourdi de ce coup inattendu du frêle chapelier ; quand il se releva, le chapelier s'était sauvé ; l'autre
franc-buveur était auprès de lui, demandant aux buveurs
les plus rapprochés de la scène, en faisant claquer ses
dents de rage, où était celui qui avait arrangé ainsi son
camarade. Comme tous lui répondaient que celui qui
s'était rendu coupable du fait s'était sauvé immédiatement après l'avoir commis, les francs-buveurs répli-
quaient : — Vous êtes tous des lâches, parce que vous ne
l'avez point arrêté. Parmi ceux qu'ils traitaient ainsi, se
trouvaient à une table cinq jeunes cordonniers lorrains
avinés, qui approuvaient de leurs sourires l'action du
chapelier ; en s'entendant traiter de lâche, l'un d'eux
se leva et dit aux francs-buveurs que c'étaient eux qui
étaient des lâches en s'enivrant aux dépens des autres ;
que le garçon chapelier méritait la reconnaissance de
tous ceux qu'ils avaient spoliés par leur gourmandise.
Les deux francs-buveurs, prenant la riposte du cordon-
nier pour une provocation, tombèrent sur lui en rugis-
sant ; mais les camarades de celui-ci bondirent à son
secours. En entendant les cris des combattants, le bruit
des verres et des pots qu'ils cassaient, nous sommes ac-

courus, les quatre garçons et le patron, pour les séparer
et mettre les francs-buveurs dehors; mais comme ces
hommes sont doués d'une grande force, ils résistaient
depuis dix minutes aux cordonniers; nous avions beaucoup de peine à les séparer, lorsque la garde, composée
de quatre hommes et un caporal, arriva. Mon patron
leur désigna les deux francs-buveurs comme étant la
cause de tout ce branle-bas, et les engagea à les conduire au poste. Alors le caporal les somma de les suivre;
ils lui répondirent des injures provocatrices. Le caporal
et ses quatre hommes les appréhendèrent et voulurent
les emmener, mais ils eurent à se défendre contre ces
deux lions exaspérés par la vue du sang qui coulait de
leur visage. Sans nous et le patron ils n'auraient pu les
emmener, et pour en arriver là il a fallu les garrotter.
Toute notre grande salle était comme si elle avait été
mise au pillage; les éclats de plus de quarante pots et
plus de cent verres couvraient le parquet de leurs débris, lequel était arrosé de sang et de vin. Hier à neuf
heures, le patron et moi avons été mandés par le commissaire de police, pour lui déclarer comment l'affaire
était arrivée. Aussitôt qu'il a aperçu les francs-buveurs
il leur a dit : — Comment, encore vous ici? Voyant leurs
figures enveloppées, il a ajouté : — Il paraît que vous avez
reçu une correction hier? Ils ont répondu : — Ce n'est
pas nous qui avons cherché querelle, monsieur le commissaire; voyez comme on nous a arrangés. Le commissaire s'est ensuite adressé à mon patron, lui demandant
comment l'affaire s'était passée; comme il avait les yeux
au beurre noir, il a d'abord montré cette pièce de con-

viction et a ensuite expliqué l'affaire. J'ai, à mon tour,
fait une déclaration semblable à la sienne. Le commissaire s'est ensuite adressé aux francs-buveurs ; il leur a
demandé leurs noms : c'étaient les deux frères; l'un se
nomme Jean Malineau et l'autre Joseph.

— Tiens, c'est les Malineau, dit Bernelle, interrompant Bernard; je les connais depuis treize ans, ils sont
de triste race; ils ont reçu au foyer domestique l'éducation de la perversité. Oh ! qu'ils promettaient bien, étant
enfants, ce qu'ils sont aujourd'hui étant hommes.

Bernard, reprenant son récit, dit : — Le commissaire
leur a demandé leur demeure. Ils ont répondu : Tantôt
dans un garni, tantôt dans un autre, et quand il fait
beau, à la belle étoile. — Hé bien ! moi, je vais vous envoyer en prison, a répliqué le commissaire, jusqu'à ce
que des personnes sérieuses viennent vous réclamer.
Pendant que le commissaire nous interrogeait, il rédi-
geait son procès-verbal. Quand il eut fini, il nous le fit
signer, après quoi il dit aux frères Malineau : — Vous
aurez à répondre au tribunal de police correctionnelle
de coups et blessures faites à des personnes paisibles
dans un établissement public, de payer les verres et les
pots cassés dans cette maison, et, ce qui est beaucoup
plus grave, d'avoir fait les rebelles en portant des coups
aux agents de la force publique. Gardes, emmenez ces
hommes à la prison de la préfecture. Le commissaire a
dit à part à mon patron qu'ils seraient probablement
condamnés à trois mois de prison.

— Tu vois, dit Bernard à Boivin, que les désagréments
de ce genre aux barrières sont bien plus considérables et

se renouvellent beaucoup plus souvent qu'à l'intérieur de Paris. Et toi, Duroc, raconte-nous aussi ce qui te déplaît dans le commerce de vin?

— Oh! mon Dieu, répondit Duroc, à part quelques pochards à qui nous refusons à boire et des mots grossiers que nous recevons d'eux en les mettant à la porte, et aussi de quelques personnes qui trouvent notre vin mauvais, parce que nous refusons de leur faire crédit, tout n'est chez nous que plaisanteries et rires. Le plus grand désagrément que nous éprouvons, c'est le patron qui se prend souvent de vin; sa femme, ses enfants et moi en souffrons raisonnablement.

Après le déjeuner, les trois amis furent se promener, ensuite allèrent au spectacle, puis se séparèrent en se promettant de renouveler le plus souvent possible cette journée du plaisir.

<hr />

CHAPITRE XII

Bernelle et Vignon réussissent dans leur commerce. — Un remercîment.
Années 1829 à 1832.

Bernelle et Vignon, sauvés d'une faillite, reprirent courage; la gaieté reparut sur tous les visages et avec elle la santé; ils ne pensèrent plus qu'à faire leur commerce avec le plus de bénéfices possible. Bernelle avait encaissé au commencement de l'année 1829 une somme de 9,000 francs de défunt son escompte, et Vignon

6,000 francs provenant de bons billets en souffrance
aussi de défunt son escompte, qu'ils n'avaient l'un
et l'autre garde de ressusciter. Pour employer cette
somme, ils résolurent de louer un magasin à Bercy et
d'acheter aux vignobles les vins nécessaires au débit de
leurs maisons, se disant judicieusement que, ce vin ne
passant pas par l'intermédiaire des marchands en gros,
la part du bénéfice de ceux-ci leur était acquise, laquelle
devait être considérable en raison du personnel altéré
qu'ils emploient, des somptueux appartements qu'ils
habitent et des millions qu'ont amassés les matadors de
ce commerce, lorsqu'ils se retirent des affaires au bout
de vingt à vingt-cinq années d'exercice; ajoutant à ces
considérations le bénéfice que se font les courtiers en
prélevant un bénéfice qui est toujours resté la bouteille
à l'encre pour les acquéreurs. Il est vrai que ces derniers
reçoivent des marchands de vins en gros et de leurs
courtiers des prévenances et des déjeuners splendides,
soit au restaurant du Rocher ou à celui des Marronniers,
déjeuners qui sont arrosés du meilleur nectar des dieux,
lequel a le don de lier magiquement ceux qui en
boivent à ceux qui leur font hommage de cette divine
liqueur.

Cette résolution, arrêtée, fut immédiatement mise à
exécution. Le magasin fut loué et, pour le remplir, Bernelle, muni d'une somme de 25,000 francs, parcourut le
Mâconnais, la Bourgogne et le Cher, s'adressant, pour
faire ses achats, aux commissionnaires en vins des loca-
lités où il passait, lesquels le recevaient tous très-bien
en voyant son sac d'écus. Après avoir acheté en propor-

tions égales le vin qui convenait le mieux aux pratiques
de leurs maisons, il revint à Paris; il resta confondu en
apprenant les prix élevés de Bercy et de l'Entrepôt
qui, comparés aux vins qu'il avait achetés, se payaient
10 et 12 pour 100 au-dessus; aussi l'inventaire, fait au
bout d'une année, donna-t-il un résultat bien au delà
des espérances qu'ils avaient conçues.

Les deux amis étaient dignement secondés par leurs
épouses qui étaient affables envers leurs pratiques, leur
débitaient ainsi bon vin et bonne mine. C'est ainsi qu'ils
virent refleurir leur commerce, qui était dans la plénitude
de son épanouissement; lorsque la révolution de 1830
arriva. Cette révolution, qui emportait dans son tourbillon une foule de positions chancelantes et quelques-
unes de celles qui se croyaient bien assises; ne fit qu'ef-
fleurer leur commerce. Vers la fin de 1832, l'argent que
leur avaient donné MM. Durocher et Boyer fut mis de
côté; le jour tant désiré du remerclment allait bientôt
arriver. Tous attendaient une occasion pour rendre ce
gage de l'amitié, que leur délicatesse ne permettait pas
de garder quand ils pouvaient le rendre; bien qu'ils
savaient qu'il leur avait été donné, comme une mère
donne à ses enfants les baisers de sa tendresse, sans cal-
culer si un jour ses caresses lui seront rendues.

Alphonse et Edmond depuis quatre ans étaient reçus
bacheliers : celui-ci étudiait la médecine et celui-là le
droit. Tous les ans aux vacances, ils allaient ensemble
alternativement voir leurs parents pour se retremper au
foyer paternel, pour conserver l'éducation de la famille.
À chacune de ces vacances, ils leur avaient donné des

nouvelles de plus en plus rassurantes sur le commerce
de Vignon et de Bernelle.

Les deux jeunes gens avaient tellement attisé le feu
de l'amitié par leurs conversations, dans le cœur des
divers membres de leurs familles, que tous brûlaient du
désir de se voir réunis; la famille Durocher désirait que
ce fût à Amiens que la réunion eût lieu, et la famille
Boyer réclamait cette faveur pour Nitry. Alphonse et
Edmond, voyant qu'on ne pouvait s'entendre, proposèrent Paris, que quelques-uns ne connaissaient pas,
comme point intermédiaire, ce qui fut accepté.

Vers la fin de novembre 1832, les deux familles se
trouvèrent réunies dans un hôtel, rue du Petit-Lion-Saint-
Sulpice, dans lequel Alphonse et Edmond avaient retenu
les logements nécessaires pour les recevoir. Les deux
étudiants ne pensèrent plus qu'à leur rendre le séjour de
Paris le plus agréable possible, en leur faisant voir les
beautés et les curiosités de la capitale. Leur première
visite fut pour les familles Bernelle et Vignon, lesquelles
étant prévenues de leur arrivée les attendaient anxieuses et frémissantes de plaisir. Elles allaient bientôt voir
les deux familles dont les chefs s'étaient si délicatement
unis pour sauver les leurs. Dès que madame Boyer aperçut madame Bernelle, elle s'approcha vivement d'elle et
l'embrassa avec bonheur; car elle voyait sur sa figure
rayonnante de santé, qu'aucun chagrin n'obscurcissait,
que ce que son fils lui avait dit était vrai. Madame Bernelle en voyant éclater ce sentiment d'amitié ne put
retenir deux larmes, dont l'une était une larme de joie et
l'autre de reconnaissance. De chez Bernelle, leur seconde

visite fut pour Vignon et ensuite pour M. Sabini, qui, depuis qu'il avait si adroitement arrangé les affaires de Vignon et de Bernelle, était devenu l'ami de tous.

Tout le temps que dura leur quinzaine de séjour à Paris, pas un jour ne s'écoula sans que tous ne se vissent, soit qu'ils allassent ensemble au théâtre, aux musées, aux jardins publics, en soirée, rue du Petit-Lion-Saint-Sulpice, rue Saint-Honoré et rue de la Friperie. On eût dit en les voyant que c'étaient les membres d'une nombreuse famille que l'amitié et le sang réunissaient.

Vignon et Bernelle, en voyant s'approcher le départ de leurs amis, étaient embarrassés sur la manière de leur rendre l'argent qu'ils leur avaient si délicatement donné; ils étaient certains qu'en le leur donnant de la main à la main, il serait refusé. Voici à quoi ils s'arrêtèrent : ils imaginèrent de faire faire par un artiste deux tableaux semblables en miniature où furent groupés tous les membres des deux familles, au bas desquels fut mise cette inscription : *Deux familles reconnaissantes des bienfaits qu'elles ont reçus de M. Durocher;* et l'autre à M. Boyer avec la même inscription, sauf le changement de nom. Ces deux tableaux terminés, ils en prirent la dimension, puis furent trouver un ébéniste habile à qui ils commandèrent deux coffrets pareils en marqueterie, où ils mirent par moitié au fond de chacun d'eux la somme qu'ils avaient reçue de MM. Durocher et Boyer, intérêts compris, en billets de la Banque de France; par-dessus cette somme, dans chacun des coffrets fut placée une lettre adressée à MM. Boyer et Durocher, ainsi conçue : « Le noble usage que vous avez fait de la fortune que

Dieu vous a départie, en disposant il y a quatre ans, en faveur de vos serviteurs Vignon et Bernelle, d'une somme importante qui sauva leur honneur alors gravement compromis, leur fait un devoir et un plaisir en ce jour désiré de vous en témoigner du fond de leur âme et au nom de leurs familles une reconnaissance éternelle. Possédant aujourd'hui cette somme qui n'est plus nécessaire à leur commerce, ils se croiraient indignes de vous, s'ils la conservaient plus longtemps par devers eux.

En vous envoyant l'image des membres de leurs familles, ils vous prient de recevoir aussi leurs bénédictions.

Vos très-humbles et honorés serviteurs,

VIGNON,   BERNELLE. »

Par-dessus cette lettre, dans chacun des coffrets et les complétant, était enveloppé le cadre qui renfermait la miniature.

Deux heures avant le départ des diligences qui devaient emporter dans une direction différente les familles Durocher et Boyer, mesdames Bernelle et Vignon, munies des deux coffrets, en donnèrent un à madame Durocher, et l'autre à madame Boyer, en leur disant que c'était un souvenir de leur voyage qui les avait honorés, leur recommandant de les placer dans leurs malles les plus solides, comme étant des objets délicats.

L'heure du départ de l'hôtel étant arrivée, les deux familles, accompagnées de mesdames Vignon et Bernelle, se dirigèrent en voitures aux messageries Lafitte et Caillard, 130, rue Saint-Honoré, où Vignon, M. Sabiui et

Bernelle les attendaient. Au moment du départ, tous se dirent adieu en s'embrassant, puis les deux diligences partirent à une demi-heure d'intervalles. Les postillons faisaient retentir la cour du claquement de leurs fouets, et les voitures en roulant sous la voûte qui conduit rue Saint-Honoré produisirent ce bruit sourd et presque lugubre de la séparation, qui pendant un moment émeut profondément l'âme de ceux qui se séparent. Pour les uns, cette séparation est de quelques mois; pour d'autres, de quelques années, et pour quelques-uns hélas! c'est la séparation qui nous fait penser au grand mystère. L'une des diligences se dirigea du côté d'Auxerre et l'autre vers Amiens; pendant tout leur parcours, les coffrets intriguèrent les deux familles qui n'eurent rien de plus pressé en arrivant chez elles que de découvrir le mystère, en ouvrant la malle qui contenait le coffret et ensuite celui-ci. Tous les membres de la famille étaient présents, lorsque madame Durocher à Amiens et madame Boyer à Nitry les ouvrirent, tant tous étaient désireux de connaître ce qu'ils contenaient. Lorsque ces deux mères eurent développé les cadres, tous, à Amiens comme à Nitry, restèrent extasiés à la vue de cette beauté artistique, qui représentait au premier plan messieurs et mesdames Bernelle et Vignon, et au second chacun leurs deux enfants en gradin, selon leur âge, à côté de leurs père et mère. Ces petits cadres furent placés, à Nitry comme à Amiens, parmi les tableaux de famille. Les lettres furent remises à ceux à qui elles s'adressaient, puis immédiatement lues; pendant cette lecture, chacun des assistants remarqua que les lecteurs

avaient les larmes aux yeux, et nous sommes certain qu'ils
se dirent : — Nous aurions désiré que vous gardiez cette
somme, c'était pour cela que nous vous l'avions donnée;
mais votre excessive délicatesse ne l'a point voulu; nous
souhaitons que vous soyez aussi heureux que vous êtes
honnêtes. Ce bienfait fut enseveli dans le linceul de la
discrétion, sans qu'il en fût jamais exhumé; il sauva
deux familles honnêtes du déshonneur, comme nous
l'avons déjà dit; la perspective de ce déshonneur avait
enfanté le désespoir, qui, les cheveux hérissés et les
mains crispées, conduisait deux hommes au tombeau,
auxquels leurs familles désolées n'auraient point manqué de payer à jamais un tribut de larmes, à leur
mémoire. Lorsque la vertu apprend qu'elle est l'auteur de tels résultats, peut-elle être plus délicieusement
récompensée?

CHAPITRE XIII

Jean et Joseph Malineau. — Manière ingénieuse de gagner beaucoup
d'argent sans travailler. — Année 1837.

Nous avons laissé madame Malineau et sa fille rentrant
de leur excursion à la halle, où elles avaient trouvé le
premier châtiment de la débauche. Cette leçon leur servit à ne point méconnaître désormais leur position et à
s'observer avec plus de circonspection. Aussi plusieurs

années de grandeur s'écoulèrent sans qu'elles éprou-
vassent de graves contrariétés; lorsqu'un matin la sonnette de leur petit appartement retentit avec une telle
force, que les deux femmes qui prenaient leur café tres-
saillirent. A peine si les vibrations de la sonnette étaient
éteintes, qu'un second coup plus violent et plus persis-
tant que le premier se fit entendre et mit les deux femmes
voisines de la colère; la mère courut ouvrir la porte et
se trouva en face de ses deux fils ivres et couverts de
haillons, qu'elle et sa fille n'avaient point vus depuis
cinq ans. Qu'est-ce que vous venez faire ici, malheureux,
s'écria-t-elle, en les voyant dans l'état où ils étaient?

—Tiens, répondit Joseph, nous venons chez maman;
en voilà une bête de demande que tu nous fais là! Chez
toi ne sommes-nous pas chez nous?

—Ohé! dis donc, Joseph, balbutia Jean avec un hoquet
d'ivrogne, regarde donc comme c'est gentil ici. Puis avec
le même sans façon que s'ils avaient été chez eux, ils
visitèrent les coins et recoins du petit appartement de
leur sœur, en trébuchant de droite à gauche et de gauche
à droite, et finirent leur visite au salon, puis s'assirent
sur la causeuse ou M. Bertonia et Lisa s'asseyaient dans
leurs entretiens familiers.

Joseph dit à son frère :—Dis donc, Jean, nous serons
bien installés ici, il faut commencer par y dormir puisque nous sommes fatigués. Tous deux appuyèrent leur
tête sur chacun un côté de la causeuse et fermèrent les
yeux. Madame Malineau, qui n'était pas patiente, envoya
un revers de sa main sur la figure de Jean avec une telle
force, qu'il en fut presque dégrisé; il se frotta les yeux un

15.

instant et envoya une poussée à sa mère qui l'envoya tomber sur un fauteuil qu'elle brisa. Lisa courut sur le carré, criant : Au voleur, au voleur! En entendant ses cris, le concierge monta l'escalier, armé du bâton noueux qu'il portait le dimanche en allant boire sa chopine à la barrière. Lorsqu'il fut arrivé sur le lieu de la scène, Jean lui dit :

— Brave portier, vous n'avez rien à faire ici; c'est une petite discussion de famille, ça ne vous regarde pas : nous sommes chez notre mère.

— Ça n'est pas vrai, répondirent la mère et la fille, nous ne connaissons pas ces deux hommes; faites-les sortir ou allez chercher la garde.

Le concierge, se sentant trop faible pour mettre de tels gaillards à la porte, sortit en disant qu'il allait chercher la garde.

La garde, ayant pour conséquence de faire une visite au commissaire de police, ne faisait point l'affaire des deux frères; aussi songèrent-ils à la retraite.

Jean dit à sa sœur : —Voyons, Lisa, c'est pas tout ça; nous connaissons ton histoire, donne-nous 10 francs et nous filons.

Lisa, préférant donner 10 francs que de voir la garde chez elle, tira deux pièces de 5 francs de sa poche, les lui donna en disant : — Tiens, voilà, canaille.

— Merci, petite sœur, à bientôt.

— Si vous revenez, je vous fais arrêter.

— Tu n'oserais pas faire arrêter les bons petits frères.

— Nous verrons bien.

Jean et Joseph, qui avaient obtenu ce qu'ils désiraient, descendirent rapidement l'escalier, et s'enfuirent. Madame Malineau les suivit de près, courut au poste, où elle arriva en même temps que le paisible concierge, pour dire au chef de ce poste qu'il n'était plus besoin de la garde, que les perturbateurs s'étaient sauvés. La scène était finie.

Oui, la scène était terminée, mais elle devait se renouveler souvent, car Jean tint à sa parole et Lisa n'osa mettre sa menace à exécution, pour éviter un scandale qui aurait pu venir aux oreilles de son amant, dont les conséquences auraient pu faire d'elle une pauvre délaissée. Chaque fois que ses frères venaient, elle et sa mère employaient tour à tour et les menaces et les supplications pour se débarrasser d'eux, ce qui leur faisait peu d'effet ; une ou deux pièces de cinq francs, selon la sécheresse de leur gosier, était le seul moyen de les éconduire. Ils étaient donc le perpétuel cauchemar de leur mère et de leur sœur.

Les deux frères qui ne se quittaient pas travaillaient un peu à la halle pour voiler leur fainéantise. Un jour qu'ils avaient plus travaillé que de coutume, l'argent provenant de ce travail leur permit de faire des libations qui durèrent jusqu'au surlendemain ; ils avaient bu jusqu'au dernier sou chez le marchand de vin où ils étaient. Jean depuis dix minutes avait ses deux coudes appuyés sur la table, tenant sa tête dans ses mains. Joseph, croyant qu'il dormait, lui dit : — Hé ! Jean, allons-nous-en, tu dors.

— Non, répondit Jean, je ne dors pas ; je réfléchis au moyen qu'il faut employer pour gagner une forte somme d'argent sans travailler, et je crois l'avoir trouvé.

— Aussi c'est un rêve, dit Joseph; allons-nous-en, je te dis que le poêle t'endort.

— C'est très-sérieux; demande de l'encre, une plume et une feuille de papier au marchand de vin.

Joseph alla demander au marchand de vin ce que son frère demandait et le lui apporta.

Jean se prépara à écrire; il se dit : — C'est aujourd'hui le 23 décembre 1837. Allons ! du courage, puis il écrivit : « Au vingt-cinq décembre prochain, je payerai à M. Jean Malineau ou à son ordre la somme de vingt mille francs, valeur reçue en espèces.

« Paris, le vingt juin mil huit cent trente-sept. »

Le billet terminé, Jean dit à son frère : — Ne voilà-t-il pas vingt mille francs qui échoient demain ?

— Je les vois bien écrits sur ton papier, mais je ne les vois ni en billets de banque, ni en or, ni en argent.

— Eh bien, il ne s'agit que de faire éclore mon billet en ce que tu viens de nommer.

— Je ne te comprends pas.

— Quand j'ai bu un coup je suis l'esprit de la famille, ma tête en feu est féconde en imagination. Ecoute-moi.

— Je suis tout oreilles et ouvre ma cervelle à deux battants.

— Tu vois ce billet, dit Jean tout bas; il est sur papier libre, cela ne fait rien, il aurait la même valeur que s'il était timbré, s'il était signé d'un homme riche tel que M. Bertonia, l'amant de notre sœur, il vaudrait vingt bons mille francs.

— Oui, mais il ne l'est pas; M. Bertonia, quoique étant

l'amant de notre sœur, te rirait au nez, te connaissant ou
ne te connaissant pas pour le frère de sa maîtresse, si tu
le présentais à sa signature.

— Il lui sera présenté aujourd'hui, et pourtant il le
signera; comme on ne paye pas les billets à ordre le
jour de Noël, mais bien la veille, demain nous serons
possesseurs d'une somme de vingt mille francs. Alors
vive la joie ! nous ferons une noce à tout casser qui aura
de la durée celle-là.

— Tu dis que M. Bertonia signera ton billet aujour-
d'hui, mais tu es fou. Finis tes balivernes et allons-nous-
en.

— Mon cher frère, si je ne croyais à la vertu de notre
mère, je croirais que le sang des Malineau ne coule pas
dans tes veines, car ta cervelle n'a rien de l'intelligence
qui fait leur renommée; mais je crois à la vertu de la
chère femme, comme je crois à la diversité de la nature qui
me créa riche d'esprit, comme elle te donna une intelligence égale à celle des oies.

— Je sais que tu connais par cœur le code Napoléon
depuis l'âge de quatorze ans, et ton esprit, que tu vantes
si fort, n'a pas peu contribué aux tribulations et aux
malheurs de notre famille.

— Ne nous fâchons pas, frère, la question est grave
et mérite d'être prise au sérieux.

— Je ne me fâche pas, seulement je me raidis quand
on éclabousse mon amour-propre; mais continue, je
t'écoute?

— M. Bertonia fait deux visites régulières par semaine
à notre sœur, sans compter les irrégulières qui sont

intercalées entre ces visites; les régulières ont lieu les
mercredis et samedis, à cinq heures du soir; c'est aujour-
d'hui mercredi, et il est quatre heures. Je vais immédiatement à notre garni chercher le pistolet à deux coups
que j'ai volé dernièrement, comme tu le sais, dans la
boutique d'un armurier de la rue Richelieu.

— Mais, malheureux, où veux-tu en venir?

— Rassure-toi, mon frère, il n'est point question d'un
assassinat, il n'est pas besoin de charger l'arme pour obtenir la signature de M. Bertonia, une menace accompagnée
d'un geste qui l'effrayera, suffira. Ces gens riches ont plus
peur de leur peau que nous autres misérables risque-tout
avons peur de la nôtre. A cinq heures, il va venir dans
son coupé chercher notre sœur, il montera chez elle, où
il restera environ une demi-heure avant de l'emmener
dîner au café Anglais; quand il y aura environ une
minute qu'il sera monté, nous montons aussi; arrivés à
la porte de Lisa, j'introduis une clé que j'ai fait faire
pour ce coup de main dans la serrure, nous entrons,
nous trouvons M. Bertonia en tête à tête avec notre sœur;
c'est alors que les armes en main et la vengeance dans
les yeux, nous nous présentons devant lui comme étant
les vengeurs de l'honneur de notre sœur, ensuite nous
prenons conseil des circonstances pour obtenir sa signature. Tu vois que mes précautions sont bien prises.

— C'est vrai, mais s'il n'y avait ni plume ni encre
chez Lisa?

— Eh bien, emporte la plume et l'encrier du marchand de vin.

Joseph, qui avait fini par comprendre son frère, vola

la plume et l'encrier, et tous deux se dirigèrent vers la
demeure de leur sœur pour faire le guet, attendant ainsi
l'arrivée de M. Bertonia.

Jean Malineau était bien renseigné, car à cinq heures
précises le coupé de M. Bertonia s'arrêtait devant la maison où demeurait sa maîtresse; il sortit de sa voiture et
monta chez elle aussi vivement que le permettaient ses
soixante printemps. Madame Malineau était là qui s'ha-
billait pour aller voir une amie qui lui était restée
fidèle.

Une minute après, les deux frères montaient l'escalier; Jean ouvrit la porte de l'appartement de sa sœur,
et tous deux se présentèrent devant elle et M. Bertonia
avec l'attitude qu'ils avaient projetée. Jean, couvert de
haillons, les yeux hagards, les cheveux hérissés et les
mains crispées, se présentait devant M. Bertonia, lui
disant : — C'est donc toi, beau mirliflore, qui a débau-
ché notre sœur avec ton or en lui ravissant l'honneur;
apprête-toi à mourir. Cela disant, il tira vivement son
pistolet de dessous sa blouse en guenille, et arma les deux
canons; le cliquetis qu'il produisit fit frissonner M. Bertonia, qui devint extrêmement pâle. Lisa cria, appela
sa mère, qui était nue en chemise, et toutes deux s'élan-
cèrent sur Jean, mais Joseph les retint sans peine de ses
mains vigoureuses. Alors M. Bertonia, troublé en voyant
l'embouchure du pistolet à dix centimètres de sa bouche,
balbutia quelques mots qui voulaient dire s'il n'y avait
pas moyen d'arranger l'affaire autrement que par un
assassinat. Si, répondit Jean, qui attendait cette proposition. Il tira son billet de sa poche et dit : — Il s'agit de

mettre au bas de ce billet : Bon pour vingt mille francs, d'apposer votre signature dessous, et nous vous laissons tranquille. Joseph trempa la plume dans l'encre et la présenta à M. Bertonia, qui lut le billet et écrivit ce qu'on exigeait de lui. Jean prit le billet, voyant que rien n'y manquait, dit à Joseph : — Nous n'avons plus rien à faire ici : allons-nous-en. Tous deux descendirent l'escalier gaiement et dans leur enthousiasme s'embrassèrent quand ils furent dans la rue.

M. Bertonia embrassa une dernière fois Lisa, qui pleurait, puis lui souhaita le bonsoir encore tout ému de la scène qui venait de se passer. Au lieu d'aller dîner avec elle comme il en avait l'habitude, il descendit l'escalier et se fit conduire chez le procureur du roi, qui, après quelques démarches et vu l'urgence, délivra un mandat d'amener contre les frères Malineau.

Le lendemain, quelques instants avant l'ouverture des bureaux de la maison de banque Bertonia, quatre agents des plus forts et des plus fins limiers de la police furent installés dans la pièce la plus voisine de celle où était le guichet de payements des titres.

Les frères Malineau passèrent la nuit sans dormir, tant la bonne aubaine de la veille agitait leur esprit et leurs nerfs. Dès que le jour parut, un reste de pudeur les empêchant d'aller eux-mêmes toucher le billet, ils cherchèrent, tant parmi les petits banquiers juifs d'origine que parmi d'autres banquiers dont la cupidité en matière d'escompte les fait surnommer du nom de ce peuple, enfant gâté du roi des cieux. Ils offrirent à plusieurs de ces banquiers jusqu'à cinq mille francs d'es-

compte pour une heure, pour une course; mais aucun
d'eux ne voulut escompter à un intérêt aussi sordide,
tant l'origine du billet leur paraissait suspecte et dont
l'importance de la somme s'harmonisait peu avec les
misérables haillons de ceux qui leur présentaient. Il était
une heure qu'ils n'avaient point trouvé ce qu'ils cherchaient, lorsqu'ils s'armèrent de courage et allèrent eux-
mêmes présenter leur billet au guichet pour toucher les
vingt mille francs qu'il comportait. Alors le caissier tira
le cordon d'une sonnette; un garçon de bureau se présenta, à qui il dit tout haut : — François, apportez-moi
une liasse de billets de mille francs. C'était le signal
de l'arrestation de ceux qui devaient se présenter pour
toucher le billet incriminé; aussi, à peine si le caissier avait fini ces quelques paroles, que les quatre
agents sortirent de la pièce où ils étaient embusqués et
arrêtèrent les deux voleurs au moment où ils bondis-
saient de joie en entendant le caissier demander une
liasse de billets de mille francs. Pauvres Malineau, du
triomphe à la chute, il n'est souvent qu'un pas.

Leur procès s'instruisit et prouva qu'ils étaient bien
les frères de Lisa Malineau, ce qui n'empêcha pas de les
faire condamner chacun à cinq années de prison, pour
extorsion de signature.

Pendant tout le temps que dura le procès, M. Bertonia
ne vit ni n'écrivit à Lisa désolée, laquelle lui avait, par
plusieurs lettres, demandé en forme de prière un entretien; ces lettres restèrent sans réponse. Le procès terminé, il lui écrivit la lettre suivante:

« Madame,

« Lorsqu'il y a huit ans je fis votre connaissance dans le Palais-Royal, vous me dites alors, entre autres choses, que vous étiez seule au monde. Votre manque de famille m'intéressant, je vous fis quelques propositions que j'accompagnai de promesses que vous acceptâtes et auxquelles je n'ai jamais manqué. Mais aujourd'hui que la justice vous a donné une mère et deux frères, permettez-moi, madame, de retirer mes promesses, comme je vous remets vos mensonges. Adieu madame.

BERTONIA. »

A cette lettre étaient joints deux billets de mille francs. — Madame Malineau et Lisa pleurèrent le bienfaiteur qu'elles perdaient, et maudirent l'une ses fils et l'autre ses frères.

CHAPITRE XIV

MM. Desprez et Larivière. — Comment Bernard, Ducroc et Boivin s'établissent marchands de vin. — Années 1836 à 1837.

Rien d'extraordinaire n'avait eu lieu dans les positions de Boivin, de Bernard et de Duroc, jusqu'en 1836. Cependant Boivin avait changé deux fois de place en cinq ans, et avait fini par en obtenir une qu'il cherchait depuis

longtemps ; c'était la gérance d'une cave en ville, succursale d'une maison de commerce de vins en détail. Il
avait donné pour l'obtention de cette place cent francs
au placeur qui la lui avait procurée; il donna mille francs
de cautionnement à son patron pour répondre des marchandises qu'il lui confiait et qui lui étaient données en
compte, desquelles conséquemment il demeurait responsable. Sauf trois ou quatre visites de surveillance
par semaine qu'il recevait de lui, il jouissait d'une
liberté qui lui permettait de tailler et de rogner à son
gré. Il recevait comme gages deux francs de fixe par
jour et le bénéfice d'un quinzième environ sur chaque
espèce de marchandises qu'il vendait, lequel était doublé par la dextérité du mesurage qui escamotait dans
maintes circonstances un dixième de marchandises à la
pratique. Ajoutons à ce bénéfice un dixième d'eau que
l'intelligent Boivin mettait dans le vin qui lui était confié,
lequel avait déjà reçu de son patron le baptême d'un
douzième de la même substance pour se mettre au niveau
de ses confrères. Malgré ces deux additions provenant
de la Seine ou du puits, le stoïque, l'insensible Boivin
s'étonnait que parmi ses pratiques il s'en trouvât d'assez
stupides pour lui dire que son vin ne sentait que l'eau.
Il avait encore le profit des égouttures du comptoir qui
tombaient dans un baquet, provenant du vin que quelques pratiques blasées laissent dans leurs verres; ces
égouttures étaient reprises par son patron, qui les lui
payait quarante centimes le litre, puis les noyait dans
ses cuvées et conséquemment les revendait. Son gage et
ses bénéfices réunis s'élevaient à huit francs par jour,

ce qui lui permettait de payer de temps en temps quelques petits canons à ses meilleures pratiques pour les
attacher à son débit; ce gain et la liberté dont il jouissait lui permettaient d'attendre patiemment le moment
où il deviendrait patron.

Bernard avait aussi, au bout de deux années de service,
quitté M. Aubry, de la barrière des Deux-Moulins, chez
qui il n'avait que vingt-cinq francs de gages par mois. Au
bout de ces deux années, il avait été trouver le placeur,
qui l'envoya barrière de l'École, dans une maison analogue à celle qu'il quittait, aux appointements de quarante francs par mois, puis cinquante francs lorsque ses
services furent appréciés. Vers le commencement de
1836 il avait deux mille francs d'économie provenant de
ses gages et de ses pourboires, et était aimé des voyoux
du quartier. Il résolut d'utiliser l'argent qu'il avait gagné
et l'amitié qu'il avait inspirée. Une boutique était à louer
à cinquante mètres de celle de son patron, il la loua, puis
quitta sa condition. Il fit faire quelques agencements,
mit huit tables dans le seul compartiment de son local,
qui était un carré long, quarante tabourets, cinq pièces
de vin et une futaille Cher sur le fond de laquelle il mit
une série de mesures, un broc de six litres et un enton-
noir en ferblanc, servant à mettre le vin dans les bouteilles; une centaine de verres de diverses grandeurs
étaient mis sur une planche à côté d'une cinquantaine de
bouteilles de litres et de Sèvres; ces bouteilles devaient
servir pour le mesurage des litres, demi-litres ou chopines; trois casiers étaient garnis de quelques litres d'eau-
de-vie commune et de bouteilles de vins divers qu'il

devait vendre à des prix très-inférieurs. Voilà quelle
était l'installation de la maison Bernard, sauf quelques
détails. Il mit une affiche sur calicot annonçant le genre
et le jour de l'ouverture de son établissement. Au moment
de cette ouverture, des flots de voyoux envahirent sa
boutique, tant tous étaient désireux d'étrenner leur ami
Bernard. La journée fut bonne, car après la fermeture
de sa boutique, il compta une recette de deux cents
francs, sur laquelle il y avait un quart de bénéfice brut.
Bernard ne douta pas, en comptant cette recette, que la
roue de la fortune ne tournât en sa faveur. Les jours qui
suivirent, les recettes furent moins bonnes, mais elles se
soutinrent à une moyenne de cent francs. Aux reproches
que quelques pratiques lui adressaient de s'être installé
trop près de son patron, il répondait invariablement que
le soleil luisait pour tout le monde.

Duroc n'avait pas, comme ses camarades, changé de
condition, cependant il avait des raisons plus graves
qu'eux n'en avaient eu pour quitter M. Bonor, son patron, lequel s'enivrait tous les jours avec ses pratiques
les plus passionnées; il ne s'y passait pas de semaines
qu'il ne l'aidât, le voyant ballotté par l'ivresse, à monter à son lit. La bonté de sa patronne et l'amitié que
leurs enfants lui prodiguaient, jointe à la bonté et à la
douceur de son caractère, l'avaient toujours retenu à
leur service, comme s'il avait été un enfant soumis de la
maison. M. Bonor, qui était petit de taille et très-replet,
avait le cou très-court; sa figure ronde et pleine montrait un teint raisonnablement vermillonné; son nez gros
et long, cramoisi d'abord à sa naissance, devenait gra-

duellement plus violet en se rapprochant du bout; il
était surmonté d'une douzaine de bourgeons ou petits
nez qui avaient l'aspect de fortifications avancées pour
sa défense; ses lèvres épaisses et bleues étaient couvertes d'une couche noirâtre produite par la fumée du
volcan alcoolique qui était dans les organes internes de
son corps. Le 1er de janvier 1836, M. Bonor, aussitôt
l'ouverture de sa boutique, vit entrer, comme tous les ans
à pareil jour, ses pratiques les plus fidèles et les plus
ardentes à la consommation, pour lui serrer la main en
lui souhaitant la bonne année. Après la réponse banale :
— Et vous pareillement, il braquait autant de canons de
vin blanc, de gouttes d'eau-de-vie ou de mêlé, qu'il
y avait de souhaiteurs de bonne année. En ce jour
d'expansion et de générosité, chacun veut payer sa tournée; on sait où cela conduit. Les premiers clients partis
furent remplacés par d'autres, et ainsi de suite. M. Bonor,
qui était marchand de vin dans l'âme, soutenait le choc
en trinquant et buvant avec tous. Il était neuf heures du
matin, que déjà il avait absorbé une douzaine de verres
de vin blanc ou de mêlé cassis, lorsqu'il tomba dans son
comptoir d'une attaque d'apoplexie. On le monta dans
son lit, respirant à peine; le médecin qu'on avait envoyé
chercher le saigna, mais ne put obtenir une goutte de
sang. Il rendit le dernier soupir le même jour, à quatre
heures. Ainsi périt dans son comptoir, comme un général
sur la brèche, le type le plus accentué des marchands de
vin de cette époque.

Quelque temps après la mort de son mari, madame
Bonor, qui n'avait point de parents à Paris, réclama les

conseils de M. Larivière, son courtier, et de M. Desprez, son distillateur, lesquels avaient été en son vivant les amis et les conseillers de son époux.

J'interromps un instant mon récit pour faciliter l'intelligence du lecteur, en lui faisant connaître quels étaient MM. Desprez et Larivière.

Le 24 août 1818, deux jeunes gens élevés dans une des meilleures pensions d'Auxerre se promenaient joyeux et anxieux, à huit heures du matin, sur le pont construit sur l'Yonne, par où l'on entre à Auxerre en venant du côté de Lyon, sur l'ancienne route de Paris à cette dernière ville ; ils allaient et venaient du pont au poteau indiquant la route de Chablis, regardant de temps en temps, comme sœur Anne, s'ils ne voyaient rien venir de ceux qu'ils attendaient. Ces deux jeunes gens étaient Edmond Desprez, âgé de dix-neuf ans, du bourg de B. situé à trois lieues d'Auxerre, et Denis Larivière, âgé de dix-huit ans, du village de E. situé à quatre lieues de la même ville. Ils avaient chacun un cœur bouillant et s'aimaient comme on aime à leur âge. Tous deux étaient doués d'une grande intelligence, ils avaient remporté tous les premiers prix de leur pension l'année précédente, et conséquemment avaient été mis hors concours pour la distribution des prix qui devait avoir lieu à leur pension dans la journée. Le degré d'instruction que leurs parents avaient résolu de leur donner était donc largement atteint. C'étaient ces parents bien-aimés qu'ils attendaient pour assister à la cérémonie, qui devait commencer à midi, et ensuite s'en retourner avec eux, emportant chacun leur mobilier de pension au lieu de leur berceau ; on comprend quelle

somme de bonheur électrique ils devaient ressentir. Ils
avaient déjà foulé trois fois le même parcours, lorsque
Desprez, interrompant les cancans sur leur pension qui
avaient jusque-là occupé leur conversation, dit à Larivière :
— Nous allons bientôt nous quitter, et peut-être ne nous
verrons-nous pas aussi souvent que nous le voudrions.
Que penses-tu faire chez tes parents ?

— Mais tu sais bien, Desprez, que je ne resterai pas
chez mes parents, puisque je t'ai dit qu'aussitôt les
vacances terminées, mon père m'enverra chez M. Renardin, marchand de vin en gros à Bercy, où je tiendrai
les livres et ferai les factures, et selon mon intelligence,
dans un an ou deux, je passerai, m'a-t-on dit, commis à
la vente. J'ai une belle écriture et connais aussi bien la
tenue des livres que le professeur qui nous l'a apprise ;
il me semble que je suis déjà en fonctions et cela double
ma joie. Je rêve toutes les nuits que j'ai succédé à
M. Renardin, je gagne des sommes fabuleuses ; lorsque je
suis réveillé, j'interprète mon songe si sérieusement,
que je crois devenir un jour millionnaire.

— Tes rêves, quand tu dors, pris au sérieux quand
tu es réveillé, sont sans doute de bon augure, mais tu
sais qu'il me serait pénible de vivre loin de toi, j'espère
que tu n'oublieras pas de me chercher une place dans la
grande cité, quand tu seras à ses portes, car mon père,
qui est fermier, n'a point, comme le tien, qui est com-
missionnaire en vins, des connaissances à Paris pour
m'y caser ; il ne regarderait cependant pas à faire le sacrifice d'un millier d'écus pour me faire apprendre la
distillation, qui est l'industrie où je me sens prédestiné.

Je compte donc sur ta promesse et sur ton amitié pour m'appeler auprès de toi, quand tu m'auras trouvé la place que je te prie de me chercher; car, comme toi, je suis plein d'espérance, comme toi, je veux devenir millionnaire.

— Je te jure, répliqua Larivière, que les instants qui ne seront pas nécessaires à la maison de mon patron seront consacrés à chercher ce que tu me demandes.

— Merci, dit Desprez en tendant la main à Larivière, que celui-ci mit dans la sienne; nos deux futurs millionnaires se les serrèrent si fortement, que toutes les fibres de leur amitié en furent tendues.

Comme ils retiraient leurs mains de l'une dans l'autre, ils entendirent le bruit de deux voitures qui roulaient à deux pas d'eux; ils se retournèrent et reconnurent leurs parents qu'ils avaient un instant oubliés, lesquels n'avaient pas vu sans éprouver quelque plaisir leurs enfants se donner ce gage d'amitié que nous ont transmis nos aïeux.

La cérémonie des prix étant terminée, ils dirent adieu à leur maître de pension, à son épouse, aux professeurs aimés et détestés et à leurs jeunes amis; leurs regards les plus doux embrassèrent jusqu'à la récréation, et surtout le jardin qui leur avait tant de fois souri de ses lèvres de roses et de belzamines, laissant voir entre elles les dents de neige des chrysanthèmes aux étamines d'or. Puis ils accompagnèrent leurs parents jusqu'à la maison chérie que loin d'elle ils avaient tant de fois caressée.

Trois mois après, Larivière était installé chez

16

M. Renardin dans un bureau placé devant ses magasins, et
construit en planches peintes en vert; inscrivant les
ventes sur le brouillard, les transcrivant le soir sur le grand-
livre, faisait les factures aux marchands de vin en détail, qu'il leur portait le dimanche en se faisant rouler
dans une voiture de remise qu'il prenait à l'heure; recevait
d'eux le montant de ces factures soit en argent ou en
billets à ordre. Il déjeunait tous les jours, à l'exception
du dimanche, dans le bureau cité, avec une portion de huit sous, arrosée avec le vin le plus ordinaire
des magasins, dînait pour dix-huit sous dans un petit
restaurant de la rue Culture-Sainte-Catherine, et couchait à vingt francs par mois dans une chambre meublée
du quai Saint-Paul.

Tout en faisant ses devoirs avec amour, Larivière
n'oubliait pas la promesse qu'il avait faite à son ami; il
s'aboucha avec plusieurs distillateurs sérieux qu'on lui
avait indiqués, sans qu'il obtint un succès; il chercha
jusqu'à ce qu'il en trouvât un qui eût besoin d'un ap-
prenti; l'ayant trouvé dans une des nombreuses maisons
de ce genre de la rue Quincampoix, il discuta avec lui
des conditions, qui furent arrêtées, à savoir que Desprez
donnerait trois mille francs et trois années de son temps,
et que le patron le nourrirait, le coucherait et le blan-
chirait. Larivière écrivit immédiatement à Desprez, le
résultat de ses démarches; lequel, au reçu de la lettre,
vint immédiatement à Paris, accompagné de son père.
Ce dernier et le distillateur passèrent un contrat d'apprentissage conforme avec ce qui avait été convenu avec
Larivière.

Réunis à Paris, Desprez et Larivière se voyaient tous les soirs, s'applaudissant chaleureusement du commencement de réussite de leur ambition.

Il y avait déjà vingt mois que Larivière était au service de M. Renardin, et rien n'annonçait un changement dans sa position, lorsque le premier commis de la maison vint annoncer à son patron qu'il allait le quitter pour commercer à son compte. C'est alors que M. Renardin prit Larivière à part et lui dit : — Mon ami, je suis content de vous, vous remplacez Charles qui me quitte; vous êtes mon premier commis; vos gages, qui étaient de mille francs, sont, à dater d'aujourd'hui, de deux mille; j'espère que vous remplirez vos devoirs dans cette condition comme vous les avez remplis dans celle que vous quittez. Larivière remercia son patron, puis se frotta les mains de satisfaction. Son intelligence se déploya tellement dans sa nouvelle condition, que M. Renardin avait plus de confiance en son jeune commis qu'en lui-même pour la vente de ses vins. Larivière resta huit ans à son service, après lesquels M. Renardin, qui avait beaucoup gagné d'argent, et qui approchait de la soixantaine, pensa au calme de la retraite. Il liquida, acheta une ferme aux environs de Meaux et se fixa dans cette ville.

La liquidation de M. Renardin contraria d'autant plus Larivière qu'il nourrissait l'espoir de lui succéder; il est vrai que M. Renardin ne lui avait jamais rien dit qui pût le confirmer dans son espoir.

Ce n'étaient pas les places qui lui auraient manqué, car il était d'une capacité hors ligne et était bien connu;

il brûlait de s'établir, de négocier pour son compte, mais
son patrimoine et ses épargnes ne comportaient qu'une
somme de vingt mille francs, somme insuffisante pour
faire sérieusement le négoce en gros. Dans cette situation il chercha et trouva un commanditaire qui mit deux
cent mille francs dans l'association, dont l'acte fixait la
durée à cinq ans; pendant ces cinq années, par un vice
contenu dans l'acte d'association, le commandité fut sa-
crifié au commanditaire, qui perdit ses vingt mille francs
et son temps. Le malheureux Larivière avait atteint trente
et un ans et ne possédait pas un centime pour commencer le million de ses rêves. Cependant, durant son association il avait beaucoup voyagé dans les vignobles; et
s'était fait connaître avantageusement des commissionnaires par où il passait; il pouvait obtenir d'eux des
crédits d'une longueur raisonnable. Il prit donc pour
son compte la location du magasin et les vins provenant
de l'association, puis il se maria avec une jeune fille qui
lui apporta trente mille francs de dot, et profita des
crédits qui lui étaient offerts pour payer son capitaliste.

Il y avait environ six mois qu'il négociait pour son
compte, lorsque la révolution de 1830 arriva. Sa position devint telle alors, qu'à la fin de cette malheureuse
année, son inventaire fait accusa quarante mille francs
de plus au doit qu'à l'avoir. Il navigua de mois en mois
jusqu'à la fin de 1832, époque à laquelle, ne pouvant
plus faire face à ses engagements, il se déclara en faillite.
Lui et sa femme abandonnèrent tout ce qu'ils possédaient à leurs créanciers, qui reçurent soixante pour

cent sur ce qui leur était dû, grâce à l'intelligence que
Larivière déploya dans la liquidation.

Deux mois s'écoulèrent après cette liquidation, pendant lesquels Larivière avait réfléchi à ce qu'il devait entreprendre. Son esprit, quoique inventif, n'avait encore
trouvé rien de sérieux, lorsqu'un matin on frappa à la
porte de leur modeste appartement. C'était un courtier
en vins possédant une bonne et nombreuse clientèle,
âgé d'une cinquantaine d'années; il était maladif et conséquemment avait besoin d'un associé pour conserver ses
clients. Connaissant l'intelligence de Larivière, il désirait
se l'adjoindre, et venait, à cet effet, lui en faire la proposition. Larivière demanda quelques réflexions, après
quoi il consentit à cette proposition, à cause de l'honorabilité dont jouissait à Bercy et à l'Entrepôt la personne
qui la lui faisait.

Larivière, marié et père de deux enfants, déploya,
dans sa nouvelle position, toute l'énergie dont il était
capable; il possédait une physionomie agréable, une
parole douce jointe à une conversation aimable et spirituelle; celui qui se l'associait était d'une humeur
sèche et d'un caractère sombre; mais il était sérieux,
honoré, avait de la fortune et jouissait d'un crédit illi-
mité auprès de plusieurs banquiers; Larivière, par son
activité, mit tout cela en œuvre pour grossir leur clientèle, qui doubla au bout d'une année.

Desprez, après avoir loyalement rempli les conditions
que lui imposait son contrat, demeura encore deux années chez son patron, puis voulut se perfectionner en
travaillant chez d'autres jusqu'à l'âge de vingt-cinq ans.

Cet âge atteint, il acheta un petit débit de liqueurs et établit dans son arrière-boutique des appareils de distillation qu'il manœuvra lui-même; quatre ans s'étaient à peine écoulés, qu'il avait mangé douze mille francs; alors il ferma sa boutique, ne voulant pas tromper un acqué-reur. Il resta quelque temps sans rien faire, cherchant des capitaux à emprunter; rebuté à droite, il se retour-nait à gauche; il trouva enfin un petit capitaliste qui lui prêta dix mille francs, ouvrit une boutique du même genre que celle qu'il avait fermée, située dans un quartier populeux; mais plus grande et conséquemment mieux appropriée pour faire la distillation dans laquelle boutique il devait cette fois réussir. Quand il vit que son commerce marchait bien, il se maria avec une jeune fille qui lui apporta dix mille francs de dot. Pendant que son épouse débitait des liqueurs à son comptoir, aidée par un gar-çon, il distillait dans son laboratoire, ou se promenait dans Paris, cherchant des clients parmi les marchands de vin en détail ses pays, connaissances et autres. Il excellait dans ses recherches; sa conversation persua-sive, entraînante et passionnée, manquait rarement son but. Il appelait tous ses clients ses amis, et se les atta-chait par toutes sortes de gracieusetés dont lui seul possédait le secret.

Larivière et Desprez, après avoir pendant quelque temps cherché dans les entrailles de leur commerce res-pectif, avaient fini par trouver les fibres qui conduisent au cœur. Ils s'étaient toujours mutuellement conseillés sur la direction à donner à leurs affaires, soit qu'elles fussent en hausse ou en baisse. L'associé de Larivière

vint à mourir, ce qui mit Larivière encore plus à son
aise pour la direction à donner à ses affaires. Enfin les
deux pensionnaires d'Auxerre, après beaucoup de péripéties, s'étaient frayé une route au bout de laquelle ils
apercevaient brillant le char de la fortune traîné par des
chevaux fougueux aux crinières hérissées.

Dans le courant de décembre 1833, ils déjeunaient
tous deux à une table située au fond de la grande salle
du restaurant des *Marronniers*, à Bercy, s'entretenant de
leur passé, de leur présent et de leur avenir. Comme
ils en étaient au café, Desprez dit à Larivière : — Je suis
distillateur, et toi tu es courtier en vins; nos pratiques
sont les marchands de vin en détail, les cafés et les restaurants, etc. Nous nous sommes déjà procuré récipro-
quement quelques-unes de ces pratiques; mais ce n'est
point assez; il faut aller plus vite en affaires puisqu'aujourd'hui nous le pouvons. Écoute : tu sais que c'est
l'intelligence, la probité et l'honneur qui font le véritable homme de commerce; mais si cet homme n'a pas de
capitaux pour exercer ces qualités, il sera presque toujours perdu dans la foule des ignorants; il serait certainement reconnaissant envers celui qui, appréciant ses
qualités, le ferait sortir de cette foule en lui faisant faire
son chemin. Puisque nous pouvons nous procurer des
capitaux, à nous de chercher cette intelligence, de la recruter partout où nous le pourrons, et de la prendre de
préférence parmi les garçons marchands de vin qui ont
fait leurs preuves de capacité en restant plusieurs années dans la même maison en faisant quelques économies; achetons-leur des fonds. Pour nous procurer de l'ar-

gent, nous leur ferons souscrire des billets à ordre, nous
mettrons nos signatures à côté des leurs, et nos banquiers
nous escompteront ces billets, que nous leur ferons renouveler au fur et à mesure de leurs besoins. Ces jeunes
gens une fois établis, nous leur cherchons une femme
dont la dot viendra aplanir la situation financière. Établis et mariés par notre concours, ils te prendront
pour leur courtier et moi pour leur distillateur; de cette
façon, nous pourrons avoir un bénéfice raisonnable. Que
dis-tu de mon idée?

— Mais je la trouve excellente et l'accepte; elle m'en
suggère une autre que voici : tu devrais ajouter à ton
commerce de liqueurs de Paris un magasin d'eau-de-
vie, spiritueux, madère, vermouth, à l'Entrepôt; toutes
ces marchandises sont du ressort du marchand distillateur; en ma qualité de courtier, je me chargerais de l'é-
coulement de ces marchandises.

— Ton idée vaut la mienne, répliqua Desprez; mûris-
sons ces idées et mettons-les en pratique.

Avec des hommes aussi remuants que Larivière et Desprez, les idées sorties du cerveau ne restent pas longtemps à l'étude; quand elles sont reconnues bonnes,
elles sont mises immédiatement à exécution. Aussi, trois
mois après leur enfantement, Desprez avait-il installé un
magasin de spiritueux, madère, vermouth, absinthe, etc.,
à l'Entrepôt, dans lequel Larivière amenait de nombreux
clients pour y faire des achats. D'un autre côté, douze
garçons marchands de vin, qui étaient devenus patrons,
bénissaient MM. Larivière et Desprez, qui recevaient
aussi des remercîments des banquiers à qui ils don-

naient leur papier. Toutes leurs opérations depuis deux années avaient progressé rapidement, lorsqu'ils répondirent par leur présence à l'appel de madame Bonor.

Celle-ci leur dit que, se sentant fatiguée depuis la mort de son mari, elle désirait vendre son fonds.

— Combien désirez-vous le vendre? lui dit Larivière.

. — Je vous ai fait demander, messieurs, pour savoir d'abord ce qu'il vaut, ensuite pour vous prier de vouloir bien vous occuper de la vente.

Après quelques questions faites par Desprez à madame Bonor, sur le chiffre du loyer, la longueur du bail et la recette annuelle, il lui dit qu'il valait 20,000 fr. en le vendant moitié comptant.

— Alors faites-le vendre à ce prix avec ces conditions.

Desprez et Larivière, depuis qu'ils avaient doublé leur clientèle, n'avaient plus le temps de recruter les jeunes gens propres à leur combinaison; pour combler cette lacune, ils chargèrent un nommé Trimet, courtier de fonds de commerce de vins et placeur de garçons, de chercher en même temps des gens jeunes intelligents et des fonds à acheter. Les démarches de M. Trimet lui étaient payées par un courtage que le vendeur lui payait le jour qu'il livrait son fonds à son acquéreur. Le prix de ce courtage était relatif au prix du fonds vendu et variait de 200 à 2,000 fr. Ces chiffres étaient élastiques selon la difficulté de la transaction, où M. Trimet ne recevait quelquefois que 1,000 fr. au lieu de 1,500 fr. qui lui étaient d'abord, promis lorsque les 500 fr. d'écart empêchaient

la conclusion du marché. Le cordon de cette élasticité
était tenu par MM. Larivière et Desprez, qui faisaient passer M. Trimet par où ils voulaient. Celui-ci ne s'en plai-
gnait pas, car il y trou lit son compte par la multipli-
cité des transactions qu'ils lui faisaient faire.

En sortant de chez madame Bonor, ils furent donc
trouver M. Trimet et lui dirent qu'ils avaient un fonds à
vendre s'il avait un acquéreur. Celui-ci leur répondit
que pour le moment il n'en avait pas, mais qu'il allait
immédiatement se mettre en campagne pour en chercher. Trois jours après, il en proposait un à l'agrément
de MM. Desprez et Larivière, qui, après informations prises sur cet acquéreur, le refusèrent, attendu qu'il avait
déjà fait ce commerce, et que conséquemment il avait
son courtier et son distillateur, et aussi parce qu'il n'a-
vait pas besoin d'eux, ayant son argent pour payer le fonds
comptant.

Dans la crainte que la maison ne leur échappât, ils
s'impatientaient déjà de ne point trouver un acquéreur
sur lequel ils pussent compter pour en faire un client
fidèle, lorsque Desprez dit à Larivière : — Nous cherchons un homme bien loin, tandis qu'il est dans la
maison.

— C'est vrai, répondit Larivière ; je ne pensais pas à
ce jeune homme que je vois depuis longtemps dans la
maison, qui est aimable, doux et intelligent ; je ne comprends pas que nous n'ayons pas pensé à lui immédiatement.

Le lendemain matin de cet entretien, Larivière, qui
savait que madame Bonor ne se levait qu'à huit heures,

passait par hasard rue du Faubourg-Saint-Honoré à six heures, et entrait machinalement dans sa boutique, où il demandait négligemment à Duroc s'il s'ennuyait depuis la mort de M. Bonor.

—Pourquoi m'ennuierais-je, répondit Duroc ; madame Bonor et ses enfants sont bons pour moi ; j'aime mieux travailler chez eux qu'ailleurs.

— Ce fonds est à vendre, vous devriez l'acheter.

— Mais pour l'acheter, il me faudrait de l'argent, et je n'en ai pas.

— Vous avez bien fait quelques économies depuis sept années que vous êtes ici ?

— J'ai en effet une quinzaine de cents francs ; mon père m'a promis pareille somme lorsque je m'établirais ; mais il serait ridicule de demander à acheter le fonds de madame Bonor, n'ayant que 3,000 francs à lui donner en y entrant.

— Sans doute que cela serait ridicule, mais nous pouvons faire autrement. Écrivez à votre père que vous allez acheter l'établissement dans lequel vous êtes ; dites-lui qu'il vous envoie les 1,500 francs qu'il vous a promis ; quand vous les aurez, vous les joindrez à vos économies ; et moi et M. Desprez ferons le reste de ce que madame Bonor demandera de comptant. Cela vous va-t-il ?

— Comment, si cela me va ! mais parfaitement ; et croyez bien, monsieur Larivière, que je vous serai reconnaissant, ainsi qu'à M. Desprez, des bontés que vous avez pour moi.

Huit jours après cette visite de M. Larivière, Duroc signait avec madame Bonor l'acte de vente qui le rendait propriétaire du fonds où il était garçon depuis son

arrivée à Paris, moyennant 10,000 francs comptant et
10,000 francs à terme. M. Desprez donna à Duroc ce qui
lui manquait d'argent. Le lendemain de son installation, celui-ci lui souscrivait deux billets de chacun
4,000 francs, dont l'un à cinq mois d'échéance et l'autre
à six.

Quatre mois après avoir pris possession de son établissement, Duroc se mariait par l'intermédiaire de ceux qui
l'avaient établi avec une belle fille de vingt ans,
demoiselle d'une fruitière de la rue Saint-Martin, laquelle
lui apportait 6,000 francs de dot.

Duroc se félicitait devant ses amis de son bonheur, et
MM. Larivière et Desprez, de leur côté, étaient satisfaits
d'avoir conservé la maison Bonor dans leur clientèle.
Tout était pour le mieux.

Boivin, au commencement de 1838, avait atteint sa
vingt-septième année, et n'était toujours que garçon de
cave. Bien qu'il s'amusât dans sa condition presque
indépendante, où il jouait aux cartes le jour, aux heures
où la vente était presque nulle, avec des viveurs qui
cherchaient leur plaisir au fond des bouteilles, la nuit
il s'amusait avec quelques fugitives désespérées qui
venaient se consoler auprès de lui de leur malheureux
sort. Un jour qu'il y avait chômage de joueurs, il se mit
à réfléchir sur sa position; ses réflexions lui montrèrent
ses deux amis possesseurs de chacun un établissement,
tandis que lui était toujours au service d'autrui; ses pensées furent dérangées par Duroc, qui venait lui faire une
visite, ce qui lui arrivait de temps en temps, depuis
qu'il était marié.

— Tu réfléchissais? lui dit Duroc en entrant.

— C'est vrai, répondit Boivin.

— A quoi réfléchissais-tu?

— A ce que toi et Bernard vous êtes patentés et moi ne le suis pas.

— Tu voudrais probablement l'être aussi; si tu le veux sérieusement cela te sera facile.

— Comment, cela me sera facile! Tout le monde n'a pas de la chance comme toi.

— Combien ton père t'a-t-il promis d'argent lorsque tu t'établirais?

— 3,000 francs.

— Combien as-tu d'économie?

— 3,500 francs.

— Cela fait un total de 6,500 francs.

— Plutôt plus que moins.

— Eh bien! c'est une somme très-raisonnable. M. Trimet, le courtier de fonds, est venu chez nous ce matin pour me dire qu'il était à la recherche d'un jeune homme intelligent, que M. Larivière, mon courtier, et M. Desprez, mon marchand de liqueurs, l'avaient chargé de trouver, pour lui faire acheter un bon fonds de marchand de vin, situé dans le faubourg Saint-Antoine. M. Trimet s'est souvenu qu'il y a un mois, je lui dis que j'avais un ami qui désirait s'établir; à la demande que lui ont faite ces messieurs, il s'est souvenu de notre entretien et est venu me demander si mon ami était toujours dans les mêmes intentions; je suis venu te trouver pour connaître ta réponse, pour la transmettre immédiatement à M. Trimet, qui, si elle est affirmative, la transmettra à ces messieurs. Je te trouve dans de bonnes dispositions ; si tu y persistes, je viendrai ce soir chez toi avec mon courtier et mon marchand de liqueurs, pour que tu t'abouches avec eux. Je t'ai dit ce qu'ils ont fait pour moi ; si j'en crois M. Trimet, ils feront la même chose pour toi.

—Je te remercie, Duroc, d'avoir pensé à moi. Tu peux amener ces messieurs ce soir, nous causerons ; si ce qu'ils me proposent fait mon affaire et la leur, j'accepterai. Car tu sais que mon oncle Bernelle m'avait promis qu'il me vendrait son fonds, étant dans l'intention de se retirer des affaires ; il aurait certainement tenu sa promesse, mais il est venu me dire il y a quelques jours qu'il ne fallait plus que je compte le lui acheter, parce qu'on allait démolir la rue de la Friperie pour l'agrandissement des halles ; de telle façon que ce que j'espérais de ce côté va se trouver englobé dans les choux et les carottes, et va te promener, Boivin.

Duroc quitta Boivin en lui disant : — A ce soir.

Dans la soirée du même jour, vers huit heures, MM. Desprez, Larivière, Trimet et Duroc entraient chez Boivin ; les trois premiers exposèrent l'objet de leur visite par l'organe de M. Desprez, qui dit à Boivin : —Nous avons appris il y a quelques jours qu'un bon fonds de marchand de vin, situé faubourg Saint-Antoine, était à vendre ; nous avons été trouver le propriétaire de ce fonds et lui avons demandé ce qu'il voulait le vendre. Son dernier mot est 30,000 francs ; comme il se retire des affaires, il céderait en recevant un tiers comptant. Votre ami Duroc, qui est aussi le nôtre, nous a dit que

vous étiez intelligent; vous avez du reste fait vos preuves
ici et ailleurs. Vous possédez, nous a-t-il dit, 6,500 francs;
si vous désirez acheter ce fonds, nous ajouterons à cette
somme l'argent qu'il vous faudra pour marcher drû-
ment. Au bout de quelque temps que vous serez dans
ce fonds, ajouta M. Desprez en souriant, nous vous chercherons, comme à Duroc, une jeune fille sage, intelligente et belle, laquelle vous apportera en mariage une
dot raisonnable, et vous serez dans le régiment des
hommes mariés; puisqu'il faut en arriver là, autant
plus tôt que plus tard.

— J'accepte vos propositions, messieurs; je vous
serai reconnaissant de ce que vous faites pour moi.

Le fonds fut donc acheté aux conditions citées. Boivin,
comme Duroc, fut facile à marier. Quoique n'étant pas
un beau garçon, l'ensemble de sa personne plaisait généralement, et ce n'était pas là le calcul le moins important
de ces messieurs. Aussi il y avait à peine quatre mois
qu'il était installé, qu'ils lui firent épouser la fille d'un
charcutier du faubourg Saint-Marceau, laquelle lui
apportait une agréable personne et 8,000 francs de dot.

L'admirable combinaison de Larivière et de Desprez,
tout en faisant la position des jeunes gens qui les encen-
saient et qui leur faisaient aussi gagner des sommes importantes, les conduisait laborieusement sans doute, mais
sûrement, à la possession du million que chacun d'eux
convoitait.

Neuf années s'étaient écoulées depuis que les trois
amis avaient quitté leur village pour venir faire fortune
à Paris. On ne peut nier, par ce qui précède, qu'elles

furent convenablement employées; aussi, chaque fois
qu'ils étaient réunis, ils s'applaudissaient de leur escapade de 1829. Laisssons-les quelque temps manœuvrer
leurs avirons pour conduire leur barque, et allons
faire une visite à nos amis Vignon et Bernelle.

CHAPITRE XV

Vignon et Bernelle prennent congé du commerce. — Une maison maudite.
Une tireuse de cartes. — Un vieux de la vieille. — Année 1840.

Les époux Vignon et Bernelle continuaient à bien tenir
leurs maisons en vendant du bon vin et en faisant gai
visage à leurs pratiques, ayant les prévenances les plus
délicates envers elles; il n'y avait que les ivrognes de
profession et les querelleurs qui étaient évincés d'une
manière quelconque; car les uns sont semblables aux
bêtes fauves, qui éloignent d'elles les personnes paisibles,
et les autres, semblables aux animaux immondes, sont un
sujet de répulsion et de dégoût pour tous. Les achats de
vins faits aux vignobles donnaient des bénéfices tellement considérables, que le bénéfice net de chaque année,
pour chacune de leurs maisons, était de 8,000 francs.
D'après un calcul minutieux qu'ils firent, ils reconnurent
que si leurs achats eussent été faits sur les places de Bercy
et de l'Entrepôt, leur bénéfice eût été moitié inférieur à
ce qu'il était. Aussi avaient-ils placé des sommes relativement importantes en rentes sur l'État. Bernelle allait

être exproprié, et Vignon avait donné commission à
M. Trimet de vendre son fonds, afin de prendre congé du
commerce en même temps que Bernelle, pour se retirer
ensemble en Bourgogne; c'était le projet que depuis
longtemps méditaient les deux familles. Le lendemain du
jour où Vignon avait donné commission à M. Trimet de
vendre son fonds, celui-ci fut trouver MM. Larivière et
Desprez, qui l'achetèrent pour un ancien conducteur
de diligence, qu'un chemin de fer nouvellement mis en
circulation avait laissé sans emploi.

Vignon, retiré dans un appartement avec sa famille,
attendit que Bernelle fût exproprié, pour visiter ensemble la Bourgogne, dans l'espérance d'y découvrir
une retraite qui s'harmonisât avec leurs goûts et leur
soixante ans. Ils rêvaient une maison située entre cour
et jardin, ayant un perron de cinq à six marches pour
conduire aux rez-de-chaussée, dans lequel il devait y
avoir deux logements pareils de chaque côté d'un vesti-
bule. Le jardin devait être raisonnablement grand pour
exercer leurs muscles et leur intelligence. Ils avaient
l'espérance que celui qui leur avait dispensé soixante
années d'existence, dont la moitié avait été semée de
misères, de chagrins et de privations, leur réservait
encore vingt années pour jouir des douceurs du repos,
après lesquelles leurs yeux se fermeraient à la lumière
après une vie bien remplie.

Bernelle, qui était sous le coup d'une expropriation, dut
attendre une année son résultat; il obtint de cette expropriation une somme de 20,000 francs; cette somme
placée lui compléta 5,000 francs de rente; en joignant à

ces 5,000 francs la pension qu'il recevait de l'État, cela
lui faisait 5,550 francs de revenus; comme cette position
de fortune était le rêve de sa vie, son ambition était
satisfaite. Vignon possédait à peu près la même position
de fortune que son beau-frère; comme lui, il était content. C'est alors que, leurs affaires en ordre et l'esprit
tranquille, ils partirent un matin du mois d'avril 1840
pour faire le voyage tant désiré. Arrivés en Bourgogne,
ils ne se séparèrent point pour visiter leurs familles, soit
à Sacy ou à Aigremont. Bernelle revit son beau-frère
Boivin et sa sœur Marguerite, qu'il avait unis il y avait
trente ans; les deux amis furent ensuite à Nitry, où ils
firent une visite à M. et madame Boyer; puis à Aigremont, où Vignon revit son frère et sa belle-sœur, son
ancienne fiancée. Il y avait vingt-sept ans qu'elle lui avait
été infidèle; les ressentiments qu'il avait longtemps
comprimés dans son cœur s'étaient évaporés peu à peu;
les feux du printemps et de l'été de leur vie étaient
éteints, les frimas de l'hiver couvraient de leur linceul
gris les ardeurs d'un autre âge.

　Après une quinzaine de jours consacrés au plaisir de
revoir leurs proches et de renouveler connaissance avec
leurs amis d'enfance que la tombe n'avait point couverts,
ils cherchèrent la maison de leurs rêves; ils explorèrent,
depuis Auxerre jusqu'à Avallon, sur les bords de l'Yonne
et de la Cure, et n'en trouvèrent aucune qui fût à vendre
à leur convenance.

　Ils allaient prendre congé de leurs parents, de leurs
amis et de la Bourgogne sans avoir trouvé ce qu'ils
cherchaient, lorsque Boivin leur indiqua un notaire du

bourg de X., situé sur la petite rivière de Cure, en leur
disant que ce notaire, possédant une nombreuse clientèle, pourrait bien avoir commission de vendre à l'amiable
une maison du genre de celle qu'ils cherchaient; il les
engagea à l'aller voir, ce qu'ils firent dès le lendemain.
Le notaire indiqué avait en effet commission de vendre
une maison qui, sauf quelques détails, se rapportait à ce
qu'ils désiraient ; ils l'allèrent visiter en sa compagnie.
Cette maison, qui était située entre cour et jardin, pouvait recevoir deux locataires, seulement il fallait que l'un
d'eux logeât au rez-de-chaussée et l'autre au premier, ce
qui contrariait un peu les deux amis. Le jardin, qui était
dépendant de la maison, contenait un demi-hectare, dont
la moitié était plantée en vigne ; l'autre moitié était restée
inculte depuis cinq années, époque à laquelle étaient
morts tragiquement les propriétaires, le mari et sa femme.
Celle-ci avait été au bal de la Saint-Vincent, patron des
vignerons, qui a lieu tous les ans à l'hôtel de ville de
l'endroit ; elle quitta ce bal toute joyeuse : en rentrant
chez eux, ayant un peu froid, elle alluma quelques ja-
velles composées du sarment de la vigne et se réchauffa;
quand elle n'eut plus froid, elle retira le manteau qui
couvrait sa toilette de bal, rajusta cette toilette, puis s'ad-
mira dans la glace qui était sur la cheminée, qui lui dit
qu'elle était encore belle malgré ses quarante printemps.
Tout à coup le feu prit à sa robe, en une seconde elle
fut enveloppée par les flammes ; elle appella, cria, se
roula ; personne n'entendit ses cris. Il n'y avait dans la
maison que ses deux enfants, un garçon de huit ans et
une petite fille de cinq ans, qui n'entendirent point les

cris de la malheureuse. Quand ils auraient entendu, hélas ! qu'eussent-ils pu faire pour la sauver ? La domestique, qui était du pays et avait reçu la permission d'aller à ce bal, rentra cinq minutes après sa maîtresse ; à peine reçut-elle son dernier soupir ; puis elle courut éperdue trouver son maître, qui jouait au billard dans un café de l'endroit, à qui elle raconta en se lamentant le malheur qui venait d'arriver. Le malheureux, en voyant le cadavre de sa femme dans l'état horrible où il était, perdit la tête de désespoir ; il courut comme un insensé du côté de la rivière, chercha, dans l'épaisseur des ténèbres de la nuit, un endroit où se trouvait un poteau indiquant que cet endroit était dangereux pour les baigneurs; oubliant ses enfants, il s'y jeta tout habillé. Le lendemain, des mariniers pêchèrent son cadavre à quelques mètres du poteau. Il y avait vingt années que les victimes de cet événement avaient acheté cette maison, après le décès du propriétaire, qui s'était pendu à l'un des huit sycomores séculaires qui ombrageaient la façade de la maison du côté du jardin, laquelle était exposée aux rayons du soleil à midi.

La fatalité en voulait à cette maison, car le propriétaire pendu l'avait achetée trente-cinq ans avant son suicide, dans une vente faite après décès entre majeurs et mineurs dont les père et mère avaient été volés et assassinés dans leur lit pendant leur sommeil.

Comme nous venons de le dire, la fatalité en voulait à cette maison ou le démon l'avait remplie de maléfices. La légende disait qu'elle datait de trois cents ans; que le maçon qui l'avait construite, après avoir placé la première pierre, avait appelé le propriétaire pour le faire frapper dessus, ce qui était alors un usage consacré : au moment où le propriétaire sortait de chez lui avec son fils âgé de treize ans, un mendiant lui demanda l'aumône, que le propriétaire lui refusa brutalement; le pauvre devint rouge de colère et se mit à faire force signes de croix à l'envers, en bourdonnant des oraisons sortilégiennes. Un sort était donc jeté sur la future maison. Il arriva que le propriétaire, après avoir frappé sur la première pierre, mit le marteau dont il s'était servi aux mains de son fils en lui disant de frapper aussi sur cette pierre, ce que l'enfant fit en souriant, mais au second coup il piqua une tête sur la pierre et se tua. Des enfants qui avaient vu le mendiant faire ses grimaces le dirent aux personnes qui étaient près du cadavre de l'enfant; on chercha le mendiant par tout le bourg, on n'en trouva pas même la trace; alors tous ceux qui l'avaient vu dirent qu'il était rentré sous terre.

Six mois après la construction de la maison, le propriétaire, sa femme et une petite fille de huit ans qui leur restait l'habitèrent. Au bout d'une année, le mari devint aveugle; six mois après ce malheur, sa femme devint muette, sa langue était paralysée; quatre mois après l'infirmité de sa mère, la petite fille devint bossue. Ces trois personnes, il est vrai, moururent de leur belle mort; bien leur en prit, car tous ceux qui l'habitèrent ensuite moururent de mort violente.

Il y avait cinq années que le notaire le plus intelligent du canton était chargé par les héritiers mineurs, représentés par un tuteur, de la vendre, et ne trouvait point

17.

d'acquéreurs, à cause du sort réservé à ceux qui l'habitaient. La première mise à prix fut de 25,000 fr., et
il ne s'y trouva personne pour mettre une seule enchère;
une seconde mise à prix fut abaissée à 20,000 fr., comme
à la première il n'y eut point d'enchère ; une troisième
mise à prix à 15,000 fr. eut lieu, néant. Alors le conseil de famille se rassembla de nouveau et donna carte
blanche au tuteur pour la faire vendre le prix qu'on en
trouverait. C'est dans cette situation que Vignon et Bernelle se présentèrent pour l'acheter, ignorant qu'elle
fût possédée de quelque mauvais génie. Le notaire, en
homme qui sait son métier, se garda bien de leur dire
que la maison qu'il leur faisait voir était chérie du démon; du reste, ce brave et intelligent officier ministériel
était loin de croire à de telles niaiseries; cependant,
comme c'était l'unique raison qui jusqu'alors en avait
empêché la vente, il agit de prudence dans l'intérêt de
ses clients. Lorsque Bernelle et Vignon eurent visité
minutieusement cette maison, ils firent ressortir qu'elle
ne leur convenait qu'imparfaitement, que cependant,
si le prix n'était pas trop élevé, ils entreraient volontiers
en marché. Le notaire leur répondit que l'intention des
héritiers était de la vendre 15,000 fr.; que, pour en con-
struire une pareille, cela en coûterait bien 40,000.
Vignon et Bernelle en offrirent 10,000 fr., en disant que
la nuit, qui porte conseil, leur dirait s'ils devaient mettre
davantage. Le notaire, craignant que quelque personne ne
les instruisît de la raison qui en avait jusqu'alors empêché la vente, la leur abandonna pour le prix qu'ils en
avaient offert, et leur fit signer un compromis qui en

cimenta la vente ; puis il leur donna rendez-vous chez lui
pour le surlendemain, pour la signature de l'acte.

Bernelle et Vignon, en se rendant à ce rendez-vous,
rencontrèrent des vignerons qui allaient à leurs travaux,
lesquels leur demandèrent si c'étaient eux qui avaient
acheté la maison du diable, dont tout le monde à X.
s'entretenait depuis la veille que tous ceux qui habitaient cette maison maudite mouraient d'une mort
violente. Les indications données par les vignerons ne
laissèrent aucun doute à ce sujet. Bernelle se contenta
de répondre en souriant, que, si cette maison appartenait à un mauvais diable, ils espéraient que désormais elle serait habitée par de bons diables. A peine
avaient-ils quitté les vignerons qu'ils furent de nouveau
arrêtés par une femme d'environ soixante-quinze ans,
qui portait sur son dos, à l'aide de deux brassières en
cuir, un petit coffre en bois contenant des aliments pour
la nourrir pendant quelques jours, ainsi que les instruments nécessaires à son industrie ; sur ce coffre était attaché avec des ficelles un chevalet pour mettre le coffre
dessus au moment du travail. Cette femme était coiffée
d'un chapeau de paille norci par la pluie ; la couleur de
la garniture était douteuse, tant les années et l'intempé-
rie en avaient transformé la teinte. Comme elle était
boiteuse, elle portait un bâton pour maintenir l'équilibre de son corps. Sa figure brunie par le soleil montrait
les lignes ridées d'une femme de cent ans. Elle avait le
front bas et très-étroit ; on voyait sur sa lèvre supérieure
quelques poils blancs semés à la distance de ceux de la
barbe d'un chat ; sur chacune de ses joues, perpendicu-

lairement à ses yeux, on voyait deux traces de larmes
séchées provenant de coups d'air réitérés, passées à l'état
chronique; on eût dit que deux limaces avaient passé
par là. Cette femme était une tireuse de cartes très-con-
nue et très-renommée des jeunes filles et des jeunes garçons des environs, auxquels elle disait la bonne aventure
pour deux sous. En s'adressant à Vignon et à Bernelle,
elle leur dit : — Est-ce vous, mes beaux monsieurs, qui
avez acheté avant-hier, dans not' pays, une maison située sur la route, ayant un grand jardin par derrière
donnant sur la rivière ? — Oui, bonne dame, c'est nous
ourquoi nous demandez-vous cela ?

— C'est que, voyez-vous, tout le monde à X. es' en
émoi depuis avant-hier et vous plaint si vous l'hab'tez;
car cette maison est vouée au démon, qui la fait b'abiter
par un mauvais esprit qui fait mourir de vilaine mort
tous ceux qui l'habitent. Puis elle leur raconta avec prodigalité la légende que nous connaissons. Quand elle
eut fini elle leur dit : — Voulez-vous me permettre, mes
beaux monsieurs, de vous offrir mes petits services ?

— De quels services voulez-vous parler, bonne femme?
dit Bernelle.

— Je suis cartomancienne et chiromancienne; plus,
j'explique les songes. Si vous voulez, je vous dirai, soit
en vous tirant les cartes, ou en lisant dans le creux de
vot' main, s'il vous arrivera ou non malheur si vous
habitez la maison du diable que vous avez achetée.

Bernelle et Vignon se regardèrent et sourirent; cependant Bernelle, qui voulait faire l'aumône sans en
avoir l'air, et aussi parce que cette circonstance lui rap-

pela que lorsqu'il avait dix-huit ans une tireuse de cartes lui avait prédit ce qui lui arriva dans une partie de sa vie militaire, dit à la bonne vieille : —Combien prenez-vous pour tirer les cartes ?

—Deux sous, mon beau monsieur.

—Allons, dépêchons.

La vieille n'eut pas plutôt entendu ces deux derniers mots, qu'elle déchargea aussi lestement sa cassette que si elle n'eût eû que dix-huit ans ; elle disposa le chevalet sur un côté du chemin, mit sa cassette dessus, étala un vieux tapis qui couvrit la cassette, sur lequel tapis elle posa un jeu de cartes crasseux, et dit : —Lequel de vous deux commence le premier ?

—Moi, dit Bernelle.

La bonne femme prit le jeu de cartes, les battit et dit :

— Coupez de la main gauche.

— Voilà, c'est fait.

— Dites maintenant quelle carte vous représente.

— Le roi de cœur.

Elle posa les cartes trois par trois jusqu'à quinze, en les retournant chaque fois, puis les rangea en cercle et compta sept cartes, en commençant par celle qui était du côté gauche du roi de cœur qui était sorti ; la septième se trouva être la dame de trèfle. Elle compta de nouveau sept cartes, en commençant par cette dame, en tournant toujours à gauche ; la septième cette fois était le valet de cœur ; elle dit : —Vous avez une demoiselle brune qui vous sera demandée en mariage par un jeune homme blond avec lequel vous la marierez avant que le soleil ait passé deux cents fois au zénith. Elle recommença à compter jusqu'à sept; cette fois la septième était le dix de trèfle; elle dit : —Le jeune homme est d'une famille riche et honorée. Elle compta de nouveau; cette fois la sep- tième était le sept de cœur; elle dit: —Le jeune homme a de douces pensées pour vot' fille, la paix habitera avec eux. Je n'ai jamais obtenu à l'égard du mariage un aussi beau résultat.

—Vous me flattez beaucoup, ma vieille, pour mes deux sous.

—Je ne vous flatte pas du tout, mon beau monsieur ; ce sont les cartes qui parlent et non pas moi, ce qu'elles disent arrivera infailliblement. Voici maintenant les cartes de surprise : c'est l'as de trèfle et le dix de cœur, lesquels disent qu'au moment du mariage vous recevrez deux personnes que vous n'attendiez pas, qui feront éclater vot' joie.

—Vous ne parlez pas de la maison; nous sera-t-elle fatale si nous l'habitons?

—Comme les cartes ne prédisent que du bon, vous n'aurez rien à craindre avant longtemps; cependant je vous engage à la faire exorciser par M. le curé, pour plus de sûreté.

—C'est déjà fini ?

—Oui, mon beau monsieur.

—Voilà quatre sous, ma bonne dame.

—Oh! merci bien, monsieur.

Elle prit les cartes, les battit et dit à Vignon : — A nous deux maintenant; coupez de la main gauche.

Vignon coupa vivement, comme si cela l'eût ennuyé.

—Dites quelle carte vous représente.

—Le roi de trèfle.

Elle compta les cartes trois par trois jusqu'à quinze; les trois dernières cartes étant trois neuf, et comme trois neuf annoncent la joie, elle dit que la maison maudite avait réellement cessé d'être ensorcelée. Les quinze cartes rangées, elle compta sept cartes, en commençant à gauche du roi de trèfle qui était sorti; la septième était la dame de cœur. Elle recommença à compter en commençant par cette dame; la septième était le valet de trèfle; elle dit : — Vous avez une demoiselle blonde qui vous sera demandée en mariage par un jeune homme brun, vous la marierez avec ce jeune homme avant que huit lunes aient disparu du firmament. Elle recommença à compter jusqu'à sept; la septième se trouva être le dix de trèfle; elle dit comme elle avait dit à Bernelle, qui avait obtenu la même carte : — Le jeune homme est d'une famille riche et honorée. La carte qui suivit fut le sept de cœur; la tireuse de cartes demeura anéantie en voyant que les cartes parlaient le même langage à Vignon qu'à Bernelle. Elle dit que les deux mariages auraient lieu le même jour. Pour surcroît de bonheur, il arriva que les deux cartes de surprise étaient aussi l'as de trèfle et le dix de cœur; elle dit : — Les mariages se feront le même jour, et les deux personnes qui vous surprendront en mettant le comble à vot' joie seront les mêmes que celles qui réjouiront monsieur. La tireuse de cartes désigna Bernelle.

— Est-ce fini? demanda Vignon avec un reste d'impatience.

— Oui, monsieur.

—Voilà quatre sous.

— Oh! merci, monsieur. Que le bon Dieu vous bénisse et vous conduise tous deux!

Bernelle et Vignon, après avoir souhaité bonne chance à la cartomancienne, continuèrent leur chemin. La tireuse de cartes chargea sa cassette sur son dos en souriant de satisfaction d'avoir gagné huit sous, et continua le sien.

Les deux amis, débarrassés de la chiromancienne, se regardèrent en souriant. — Il résulte, dit Vignon, de ce que ces braves gens et la tireuse de cartes viennent de nous dire, que la chance n'a pas favorisé les locataires qui ont habité la maison que nous avons achetée.

— C'est probablement pour cette raison que le notaire nous l'a vendue si bon marché; nous profitons de l'ignorance des habitants de ce pays; pourvu que cela ne retire pas l'illusion que nos femmes et nos enfants ont de la campagne.

— Oh! non; nos femmes et nos enfants, qui sont nés à Paris, en apprenant qu'il y a à cinquante lieues de ses murs un monde aussi simple, en riront; cependant j'aimerais mieux que la maison eût une autre renommée.

C'est en dialoguant ainsi qu'ils arrivèrent chez le notaire, à qui ils racontèrent ce qu'ils venaient d'apprendre.

Le notaire, en les écoutant, se mit à sourire et leur dit:

— Sans la mauvaise renommée de cette maison, je l'eusse vendue il y a cinq ans trente-cinq mille francs; vous avez donc fait une bonne affaire que vous devez à l'ignorance des habitants de ce pays. Vignon et Bernelle signèrent l'acte, et quelque temps après payèrent et reçurent les clefs de la maison, après quoi ils examinèrent les réparations à faire et y mirent immédiatement les ouvriers. Au bout d'un mois, ces réparations furent terminées. Les nouveaux propriétaires n'oublièrent qu'une chose, qui était de la faire exorciser.

Toutes choses en Bourgogne étant terminées, ils montèrent en diligence et retournèrent à Paris, où ils se promenèrent pendant quelque temps, en attendant que les peintures de leur maison soient séchées.

Un jour qu'ils passaient devant le palais de justice, ils entrèrent machinalement dans cet édifice où se rend la justice humaine, où le juge tient la balance, pesant l'innocent et le coupable, depuis le vagabond, misérable mendiant, jusqu'au monstre qui tue père et mère. Le hasard les conduisit dans l'une des chambres de la police correctionnelle, où, après avoir vu condamner plusieurs voleurs et acquitter quelques innocents, ils s'ennuyèrent et se disposaient à se retirer quand ils entendirent là voix du président, qui jusqu'alors avait été sévère, prendre un ton de douceur à l'égard d'un vieillard d'environ soixante-cinq ans, à la barbe blanche, touffue et inculte, prévenu de mendicité et de vagabondage. Ce changement de ton piqua leur curiosité; ils voulurent voir quel était le prévenu que le président interrogeait si paternellement.

LE PRÉSIDENT. — Vos nom et prénoms?

LE PRÉVENU. — Lafirolie Pierre, dit le père Lafiole.

LE PRÉSIDENT. — Ce sobriquet de père Lafiole ne veut-il pas dire que vous aimez un peu trop le vin?

LE PRÉVENU. — Je professe la maxime qu'on ne peut trop aimer ce qui est bon, mon président; comme je

trouve le vin délicieux, quand même ce serait du petit
bleu, j'en use à l'occasion avec quelque prodigalité; il ne
m'a jamais fait de mal, au contraire; dans les doux épan-
chements qu'il me procure, il me guérit d'une certaine
maladie morale que j'ai depuis vingt-cinq ans.

LE PRÉSIDENT, *souriant*. — Votre âge?

LE PRÉVENU. — Soixante-six ans, mon président.

LE PRÉSIDENT. — Votre profession?

LE PRÉVENU, *se redressant avec orgueil en faisant le salut militaire*. — Autrefois vieux de la vieille, mon président; présentement chiffonnier français.

LE PRÉSIDENT. — Vous avez été soldat?

LE PRÉVENU. — Je l'ai été depuis la bataille de Jemma-
pes jusqu'à celle de Vaterloo. (*Le prévenu prononça ce dernier mot d'une voix étranglée; deux larmes brillèrent dans ses yeux.*)

LE PRÉSIDENT, *ému*. — Vous n'avez pas de pension?

LE PRÉVENU. — Non, mon président; j'ai combattu
dans cent batailles où j'ai eu le malheur de n'avoir jamais
été blessé. J'ai bouilli en Italie, j'ai rôti en Espagne, j'ai
gelé en Russie et je suis devenu coriace en France. Si
j'avais eu le bonheur que l'autre reste, il eût pris pitié
de ma gloire.

LE PRÉSIDENT. — Avez-vous des états de services?

LE PRÉVENU. — Oui, mon président; mes états de services
font partie intégrante de ma personne, cela veut dire
qu'ils ne me quittent pas plus que ma mémoire n'abandonne celui qui repose sur le rocher fatal de Sainte-Hé-
lène.

LE PRÉSIDENT. — Veuillez me les faire voir.

(*Le prévenu tira ses états de services de sa poche, s'approcha du président et les lui donna. Le président, après avoir examiné ces papiers, les remit au prévenu et continua son interrogatoire.*) — Où demeurez-vous?

LE PRÉVENU. — Rue de la Licorne, n° 6, chez le père Tiresoult, quand j'ai six sous pour ma nuit; quand je n'ai qu'un sou, je couche à la corde, rue Traversine, chez le père Malsain; lorsque je n'ai pas le sou, eh bien, je couche à la belle étoile. Le jour, je demeure dans les rues de Paris; je préfère celles de la Cité, parce que je suis venu au monde rue des Marmousets.

LE PRÉSIDENT. — Vous avez été arrêté, mendiant sur la place du Parvis-Notre-Dame.

LE PRÉVENU. — Faites excuse, mon président, je n'ai jamais mendié; c'est mon ancien capitaine ici présent qui, m'ayant reconnu, m'adressa la parole; alors nous nous sommes embrassés, mon cœur a papilloté et mes yeux, qui étaient aussi secs que les feuilles des arbres grillés par le soleil, se sont humectés; il est vrai que mon capitaine n'a pu s'empêcher d'en faire autant. Que voulez-vous, mon président! c'est la faiblesse qui s'est noyée dans une vieille amitié; ensuite nos souvenirs ont réchauffé notre gloire, quand au moment de nous quitter, il a pris fantaisie au cœur de mon capitaine de me glisser un napoléon de 20 francs dans la main, en me donnant son adresse, que je n'ai pas cru devoir refuser. Vous voyez, mon président, que je ne demandais pas l'aumône; du reste, le métier de chiffonnier que je professe, suffit à mon ambition; il me donne la liberté et suffit à me nourrir et à m'entretenir, parce que je me contente de peu.

Un monsieur décoré, paraissant avoir l'âge du prévenu, se présente comme témoin, et dépose ainsi : — Je passais il y a huit jours sur la place du Parvis ; mes yeux se fixent sur un chiffonnier vêtu d'une blouse bleue et d'un pantalon de soldat, et coiffé d'un bonnet de police. Comme ancien militaire, je regarde de préférence la tenue nationale, fût-elle en haillons, bien que je la déplore en cet état ; à sa démarche, à son air martial, je crois reconnaître un des braves que j'ai eu l'honneur de commander : je m'approche de lui et lui parle ; il me répond, le son de sa voix et son salut militaire me prouvent que je ne m'étais point trompé ; alors nous nous sommes reconnus. Ce brave m'a sauvé la vie à Champaubert, et c'est avec un bonheur délirant que j'ai fait sa rencontre ; avant de nous quitter, je lui ai donné mon adresse et la malheureuse pièce de 20 fr., cause de son arrestation. Un agent qui nous regardait s'est approché ; il n'avait probablement pas vu que nous nous étions embrassés, il a cru que mon vieux camarade me demandait l'aumône et l'a arrêté ; j'ai prié cet agent de n'en rien faire en lui racontant sommairement la cause de notre rencontre. Il m'a répondu qu'il faisait son devoir, que la justice ferait le sien. A dater de ce moment, je n'ai cessé de faire des démarches pour faire mettre mon vieux camarade en liberté, comme étant l'auteur de son incarcération ; tout a été inutile. Il est vraiment malheureux qu'une rencontre qui a été si agréable à tous deux ait eu un si triste résultat. Je suis riche, monsieur le président, et ne veux

pas qu'un vieux camarade qui m'a sauvé d'une mort
certaine, que j'ai rencontré si providentiellement, soit
sans feu ni lieu, errant au milieu de la capitale comme
un paria. Je lui offre, pour y vivre en toute liberté, ma
maison, ma table, et enfin de pourvoir à tous ses besoins.
Je prendrai mes précautions au cas où la mort m'enlève-
rait avant lui, pour qu'il vive heureux après comme avant
mon décès. Est-ce accepté, mon ami? dit le témoin d'un
air franc en se tournant vers le prévenu. — Oui, mon capitaine, répondit celui-ci en lui prenant les mains, qu'il
pressa convulsivement dans les siennes, c'est accepté.
Les deux vieux braves avaient les yeux humides.

Le président, les juges et l'auditoire furent tellement
émus, que des larmes mouillèrent les yeux de beaucoup
d'auditeurs; un bourdonnement se produisit dans la salle
d'audience, comme cela arrive au théâtre après une scène
pathétique.

Le président, émotionné, prononça l'acquittement du
prévenu, en lui disant que son arrestation avait été le résultat d'une erreur déplorable qu'il regrette.

Si le capitaine de Lafirolie avait rencontré celui qui lui
sauva la vie à Champaubert, place du Parvis-notre-Dame,
Bernelle venait de reconnaître dans le père Lafiole celui
qui à Mayence, en 1802, lui avait si gracieusement fait
graisser la marmite de la 1re compagnie du 1er bataillon
du 96e de ligne où il entrait. Pendant les trois ans qu'il
était resté dans cette compagnie, Lafirolie avait été son
meilleur camarade. Ils s'étaient perdus de vue depuis la
bataille d'Austerlitz, époque où Bernelle était entré dans
la garde. On comprend la joie qu'il dut ressentir en en-

tendant l'interrogatoire que le président faisait subir à
son ancien camarade. Il fit part en quelques mots de cette
reconnaissance à Vignon. Les deux beaux-frères, en
voyant Lafirolie au bras de son ancien capitaine, qui
sortaient de la salle d'audience, sortirent aussi et les
devancèrent pour les attendre dans la salle des pas perdus. Alors Bernelle frappa légèrement sur l'épaule de
Lafirolie en le saluant ainsi que son capitaine. — Permettez, leur dit-il, à un ancien soldat de faire ses compliments aux auteurs d'une scène qui fait encore battre
son cœur. — Merci, répondirent le capitaine et son protégé. Larfirolie fixait Bernelle et celui-ci fixait Lafirolie,
lequel lui dit : — Je ne sais si je rêve ou si le bonheur me
rend fou ; plus je vous regarde, plus je crois vous récon-
naître ; votre voix m'est certainement une voix amie,
mais je ne sais où je vous ai vu. — Embrassons-nous,
mon vieux Lafiole, car je suis le caporal Bernelle de la
1re compagnie du 1er bataillon du 96e, de cette compagnie des soldats sans reproches et sans peur, comme
Bayard, votre meilleur camarade, alors que je faisais
partie de cette belle compagnie. Les deux vieux amis
s'embrassèrent ; cette nouvelle émotion fit encore humecter les yeux de Lafirolie, qui dit à Bernelle : — Comment ! c'est toi ! Il me semble te voir entrer à la caserne,
puis à la cantine où nous fûmes tous deux ; je te vois encore prendre ta bourse de grosse toile par les deux coins
qui vomit 30 francs sur la table. Quelle belle fête nous fîmes ! quel beau lendemain nous lui donnâmes ! Mais, en
vérité, mes amis, depuis une demi-heure, je ne sais si je
rêve ou si je suis éveillé. — Tu es bien éveillé, mon vieux

camarade, dit Bernelle, c'est le soleil d'Austerlitz qui
s'est levé pour toi ce matin. Tous les anciens soldats
sont de la même école par le cœur; aussi tous quatre en-
trèrent-ils au café qui faisait l'angle de la place du Châtelet et du quai, du côté du pont Notre-Dame, où ils vidèrent quelques petits verres de cognac, qui rendirent
leur mémoire plus lucide et leur voix plus accentuée,
desquelles jaillirent des épisodes de guerre qui intéres-
sèrent tous les consommateurs de l'établissement, qui
les écoutaient comme on écoute chanter une prima-dona
de première force au spectacle. Comme chacun le sait,
les heures du plaisir sont courtes, mais quelque courtes
qu'elles soient, elles n'empêchent pas l'estomac de les
compter chacune pour soixante minutes. Leurs estomacs
ayant donc impérieusement réclamé, ils furent dîner au
restaurant du *Veau qui tette*, qui n'était qu'à quelques
pas d'où ils étaient. Ils y restèrent jusqu'à minuit, heure
à laquelle le chef de l'établissement vint les prier de se
retirer. Ils restèrent encore une heure sur la place du
Châtelet, continuant de promener leur mémoire sur les
nombreux champs de bataille où ils avaient combattu.
Comme le reste de la nuit n'aurait pu suffire à effeuiller
leurs lauriers, ils échangèrent leur adresse en se promettant de se revoir bientôt. Nous savons que ces braves tinrent leur promesse, et que chaque jour de rendez-vous fut un jour de fête nationale pour eux. La
tombe infaillible vint successivement mettre un terme
aux réunions de ces anciens guerriers; ce fut sur le généreux capitaine de Lafirolie qu'elle se ferma la première,
dix années après qu'il eût reconnu celui-ci. Il lui laissa

par testament une rente viagère de 1,500 francs, auxquels vint se joindre, deux années après, la croix de chevalier de la Légion d'honneur avec les 250 francs qu'elle
rapporte, à ceux qui, comme lui, pendant vingt-cinq
années, ont combattu pour la patrie ; il reçut ce nouveau
bienfait de Napoléon III, interprète religieux des volontés de son oncle, dont la mémoire est restée si lucide et
si chère aux braves qu'il commanda. Depuis douze ans
qu'il avait quitté sa hotte de chiffonnier et la liberté y
attachée, il n'eut jamais occasion, dans la position que
lui fit son ancien capitaine, de regretter le noble métier
de chiffonnier et son indépendance, bien qu'il y perdît
le surnom de *père Lafiole*, pour ne plus s'appeler que
Lafirolie.

CHAPITRE XVI

Départ de Bernelle et Vignon pour la Bourgogne. — Deux jeunes couples
amoureux. — Une surprise d'amis et une surprise de parents. — Deux
mariages. — Mort de Bernelle et de Vignon. — Années 1840 à 1860.

Dans la première quinzaine de juin, Bernelle reçut
une lettre de son beau-frère Boivin, qui lui annonçait
que les peintures de leur maison étaient raisonnablement sèches. A cette nouvelle, les deux amis firent immédiatement charger leurs meubles sur deux voitures
et partirent gaiement pour la Bourgogne, emmenant avec

eux chacun leur femme et leur fille; ils laissaient chacun un fils à Paris, qui étaient tous deux en apprentissage chez un sculpteur de renommée; comme ils se
conduisaient bien, leurs pères et mères, qui étaient contents, leur promirent qu'ils viendraient passer leurs
vacances auprès d'eux.

La fille des époux Bernelle se nommait Marguerite,
du petit nom de sa tante Boivin, que son père vénérait.
Marguerite était âgée de vingt-deux ans; sa personne
était la reproduction du portrait de sa mère, quand elle
avait cet âge; comme elle, elle était brune, comme elle,
elle était belle, elle avait un air modeste, un visage aux
traits fins et réguliers, au milieu duquel étaient deux
étoiles étincelantes d'amour, d'esprit et de douceur.
Elle avait été instruite dans une des meilleures pensions
de Belleville jusqu'à l'âge de quinze ans, époque à laquelle elle était rentrée à la maison paternelle, où, à
dater de ce moment, sa mère avait fait son éducation de
ménagère. Depuis qu'elle avait atteint dix-huit ans, plusieurs jeunes gens convenables avaient demandé sa main
à ses parents; mais Marguerite les avait tous refusés,
malgré les observations sévères que lui firent son père
et sa mère à l'égard de quelques-uns. Elle leur répondait qu'elle ne voulait pas se marier, qu'elle était trop
heureuse avec eux. Marguerite avait promis son cœur
à Alphonse Boyer, qui lui avait promis le sien en lui
disant qu'il l'aimait, qu'il n'aurait jamais d'autre compagne qu'elle. Elle aurait pu faire sa mère confidente
de son secret, mais elle craignait qu'elle la traitât d'am-
bitieuse, parce qu'Alphonse, pour lequel elle aurait

18

donné sa vie, était d'une naissance au-dessus de la sienne,
et puis que, par une sublime délicatesse, il avait sauvé
l'honneur de sa famille. Elle eût préféré que le feu qui
brûlait dans son sein pour celui qui avait pris le ciel à
témoin de son amour consumât la fragile enveloppe de
son âme en donnant cette enveloppe à la tombe qui ren-
fermerait son secret; au cas où, par un motif quelconque,
qu'elle était disposée à lui pardonner, il viendrait à
manquer à sa promesse, elle n'accuserait que son ambition, elle seule serait punie. Voilà pourquoi, depuis
trois ans, Marguerite attendait avec espoir la réalisation
de son bonheur ou la tombe; elle était dans cette situation quand elle suivit ses parents en Bourgogne.

La fille des époux Vignon se nommait Marie, on l'appelait Maria. Comme à la plupart des Cabasson, la nature l'avait douée de ses dons les plus précieux, la
bonté, l'esprit et la beauté. Elle était blonde, et dès
l'âge de douze ans elle était jolie; à seize ans elle devint
si belle que les jeunes pratiques de leur maison amenaient, pour la voir, leurs camarades des quartiers éloi-
gnés, qui la dévisageaient de leurs regards éhontés avec
tout le ridicule qui s'attache à une éducation grossière;
sa mère, s'en apercevant, la fit habiller désavantageuse-
ment pour rester au comptoir, pour refouler des attraits
que tant d'autres s'ingénient à faire ressortir. Elle reçut
son instruction à la même pension que sa cousine Marguerite; comme elle, elle en sortit à quinze ans. Sa
mère termina son éducation en en faisant une bonne
ménagère. A peine eut-elle atteint sa dix-septième année qu'elle fut demandée en mariage à ses parents par

un riche boulanger pour son fils, à qui il destinait son
fonds. Edmond Durocher avait toujours presque jour-
nellement fréquenté la famille Vignon depuis l'époque à
laquelle son père l'avait amené à Paris pour y terminer
ses études. Marie n'eut pas plutôt atteint quinze ans
qu'Edmond s'éprit pour elle d'un amour qui l'eût rendu
bien malheureux s'il ne l'eût eu pour en faire la compagne de sa vie. Il ne l'embrassait qu'en lui souhaitant
sa fête et le premier jour de l'année. A chacune de ses
embrassades, son stoïcisme n'était point assez fort pour
empêcher un certain tremblement qu'il croyait déguiser
et un léger incarnat d'apparaître sur son visage. La
blonde Maria, avec l'intelligence que donne l'amour, s'en
apercevait; aussi, la première fois qu'elle vit Edmond
après la demande du boulanger, se hâta-t-elle de lui
apprendre cette nouvelle. Il la reçut en pâlissant et balbutia quelques mots de félicitations. Maria s'aperçut de
son air embarrassé, elle épia son attitude toute la soirée
jusque dans ses moindres détails, après quoi, elle demeura convaincue qu'elle était aimée et que la jalousie
était dans le cœur d'Edmond. Celui-ci, qui était venu
dîner avec la famille Vignon, comme cela lui arrivait
souvent, aurait bien désiré entretenir Maria seule pendant cinq minutes, mais l'occasion ne s'en présenta pas;
il espérait qu'elle se présenterait le lendemain, qui était
le 14 août, veille du jour où tous les ans il lui souhaitait
sa fête en même temps qu'à sa tante, madame Bernelle,
qui était aussi sa marraine. Ce jour-là les deux familles
étaient au complet chez Bernelle, et parmi elles étaient
toujours Edmond Durocher et Alphonse Boyer. Il quitta

donc la famille Vignon en lui disant : — A demain. Le
lendemain, entre six et sept heures du soir, chacun des
membres des deux familles apporta son tribut d'hommages à madame Bernelle. Alphonse envoya un bel
oranger dont les fleurs commençaient à s'épanouir;
Edmond apporta un bouquet varié de fleurs rares; les
plus gourmands apportèrent chacun la pièce montée
qu'ils savouraient le mieux. A sept heures, on se mit à
table; tous s'aperçurent que Maria manquait; ils en demandèrent la cause à sa mère, laquelle leur répondit
qu'un grand mal de tête l'empêchait de venir, que cependant elle ferait son possible pour venir vers neuf
heures souhaiter la fête à sa marraine. Comme tous
étaient contrariés de l'absence de la belle Maria, jusqu'à
la table, qui pleurait une étoile de moins dans son cadre,
Edmond se saisit de la disposition où étaient les esprits,
pour demander à sa mère la permission de l'aller chercher, espérant l'amener en lui exposant le sombre vide
que son absence causait à tous. Madame Vignon lui répondit : — Allez, monsieur Edmond, tâchez d'être plus heureux que moi. Il partit, poussé par le dieu d'amour aussi
légèrement que s'il eût possédé ses ailes. Il trouva Maria
seule dans leur petite salle à manger, qui lisait la Bible
à l'endroit où le jeune Tobie, accompagné d'un ange,
va, de la part de son père, devenu aveugle et pauvre, réclamer à Raguel, son vieil ami, une somme qu'il lui avait
prêtée étant dans l'abondance. Edmond, plein d'émotion, s'approcha d'elle en la saluant; il lui demanda la
permission, en lui présentant une rose blanche à peine
entr'ouverte, de lui souhaiter sa fête, ce qu'elle lui ac-

corda de bonne grâce. Après l'avoir embrassée, il lui dit :

—Mademoiselle Maria, ayant appris par votre mère que vous étiez souffrante, je lui ai demandé la permission de venir vous voir d'abord pour vous souhaiter votre fête, et ensuite de juger par moi-même du degré de vos souffrances, afin de les soulager à l'aide des connaissances que j'ai acquises dans la médecine.

— Je vous suis infiniment reconnaissante de vos prévenances, monsieur Edmond; cela ne sera rien, c'est une migraine qui me vient à de longs intervalles et qui se passe comme elle vient; seulement, la fréquentation de la société retarde ma guérison et double mes souffrances.

— C'est pourquoi vous ne venez pas embellir notre compagnie; tous vos parents vous réclament; quant à moi, je fais plus que de vous réclamer, je viens vous prier, car je sens que si vous ne venez vous asseoir à notre table, la soirée pour moi sera fort triste.

— Mais savez-vous, monsieur Edmond, que vous me flattez beaucoup en ce moment; si le fils du boulanger dont le père m'a demandée en mariage vous entendait, connaissant l'estime que nous avons pour vous, il serait capable de ne point donner suite à cette demande, et mon père et ma mère disent que c'est un bon parti.

— Vous êtes trop jeune pour vous marier, mademoiselle Maria, car vous avez à peine dix-sept ans. Il y a une quinzaine de jours, notre professeur nous faisait une dissertation sur les jeunes filles qui se marient à votre âge; il nous démontrait, avec une expérience de trente années d'études, que si quelques-unes y conservent leur santé, le plus grand nombre l'y perdent, et quelques-

18.

unes payent de leur vie cette imprudence. Quelle que soit
l'honorabilité qui s'attache à la femme d'un boulanger,
je crois que la délicatesse de votre esprit et l'azur de vos
yeux pourraient aspirer à devenir l'épouse d'un homme
occupant dans la société une position un peu plus élevée.
Si cependant vous éprouviez pour ce jeune homme un
sentiment plus puissant que toutes ces considérations,
oh! alors, je les retire et m'incline.

—Je n'éprouve aucun sentiment pour ce jeune homme,
que je n'ai vu qu'une fois; seulement, mon père et ma
mère disent que c'est un parti qui n'est pas à dédaigner,
qu'il faut saisir l'occasion lorsqu'elle se présente. En fille
obéissante, je me soumets à leur volonté. Cependant,
monsieur Edmond, l'estime que j'ai pour vous fera que
je leur exposerai respectueusement, en mon nom, les
observations que vous venez de me faire.

— Mademoiselle Maria, il y a douze ans pour la première fois que j'eus le bonheur de mettre les pieds sur
le seuil de la maison de vos parents; vous et votre frère
étiez alors enfants. L'amitié que je vous vouai à tous dès
ce moment m'attira de plus en plus chez vous; mais
depuis deux ans que vous êtes sortie de pension, un sentiment pour vous, aussi pur, aussi saint et plus fort est
venu se joindre à cette amitié. Est-ce que vous ne vous
êtes jamais aperçue, mademoiselle Maria, des regards de
mes yeux réverbérant dans les vôtres des sentiments qui
remplissent mon âme d'une poésie toute d'amour, et
qu'aucun langage ne peut exprimer? Si, contre ma fatuité,
vous n'aviez point compris ce langage, oh! alors, daignez
accueillir celui de mon cœur qui s'exprime en ce

moment, qui vous dit : Je vous aime! Oui, mademoiselle
Maria, je vous aime plus que le vrai guerrier n'aime la
gloire, plus que saint Vincent de Paul n'aima la charité
et plus que je n'aime ma mère; mais je vous aime comme
une épouse que son mari adore. Je devais demander
votre main à vos parents à l'époque où vous auriez
atteint votre vingtième année, époque où j'espère être
reçu docteur-médecin; je me serais contenté, d'ici là, de
contempler l'objet de toute mon affection, comme le jar-
dinier contemple une fleur rare et délicate de beauté,
tout en lui donnant les soins que réclame sa fragilité,
pour qu'elle arrive sans accident à son épanouissement,
respirant de temps en temps le suave parfum qui s'éva-
pore d'elle, qu'il emporte dans son cœur devenu plus
doux. La demande du boulanger a provoqué cet entretien; je désire connaître si les sentiments de votre cœur
sont en harmonie avec ceux que je porte dans le mien.
J'attends en tremblant de votre bouche les quelques
paroles qui feront le bonheur ou le malheur de ma
vie.

— Je ne sais en vérité si mes sens m'abusent ou si je
suis sous le coup d'une hallucination; serait-il possible
que M. Edmond Durocher, le même qui, il y a onze ans,
sauva mes parents du déshonneur, vienne couronner
tant de bienfaits? Oh! non, je ne puis croire à tant de
bonheur.

— Vous oubliez, mademoiselle Maria, que c'est mon
âme qui vient de s'exprimer, trop heureuse si vous lui
accordez ce qu'elle vous demande.

— Mais, monsieur Edmond, votre naissance est telle-

ment au-dessus de la mienne, que vos parents pourraient
mettre obstacle à vos sentiments, ce qui mettrait du
refroidissement entre eux et les miens, dont je ne voudrais à aucun prix être la cause; et puis, vous oubliez que
je suis la fille d'un marchand de vin. Je vous en prie,
réfléchissez.

— Je réponds de l'assentiment de mes parents et ne
connais pas de distance de naissance; je ne connais que
l'honneur et les sentiments qui se comprennent, voilà
toutes mes réflexions.

— Eh bien! monsieur Edmond, depuis deux ans, moi
aussi je vous aime!

Edmond, en entendant ces mots, prit en tremblant
la main de Maria et la baisa respectueusement, en lui
disant : — Dès ce moment vous êtes mon épouse devant
Dieu qui m'écoute.

Maria prit la main d'Edmond, la porta à ses lèvres, la
baisa, prenant pour témoin de la pureté de son cœur
l'ange qui unit la fille de Raguel au jeune Tobie, en le
priant de les unir aussi saintement que ce couple de
vertu modèle dont elle venait de lire, dans le livre sacré,
l'histoire de la sainte union. Puis elle dit à son fiancé :—
Maintenant, monsieur Edmond, j'attendrai tant qu'il vous
plaira notre union devant les hommes. Quant à ma migraine, je sens qu'elle est passée; je puis maintenant aller
souhaiter la fête à ma marraine; partons. Les fiancés
partirent et se parlèrent pendant le trajet qui les conduisit à la maison Bernelle, dans un langage si harmonieux, qu'il égalait celui des dieux. Arrivés chez Bernelle, Edmond, triomphant, présenta Maria à la société,

laquelle après avoir souhaité la fête à sa marraine et
présenté ses hommages à chacun des convives, s'assit au
banquet de la famille, où elle n'avait jamais paru aussi
belle, tant la joie de se savoir adorée par celui qu'elle
aimait avait donné à son visage déjà si beau un rayonnement qui en rehaussait encore l'éclat.

Telle était, après dix-huit mois, la situation des deux
fiancés, lorsque Vignon emmena sa femme et sa fille en
Bourgogne, pour habiter la maison du diable.

Les deux familles s'installèrent donc dans la maison
maudite, à la grande stupéfaction des habitants de X***,
qui voyaient en elles de nouvelles victimes qui venaient
s'offrir innocemment à l'infernal génie qui avait déjà mis
tant de familles en deuil. Les commères furent les premières à raconter la terrible histoire de la maison à
tous les membres des deux familles, qui furent bientôt
assaillis par la plupart des habitants du pays, qui, les prenant en pitié, leur conseillaient de déménager au plus vite,
s'ils ne voulaient éprouver les funèbres effets que cette
maison réservait à ses locataires. Mais à toutes ces prévenances, maris, épouses et filles ne répondaient que par des
sourires d'incrédulité qui révoltèrent le bon sens de leurs
spirituels conseillers, lesquels se dirent : — Quelles sont
donc ces personnes qui bravent les artifices du démon ?
Ce ne peuvent être que des gens tarés qui, redoutant la police de Paris, sont venus dans ce pays pour y cacher leurs
méfaits ; ne les laissons point approcher de nos enfants,
car leur langage doré serait semblable à la brebis galeuse
qui pestifère le troupeau.

Telle était l'opinion de la plupart des habitants de

X*** à l'égard des familles Vignon et Bernelle, après deux mois de résidence. Cependant le notaire qui leur avait vendu la maison, connaissant ces bruits, regarda comme un devoir de les faire disparaître ; il n'eut besoin pour cela que de faire connaître aux personnes les plus instruites du pays quel était l'honorabilité des deux familles. Il n'y eut plus que les plus stupides, les plus fanatiques qui se signèrent lorsqu'ils rencontraient quelque membre des deux familles, pour empêcher que l'ange des ténèbres, aux ailes de chauve-souris, ne leur fasse subir le sort qu'il leur réservait. Bernelle et Vignon cultivaient leur jardin, allaient à la pêche, faisaient leur partie de cartes ou de dames en compagnie des personnes les plus estimées du bourg.

Par une belle matinée du mois de septembre, de la même année, Vignon et Bernelle, Marguerite et Maria leurs filles, le cœur aussi épanoui que le ciel était beau, examinaient l'abondance et le degré de maturité des raisins de leur jardin, lorsque, vers dix heures, une calèche attelée de deux chevaux fringants s'arrêta devant la porte cochère de leur maison ; quatre hommes en descendirent : les deux plus âgés, paraissant avoir de cinquante-cinq à soixante ans, avaient des favoris grisonnants ; les deux plus jeunes, qu'on devinait, sans être doué d'une grande perspicacité, être leurs fils, dont l'un était blond et l'autre brun, portaient toute la barbe que la nature leur avait donnée avec prodigalité. Leurs figures calmes et presque sévères annonçaient qu'ils étaient âgés tous deux d'environ trente ans ; ils descendirent de la voiture avec la souplesse et l'agilité de leur

ge, L'un d'eux courut tirer le pied de biche qui fit résonner la clochette annonçant indistinctement les visiteurs des deux familles. Comme la famille Bernelle habitait le rez-de-chaussée, ce fut madame Bernelle qui
vint ouvrir; elle resta stupéfaite en se trouvant face
à face avec MM. Durocher, Boyer, Edmond et Alphonse, lesquels n'avaient donné aucun avis de leur
visite. Madame Vignon, dont la famille habitait le premier, qui avait vu avec une agréable surprise les quatre
visiteurs, descendit vivement l'escalier pour les recevoir
en compagnie de sa sœur. Après les embrassades qui suivirent la surprise et les quelques mots d'émotion qui succédèrent, mesdames Bernelle et Vignon conduisirent
leurs amis auprès de leurs maris et de leurs filles, qui,
comme je viens de le dire, étaient au jardin pour admirer le précieux fruit de leur vigne, que dorait chaque
jour de ses rayons le doux soleil d'automne. Ils trouvèrent les deux amis qui discutaient en amateurs sur la
nature des espèces; ceux-ci se retournèrent du côté des
visiteurs au bruit de la conversation qui s'était établie
entre eux et leurs conductrices; ils reconnurent bientôt
que c'étaient des voix amies qu'ils entendaient.

Bernelle et Vignon, quoique ayant voyagé sur le chemin de la vie à travers le sang et les larmes, la satisfaction et les douceurs de la famille, ne furent pas moins
émotionnés d'une joie toute nouvelle que leurs épouses,
d'avoir l'honneur d'une visite à laquelle ils étaient loin
de s'attendre. Alphonse et Edmond, qui arrivèrent auprès
d'eux les premiers, leur adressèrent leurs félicitations;
comme ils allaient leur demander où étaient Marguerite

et Maria, de francs rires partis du fond du jardin à une
centaine de mètres d'eux portèrent leurs échos dans les
oreilles des jeunes gens, et remuèrent toutes les fibres
de leur cœur. C'étaient les deux cousines, qui, après
avoir examiné les raisins dorés et en avoir fait passer
quelques-uns entre leurs lèvres roses et leurs dents blanches comme la neige, étaient allées au fond du jardin
faire une visite aux fleurs qu'elles cultivaient en commun. La brune Marguerite avait tressé délicatement une
couronne de chrysanthèmes et de marguerites blanches,
et la blonde Maria, de ses mains de fée, avait aussi tressé
une couronne de verveines violettes et de pensées ;
toutes deux se les firent poser mutuellement sur la tête.
Maria, en posant la couronne de chrysanthèmes sur la tête
de sa cousine, lui dit : — Marguerite Bernelle, au nom
des fleurs aux dents de neige et aux étamines d'or dont
est composée cette couronne; au nom de toutes les
fleurs de nos jardins publics et privés; au nom de celles
qui bordent les lacs bleus de nos vallées; au nom de ces
fleurs, emblème de l'innocence, qui croissent sans culture
dans les plaines et sur les montagnes, semées par le
vent, pour orner la tête de la jeune fille des champs;
enfin au nom de tout ce qui sourit et de tout ce qui est
beau, je te couronne la reine des fleurs. .

— Ma chère Maria, dit Marguerite, mon esprit est
trop pauvre pour répondre à tant d'éloquence, ce qui
n'empêche que je te couronne à mon tour la plus
belle des blondes de France, d'Angleterre et d'Allemagne, en te souhaitant un époux avant la fin de l'année, plus digne de toi que ce bon M. Simoneau, l'huis-

sier de ce bourg, qui a le nez violacé et le cœur tendre,
lequel t'a demandée en mariage il y a huit jours à tes parents et que tu as délicatement refusé. C'étaient ces
derniers mots qui avaient provoqué les rires éclatants
des deux cousines, rires qui avaient produit des larmes
qui coulaient étincelantes comme des diamants sur
eurs joues rosées, au moment où Alphonse et Edmond
les surprirent.

Les deux cousines, en se voyant face à face avec leurs
fiancés, qu'elles n'attendaient pas, restèrent quelques
secondes comme si elles avaient reçu les atteintes de
la foudre. Leur teint rosé devint de la blancheur des lis,
leurs poitrines haletantes soulevèrent la gaze légère qui
les couvraient. Elles oublièrent, dans leur émotion,
qu'elles portait chacune une couronne sur la tête.

Les deux jeunes gens embrassèrent chacun leur fiancée, qui ne leur avaient jamais paru aussi belles; les
larmes de joie qui coulaient sur leurs joues mouillèrent
les lèvres des deux amants en infiltrant dans leurs sens
une douce ivresse. L'ange invisible des saintes amours
contemplait en le bénissant le plus suave tableau de la
vie, produit par un pinceau sorti de l'atelier céleste. Pendant que ces deux couples heureux se promenaient au
milieu de la nature, l'amour dans les yeux et le désir
dans l'âme, les époux Bernelle et Vignon faisaient
visiter leur maison à MM. Durocher et Boyer. Cette
visite étant terminée, tous s'assirent dans le modeste
salon de Bernelle, dans lequel les jeunes amants se rendirent bientôt. M. Durocher, saisissant le moment où un
sujet de conversation se terminait, prit la parole d'un

— 19

air solennel et dit : — Mon fils Edmond a été reçu docteur-médecin après avoir passé un brillant examen;
ses professeurs et ses amis lui ont conseillé d'exercer à
Paris, ce dont il avait déjà l'intention ; c'est vous dire
que c'est décidé. A peine étions-nous sortis de la salle
d'examen, que je vis les yeux de mon fils qui brillaient
de bonheur; nous sommes pères, mes amis, je ne vous
étonnerai pas en vous disant que je partageai sa joie.
Tout à coup mon Edmond, à qui je donnais le bras, me
le serra tellement fort, que je laissai échapper une
plainte. Après ce mouvement convulsif, qui n'était pour
lui qu'un avertissement, il me dit : — Mon père, maintenant il me faut une femme. — Cela est vrai, lui répon-
dis-je, nous en chercherons une. — Elle est toute trouvée,
mon père. Je fis halte sur le trottoir et lui dis : — Comment, Edmond, sans me consulter ! J'avais peur qu'il
n'eût formé de ces liaisons occultes auxquelles un père
qui se respecte refuse son consentement quand il s'agit
d'un mariage. — Rassure-toi, mon père, me dit-il; la personne que j'ai choisie pour partager mon existence et que
j'aime est d'une famille aussi honorable que la nôtre,
elle est digne que vous l'appeliez votre fille. — Parle
donc alors, et ne me laisse pas plus longtemps dans la
perplexité. — Eh bien, mon père, c'est mademoiselle
Marie, la fille de notre ami Vignon. C'est alors que je
sautai au cou de mon fils, pour le féliciter d'avoir jeté
les yeux sur une aussi agréable personne. Je viens donc,
mon vieux sauveur d'Arcis-sur-Aube, mon ami Vignon,
vous demander, ainsi qu'à votre dame, en mon nom et
en celui de madame Durocher, la main de votre fille

Marie, pour en faire l'épouse, la compagne de mon fils, pour partager en ce monde sa bonne ou mauvaise fortune. Je vous donne le temps que vous voudrez pour réfléchir à ma demande, qui, si vous l'accueillez, complétera le bonheur de mon fils et fera la joie de ma famille.

A cette demande, à laquelle ils étaient loin de s'attendre, les époux Vignon restèrent un instant interdits; après quoi Vignon dit à sa fille : — Qu'as-tu à répondre à la demande de M. Durocher? — Il y a deux ans, mes chers parents, que j'ai promis mon cœur à M. Edmond. Edmond ne répondit que par un baiser, qui alla se placer au cœur de sa fiancée. Madame Bernelle dit : — Toutes réflexions sont faites; nous ne pouvons en avoir pour un tel honneur. — Alors, dit M. Durocher, pour ne pas retarder le bonheur de nos enfants, il est de notre devoir de hâter leur union. — Quand il vous plaira, monsieur Durocher, répliqua Vignon.

M. Boyer, son fils, les époux Bernelle et Marguerite leur fille étaient restés spectateurs, écoutant religieusement la demande de M. Durocher et la réponse de Vignon.

La joie était sur tous les visages, lorsque M. Boyer, profitant d'un moment où personne ne parlait plus, prit la parole avec la même solennité que M. Durocher; il dit : — Je viens d'entendre avec un plaisir qu'on éprouve peu souvent dans la vie, une demande que l'amitié et le cœur ont faite; l'amitié et le cœur ont répondu. Puis, s'adressant aux époux Bernelle, il dit : — Je viens aussi, mes amis, vous demander, en mon nom et en celui de mon épouse, la main de mademoiselle Marguerite, votre fille, pour en faire l'épouse de mon fils, qui est reçu avocat du barreau de Paris. Il m'a dit qu'il avait depuis longtemps promis son cœur à mademoiselle Marguerite, qu'il désirait consacrer cette promesse au pied de l'autel. L'alliance de l'amitié existait entre nos deux familles avant la naissance de nos enfants; ma femme et moi désirons y ajouter l'alliance du sang pour leur donner le bonheur qu'ils désirent. Si vous daignez accepter favorablement ma demande, ma femme et moi éprouverons une satisfaction d'autant plus grande que notre fils nous a dit qu'il n'aurait jamais d'autre épouse que mademoiselle Marguerite.

Les époux Bernelle, suffoqués aussi de bonheur, remercièrent M. Boyer en acceptant sa demande. Alphonse et Marguerite, comme avaient fait Edmond et Maria, s'embrassèrent en signe d'assentiment. Pour jouir de leur bonheur, les deux couples heureux retournèrent au jardin. Quant aux pères et mères, ils arrêtèrent que les deux mariages seraient célébrés le même jour et dans trois semaines.

Dès que le jour fut fixé, chacun fit ses invitations.

Bernelle et Vignon auraient bien désiré voir assister à cette solennité leurs deux beaux-frères, Pierre et Jean Cabasson; mais qu'étaient-ils devenus depuis qu'ils s'étaient engagés dans un régiment à Mont-Dauphin, en 1824? Ils étaient parvenus tous deux au grade de sergent, lorsque, en 1830, on fit l'expédition d'Afrique. Le régiment où ils étaient en fit partie. Tous deux se distinguèrent à la prise d'Alger, où ils gagnèrent chacun la décoration de chevalier. En 1831, ils furent, à quelques

mois d'intervalle, nommés sous-lieutenants. Le régiment
où ils étaient fut désigné pour revenir en France. Alors
ils permutèrent et passèrent avec leur grade dans le régiment qui remplaçait celui qui partait, ce qui leur arriva deux fois avant d'atteindre l'époque dont je parle.
Pierre était devenu chef de bataillon et Jean capitaine.
Le régiment dans lequel ils étaient, était à Lyon et désigné pour venir tenir garnison à Paris. Ils n'écrivaient
que rarement à Bernelle et donnaient ainsi leur adresse :
*Pierre Cabasson, militaire au 27ᵉ régiment de ligne, poste
restante, à Alger ou Constantine*, etc. De telle façon que
Bernelle et Vignon ignoraient qu'ils fussent gradés,
même du grade de caporal. C'est donc avec le genre de
suscription qui précède qu'ils envoyèrent une lettre col-
lective d'invitation, poste restante, à Lyon. Les deux frères répondirent de ne pas trop compter sur eux, que
cela dépendait de leur colonel, qui seul pouvait disposer
de leurs personnes.

On était à l'avant-veille des noces; la famille Durocher
venait d'arriver; les vendanges venaient d'être terminées;
une série de beau temps, dont on ne prévoyait pas le
terme, durait depuis une dizaine de jours; tous les pré-
paratifs nécessaires étaient terminés. La veille des noces
on vint annoncer à Bernelle et à Vignon que deux fourriers faisaient à la mairie des billets de logement pour
recevoir un bataillon qui devait passer à X... le lendemain et y coucher; qu'il leur était destiné à chacun deux
militaires. Cette nouvelle, qui eût contrarié bien des pères le jour où ils mariaient leurs enfants, réjouit au contraire les deux amis, qui, dans leur pensée, non-seule-

ment leur donneraient des lits pour les coucher, la
place au feu et à la chandelle, comme on le doit aux
soldats qui sont de passage, mais encore se propo-
saient de leur faire prendre part au festin. Comme
étant anciens soldats et décorés, ils regardaient comme
une bonne fortune et un honneur que l'armée y fût
représentée.

Le jour tant désiré par les jeunes couples pour cette
cérémonie divine qu'on nomme le mariage arriva enfin.
Le soleil, sortant des bras de l'aurore, se leva radieux.
Il envoya majestueusement ses rayons humides de rosée
annoncer à l'horizon qu'aucun nuage, pas même une vapeur légère, ne devait paraître en ce jour devant sa face.
Les jeunes époux, qui étaient mariés devant les hommes
la veille, étaient tout à leur bonheur ; ils faisaient leur
toilette pour paraître dignement dans la maison du Sei-
gneur pour y recevoir sa bénédiction. Tout était préparé,
tout était prévu pour toutes choses, lorsque le carillonnement des cloches aux allures de fête annonça le premier coup de la messe ; en ce bourg, il faut faire trois
carillonnements à vingt minutes d'intervalle les uns des
autres avant que le prêtre ne commence la cérémonie.
Au moment où commençait ce premier carillonnement, le bataillon annoncé la veille entrait dans le bourg
musique en tête, jouant ses airs les plus gais et les plus
harmonieux. Tout le monde à X... était sur pied ; tout
ressemblait à un grand jour de fête. Le bataillon arrivé
sur la place du Marché, qu'on nomme aussi la place
d'Armes, les fourriers distribuèrent aux soldats leurs
billets de logement, lesquels se dispersèrent dans le

bourg, chacun dans le logement qui leur était assigné
sur le billet. Il est un usage consacré que le plus haut
en grade loge chez le maire; mais le chef de bataillon
s'en était excusé auprès de lui en se faisant délivrer pour
lui et trois de ses capitaines deux billets pour loger chez
M. Bernelle et M. Vignon, chez lesquels tous quatre se
dirigèrent. Le cœur du chef de bataillon et celui de
l'un des capitaines qui l'accompagnaient, qui tous deux
avaient fait leurs preuves de courage dans les champs
d'Afrique, palpitaient de plus en plus au fur et à mesure
qu'ils se rapprochaient de la maison de leurs hôtes futurs. Y étant arrivés, ils virent une dizaine de voitures
devant elle, dont la fraîcheur, jointe à l'habillement des
cochers et aux harnachements des chevaux, annonçaient
un mariage splendide. La porte cochère étant ouverte,
ils entrèrent et demandèrent, leur billet de logement à
la main, MM. Bernelle et Vignon. Environ cent personnes des deux sexes remplissaient la cour, attendant que
les épousées, dont les filles d'honneur, les couturières
et les mères, venaient de terminer la toilettes, don-
nassent l'ordre du départ pour l'église. Bernelle et
Vignon, qui recevaient les invités en donnant des poignées de main aux hommes et en embrassant les dames,
voyant les officiers, se présentèrent à eux. Ils étaient
loin de s'attendre à avoir l'honneur de les loger, car ils
savaient par expérience que cet honneur n'appartenait
qu'aux autorités civiles; ils les reçurent avec leur sourire le plus gracieux. La réception fut tout à coup interrompue par les jeunes mariées, qui sortaient du vesti-
bule qui conduisait à la cour. Tous les convives des deux

sexes firent cercle autour d'elles. Elles étaient ravissan-
tes de beauté; leurs toilettes, de la blancheur de la
neige, leurs voiles et leurs couronnes, emblèmes de l'innocence, donnaient à leurs figures blanches et sereines
un air angélique empreint d'une douce majesté; on les eût
prises pour deux saintes du ciel descendues sur la terre
avec une permission divine pour montrer aux mortels la
beauté des élus qui habitent le céleste séjour. Bernelle et
Vignon, après les avoir embrassées, revinrent vers les officiers et leur dirent : — Soyez les bienvenus, messieurs,
vous ne pouvez venir en un meilleur jour; tout est bonheur et gaieté ici aujourd'hui.

— Je m'aperçois, en effet, dit le chef de bataillon tout
ému et presque tremblant, que vous êtes en cérémonie
de mariage. Nous serions désolés de troubler la félicité
que vous donne un si beau jour. Permettez-nous, messieurs, de nous retirer.

— Vous retirer, mon commandant! mais j'en voudrais
toute ma vie à mon éloquence, si elle était assez pauvre
pour ne pouvoir vous retenir. Vous êtes ici dans une famille de vétérans de l'empire; voilà mon beau-frère, ancien maréchal-des-logis des chasseurs à cheval de la
vieille garde; moi-même, je suis un vieux de la vieille.
Nous marions aujourd'hui chacun notre fille avec ces
jeunes hommes que j'ai l'honneur de vous présenter;
ils s'aiment, voyez-vous, c'est pourquoi nous les marions, car tout le monde s'aime dans notre famille. Nous
attendions deux frères qui sont aussi dans l'armée; s'ils
fussent venus, ils auraient mis le comble à notre joie, mais
ils ne viendront pas; vous les remplacerez, sacrebleu!

—Ils pourraient venir, et quatre personnes de plus pourraient gêner.

— Non, mon commandant, des soldats ne gênent jamais chez nous; je vais commander qu'on vous donne tout ce dont vous avez besoin. Quant à nous, nous allons à la messe; aussitôt notre retour, nous vous ferons société comme à des frères, sacrebleu! Je veux que tout le monde mange, boive et s'amuse ici aujour-d'hui.

—Permettez-nous alors, dit le commandant, de vous accompagner au saint lieu, puisque vous voulez bien nous accueillir en votre aimable société; Dieu n'a pas dit que les prières des soldats lui étaient indifférentes.

—Sans doute, messieurs, les soldats font comme les autres, ils prient par la pensée, mais ne récitent pas de prières; si vous nous accompagnez, vous nous ferez honneur et plaisir.

Le commandant ainsi que le capitaine le plus rappro-ché de lui étaient tellement émus, qu'on voyait qu'ils avaient de la peine à retenir leurs larmes.

Madame Vignon, qui les regardait depuis leur arivée, en voyant cette émotion arrivée à ce point, dit à sa sœur, madame Bernelle : — N'as-tu jamais vu ce commandant et ce capitaine qui est à côté de lui? A cette question, madame Bernelle pâlit. C'est alors que les deux sœurs, toutes tremblantes d'émotion, fixèrent ces deux officiers qu'elles croyaient reconnaître; ceux-ci ne purent sup-porter ces regards sans laisser s'échapper les larmes qu'ils avaient jusqu'alors retenues avec effort; ce que

19

voyant les deux sœurs; elles sautèrent à leur cou, chacune
en s'écriant : Mes frères, mes frères !

—Oui, chères sœurs, ce sont vos frères qui viennent
à votre aimable invitation, répondirent Pierre Cabasson,
devenu chef de bataillon, et Jean Cabasson, devenu
capitaine.

Aux embrassades de leurs sœurs succédèrent celles de
leurs beaux-frères et des jeunes mariées, ces dernières
plus fières encore que leurs pères et mères de pouvoir
présenter à leurs époux et à leurs parents deux oncles,
dont les épaulettes et les croix attestaient le mérite et
la valeur.

Ce fut un moment d'indicible joie qu'ils éprouvèrent,
après dix-sept années de séparation, en se revoyant au
moment d'une cérémonie dont la solennité, par les
devoirs qu'elle consacre, en fait la plus sublime de la
famille. Ce fut un frémissement, un éclair qui illumina
les âmes des convives et attendrit tous les cœurs.

Après les premières émotions, Bernelle leur demanda
pourquoi ils leur avaient caché les nobles positions qu'ils
avaient acquises dans l'armée.

—C'est, répondirent-ils, un serment que nous fîmes
aux mânes de notre mère, lorsque vous nous apprîmes
sa mort et la triste cause qui l'occasionna ; nous jurâmes
alors de ne paraître devant vous que lorsque nous serions
purifiés des désordres de notre jeunesse, qui ont tant
fait de mal à notre bonne mère.

— Pour combien de temps demeurez-vous avec
nous?

— Pour huit jours, dit Pierre Cabasson; mes deux

capitaines et amis que j'ai invités à nous accompagner
pour se réjouir avec nous, que j'ai l'honneur de vous
présenter, conduiront mon bataillon jusqu'à Paris.

—Allons, tout est pour le mieux, dit Bernelle; maintenant allons à l'église, ne faisons pas attendre plus
longtemps le prêtre qui doit unir nos enfants.

Pendant la cérémonie, la musique du régiment qui
avait suivi le bataillon de M. Cabasson, avec la permission du prêtre, fit retentir des airs pieux sous les voûtes
du saint lieu. Après la cérémonie commença le festin,
pendant lequel elle joua ses airs les plus gais. Un dîner
improvisé dans le jardin fut la récompense des musiciens.
Jamais bonheur ne fut mieux épanoui que celui qui
exista pendant les quatre jours que dura la noce. Il
y eut un grand bal, où tous les jeunes garçons et les
jeunes filles de la classe intelligente du pays furent
invités; tous répondirent à cette invitation. Les quelques
malheureux que renfermait le bourg firent trêve à leur
misère, bien qu'ils ne pussent que se douter de l'invisible
main qui, par l'intermédiaire de la servante du curé,
leur apporta une pitance à laquelle ils n'étaient point
habitués.

Lorsque les noces furent terminées, MM. Durocher,
Bernelle, Vignon, Pierre et Jean Cabasson, ainsi que les
jeunes époux, reconduisirent M. et madame Boyer à
deux kilomètres de X...; après les adieux de la séparation, comme les conducteurs revenaient au bourg, ils
rencontrèrent une vieille qui semblait écrasée sous le
poids d'une boîte qu'elle portait sur son dos; sa marche
était d'une extrême lenteur; sa figure souffrante annon-

çait ou la suite d'une longue maladie, où que la vie
s'éteignait au souffle de nombreuses années; elle était
couverte de misérables haillons, dont l'injure des années
abandonnait de temps en temps quelques lambeaux au
vent qui les emportait.

La vieille, en apercevant cinq messieurs décorés et
deux jeunes couples élégamment vêtus, s'éloigna d'eux
le plus loin qu'elle put, pour cacher ses haillons. Mais
Vignon et Bernelle, qui l'avaient reconnue pour leur
tireuse de cartes, à laquelle ils avaient quelquefois pensé
depuis trois semaines, en la voyant en un si piteux
état s'approchèrent d'elle et lui demandèrent si elle
avait été malade. — Mais oui, monsieurs, sans M. le curé,
qui a envoyé sa servante m'apporter de la viande de la
part de braves gens, m'a-t-elle dit, je serais morte; mais
j'ai mis le pot-au-feu, et mes forces sont un peu revenues;
c'est aujourd'hui ma première sortie. — Bernelle et
Vignon fouillèrent dans leurs poches, réunirent une
quarantaine de francs, qu'ils donnèrent à la cartomancienne. Comme elle se confondait en remerciments, ils
lui dirent : — Il y a cinq mois, vous nous tirâtes notre
bonne aventure pour chacun deux sous; aujourd'hui,
reconnaissant le mérite de votre métier, nous ajoutons
à ces deux sous un supplément que nous estimons vous
être dû. Une douzaine de mercis et force révérences
furent la réponse de la tireuse de cartes. Elle regarda s'é-
loigner Vignon et Bernelle en les bénissant; puis, sondant
ses forces et consultant sa richesse, elle revint sur ses
pas, rentra dans sa misérable chaumière pour se donner
des soins, et disputer encore pendant quelque temps

son corps décharné à la terre qui le réclamait; car la
feuille était sèche, le vent devait infailliblement bientôt
la faire tomber.

Ces mariages éblouirent tout le monde du pays : cette
musique qui avait joué pendant l'office divin et pendant
le dîner des convives, le commandant du bataillon et un
des capitaines, qui étaient les beaux-frères et frères
des pères et mères des mariées; l'air distingué de
M. et madame Durocher, qui étaient venus en calèche
depuis Amiens; M. et madame Boyer, qui étaient connus
dans les environs par leur charité; toutes ces considérations firent que chacun recherchait la société des propriétaires de la maison du diable. Tout était fini pour
elle, elle avait fait son temps; ses rares et fanatiques
partisans eurent beau invoquer les ombres et les spectres qui autrefois faisaient sa renommée, ils ne répondirent que par un silence de mort; l'esprit des ténèbres
était chassé à jamais par l'esprit de lumière, dont il ne
put désormais supporter l'éclat. Au bout de quelque
temps eut lieu le renouvellement des conseillers municipaux. Bernelle sortit le premier sur la liste, comme
ayant réuni le plus grand nombre de voix; il fut à cet
effet nommé premier adjoint.

Les deux amis des camps, les deux beaux-frères, trouvèrent dans le bourg tout le bonheur qu'ils avaient rêvé
pour le dernier quart de leur existence. Ils recevaient
dans la belle saison leurs enfants, qui tous habitaient
Paris; leurs beaux-frères, les Cabasson, qui tous deux
étaient retraités; leurs parents et amis des villages où ils
étaient nés, M. et madame Boyer venaient souvent à X***

pour se distraire, disaient-ils, au contact d'une amitié
qui avait pris ses racines sur le tombeau de leur père, et
ses branches dans une alliance qui avait produit des
fruits dignes de l'arbre qui les avait portés.

Bernelle, après avoir conduit successivement à leur
dernière demeure la plus grande partie des personnes
qui lui étaient chères, sentant sa fin approcher, manda
ses enfants, ses beaux-frères les Cabasson, et les rares
parents et amis que la mort avait oubliés sur son passage.
Il avait soixante-dix-neuf ans, quand il sentit arriver
l'époque finale de sa vie; le jour arrivé, il en fixa en
quelque sorte le moment; le sentant venir, il fit apporter
par sa femme trois bouteilles de son meilleur vin, que
Vignon versa dans autant de verres qu'il y avait de parents et d'amis; on approcha la table de son lit, puis on
lui mit un verre dans la main; sa femme le soutenait sur
son bras; il dit d'une voix faible : —Allons, mes enfants,
mes parents, mes amis, que chacun prenne un verre,
pour que je trinque avec vous une dernière fois. Je vous
souhaite une fin comme la mienne, voilà ma dernière
volonté, que celle de Dieu soit faite; puis il trinqua avec
tous, ensuite il s'éteignit sans souffrance au milieu des
siens. La moitié du bourg assista à son enterrement,
Vignon prononça sur sa tombe quelques mots élogieux
sortis de son cœur, qui émurent la foule recueillie.

Dieu ne lui donna que six mois pour pleurer son ami,
après quoi il l'appela à lui. Son convoi fut suivi avec le
même recueillement et par les mêmes personnes qui
avaient assisté au convoi de Bernelle.

Ainsi finit la vie accidentée de deux amis modèles

que j'ai connus et admirés. Récapitulons en quelques
lignes celle de Bernelle. Nous l'avons vu partir pour
l'armée où le sort l'appelait, puis déserteur pendant la
bataille de Marengo, ensuite garçon de ferme en Piémont.
Nous le voyons revenir au foyer paternel, où il trouve
sa mère morte du chagrin que lui avait causé sa désertion. Il est ensuite réhabilité et incorporé dans l'armée
par l'intermédiaire de deux jeunes filles, deux anges
aimant Dieu et la patrie, et le cœur d'un soldat généreux.
Nous le retrouvons au combat d'Haslagh, où éclate sa
bravoure, à Austerlitz, où il se couvre de gloire; il est
décoré sur le champ de bataille par son empereur, pour
une action d'éclat. Nous l'avons suivi dans la douloureuse retraite de Russie, où il éprouva toutes les tortures
réservées à un soldat malheureux. Nous le retrouvons
dans la campagne de France, défendant nos foyers en
tuant nos ennemis d'un bras fatigué; mais les coups
qu'il porte sont sûrs, par l'habitude du métier. Nous
voyons sa haine se révéler contre les grands chefs de
l'armée à Fontainebleau, à Ligny, où il se bat en rugis-
sant, et enfin à Waterloo, où, blessé, il se bat en désespéré;
épuisé par ses blessures, il tombe, mais le dernier, au
milieu des cadavres et des membres palpitants de ses
camarades, que protégeait, un instant avant, contre la
mort un rempart de cadavres prussiens mêlés à ceux de
leurs chevaux. N'étant que grièvement blessé, il se lève
du milieu de cette boucherie humaine à la clôture du
jour, il panse ses blessures et se traîne comme il peut
jusqu'à Genappe, où le hasard lui fait recueillir son bienfaiteur mourant; il reçoit ses dernières volontés qu'il

transmet à sa fille bien-aimée. Son immense douleur
après cette mort. Il rentre enfin au foyer paternel, qu'il
trouve envahi par les Prussiens, et il venge son ami
d'enfance qu'ils avaient battu d'une manière lâche, en
en tuant deux dans la campagne déserte; il cache leurs
cadavres dans des carrières abandonnées. Puis, craignant de renouveler cette vengeance qui logeait dans
son cerveau, il vient à Paris, où il embrasse le modeste
commerce de marchand de vin en détail. Il épouse, à la
suite d'une rixe qui a lieu chez lui, la fille de l'un des
combattants, laquelle, étant un modèle de vertu, devait
faire son bonheur domestique. Sa reconnaissance for-
tuite avec Vignon, son ami des camps, lui permet de
l'unir à sa belle-sœur; la spéculation des deux amis en
faisant l'escompte les avait conduits dans l'antichambre
de la faillite, lorsqu'ils furent sauvés par deux jeunes
gens reconnaissants au moment où ils préparaient leur
suicide; ensuite leur réussite dans leur commerce;
l'achat d'une maison en Bourgogne qui nourrissait
dans le pays l'ignorance et la superstition dans la classe
la plus nombreuse, dépourvue d'instruction; enfin, les
alliances inespérées qu'ils firent en mariant leurs filles
avec deux jeunes hommes issus de familles distinguées.

La vie de Vignon ressemble de trop près à celle de
Bernelle, pour que nous récapitulions ses différentes
phases, qui du reste sont dans la mémoire du lecteur.

Après la mort de leurs maris, les deux sœurs, qui
avaient leurs enfants à Paris, résolurent de quitter X***,
pour aller finir leur vie auprès d'eux. Elles vendirent

l'ancienne maison maudite 40,000 francs, et habitèrent avec chacune leur fille, où elles trouvèrent un repos adouci par les prévenances de chacune un gendre qui les aimait comme ils avaient aimé leurs mères, qui n'étaient plus, jusqu'au moment où ce repos se glissa délicieusement dans l'immense royaume de l'éternité.

CHAPITRE XVII

Bernard ouvre une maison de commerce de vin modèle. — Encore une bataille de manants. — Les frères Malineau et leurs crimes. — Détresse de Lisa et de sa mère. — Expiation d'assassins. — Années 1840 à 1852.

Nous avons laissé Bernard, Boivin et Duroc en plein exercice de leur commerce; nous allons reprendre le récit de leur histoire à l'endroit où nous l'avons quitté. Bernard, comme nous l'avons dit, vendait du vin et des liqueurs dans un magasin qu'il avait loué aux environs de l'École militaire, qui était fréquenté par une partie des voyoux du quartier, dans lequel il faisait un brillant commerce relativement à l'exiguïté de son local. Malgré cette réussite, il n'était point satisfait; on devine qu'il était ambitieux. Il y avait trois ans qu'il était dans cette maison lorsqu'il se maria avec la fille de son blanchisseur, jeune personne de vingt ans, dont la figure blonde, fraîche et épanouie, ne manquait pas d'intelligence. Sa

large poitrine étalait majestueusement des formes gracieuses que rehaussait une taille élevée et bien cambrée ;
son langage familier allait jusqu'à tutoyer une grande
partie de leurs pratiques ; enfin, l'ensemble de sa personne ne manquait pas d'attraits aux yeux des pratiques
de la maison Bernard. Bernard, avant d'être marié, se
trouvait trop à l'étroit dans sa boutique, il respira péniblement, quand il vit sa moitié prendre ses coudées
franches dans un comptoir qu'il venait de faire poser
pour remplacer la futaille sur laquelle il débitait ses
marchandises ; ses poumons ne pouvaient se dilater à
l'air renfermé dans un espace aussi exigu ; ses nerfs, agi-
tés par l'ambition, se heurtaient sans cesse aux quatre
murs ; jusqu'à sa femme, qui n'était point exempte de
ressentir les effets de cette névralgie. Un matin il s'é-
veilla radieux, à la suite d'un rêve qui l'avait bercé une
partie de la nuit, lequel l'avait fait propriétaire d'un magasin de vins bien garni à l'Entrepôt. Pour écouler les
vins de ce magasin, il avait un débit dans Paris, aussi
vaste et aussi bien achalandé que celui de M. Aubry, de
la barrière des Deux-Moulins. Après ce rêve, la première parole qu'il adressa à sa femme fut de l'en entretenir ; il lui dit : — Jeanne, cette boutique est trop petite pour donner du travail à nos bras et de l'exercice à
notre intelligence ; il faudrait la vendre et nous agrandir ;
qu'en dis-tu ? — Je dis, mon ami, que tu as plus d'expérience que moi dans ce commerce ; je suis disposée à
donner mon concours à toutes tes volontés.

Quinze jours après son rêve, Bernard avait vendu son
fonds 12,000 francs, laquelle somme, jointe à la dot de

sa femme et aux bénéfices qu'il avait faits dans son commerce, le faisait possesseur d'une somme de 30,000 fr. Il s'était interdit dans l'acte de vente de son fonds le droit de s'établir marchand de vin dans un rayon de 300 mètres de la boutique vendue. Dès le lendemain de la livraison de son fonds, il chercha à en ouvrir un autre semblable au modèle de son rêve. Huit jours s'étaient à peine écoulés, qu'il avait trouvé ce qu'il cherchait à peu près au centre du quartier du Gros-Caillou. Il passa immédiatement un bail de douze ans avec le propriétaire. Ce local était situé dans la principale rue du quartier, et était précédemment occupé par un menuisier; il se composait de deux pièces séparées par une cloison légère, au milieu de laquelle était une porte de communication. La première pièce, qui donnait sur la rue, avait 12 mètres de façade sur 10 de profondeur; il en fit sa boutique et plaça au fond, vis-à-vis de la porte de la rue qui était au milieu de la façade, un grand comptoir en étain à deux cuvettes avec tous les accessoires nécessaires au service. Derrière le comptoir et de la même longueur, il fit placer trois planches superposées, adaptées au mur, pour y mettre les bouteilles à liqueurs et autres aussi pour les besoins du service. Au-dessus de ces planches, il fit placer une pendule appelée œil-de-bœuf, qui donna assez exactement l'heure. Une boîte pour mettre le pain, à côté de laquelle était suspendu un couteau au bout d'une ficelle pour le détailler, fut placée à l'un des bouts du comptoir; à l'autre bout, il mit une fontaine en marbre pour rincer les verres et les bouteilles. Il fit faire l'entrée de sa cave dans sa boutique pour faciliter encore

le service; cette entrée était couverte par une menui-
serie appelée tambour, servant à poser les bouteilles
vides d'une journée de débit. Au bout du comptoir,
à côté de la fontaine en retour d'équerre, il plaça cinq
pièces de vin, auxquelles il mit à chacune d'elles une
cannelle en cuivre. Un grand espace restant inoccupé,
il y plaça deux grandes tables pouvant contenir chacune
dix personnes. Un gros poêle en fonte fut placé au milieu pour chauffer les pratiques en hiver. Cette boutique
était éclairée le jour par la porte d'entrée, qui était vitrée, et par deux croisées de chaque côté. Deux quinquets à deux becs, séparés par une grosse boule en cuivre, devaient l'éclairer la nuit.

La seconde pièce, située derrière la boutique, avait
20 mètres de longueur sur 12 de largeur ; il y mit vingt
tables couvertes en toile cirée, pouvant recevoir chacune
dix personnes. Cette vaste salle était éclairée le jour par
un vitrage de toute la longueur de la salle donnant sur
une grande cour, et la nuit par cinq quinquets pareils à
ceux de la boutique. Un énorme poêle était placé au
centre pour la chauffer.

Il fit peindre la devanture de sa boutique en rouge et
l'intérieur en jaune, et fit coller du papier sur les murs
de la salle, sur lesquels étaient imprimés les tournois du
moyen âge. Jeanne, sa femme, confectionna des rideaux
rouges pour l'ornement de toutes les croisées. Tel était
l'agencement et l'ornementation de la nouvelle maison
de Bernard.

Quinze jours avant l'ouverture de son vaste établissement, qu'il chérissait déjà, il plaça sur le tableau de de-

vanture une large bande de calicot d'un mètre de largeur et de toute la longueur de la façade, sur laquelle fut inscrite cette singulière annonce :

Le 1er du mois prochain, ouverture du Grand Magasin de vins modèle. Les deux premiers jours de cette ouverture, c'est-à-dire les 1er et 2 avril, on débitera du vin et des liqueurs pour rien ! rien ! rien ! Le premier jour on ouvrira à neuf heures du matin, les jours suivants à six heures. Avis aux gourmets, aux sages et aux fous.

Cela fait, il garnit sa cave de marchandises, et attendit avec anxiété le résultat du débit des 1er et 2 avril, lequel devait, dans son esprit et dans celui de sa femme, à qui il avait inoculé ses pensées, selon son importance, décider d'un seul bond de l'achalandage de son établissement ; quoiqu'il ne doutât pas de la réussite, cependant il voulait voir pour plus de certitude. Il disait à sa femme : — C'est une largesse qui sera bientôt gagnée : nous achalanderons notre maison en deux jours, quand la plupart des ouvreurs de fonds de marchands de vin mettent trois ou quatre années.

Dès le lendemain du jour où avait été déployée sur le frontispice du temple cette réclame d'un genre tout nouveau, les fainéants, les gourmands et les ivrognes d'en bas, recrutés dans tous les métiers, sans exception, les chiffonniers, les marchands de vieux suif, de verres et de bouteilles cassés, les étameurs de casseroles, les ouvreurs de portières, les saltimbanques, les joueurs de musique ambulants, les mendiants faux écloppés, les voleurs de profession, les repris de justice, enfin les voyoux de tous les degrés et de toutes les qualités connaissaient

que le chef d'un établissement grandiose, situé au Gros-
Caillou, débiterait gratuitement du vin, de l'eau-de-vie
et des liqueurs, pendant les deux premiers jours de son
ouverture. Pour tous c'étaient deux jours de fête comme
ils n'en avaient point encore vus; aussi une grande partie s'y donna-t-elle rendez-vous; si beaucoup n'y vinrent
pas, c'était par crainte d'y rencontrer quelques agents de
police avec lesquels ils ne se souciaient de renouveler
connaissance.

La veille de l'ouverture, quatre garçons, sous la direction de Bernard, mirent toutes choses en place; trois
cents litres et mille verres de grandeurs diverses furent
rincés et disposés de manière à ne point faire attendre
les pratiques qu'on ne connaissait pas, envers lesquelles,
conséquemment, il fallait avoir une prévenance délicate pour les attirer pour l'avenir dans l'établissement.
Pour être exacte à l'ouverture, la pendule fut mise à
l'heure de l'horloge de l'Hôtel de ville.

Le 1er avril, cinq minutes avant neuf heures, madame
Bernard, coiffée d'un bonnet blanc orné de rubans rouges, vêtue d'une robe de mérinos couleur lie de vin, un
tablier bleu à petites raies et des manches de pareille
étoffe attachées au-dessus du coude, la figure souriante,
la tête haute, la poitrine en avant, attendait debout le flot
de pratiques qui allaient entrer, sinon pour les servir,
du moins leur présenter sa personne dans ce qu'elle avait
de plus gracieux.

Bernard et ses quatre garçons, en bras de chemise,
attendaient, non sans éprouver quelque émotion, sonner
neuf heures pour ouvrir les portes de l'établissement,

malgré l'envie qu'il avait de les ouvrir avant l'heure annoncée, en entendant avec une joie qu'il ne dissimulait
pas le bourdonnement d'une multitude qu'il jugeait être
de deux à trois cents personnes. Il attendit cependant
que le premier coup de marteau annonçant neuf heures
frappât sur le timbre de sa pendule, jugeant prudemment que de l'exactitude qu'il mettrait à tenir le programme de son affiche dépendait l'avenir de son établissement.

Au premier coup de marteau qui fit résonner le timbre
de la pendule, dont les aiguilles marquaient neuf heures, Bernard retira fébrilement la barre de fer qui main-
tenait la porte fermée, puis ouvrit cette porte à deux
battants, comme, dans les palais, on ouvre la porte
d'honneur devant les grands.

À peine la porte fut-elle ouverte, que, telle la mer à la
marée montante sort de ses rives pour envahir la plage,
que tels aussi les flots d'une multitude d'environ trois
cents personnes se précipitaient dans l'établissement de
Bernard.

Cette populace à figures sinistres, couverte de haillons
crasseux, épouvanta Bernard; il avait bien servi, dans
l'établissement qu'il venait de vendre et dans celui de la
barrière des Deux-Moulins où il avait été garçon, de
semblables pratiques, mais elles étaient noyées dans une
société convenable. Celles qui s'attablaient en ce moment
dans son établissement étaient sans mélange la plus hideuse écume du ruisseau social. Il y avait des jeunes
personnes des deux sexes à peine sortis de l'enfance,
qui portaient sur leurs figures effrontées et déjà rabou-

gries, les traces d'une débauche précoce ; on en voyait
d'autres qui promenaient leurs regards fauves et obli-
ques, on devinait des voleurs. La plupart étaient accompagnés de ces bacchantes dont les gestes éhontés et sans
pudeur en font des êtres qui n'ont de l'humanité que
la forme et le nom ; on y voyait aussi des personnes de
quarante ans, montrant leurs figures terreuses et caves,
leurs yeux étaient hébétés et leurs lèvres étaient noircies
par les vapeurs alcooliques ; on y voyait encore quelques
personnes de cinquante-cinq à soixante ans , montrant
les restes de maladies honteuses, en portant les marques
hideuses sur leurs visages rouillés ; ces derniers, ne
trouvant de plaisir que dans l'ivresse, étaient constamment à sa recherche. Telles étaient les créatures
ignominieuses que la pancarte de Bernard avait atti-
rées dans son établissement. Il vit du premier coup
d'œil qu'il s'était trompé, son intelligence était en
défaut, mais, ne pouvant reculer, il fit contre fortune
bon cœur.

Il fit donc servir toute cette canaille par ses garçons
pendant qu'il examinait presque en tremblant les gestes
de ses répugnantes pratiques, écoutant çà et là leurs
conversations toujours insaisissables, car tout était mys-
térieux dans cette légion de misérables. Depuis leur langage inconnu des profanes jusqu'aux moindres contrac-
tions de leurs figures ; un clignement d'yeux , un
pincement des lèvres, un froncement des sourcils, tout
en eux avait quelque chose de satanique qui inspirait le
dégoût sinon la pitié. Leur souffle impur imprégna bientôt l'air d'une odeur nauséabonde ; car cette société ren-

fermait en elle tous les échantillons des vices les plus
terribles et les plus immondes de l'humanité.

Bernard, en examinant le personnel de chaque table,
remarqua à l'une d'elles, située à l'une des extrémités
de sa salle, deux hommes en blouses et en casquettes,
portant moustaches, qui buvaient paisiblement à petits
coups un litre de vin blanc; la propreté relative de ces
deux hommes, qui promenaient leurs regards insou-
ciants sur cette multitude, lui fit douter que c'étaient
des agents de police; ces doutes se tournèrent en certitude en voyant, à l'extrémité opposée, trois autres hommes vêtus à peu près comme ceux qui consommaient le
litre de vin blanc, qui buvaient lentement un litre de vin
rouge, en promenant aussi leurs regards sur cette foule;
cela le rassura un peu, car il prévoyait qu'au besoin il ne
serait pas seul à mettre l'ordre dans son établissement.

Tout se passa à peu près tranquillement pendant les
trois premières heures, sauf quelques discussions dont
le bruit s'élevait au fur et à mesure que le vin montait
au cerveau des discuteurs. Vers midi, à une table composée de voleurs et de leurs compagnes, il s'éleva, à propos d'infidélités de l'une d'elles, une vive discussion qui
dégénéra bientôt en dispute; des mots vivement accentués on en vint aux injures, dans lesquelles, les adversaires se reprochèrent, le vin aidant, mutuellement leurs
vols. Les agents que nous avons signalés étaient tout
yeux et tout oreilles. Aux injures révélant leurs méfaits
succédèrent bientôt les coups de pied, les coups de poing;
les plus faibles tirèrent leurs couteaux-poignard. Bernard
et ses quatre garçons accoururent pour séparer ces dan-

gereux combattants, ils n'y réussirent qu'en les mettant
à la porte. Les figures de ces voleurs des deux sexes
ruisselaient le sang et la bave. A peine Bernard fut-il
débarrassé d'eux, qu'il fut obligé d'accourir de nouveau
pour faire cesser une tragédie à peu près semblable à là
première. De midi à neuf heures, vingt scènes pareilles
se renouvelèrent. Bernard et ses quatre garçons étaient
épuisés, ils avaient tous reçu des horions plus ou moins
graves qui les avaient mis à sang, lesquels avaient fait
naître les capacités de madame Bernard pour les panse-
ments.

Lorsque des individus, en se disputant, faisaient des
révélations sur leurs vols, au moment où ils sortaient, un
des agents cités les suivait par derrière et les signalait à
des agents postés à cet effet qui les arrêtaient.

Les sociétés se renouvelaient sans cesse, il n'y avait
que le genre qui ne se renouvelait pas. A neuf heures,
plus de mille personnes dont les trois quarts étaient sorties chancelantes avaient consommé dans la maison Bernard; plus de deux cents d'entre elles étaient tombées
ivres-mortes au contact du grand air dans les rues voisines, lesquelles étaient jonchées de cadavres qui ressus-
citaient sans miracles, après avoir cuvé le vin du généreux Bernard.

A dix heures, Bernard et ses quatre garçons avaient
une peine inouïe à mettre l'ordre, ils craignaient à chaque instant d'être débordés, quand tout à coup ils entendirent un brouhaha dans la boutique qui dominait
celui de la grande salle où ils étaient. C'était une dizaine
de personnes avinées en nombre égal des deux sexes,

parmi lesquelles étaient deux individus taillés en hercu-
les, portant sur leurs épaules chacun une tête de hibou,
dont les figures étaient tellement sinistres qu'on les pouvait juger au premier coup d'œil capables de commettre
tous les crimes. Ils firent leur entrée en hurlant; comme
ils étaient armés de grosses cannes, ils frappaient avec
force sur le comptoir, demandant avec des cris sauvages du vin comme s'il en pleuvait. Bernard, en entendant ce bruit, quitta sa grande salle avec deux garçons,
laissant faire à deux ce qu'ils ne pouvaient qu'à grand'
peine faire à cinq. Il aperçut sa femme, pâle et tremblante, qui servait les tapageurs; après avoir jeté un coup
d'œil sur les nouveaux venus, il reconnut les deux her-
cules; lui, si brave dans les rixes de cabaret, devint aussi
tremblant que sa femme, il venait de reconnaître les
deux frères Malineau.

Bernard n'eut pas plutôt quitté sa salle avec ses deux
garçons, que les deux autres, qui étaient restés furent
immédiatement débordés. Des chants, ou plutôt des hurlements sataniques, qui s'étaient élevés à une des tables
du milieu, avaient provoqué à une table voisine des chants
d'une même nature, qui suscitèrent bientôt une dispute
d'où sortirent à profusion les mots les plus hideux ex-
trait d'un vocabulaire vomi par Satan, un jour de fête
aux enfers. Tout le monde de la salle était debout, prenant parti pour ou contre les personnes des deux tables,
qui hurlaient en se disputant. La salle entière était par-
tagée en deux camps; c'était un bacchanal épouvantable que ce bruit produit par deux cents voix rauques aux
cris sauvages, que rendrait difficilement en nombre égal

un concert de hurlements de loups, de mugissements
de taureaux, auxquels se mêleraient les cris des canards,
des corbeaux, des chouettes et des hiboux. A ce bruit
infernal se mêla bientôt un autre bruit de tic toc tac ;
c'était une grêle de coups de toutes sortes : coups de
pied, coups de poing, des bouteilles et des verres lancés
çà et là, qui retombaient avec fracas sur le parquet après
être tombés sur quelques têtes à leur passage. De ce chaos
baveux et sanglant sortaient des cris aigus arrachés par
la douleur des blessés.

Bernard, entendant ce vacarme, retourna dans sa salle,
suivi des deux garçons qu'il en avait distraits pour y mettre l'ordre ; mais il était trop tard. Au moment où ils entraient, ils se rencontrèrent dans l'embrasure de la porte
avec les deux garçons qu'ils y avaient laissés qui se sauvaient. Bernard, après avoir jeté un coup d'œil sur la
mêlée, reconnut l'impossibilité de mettre l'ordre, il envoya un de ses garçons quérir la garde, laissant ainsi,
jusqu'à l'arrivée de cette dernière, toute cette canaille
batailler à son gré.

Les frères Malineau ne demandaient pas mieux que de
batailler aussi ; faisant les bons apôtres, sous prétexte de
mettre l'ordre, ils entrèrent dans la salle, menaçant de
leurs bâtons, qu'ils levaient au-dessus de leurs têtes, et
de leurs voix fêlées, de pulvériser tous ceux qui conti-
nueraient de se battre. Il leur fut répondu par des hurlements féroces ; les princes des démons étaient impuis-
sants à mettre l'ordre dans cet enfer. Tout en faisant
ainsi leurs bons apôtres, ils devinrent le point de mire
des combattants, qui leur lancèrent tout ce qui leur tom-

bait sous leurs mains; jamais les frères Malineau n'a-
vaient assisté à une si belle fête. Écumant de rage, ils
foncèrent sur les groupes de batailleurs, frappant dessus
avec leurs bâtons et d'estoc et de taille, s'ouvrant, ainsi
qu'à leur société, un passage au milieu de la salle. Ils
arrivèrent vainqueurs jusqu'à son extrémité, après avoir
séparé les groupes, en blessant une vingtaine de personnes; mais un groupe dispersé ici se reformait là. Tel
un bateau à vapeur sur la Seine fend les eaux du fleuve
qui se referment aussitôt derrière lui, tels aussi les frères
Malineau s'étaient ouvert un passage qui s'était fermé
derrière eux, de telle sorte que, quand ils crurent avoir
fini, tout était à recommencer; les battus tombés se relevaient et s'embrassaient comme des insensés. Au milieu d'eux étaient des bacchantes, espèces de squelettes
en guenilles, aux visages couleur lie de vin, au milieu
desquels étaient des yeux ternes qui sortaient de leurs
orbites, qui n'avaient de vivace que le faux brillant que
donne l'ivresse; la plupart avaient perdu dans la mêlée
le mouchoir crasseux qui leur servait de coiffure, on
voyait leurs cheveux enroulés qui flottaient au gré des
mouvements de leurs têtes, comme si des couleuvres
les eussent remplacés.

La garde arriva enfin, mais elle n'était composée que
de quatre soldats que commandait un caporal. Celui-ci
vit en un clin d'œil qu'il était impuissant à mettre l'ordre dans cette galère, peuplée de deux cents personnes
qui se battaient avec tout le désordre d'une folle ivresse.
Cependant le caporal, homme de cœur, voulut essayer
de remplir son ingrate mission; il avança avec ses qua-

tre hommes dans la mêlée, mais ils furent bientôt en-
tourés par une vingtaine de ces misérables, qui hurlaient
des paroles sans suite d'où semblait sortir une invitation
à les laisser s'amuser à leur guise, que chacun s'amusait
à sa manière, que telle était la leur. Comme le caporal
ne voulut point obtempérer à cette folle invitation qui
ne remplissait pas son devoir, il commanda à ses hommes d'en pousser quatre ou cinq à la porte; lui-même
se mit à l'œuvre, mais une vingtaine de mains ou plutôt
de griffes les tirèrent violemment par leurs capotes, des
éclats de bouteilles leur furent lancés, plusieurs furent
blessés. Alors le caporal, convaincu de son impuissance,
abandonna les pochards et commanda la retraite pour
aller chercher du renfort. A peine furent-ils dehors de
l'établissement, qu'ils se rencontrèrent avec six sergents
de ville et vingt gardes municipaux que commandait un
officier de paix. Le caporal, après lui avoir rendu compte
de la situation de la place, se joignit à eux. L'officier de
paix, qui avait le commandement, fit d'abord évacuer la
boutique, puis entra dans la salle, monta sur une table,
ceignit son écharpe, et d'une voix forte somma les batailleurs de sortir; sa voix se perdit dans les clameurs
des ivrognes, personne n'obéit. Alors il commanda aux
vingt gardes municipaux d'entourer le premier groupe
et de faire sortir un à un ceux qui le composaient. Au
fur et à mesure qu'ils sortaient, il demandait à chacun
les papiers constituant son individualité; ceux qui n'en
avaient pas et ceux qui en avaient qui n'étaient point en
règle furent conduits au poste. D'un groupe on passa à
un autre, et ainsi de suite. Au bout d'une demi-heure,

il n'y restait plus que la société des Malineau; les deux
frères, par des raisons particulières, auraient bien désiré
n'être point contrôlés par l'officier de paix, et pour cela,
dès son arrivée, ils avaient examiné les croisées qui donnaient sur la cour, pour s'assurer s'ils pouvaient se sauver par ce chemin de contrebande; malheureusement
elles étaient grillées; ils durent passer devant l'officier de
paix, qui leur demanda leurs papiers comme aux autres.
Ils répondirent qu'ils n'en avaient pas, mais qu'ils espéraient qu'eu égard à ce qu'ils étaient entrés dans la salle
pour y mettre l'ordre, il ne les enverrait pas coucher
au poste. L'officier de paix crut reconnaître en eux
deux individus en rupture de ban que la police recherchait, leur attribuant d'avoir commis plusieurs crimes;
ces crimes, commis avec une audace identique, avaient
commencé à se produire à une date qui coïncidait avec
la sortie de prison des frères Malineau. Parmi ces crimes, le plus épouvantable était l'assassinat de deux époux
septuagénaires dans une maison isolée, dans l'une des
communes des environs de Paris. Ces doutes de l'officier
de paix étaient plus qu'il n'en fallait pour les faire arrêter et les surveiller activement. Quand on les arrêta, ils
firent une résistance désespérée, en jouant de leurs cannes, qui tombaient sur les sergents de ville et les gardes
municipaux; ils leur envoyaient en outre des crocs-en-
jambes qui en firent tomber plusieurs; il fallut les ter-
rasser, puis on leur mit les menottes et on les conduisit
au poste, avec recommandation de les mettre au violon.
Le lendemain, à neuf heures, on les conduisit chez le
commissaire de police, où l'officier de paix se trouva,

muni du signalement des frères Malineau, qui confirmait
ses doutes de la veille sur leur identité. Le commissaire
leur demanda s'ils avaient des papiers constatant leur
individualité; ils répondirent qu'ils les avaient laissés
dans une auberge où ils avaient couché, qu'ils avaient
cherché cette auberge sans pouvoir la trouver.

Le commissaire, s'adressant à Jean Malineau, lui dit :
— Quels sont vos nom, prénoms et demeure?

— Je me nomme Juan Castro : je suis né à Barcelone,
Espagne ; je demeure un peu partout, ce qui veut dire
nulle part.

— Et vous, dit le commissaire à Pierre Malineau, quels
sont vos nom, prénoms et demeure ?

— Je me nomme Pietro Castro; mon existence est la
même que celle de monsieur, qui est mon frère.

L'officier de paix, qui avait écouté en silence, leur dit :
— On ne se joue pas ainsi impunément d'un magistrat;
vous êtes en effet les deux frères par le sang comme par
les vices ; l'un de vous se nomme Jean et l'autre Pierre ;
votre nom est Malineau, et non Castro. Vous êtes sortis
il y a deux mois de la maison centrale de Melun; depuis
votre sortie déjà plusieurs crimes vous sont attribués,
parce qu'ils portent le cachet de votre férocité.

Le commissaire de police les envoya à la Conciergerie.
L'officier de paix n'avait pas fait fausse route, car les
nouveaux crimes reprochés aux frères Malineau furent
en partie prouvés devant la justice.

Ces deux monstres, en sortant de la maison centrale
de Melun, étaient possesseurs chacun d'une somme
d'environ 85 francs, qu'ils avaient gagnés en faisant des

chaussons tressés. Bien que le séjour de Paris leur fût
interdit, c'est cependant de ce côté qu'ils dirigèrent
leurs pas. Avec l'argent qu'ils possédaient, ils eurent
bientôt renouvelé connaissance avec ceux des bandits qui
étaient restés à Paris pendant les cinq années qu'ils
étaient restés en prison à Melun, lesquels avaient été
assez adroits pour commettre leurs larcins sans se faire
pincer. Tant que dura l'argent on fréquenta les marchands de vin et les maisons de prostitution, c'est-à-dire
que tant que dura l'argent l'orgie ne chôma pas ; étant
dépensé il fallut chercher le moyen de s'en procurer ;
c'est alors qu'ils pensèrent à leur mère et à leur sœur,
dont ils n'avaient point eu de nouvelles depuis leur condamnation. Qu'étaient devenues en effet ces pauvres dé-
laissées, madame Malineau et sa fille, après la scène qui
s'était passée chez elles entre leurs fils et frères et
M. Bertania, dont les conséquences avaient été pour elles
la perte de celui qui payait leur loyer, leur nourriture et
le luxe relatif qu'elles étalaient en public ?

Ces deux misérables femmes, qui, après l'abandon de
M. Bertonia, possédaient une quinzaine de cent francs,
se consolèrent un peu de cet abandon. Elles donnèrent
congé de leur logement et attendirent de nouveau les
caprices de la fortune pour en louer un autre. L'époque
du déménagement approchait et la fortune, malgré le
luxe que Lisa déploya dans sa toilette, aux Champs-
Elysées, au théâtre, dans les bals, etc., la fortune, dis-je,
ne lui avait point encore montré les gracieux sourires
qu'elle prodigue aux belles en les comblant de ses faveurs.

Lisa, il est vrai, avait trente ans, elle était belle et avait
appris, au contact de M. Bertonia, assez de savoir-vivre
pour ne point se livrer au premier qui lui conterait-fleu-
rette. Elle désirait trouver un homme aimable ayant de
la fortune ; un jour elle crut l'avoir trouvé aux Champs-
Elysées, en se promenant seule dans l'allée la plus fa-
vorisée des promeneurs : un monsieur d'une quarantaine
d'années, qui se promenait aussi seul dans cette allée,
avait rencontré Lisa trois fois, parce que tous deux
allaient de la place de la Concorde au rond-point, et *vice
versa* ; la première fois il la regarda en l'admirant, la
seconde il la regarda d'un air badin, la troisième fois il
lui sourit ; Lisa lui rendit son sourire et quitta l'allée,
fut sous les arbres qui sont du côté du palais de l'Elysée ;
le monsieur, qui ne l'avait point perdue de vue, la rejoignit bientôt ; ils se parlèrent et se comprirent, car Lisa et
sa mère, qui avaient été la veille visiter un logement de
150 francs pour le louer, situé rue Saint-Lazare, l'abandonnèrent pour louer un appartement de 600 francs, rue
Notre-Dame-de-Lorette. Mais, hélas ! ce monsieur ne possédait pas la même fortune que M. Bertonia ; c'était le
caissier d'une maison de banque importante dont les
appointements, qui étaient de 5,000 francs, suffisaient à
peine à l'entretien de son ménage ; car il était marié
avec une femme qui avait l'âge de Lisa ; elle avait un
peu plus de grâce et plus de beauté, mais infiniment
plus d'esprit. Ils avaient trois jolis enfants, miroirs de
bonheur des deux époux. Ce malheureux fut tellement
épris des charmes de Lisa, que les exigences de la concubine dépassèrent la somme de ses appointements

pour faire face à ses deux ménages, il prit l'argent dont
il avait besoin dans la caisse de son patron, et dissimula
adroitement par une fausse concordance de ses écritures
avec sa caisse l'argent qu'il en détournait. Le banquier
ayant eu connaissance de l'inconduite de son caissier,
voulut un dimanche, en son absence, se rendre compte
de la situation de sa caisse ; ses recherches eurent pour
résultat la disparition de 25,000 francs. Plus de doute,
son caissier, en devenant infidèle à sa femme, était devenu
infidèle à sa caisse ; il l'avait abusé ainsi pendant trois
ans. Le lendemain il le manda chez lui, lui fit part de
ses recherches de la veille et de leur résultat ; le misérable pâlit et balbutia quelques mots de pardon. Le banquier, qui avait ce caissier depuis dix ans, se contenta de
le renvoyer en lui faisant une verte semonce. La misérable Lisa avait par son astuce subjugué les sens du
faible, de l'heureux père, qui, jusqu'à ce qu'il fît sa rencontre, faisait partager son bonheur à sa famille. Le banquier trompé, tout en se contentant de renvoyer son infidèle commis, mit le désespoir dans son âme. Dans la
soirée du jour où il lui reprocha son crime, il monta sur
la colonne Vendôme, puis se lança dans l'éternité, laissant une femme désolée et trois enfants dans la misère.

Soit la fin dramatique de son amant ou la contrariété qu'elle éprouvait d'en chercher un nouveau, il arriva que Lisa tomba dangereusement malade : elle garda
le lit pendant cinq mois ; sa convalescence ne dura pas
moins. Les deux malheureuses dépensèrent dans ces dix
mois toutes les économies qu'elles avaient faites sur l'argent qui avait causé un suicide et mit le désespoir et la

misère dans une honorable famille. Lisa, en sentant revenir ses forces, ne voyait pas revenir sa beauté; ses traits,
si réguliers avant sa maladie, montraient des rides que les
eaux les plus onctueuses de son parfumeur ne pouvaient
effacer; pour surcroît d'infortune, tous ses cheveux
étaient tombés, repousseraient-ils? Peu s'en fallut que
le désespoir la prît; cependant, se sentant guérie, elle reprit courage, acheta des cheveux chez un habile coiffeur
qui refit du mieux qu'il put ce que la maladie avait dé-
truit. Elle se para chaque jour de ses plus beaux orne-
ments, s'ingéniant à leur donner la tournure qu'affichait
la marchandise corrompue qu'ils cachaient. Elle se regardait dix fois dans la glace avant de sortir de son appartement. Ainsi attifée, elle chercha de nouveau dans
les promenades publiques, dans les théâtres et les maisons de jeux, à se procurer un nouvel amant, prodi-
guant à l'occasion ses grâces et son esprit pour qu'ils
s'harmonisent avec le goût qui avait présidé à sa toilette.
Elle réussissait quelquefois à la lumière à prendre quelques jouvenceaux dans ses filets, qui s'affranchissaient
bientôt d'elle en voyant au jour le miroir au cadre fraî-
chement doré qui renfermait une glace rayée, dont le
nombre des années avait aussi usé le tain. Les intermè-
des qui eurent lieu entre les cinq ou six amants qu'elle
eut dans le cours d'une année furent plus grands que
la longueur de leur possession; son luxe obligé mangea
dans cette année plus que le prix de la débauche;
l'orgie enfanta une nouvelle maladie qui donna le coup
de grâce aux faibles attraits qui lui restaient. Dans cette
malheureuse situation, la misère arriva avec toute sa

splendeur. Elle devait quatre termes à son propriétaire, qui lui donna congé, ne comptant que sur la valeur du mobilier de sa locataire pour se payer des loyers qui lui étaient dus, qu'il se promettait de retenir le jour du déménagement. Lisa, pour pourvoir au besoin de sa seconde convalescence, avait été obligée de déménager un à un les objets mobiliers qui avaient quelque valeur. Elle avait commencé timidement par sa pendule; puis ce fut un fauteuil, ensuite un matelas, un lit de plume, son linge et sa vaisselle de valeur. Elle avait fermé les yeux de son concierge en lui donnant chaque fois une pièce de un franc. Lorsque le jour du déménagement arriva, il n'y avait plus de saisissable qu'une armoire et une commode vides avec quelques fouillis. Comme elle devait à tous les petits commerçants du quartier, elle eut soin, pour se soustraire aux avanies qu'ils n'auraient pas manqué de lui faire le jour de son déménagement, d'abandonner son local huit jours avant son époque. Lisa et sa mère étaient sans meubles et sans bijoux; elles possédaient pour toute richesse quelques robes défraîchies, derniers restes d'une splendeur déchue, et une centaine de francs pour subvenir aux besoins les plus indispensables; puis elles furent loger dans un garni du faubourg Saint-Denis. Elles touchaient du doigt à la misère. C'est alors que, pour la centième fois, Lisa maudit ses frères, qui causaient tous leurs malheurs, avec toute la fureur du désespoir. De son côté, sa mère vouait ses fils, à chaque instant du jour et la nuit dans ses insomnies, à toute la fureur des divinités infernales.

L'argent étant épuisé, les malheureuses étaient rédui-

tes à demander du crédit aux commerçants de bouche
de leur nouveau quartier, qui tous leur refusèrent cette
dernière ressource, sachant par expérience combien est
précaire la position de ceux qui logent dans ces sortes
de garnis. Il fallait donc qu'elles avisassent au plus vite
au moyen de se créer un travail quelconque pour vivre ;
mais depuis treize ans qu'elles ne travaillaient plus, elles
en avaient perdu l'habitude. Voici à quoi elles s'arrêtèrent : madame Malineau prit le mannequin de chiffonnière, et Lisa se voua franchement à la prostitution. Ses
manières relativement distinguées et quelques robes de
son ancienne opulence la firent accepter par une maîtresse de maison de la rue Feydeau, où elle ne resta
qu'une année à cause de son âge avancé ; puis elle fut
dans une maison de même nature, mais d'un ordre
inférieur, rue de Viarmes. Voilà quelle était la position
de la mère et de la fille au moment où les frères Malineau les cherchaient pour leur soutirer comme autrefois quelques pièces de cinq francs, ignorant que l'or ne
réverbérait plus chez elles l'aisance et les plaisirs.

Ils commencèrent leurs recherches en allant demander au concierge de la maison de la rue Saint-Lazare
où ils avaient commis, cinq ans auparavant, la belle équi-
pée qui les avait fait condamner chacun à cinq ans de
prison, dans laquelle ils croyaient qu'elles demeuraient
encore, ils demandèrent, dis-je, au concierge, si deux
dames, la mère et la fille, demeuraient toujours au
deuxième, sur le devant. Le concierge, qui était nouvellement dans la maison, leur répondit que non ; que
c'était un ménage ayant deux enfants qui habitait le

logement qu'ils indiquaient; que, du reste, il n'y avait aucun logement dans la maison habité par deux dames seules. Cette réponse les dépista complétement, c'est donc d'un autre côté qu'ils durent tourner leurs regards pour se procurer l'argent qu'ils cherchaient. Ils résolurent, à cet effet, d'explorer à la clôture du jour les chemins les moins fréquentés des environs de Paris, qui conduisent aux villages qui l'alimentent en primeurs et en légumes, espérant surprendre quelque marchand retardataire pour lui voler, en l'assommant, l'argent provenant de son marché. Le premier crime de ce genre qu'ils commirent eut lieu près d'Épinay. Un marchand de légumes était, vers neuf heures du soir, sur le chemin qui conduit à ce village, où il demeurait, revenant de Paris faire son marché; fatigué, il dormait dans sa voiture, que son cheval conduisait instinctivement à sa demeure, comme cela arrivait souvent. Les deux frères, qui étaient aux aguets, apercevant une proie, regardèrent un instant autour d'eux s'ils n'apercevaient pas quelque point noir annonçant quelque chose de suspect; ils écoutèrent avec la même attention, dans le silence de la nuit, s'il se faisait quelque bruit à faible distance. Rien ne troublant le projet criminel qu'ils méditaient, ils sautèrent prestement sur la voiture du pauvre marchand; celui-ci, sentant une secousse inaccoutumée, se retourna, mais au même moment, Jean Malineau lui asséna sur la tête un violent coup de bâton, qu'il avait destiné à cet effet, qui l'étourdit; puis tous deux sautèrent sur lui, le fouillèrent et prirent 120 francs qu'il avait et sa montre en argent, et s'enfuirent. Le cheval n'avait ni ac-

céléré ni ralenti son pas, il arriva comme à l'ordinaire
à la maison de son maître, où la femme de celui-ci l'attendait avec leurs enfants pour souper. Le pauvre diable,
qui était resté étourdi, ne commença à reprendre ses
sens qu'en arrivant à sa demeure. Dans le premier moment, il crut sortir d'un rêve dans lequel il avait été
volé, mais se sentant une violente douleur à la tête, il y
porta instinctivement la main, qu'il retira maculée de
sang; il reporta vivement sa main à sa poche, et s'aperçut que le sac de grosse toile qui contenait son argent et
sa montre avaient disparu. Sa femme et ses enfants,
émus dans le premier moment, se consolèrent ensuite
en pensant qu'un bien plus grand malheur aurait pu
leur arriver. Le maraîcher jura que désormais il ne
dormirait plus sur sa voiture, et qu'il rentrerait avant
le coucher du soleil, puis qu'il s'armerait en conséquence.

Possesseurs d'une somme relativement importante,
les deux frères recommencèrent leur vie de débauches;
ils avaient volé cet argent avec tant de facilité qu'ils ne
s'inquiétaient pas, dans leur monstrueuse orgie, du
moyen à employer pour s'en procurer lorsque le besoin
se ferait sentir. Il y avait à peine dix jours qu'ils avaient
commis le vol cité, que la montre, qui avait été mise au
mont-de-piété, et les 120 francs étaient déjà réduits
à une quinzaine; c'est alors qu'en hommes prudents
qui pensent au lendemain, ils se mirent de nouveau en
campagne. Malheur à ceux qui devaient se trouver sous
leur coupe.

Dans une commune située à quatre lieues de Paris,

dont nous tairons le nom, pour ne pas raviver dans ce village des souvenirs douloureux qui firent toujours impression sur ceux à qui l'on racontait le crime que nous allons esquisser. A cette époque vivaient paisiblement dans une modeste aisance, fruit de longs et laborieux travaux, deux époux dont le mari était septuagénaire et la femme venait d'avoir soixante ans. Ils avaient pour les servir et leur tenir compagnie une de leurs petites-filles, nommée Marie, âgée de quatorze ans. Ils habitaient une petite maison isolée d'une quarantaine de mètres des maisons voisines; comme, du reste, beaucoup de maisons le sont encore aujourd'hui dans cet endroit. La maison des époux Jeanron, c'est ainsi qu'ils se nommaient, de laquelle dépendait un jardin potager et fruitier, n'avait qu'un rez-de-chaussée, une cave et un grenier.

Le rez-de-chaussée se composait de trois pièces : la première, en entrant, qui servait de salle à manger, donnait sur la rue ou plutôt sur le chemin; derrière la salle à manger était la chambre à coucher des époux Jeanron, laquelle communiquait à une chambre de bonne qui avait accès sur le jardin; c'était dans cette chambre que couchait la jeune Marie.

Les frères Malineau, qui depuis deux jours cherchaient une proie aussi facile à dévorer que la première, l'avaient plusieurs fois trouvée; mais ils avaient toujours été dérangés par des passagers importuns au moment de fondre sur elle. Le troisième jour de leurs recherches, ils arrivèrent dans le village où demeuraient les époux Jeanron à la tombée du jour, ne possédant plus que

40 sous. Ils entrèrent dans la première auberge qu'ils aperçurent, demandèrent un litre de vin et du pain, bien résolus, à la suite de ce frugal souper, qui allait les laisser sans le sou, à exécuter un vol quelconque. Le maître de l'auberge où ils étaient attablés tenait, en outre, un bureau de voitures publiques qui s'arrêtaient devant son auberge pour y faire descendre les voyageurs du village venant de Paris, et *vice versa* poursuivaient leur route jusqu'à destination. Parmi les voyageurs qu descendirent ce jour-là à huit heures du soir le 22 mars, était un petit homme droit, portant bien sa tête, ayant un bâton à la main, compagnon de vieillesse et de caducité. Cet homme, qui paraissait âgé d'environ soixante-dix ans, était coiffé d'un chapeau de soie à haute forme dont le temps avait un peu rougi la couleur; une blouse bleue couvrait ses effets de gala, qu'il n'oubliait jamais de mettre chaque fois qu'il allait à Paris.

Un des habitués de l'auberge dit au petit homme :
— Tiens ! c'est le père Jeanron qui vient de Paris. Bonsoir, père Jeanron, comment vous portez-vous?

— Mais je me porte bien; et toi, Jacques, comment vas-tu?

— Mais je me porte bien aussi, père Jeanron. Je parierais que vous venez de toucher vos rentes, vieux Crésus, car si je ne me trompe, c'est aujourd'hui le 22 mars, jour, m'a-t-on dit, du détachement du coupon.

— Mais oui, mon garçon : quand on est vieux et qu'on ne peut plus travailler, si l'on n'avait pas de cette marchandise-là, il faudrait la demander à ses enfants ou la mendier à la société; dans le premier cas, cela est quelquefois désagréable; dans le second, c'est humiliant; heureusement que je n'en suis pas là.

— Je le sais, père Jeanron; vous méritez bien d'être à votre aise, vous avez assez travaillé pour cela. Voulez-vous accepter un petit verre avec moi?

— Mais oui, Jacques, je le veux bien; puis je vais rentrer à la maison pour que ma vieille ne soit pas inquiète.

Jeanron le rentier et Jacques, un des laborieux journaliers de la commune, trinquèrent et burent chacun leur petit verre, puis se séparèrent en se souhaitant le bonsoir.

Les Malineau, qui avaient l'oreille aux écoutes, ne perdirent aucun mot de la conversation qu'ils venaient d'entendre de Jeanron et de Jacques; aussi, au moment où le père Jeanron quittait l'auberge pour rentrer chez lui, Jean Malineau sortit et le suivit à distance jusqu'à sa demeure. Le père Jeanron rentré, Jean prit un morceau de craie blanche qu'il tira de sa poche; puis, protégé par les ténèbres, il s'approcha doucement de la porte et fit au milieu une grande croix destinée à la faire reconnaître des autres; cette précaution prise, il revint trouver son frère à l'auberge où il l'avait laissé; lui raconta, en se frottant les mains de satisfaction, ce qu'il venait de faire; les deux frères se jurèrent alors qu'ils ne quitteraient le village que munis de l'argent des époux Jeanron. Ils demandèrent un nouveau litre de vin et du fromage, et payèrent leur dépense. L'aubergiste payé, il leur restait encore 12 sous qu'ils consommèrent en eau-de-vie.

A dix heures, voyant que l'aubergiste se disposait à fermer son établissement, les deux frères sortirent et dirigèrent leurs pas du côté de la maison Jeanron, que Jean fit remarquer à son frère en passant devant elle. Ils décidèrent qu'ils n'attaqueraient cette porte qu'entre minuit et une heure; comme ils avaient encore plus de deux heures devant eux, ils s'éloignèrent du village toujours en suivant le chemin sur lequel était cette maison. Comme ils étaient à environ deux kilomètres de la dernière habitation, ils entendirent le bruit d'une voiture qui venait lentement de leur côté; ce bruit avait d'autant plus d'attrait pour eux qu'il était unique dans la contrée. Ils doublèrent le pas. La lune, qui venait de se lever, leur montra une voiture de maraîcher attelée d'un cheval que conduisait un seul homme; ils pensèrent au maraîcher d'Épinay. Cet homme, comme celui d'Épinay, dormait aussi dans sa voiture, mais d'un sommeil si léger qu'il entendit Jean et Joseph qui se parlaient à voix basse; il releva brusquement la tête comme un homme bien éveillé. Joseph, qui avait vu son réveil, lui dit : — Quelle heure est-il, mon brave homme? — Je n'en sais rien, répondit le maraîcher en donnant un coup de fouet à son cheval. Mais Joseph, qui avait peur que cette proie ne leur échappât, sauta à la bride de l'animal, qu'il retint vigoureusement, pendant que Jean attaquait avec son bâton plombé le maraîcher; mais celui-ci, jeune homme vigoureux et adroit, prit un bâton qu'il avait toujours à côté de lui au cas où il serait attaqué, en donna un coup si violent à Jean qu'il alla rouler dans un fossé qui bordait le chemin. Le charretier, débarrassé de Jean, fouetta de nouveau son cheval à tour de bras, et sur la tête et sur les mains de Joseph, qui s'efforçait de le retenir. Jean, qui n'était qu'étourdi, se releva bientôt et attaqua de nouveau le voiturier. Celui-ci, pour repousser cette nouvelle attaque, cessa de fouetter son cheval et reprit son bâton, ce que voyant Joseph, il lâcha la bride du cheval qu'on ne fouettait plus, puis sauta sur le derrière de la voiture. Le malheureux maraîcher, attaqué par derrière et par devant, se défendit un instant en désespéré, lorsqu'un violent coup de bâton que Joseph lui donna sur la nuque le fit tomber de sa voiture. Alors les deux assassins s'acharnèrent d'autant plus sur ce malheureux qu'ils avaient failli être vaincus par lui; ils l'accablèrent de coups, lui brisèrent le crâne et lui volèrent 55 francs qu'il avait. Ils mirent son cadavre sur sa voiture. Craignant que le cheval ne la conduisît au village et n'y jetât l'épouvante, ce qui les eût empêchés de commettre le crime qu'ils avaient médité, dont ils ne voulaient pas perdre le bénéfice, cette crainte fit qu'ils conduisirent la voiture dans la plaine, à quelques centaines de mètres, dételèrent le cheval et l'attachèrent à une des roues de la voiture et l'abandonnèrent. Ils se pansèrent, car le maraîcher les avait blessés tous deux.

— As-tu vu, dit Jean à Joseph, comme ce scélérat de voiturier tenait à la vie!

— Ce n'est point assez gagner pour une aussi dure besogne, répondit Joseph; espérons que celle que nous allons faire tout à l'heure nous rapportera davantage. Tu n'as pas oublié ton trousseau de clefs dans la bagarre?

21.

— Non, répliqua Jean en faisant raisonner une trentaine de clefs attachées à une ficelle qui étaient sous sa
blouse. Et toi, as-tu ta petite pince pour faire sauter
la gache de la serrure, dans le cas où mes clés ne
pourraient l'ouvrir et au cas où le verrou serait
fermé?

— J'aimerais mieux laisser mon cadavre sur le terrain
que d'y laisser un outil si précieux; je le protégerais au
besoin de mon pistolet et de mon couteau-poignard, de
ces armes chéries destinées à nous servir contre la société pour le mal qu'elle nous fait.

L'horloge du village qui sonnait minuit vint interrompre le raisonnement de leur horrible philosophie. La
lune, qui était en ce moment dans tout son éclat, répandait sa pâle clarté sur l'horizon; un silence majestueux
semblait respecter le repos du laboureur, qui, fatigué des labeurs du jour, prenait de nouvelles forces
sous son chaume dans le sommeil paisible de la nuit,
pour les donner de nouveau le lendemain à fertiliser la
terre. Un tel silence ne pouvait qu'avancer l'heure du
crime; aussi les deux monstres s'approchaient-ils sans
bruit de l'habitation qu'ils devaient ensanglanter. Arrivés
à la porte, Jean regarda le trou de la serrure pour savoir
quelle clef il devait y introduire; ce préliminaire terminé,
il en prit une à son trousseau qu'il introduisit dans la
serrure avec une grande tension de nerf pour éviter
le grincement; cette clef ne pouvant ouvrir la porte, il en
prit une seconde du numéro suivant qui ouvrit la serrure avec autant de facilité que si elle eût été faite
pour elle; la porte céda, car le verrou n'était point fer-

mé. Craignant dans l'obscurité de se heurter à chaque
pas dans un endroit inconnu, une lumière était nécessaire; Joseph, qui avait des allumettes chimiques et un
bout de chandelle, alluma celle-ci à l'aide de celle-là;
cette précaution prise, armés de leurs bâtons plombés,
ils entrèrent à pas de loup et poussèrent doucement la
porte, sans la fermer au loquet. Ne voyant dans la pièce
où ils étaient qu'une table, des chaises et un buffet à
étagères, ils jugèrent qu'ils étaient dans la salle à
manger; apercevant une porte à l'une des extrémités de
cette salle, ils conclurent que cette porte donnait dans
la chambre à coucher; elle n'était fermée que par le pêne
d'une serrure appelée bec-de-cane. Jean mit la main
sur le bouton, le tourna, et la porte s'ouvrit; malgré
précaution qu'il prit pour ne point faire de bruit, un léger grincement aigu réveilla madame Jeanron, qui cou-
doya fortement son mari en criant d'une voix étranglée
par la peur : — Qui va là? Ce cri attira les assassins près
du lit. Le malheureux Jeanron, quoique réveillé en sursaut, en voyant venir les assassins, comprenant l'étendue
du sort qu'ils leur réservaient, leur dit d'une voix suppliante : — Voulez-vous de l'argent? Je vais vous donner
tout ce que nous possédons, ne nous faites aucun mal. Les
misérables, qui avaient au même degré la passion du
meurtre que celle du vol, répondirent à ces supplications en frappant de leurs bâtons plombés le malheureux Jeanron, qui cria de toutes ses forces : A l'assassin!
Il leva instinctivement son bras, pour parer les premiers
coups qui étaient dirigés sur sa tête; mais les monstres
frappaient si cruellement qu'ils le mutilèrent; alors la

douleur lui arracha un dernier cri de : — mon Dieu, ayez
pitié de nous ! puis il s'abandonna à ses assassins, qui,
comme au malheureux maraîcher lui brisèrent le crâne.
Madame Jeanron s'était évanouie dès le commencement
de leur apparition ; ils lui brisèrent aussi le crâne, cachet
distinctif de leurs horribles exécutions.

Leur besogne terminée, les assassins écoutèrent un
instant si le silence était troublé ; il leur sembla entendre un bruit dans l'appartement, semblable à une
porte que l'on ferme ; ils se dirigèrent vivement du côté
d'où venait ce bruit, virent la porte qui conduisait à la
chambre de la jeune Marie et l'ouvrirent ; apercevant un
lit dans cette chambre, ils avancèrent de son côté leurs
bâtons levés pour faire une nouvelle victime ; les tigres
n'étaient point encore repus de sang, heureusement que
le lit était vide, mais l'intérieur était chaud, un témoin
de leur crime était vivant, il fallait l'anéantir. Voyant la
porte qui donnait sur le jardin, ils l'ouvrirent avec leur
pince, virent le jardin où régnait un silence désespérant.
Ce témoin avait été donner l'alarme, se dirent-ils ; vite à
l'armoire. Elle était fermée, ils en brisèrent les portes,
prirent 1,100 fr. qui étaient dans l'un des tiroirs et s'enfuirent du côté de Paris, de toute la vitesse de leurs
jambes.

Le bruit que les assassins avaient entendu avait
été produit par la fuite de la petite-fille des époux
Jeanron, laquelle avait été réveillée par les cris de
son grand-père. Elle s'était levée et était accourue en
chemise pour regarder par la porte vitrée qui donnait
dans la chambre de ses grands-parents ; d'où elle pouvait

voir leur lit; en voyant deux hommes qui avaient des figures féroces, qui les assassinaient, elle s'était dit avec la vivacité de l'éclair :—Que pourrais-je faire, moi si faible, pour les secourir contre de tels monstres? et avec le sentiment de la conservation qui ne trompe pas même l'enfance, elle s'était sauvée dans ce simple appareil par la porte du jardin et avait eu la précaution de la fermer derrière elle; elle était ensuite accourue frapper à la porte d'un voisin, qui était un fermier, lequel occupait un nombreux personnel qui couchait chez lui. Le fermier, en venant lui ouvrir, fut fort étonné de voir une jeune fille en l'état où elle était; quand il en connut la cause, il réveilla tout son monde; tous accoururent, armés d'instruments aratoires et de vieilles armes rouillées, chez Jeanron, où ils trouvèrent leurs cadavres dont les têtes étaient horriblement mutilées. Les assassins avaient disparu. En quelques instants tout le village fut réveillé en sursaut, tout le monde était dans la consternation, dans la stupeur.

Les père et mère du jeune homme qui avait été assassiné vers onze heures, qui attendaient leur fils, à la nouvelle de ce malheur furent dans une anxiété facile à comprendre: était-il tombé sous les coups des assassins Jeanron, ou était-il simplement en retard par une circonstance imprévue? Le pressentiment d'un malheur s'attacha bientôt au cœur des malheureux parents, qui partirent déjà la douleur dans l'âme au-devant de lui; tous les jeunes gens et les hommes d'un âge mûr les suivaient anxieux; ceux qui restaient au village croyaient voir cachés dans chaque rue, dans chaque ruelle et dans chaque cour les assassins cherchant de nouvelles victimes. Là stupeur était partout.

Lorsque les père et mère du maraîcher et ceux qui les accompagnaient furent arrivés à l'endroit le plus rapproché où gisait dans sa voiture le corps inanimé de leur fils, le cheval, que les assassins avaient attaché à l'une des roues de la voiture, sentant probablement son maître, se mit à hennir de toutes ses forces ; alors les jeunes gens accoururent du côté d'où ils entendaient venir ces hennissements, ils trouvèrent bientôt le malheureux jeune homme dans la position que nous connaissons. Quelques secondes après, un père et une mère désespérés s'arrachaient les cheveux devant le cadavre encore chaud de leur fils.

L'aubergiste et le journalier qui avaient bu avec le père Jeanron à huit heures du soir, ne doutèrent pas que ses assassins et ceux du maraîcher étaient les deux étrangers dont ils avaient remarqué les allures suspectes et les figures sinistres. La justice fut immédiatement prévenue et ordonna d'actives recherches pour arrêter les assassins.

Lorsque les frères Malineau rentrèrent dans Paris le jour commençait à paraître ; ils se rendirent chez deux prostituées de leur connaissance qui n'étaient point sur les contrôles de la police, et qui conséquemment faisaient clandestinement leur triste métier hors de sa surveillance ; ils leur dirent : —Nous avons mille francs à manger avec vous, comme nous sommes fatigués, nous avons besoin de rester quatre à cinq jours chez vous pour nous reposer. Les deux filles comprirent, à cette demande

indirecte, que les mille francs à manger étaient le produit d'un vol; mais étant habituées à profiter de pareilles
aubaines, elles acceptèrent, car elles ne demandaient
pas mieux que de se gaver de bon vin et de bonne chère.
Aussi pendant cinq jours leur habitacle impur devint-il
immonde. Pour faire diversion à leurs plaisirs, les frères
assassins quittèrent le lieu où ils étaient pour se promener dans Paris; après avoir fait force libations pour renouveler connaissance avec d'anciens amis, ils résolurent d'aller coucher dans une maison de prostitution
qui leur était bien connue, car c'était dans cette maison qu'ils avaient débuté dans la débauche; elle était
située rue de Viarmes, à l'enseigne de *la Grosse Pipe*. Il
était onze heures et demie du soir lorsqu'ils s'y rendirent. Ils demandèrent à coucher. Un garçon les conduisit chacun dans une chambre où dans chacune d'elles
reposait lascivement sur un lit une bacchante avinée
aux lèvres impures et au souffle empoisonné, digne de
recevoir les douces étreintes des bras sanglants des
assassins. Jean n'était plus qu'à trois pas du lit de la
chambre où le garçon l'avait conduit, lorsque la femme
qui était dans ce lit sauta par terre armée d'un couteau-
poignard et bondit toute nue, comme une hyène, sur
lui pour l'assassiner; il se défendit d'abord comme il
put, puis envoya une poussée à la femme qui alla rouler
dans un coin de la chambre, ensuite il s'enfuit et refer-
ma la porte derrière lui. Il était blessé à la main, le
sang coulait; il l'enveloppa avec son mouchoir et fut
trouver Joseph, à qui il dit que Lisa leur sœur, était dans
cette maison, précisément dans la chambre qu'on lui

avait donnée; que l'ayant reconnu elle avait sauté sur lui pour l'assassiner avec un couteau-poignard, qu'il était grièvement blessé à la main. Les deux frères, pour éviter un bruit qui aurait pu amener la police avec laquelle ils ne se souciaient pas de renouveler connaissance, quittèrent ce lieu de débauche pour retourner chez les prostituées où ils s'étaient reposés pendant cinq jours, et qui les attendaient pour boire à la coupe empoisonnée de l'orgie, le produit du vol par l'assassinat.

Pendant ces saturnales, ils n'oubliaient jamais de se faire apporter chaque jour le journal pour voir ce qu'il disait des assassinats des époux Jeanron et du maraîcher.

Tous les journaux, en effet, en parlaient, en faisant ressortir toute la férocité des assassins; ces récits les faisaient sourire, leur orgueil était satisfait; il leur semblait se repaître encore du sang de leurs victimes. Cependant le journal du 28 mars les impressionna; dans un article concis il disait que la police était sur les traces des assassins, qui ne pouvaient manquer de tomber bientôt entre ses mains. Dans la crainte d'être arrêtés, ils résolurent de rester de nouveau quelques jours sans sortir. Pour faire diversion à une vie qui ne leur semblait point assez agitée, ils invitèrent à déjeuner, pour le 1er avril, trois de leurs camarades de la maison centrale de Melun dont le temps de condamnation expirait la veille ; ces invités se firent accompagner par chacun une femme digne d'eux. Après le déjeuner, lorsque tous furent repus de l'orgie, les nouveaux venus, qui avaient eu connaissance de l'ouverture de la maison Bernard et de la générosité de ce chef d'établissement, qui donnait du vin et des liqueurs pour rien le 1er et le 2 avril, proposèrent à leurs amis les frères Malineau de faire une visite à cette maison, laquelle leur promettait un amusement tout nouveau. Ceux-ci, dont les têtes étaient échauffées par la fumée du vin et de l'eau-de-vie, oubliant toute prudence, acceptèrent; c'est alors que la noble compagnie alla faire à la maison Bernard l'honneur d'une visite qui causa l'arrestation des frères Malineau.

Leur procès s'instruisit avec la célérité exigée pour punir de pareils monstres, et rassurer une population que la terreur empêchait encore de dormir.

Le jour où ils devaient être jugés arriva; jamais culpabilité ne fut plus clairement prouvée; mais aussi jamais la cour d'assises n'avait vu des accusés possédant un cynisme aussi révoltant que celui qu'ils étalèrent pendant trois jours à ses yeux stupéfiés, en répondant effrontément par paroles, par gestes à l'interrogatoire du président, jetant ainsi le gant à la société, qui heureusement les avait mis dans l'impossibilité de lui nuire.

Ils nièrent avoir été au village où avaient été consommés les assassinats dans la nuit du 22 au 23 mars; mais l'aubergiste chez lequel ils s'étaient attablés, l'ouvrier qui avait bu avec le père Jeanron et plusieurs personnes du village qui les avaient vus et les reconnaissaient, donnèrent un complet démenti à leurs mensonges. Le témoignage de la petite-fille des époux Jeanron racontant les circonstances de l'assassinat de ses grands-parents fit frissonner tout l'auditoire. Elle fut interrompue par l'un des accusés, qui lui dit : — Tu l'as échappé belle, petite

môme; si nous avions pu t'attraper, nous t'aurions joli-
ment fait faire côuac, tu ne déposerais pas contre nous
en ce moment. L'enfant se mit à pleurer. Le président
adressa une sévère admonestation à l'accusé, non pour
lui, sur qui tout glissait, mais pour rassurer l'enfant et
satisfaire la société insultée.

Ils furent condamnés à la peine de mort et exécutés à
la barrière Saint-Jacques. Ils crachèrent au visage des
exécuteurs des hautes œuvres; le vénérable abbé
Mohlès, qui ne cessait de prier pour eux le divin Ré-
dempteur, subit le même outrage en leur pardonnant.
Le dernier timbre de leurs voix fut une vocifération
contre la multitude qui entourait l'échafaud et contre la
société.

Ainsi moururent comme ils avaient vécu ces deux
monstres qu'une éducation contraire à celle que leur
avaient donnée leurs parents eût certainement fait des
hommes moins dépravés, et conséquemment, moins
nuisibles à la société. Ajoutons que si les pères sont pour
beaucoup dans l'éducation qu'ils donnent à leurs enfants,
de ce côté les fils Cabasson n'étaient pas mieux par-
tagés que les fils Malineau; mais ils avaient une mère
instruite qui possédait toutes les vertus; elle leur inspira
de bonne heure l'horreur du mal et l'amour du bien; de
seize à vingt ans, ils oublièrent ces bons principes, mais
pour y revenir ensuite et de les plus quitter; c'est ainsi
qu'ils devinrent de bons et honorés serviteurs de la
patrie. Mais si ceux-ci avaient un ange pour mère, les
Malineau avaient un démon qui leur inocula aussi de bonne
heure tous les vices qu'elle-même possédait, en cédant à

tous leurs caprices dès leur enfance. C'est ainsi qu'elle en
fit deux monstres.

O mères qui souffrez souvent les caprices de vos enfants,
faites un peu violence à l'amitié que vous leur vouez avec
trop d'épanchement ; élevez-les un peu moins pour vous
et un peu plus pour la société. Elevez-les comme madame
Cabasson, dans l'amour du bien et l'horreur du mal. S'ils
abandonnent à un certain âge ces bons principes, ils y
reviendront toujours ; il en sera de même si ces principes
sont mauvais. Voilà l'influence immense que vous avez
sur la société et que vous ignorez, laquelle emporte avec
elle sa part de responsabilité.

CHAPITRE XVIII

Bernard donne des conseils à Duroc ; il les suit. — Duroc ouvre une
maison de commerce de vin luxueuse. — Mauvaise chance de Boivin
dans ses affaires commerciales. — Bernard ouvre une nouvelle maison ;
détails sur cette maison. — Résumé. — Années 1850 à 1852.

Nous avons laissé Bernard anéanti des péripéties et
des fatigues de la journée, qui avait eu un résultat tout
autre que celui qu'il en attendait ; cependant elle n'était
que la moitié de son programme. Il avait débité dix pièces
de vin et trois cents litres de liqueurs ; c'était un sacrifice d'environ 2,000 francs, sacrifice qui avait donné un

cachet hideux à son établissement. Il hésitait à retirer son
affiche, craignant qu'on le maltraitât et qu'on brisât le
matériel de son établissement; il hésitait encore, lorsque
le commissaire de police le manda à son bureau et, sous
prétexte d'ordre public, lui défendit de donner des marchandises pour rien et lui recommanda de retirer son
affiche immédiatement. Fort de cette défense, il retira
sa pancarte de sa devanture de boutique et afficha dans
sa salle et dans sa boutique, que les scènes qui avaient
eu lieu la veille avaient ému le commissaire de police,
que ce magistrat lui défendait, sous peine de se voir fermer son établissement, de tenir le programme annoncé
sur son affiche. En conséquence de cette défense de l'autorité, les pratiques étaient priées de payer les marchandises au moment où elles leur seraient servies.

La lecture de ces affiches contraria beaucoup d'appé-
tits gloutons à bourse plate qui maudirent le commissaire, mais il fallut bien se conformer aux ordres de ce
magistrat.

Aux jours de grandes émotions succédèrent des jours
un peu plus calmes; trois ou quatre batailles par jour à
coups de pied, à coups de poing, des yeux meurtris et des
nez cassés d'où coulait le sang qui maculait le parquet,
tel était le calme ordinaire de l'établissement.

Bernard, qui achetait les vins qu'il vendait aux propriétaires, les vendait dix centimes par litre au-dessous
de ses confrères, qui s'approvisionnaient aux marchés
de Bercy et de l'Entrepôt. La bonne qualité de ses marchandises lui attira des pratiques nombreuses, recrutées
il est vrai dans les bas-fonds de la société, mais ces mil-

liers de ruisseaux bourbeux roulaient dans leurs eaux
impures des pépites d'or que recueillait la maison Bernard, augmentant la fortune de son chef d'une douzaine
de mille francs par année. Bernard, qui était honnête et
loyal, possédait un excellent cœur; à une conversation
railleuse et souvent grossière, se joignait un maintien
moitié campagnard et moitié citadin où s'alliait quelque
chose de sauvage; il marchait dans les rues la tête haute
et les poings fermés. Cette conversation, cette attitude,
nécessaires dans son établissement pour y faire la police,
devenaient désagréables quand quelquefois il se trouvait
en société de personnes un peu distinguées de celles
qu'il fréquentait ordinairement. Pendant douze ans il
conduisit sa maison sans incidents remarquables, si j'en
excepte cependant les batailles que j'ai citées plus haut,
dans lesquelles il recevait de temps en temps quelques
blessures en séparant les combattants, blessures qui le
conduisirent plusieurs fois dans son lit. Si un ami lui
disait, étant malade, que sa maison était désagréable
à tenir, il répondait qu'on n'avait rien sans peine. La
police arrêtait souvent des voleurs émérites dans son
établissement, qu'elle n'avait pu trouver ailleurs.

La révolution de 1848, qui ruina une foule d'établissements très-sérieux, lui fit faire, contrairement à ces établissements, un tiers de plus d'affaires que les années précédentes, car la plus grande partie de ses pratiques étaient
enrôlées dans les ateliers nationaux, où la plupart se
faisaient inscrire dans plusieurs brigades, et conséquemment un seul recevait la paye de deux, trois, et même
de quatre, selon le degré de son improbité et de son

adresse. Tout cet argent était dépensé en libations intem-
pérées chez leur ami Bernard.

Son bail expirait le 1er avril 1852, il chercha à le
renouveler, mais son propriétaire lui dit que depuis
qu'il y avait un marchand de vin dans sa maison, il
louait ses autres locaux avec beaucoup de peine, et bien
au-dessous de leur valeur, qu'il ne voulait à aucun prix
de marchand de vin dans sa maison. Bernard dit donc
adieu avec regret à un local où il avait gagné 150,000 fr.
en douze années. Je le laisse reposer pour reprendre, avec
votre permission, le récit de la vie commerciale de
Duroc.

Duroc n'avait servi comme garçon, comme je l'ai dit
plus loin, que dans la maison où il était devenu le patron;
il ne connaissait pas d'autre manière de tenir sa maison
que celle qu'il s'ingénia; car celle de M. Bonor, qui était
de jouer constamment aux cartes avec ses pratiques en
luttant avec elles à qui viderait le mieux son verre, lui
était antipathique; en connaissant le triste résultat, il
prit la route opposée de celle qu'il avait suivie. Il s'abs-
tint donc, sauf de rares exceptions, de jouer et de canon-
ner avec ses pratiques. Le service ne se faisait chez lui
que par ses mains et celles de sa femme, laquelle prenait
ses repas au comptoir, qu'ils n'abandonnaient point à
un garçon; celui-ci ne servait que dans les salles et acci-
dentellement, son service se bornait à faire le nettoyage
de l'établissement et à monter les marchandises de la
cave à la boutique. Une telle manière de gouverner sa
maison ne pouvait manquer d'en augmenter la clientèle;
aussi, au bout de quatre années qu'ils avaient passées dans

la maison Bonor, qui était une maison de second ordre,
MM. Desprez et Larivière trouvèrent que cette maison
ne s'harmoniait pas avec les qualités qu'ils possédaient.
Duroc n'avait jamais acheté un litre de liqueur ni une
pièce de vin à d'autres qu'à ceux qui avaient contribué
à le faire établir et à le faire marier. Un établissement
de marchand de vin de premier ordre était à vendre
dans les environs de la place Cadet, appartenant à la
clientèle de MM. Desprez et Larivière; ceux-ci décidèrent d'y placer Duroc, autant dans ses intérêts que
dans les leurs; car jamais, en adroits commerçants, ils
ne faisaient une affaire sans qu'elle ne leur fût profitable:
eux d'abord et le client ensuite. De la pensée à l'exécution il n'y eut qu'un pas. Ces messieurs trouvèrent un
acquéreur qui acheta le fonds de Duroc 30,000 francs, et
celui-ci acheta le fonds de la place Cadet 60,000 francs.
Duroc, qui vendait cent cinquante pièces de vin dans son
ancien fonds, en vendit trois cents dans son nouveau;
la vente des liqueurs était proportionnée à celle du vin
dans les deux maisons; au lieu de mettre 5,000 francs
de côté par année, il en mit 10,000; tous étaient satisfaits. M. Desprez lui vendait bien ses liqueurs un peu
plus cher que ses confrères ne les vendaient à leurs
clients, mais on disait partout qu'elles étaient meilleures;
il en était de même des achats de vins que M. Larivière
lui faisait faire : alors tout était pour le mieux, dans ce
monde de liquides.

Au bout d'une douzaine d'années de bonne harmonie,
Duroc devenait intéressé au fur et à mesure que la famille lui arrivait; sa femme venait de le faire père d'un

cinquième enfant, il réfléchit pour la centième au moyen
d'augmenter son bénéfice; il consulta Bernard, son ami,
qui lui dit de louer un magasin à l'Entrepôt ou à Bercy,
et d'acheter ses vins aux vignobles; que cela faisant, il
ferait un tiers de bénéfices en plus.

Duroc répliqua à Bernard et lui dit : — Cela me coûte
beaucoup: M. Larivière a été si bon pour moi que cela me
ferait de la peine de le quitter; c'est à lui et à M. Desprez que je dois ma position.

— Cela est vrai; ces messieurs, en te protégeant, t'ont
fait une position où tu ne serais probablement pas arrivé
sans eux ; mais eux-mêmes seraient-ils dans la riche position où ils sont, s'ils n'avaient eu un mille de clients comme
toi et Boivin? Non, sans doute; ils ont commencé comme
nous avec peu, et se sont servis de tous les moyens honnêtes qui leur sont venus à l'esprit pour faire leur position ; ils ont été aussi contents de trouver des clients
comme toi, que toi des fournisseurs comme eux. Douze
années de fidélité envers M. Larivière ont leur valeur, il
ne pourrait raisonnablement te traiter d'ingrat au cas où
tu viendrais à le quitter. Tu as de la famille, il est de ton
devoir de faire tout ce qui est en ton pouvoir pour augmenter ton bénéfice ; tu le dois à ta femme, à tes enfants, que vous devez produire le plus agréablement
possible. Voilà mon avis.

— Mais un magasin à Bercy ou à l'Entrepôt coûte
beaucoup à entretenir ; il y a la location du magasin, le
coulage, l'entretien des tonneaux en bon état, etc.

— Sans doute que cela coûte; si je te dis que tu ga-
gneras un tiers de plus, je fais cette défalcation. Si l'on

pouvait éviter tous ces frais-là, le bénéfice serait bien
supérieur. Il viendra d'ici quelques années, vers 1860
par exemple, que les marchands de vins intelligents qui
auront de grandes caves se passeront de magasin, ils feront venir leurs vins, qu'ils achèteront dans les vignobles,
par les chemins de fer, au fur et à mesure de leurs besoins; quelques jours suffiront entre la demande de ces
vins aux commissionnaires et leur réception.

Duroc, après avoir flotté quelque temps entre l'avis de
Bernard et l'appréhension d'être traité d'ingrat par Larivière ou par son ami Desprez, mit de côté son extrême
délicatesse; il loua un magasin à Bercy, près de celui de
son ami Bernard, puis, guidé par lui, il fit ses achats aux
vignobles et ne tarda pas à s'apercevoir que son ami lui
avait donné de bons conseils. M. Larivière eut bien
quelques légers ressentiments qui s'effacèrent peu à peu
avec l'écoulement des années.

A dater de cette détermination, qui avait beaucoup
coûté à sa délicatesse, il doubla son activité; il allait à
pied de la place Cadet à son magasin de Bercy, où il faisait ses soutirages avec autant d'intelligence qu'il faisait
l'achat de ses vins. Economisant à l'excès, ils n'avaient
point de servante; c'était lui qui, en rentrant de Bercy,
fatigué d'un travail dur, préparait le dîner. Il vendit
son fonds 70,000 fr. en 1856, il l'eût vendu quelques
mille francs de plus avec le concours de MM. Larivière
et Desprez, à qui, parce qu'il ne se servait plus de
M. Larivière, il n'osa le demander. Il était alors possesseur d'une fortune de 250,000 fr. Comme il avait
cinq enfants à établir, son ambition n'était point sa-

isfaite. Il acheta un fonds de troisième ordre dans le quartier des Champs-Élysées, qu'il ferma, puis il vendit les cloisons d'agencements, le comptoir, glaces, tables, tabourets, fontaine; tout disparut pour ne laisser que les quatre murs.

Il composa un agencement nouveau, qui annonça un véritable progrès dans le commerce de vins en détail parisien. Un comptoir de 4 mètres de longueur en étain, à un bout duquel était la *Sapho* de Pradier, en argent ciselé, placée au bord d'une cuvette au milieu de laquelle était un jet d'eau servant à rincer les verres. Il orna l'autre bout du comptoir de verres en cristal taillé, de grandeurs variées, provenant de la manufacture de Baccarat. Quatre brocs en étain, deux entonnoirs en cuivre étamé au tour, faisaient l'ornement de la cuvette; le tout, étant bien entretenu, était d'une blancheur éblouissante, qui se plaisait coquettement à se mirer dans trois glaces de 2 mètres de hauteur, séparées par deux colonnes couronnées de chapiteaux corinthiens, ornées de pâtes dorées sur un fond blanc. Au-dessus des glaces il fit faire un fronton ou tableau par un menuisier habile, orné aussi de pâtes dorées sur un fond blanc, au milieu duquel il fit placer une pendule pour donner l'heure aux pratiques et aux passants de la rue. Tout l'intérieur de son établissement fut orné de peintures en décors; ses salles furent meublées de tables en marbre blanc, et de chaises canées; de riches appareils à gaz venaient compléter cette ornementation.

Ce fut une véritable révolution en faveur du luxe, aussi les marchands de vin vinrent-ils de tous les quar-

tiers admirer cette merveille. Il venait, sans s'en douter,
d'inaugurer le luxe des maisons de commerce de vin,
car il fit éclore dans le cerveau d'une grande partie des
admirateurs de sa maison le goût du luxe, qui se pro-
pagea avec autant de vigueur que l'augmentation des
loyers.

Il fit l'ouverture de son établissement en ajoutant à
son débit de vin un plat du jour, varié quotidiennement,
qui lui attira bientôt une clientèle nombreuse et choisie.
C'est dans cette maison, au milieu d'une grande prospé-
rité, que les époux Duroc commencèrent à marier leurs
enfants avec des partis qui s'harmoniaient avec leur
position. La fortune, pour eux, c'était aussi la gloire. La
considération qui les entourait les étouffait dans un
nuage d'encens. Duroc et sa femme étaient dans la jubi-
lation.

Si la fortune, dans ses caprices, avait dispensé ses
dons avec prodigalité à Bernard et à Duroc, elle avait
complétement abandonné leur ami Boivin. Nous avons
laissé celui-ci le jour de son mariage, exploitant avec
son épouse le fonds que MM. Desprez et Larivière lui
avaient fait acheter rue du Faubourg-Saint-Antoine. Les
deux premières années donnèrent un résultat raisonnable; mais vers le milieu de la troisième, un concurrent sérieux vint ouvrir vis-à-vis d'eux un établissement
du même genre que le leur, qui fit diminuer sensiblement leur recette. Boivin, voyant qu'avec une telle réduction il ne pourrait remplir ses engagements, s'adressa à
MM. Larivière et Desprez, pour qu'ils lui fissent vendre
sa maison; ceux-ci s'empressèrent de lui chercher un

acquéreur, qu'ils eurent bientôt trouvé; mais Boivin dut
supporter, en vendant son fonds 20,000 francs, une
perte de 10,000 francs sur le prix qu'il l'avait acheté.
Bien qu'ayant mal débuté, rien n'était cependant désespéré. Ses protecteurs s'occupèrent activement de lui;
ils lui firent acheter un fonds 30,000 francs rue Montmartre. Malheureusement il n'y avait que neuf années
de bail. La maison, étant située dans un quartier populeux et commerçant, avait toujours été bien tenue et conséquemment bien achalandée; elle ne dépérit point
entre les mains des époux Boivin, qui joignaient à une
grande propreté et à la bonne marchandise qu'ils débitaient, la complaisance et l'affabilité envers leurs pratiques. Une économie bien entendue résidait dans toutes
choses, cinq centimes n'étaient point oubliés sur le livre
des dépenses journalières. Huit années avaient donné
pour résultat un bénéfice de 35,000 francs. Boivin,
voyant la dernière année de son bail qui commençait à
s'écouler, s'habilla un jour plus proprement qu'à l'ordinaire, puis, poussé par un mauvais pressentiment, il fut
presque en tremblant trouver son propriétaire pour lui
demander de lui renouveler son bail; celui-ci, qui avait
écouté quelques rapports que son concierge lui avait
faits contre son locataire, le marchand de vin, à propos
de personnes envoyées par Boivin aux lieux communs
de la maison, lui dit crûment, en répondant à sa demande, qu'il ne pouvait renouveler un bail à un locataire qui indisposait ses autres locataires en envoyant
des personnes ivres aux communs de la maison, que
cela lui avait été très-préjudiciable, qu'il avait dû, dans

ses intérêts, louer le local qu'il occupait à un autre locataire. Boivin eut beau essayer de se justifier, cela était
inutile; ce qui était fait était bien fait, puisqu'on ne pouvait revenir dessus.

Voici ce qui était arrivé : le portier vorace, ayant
trouvé les étrennes que Boivin lui donnait trop maigres,
s'était servi du prétexte que je viens de citer pour lui
chercher noise, en gonflant le ballon de ses récrimina-
tions auprès de son propriétaire ; quand il eut indisposé
celui-ci au degré où il désirait le voir, il s'aboucha avec
le concurrent de Boivin, ou, pour être plus clair, le
marchand de vin le plus rapproché de lui, chez qui il
étanchait quotidiennement sa soif. Il lui dit que s'il voulait lui donner 1,000 francs, il lui ferait souffler le bail
de son locataire, moyennant 200 francs d'augmentation de loyer. Cette proposition ne manqua pas de tenter
celui à qui elle était faite; 30,000 francs à gagner d'un
trait de plume, méritait bien de la prendre en considération. Aussi, après quelques mois d'un concert harmonieux que n'excluait pas le tintement des verres, un bail
fut signé entre le propriétaire de Boivin et son concurrent. Les choses en étaient là lorsque Boivin se présenta
à son propriétaire pour lui demander un renouvellement de bail.

Ils dirent donc adieu à un établissement où ils avaient
espéré finir leur vie commerciale. Hélas ! tout était à
recommencer. Après quinze jours de repos, pendant
lesquels ils furent dîner une fois chez M. Larivière et
une fois chez M. Desprez, ils durent chercher à se caser
dans un nouvel établissement. Ce furent encore ces mes-

22.

sieurs qui leur en trouvèrent un dans le quartier du Palais-Royal, dans lequel plusieurs marchands de vin avaient successivement fait fortune. Ils payèrent ce fonds 35,000 francs. Pendant deux années ils n'eurent qu'à s'applaudir de leurs recettes; leur illusion ne devait pas durer davantage. Lorsqu'un mauvais génie nous poursuit, il est rare qu'il nous abandonne sans nous avoir terrassés, sinon mutilés.

Boivin allait environ tous les mois à Bercy pour y faire les achats de vin dont il avait besoin ; dans ces achats, il était toujours accompagné de M. Larivière, son courtier, son conseiller. Après avoir goûté quatre à cinq sortes de vin chez un négociant, M. Larivière faisait mélanger ce vin dans des proportions relatives, puis, ajoutait un septième d'eau dans ce vin; c'est ce qu'il appelait faire un essai. L'on faisait en petit à Bercy ce qu'on se disposait à faire en grand dans la cave à Paris. Lorsque cet essai répondait à leurs combinaisons, ils marchandaient le vin qui le constituait et l'achetaient. Un jour que l'opération n'avait probablement pas été faite aussi sérieusement que d'habitude, arrivé à Paris dans la cave de Boivin, où le vin avait reçu une addition d'eau proportionnée à l'opération de Bercy, les dégustateurs, en faisant leur tournée ordinaire, le goûtèrent; le trouvant trop faible, ils le saisirent; une commission fut nommée pour l'expertiser; le rapport de cette commission conclut que le vin soumis à leur expertise était mélangé d'eau dans une forte proportion. En conséquence, Boivin fut condamné à 50 fr. d'amende et à perdre douze feuillettes de vin, qui avaient été saisies. N'ayant

jamais rien eu avec la police, il fut péniblement affecté
de cette condamnation.

Il y avait deux ans qu'il exploitait cette nouvelle maison, où il mettait 5,000 francs de côté par année, lorsqu'un épicier qui était en face de lui vendit son fonds
à un marchand de vin intelligent, qui ferma la boutique
d'épicerie et la remplaça par un magasin de vins, qu'il
monta avec un luxe copié sur la maison que Duroc avait
ouverte dans le quartier des Champs-Elysées. La fatalité
s'en mêlait; au moment où il voyait naviguer sa barque
à pleines voiles, un coup de vent la renversait. Dans
cette nouvelle situation, il eut, comme aux précédentes,
recours aux conseils de MM. Desprez et Larivière, qui
lui dirent : — Votre établissement est situé dans un beau
et bon quartier; avant que vous ayez un concurrent
il était bien comme il est, mais depuis la riche installation de ce concurrent, il a l'air d'une prison; il faut
donc, mon ami, faire mettre votre établissement au goût
du jour, et dépasser en élégance, en confortable et surtout en bonnes marchandises votre concurrent; cela faisant, votre maison marchera bien; si vous n'avez pas
assez d'argent pour faire cette dépense, nous sommes là :
vous nous ferez des billets que nous endosserons et que
nous escompterons; nous vous remettrons ensuite l'argent qu'ils comporteront; marchez donc et soyez sans
crainte.

Boivin fit donc transformer son établissement, qui devint luxueux comme un palais; ce luxe lui coûta 40,000 fr.,
qui, avec les 35,000 fr. qu'il avait acheté son fonds, formaient un total de 75,000 fr. Les divers entrepreneurs lui

avaient donné deux ans pour les payer; mais le commerce qu'il fit à la suite des travaux ne répondit pas du
tout à ce qu'il en attendait; à peine si la maison ainsi
transformée faisait le chiffre d'affaires que lorsqu'elle
avait l'air d'une prison. Les époques de payements,
quoique fort éloignées, arrivèrent. Après avoir donné
tout l'argent qu'il possédait, il dut réclamer l'assistance
que MM. Desprez et Larivière lui avaient promise, promesse qu'ils tinrent gracieusement en lui escomptant
20,000 francs de billets; deux années se passèrent encore, et la maison ne marchait pas mieux. Ces messieurs,
voyant qu'il mangeait de l'argent, lui conseillèrent de
vendre. Alors, il mit sa maison en vente; une année s'é-
coula et aucun acquéreur ne se présenta. MM. Desprez,
de leur côté, s'occupaient aussi de cette vente, mais leur
conscience leur répugnait de tromper un acquéreur. Un
jour ils parlaient de la maison Boivin à un de leurs
clients à qui ils ne voulaient point la faire acheter; une
autre personne aussi de leurs clients demanda ce qu'on
voulait la vendre. M. Desprez lui exposa l'histoire que
nous connaissons sur la maison; malgré cette histoire
peu attrayante pour un acquéreur, ce client en offrit
30,000 fr. comptants. MM. Desprez et Larivière lui dirent:
— C'est une affaire terminée, cependant réfléchissez,
la nuit porte conseil. Si demain vous êtes dans les mêmes
dispositions, vous signerez l'acte que nous allons commander à notre agent d'affaires; dans le cas contraire,
nous ne vous en voudrons pas. — C'est entendu.
MM. Desprez et Larivière furent, dans la soirée du
même jour, trouver Boivin, qui accepta le marché; et

M. Desprez fut trouver leur agent d'affaires, qui fit les
actes, lesquels furent signés le lendemain par les parties.
Le jour de l'entrée en jouissance de l'acquéreur, qui
versa les 30,000 francs du prix du fonds, les divers
créanciers de Boivin, à qui celui-ci avait donné rendez-
vous de concert avec MM. Desprez et Larivière, se partagèrent cette somme; tous reçurent intégralement ce
qui leur était dû. Boivin était ruiné, mais il ne devait
rien. Il avait résolu de se retirer des affaires et de chercher un emploi quelconque, mais Bernard et Duroc lui
conseillèrent d'essayer encore du commerce de vin,
commerce où eux réussissaient si bien; pour cela ils lui
offrirent de lui prêter chacun 10,000 francs, qu'il accepta
par complaisance pour l'amitié qu'ils lui témoignaient.
Avec le conseil de ses amis, il acheta une maison de
commerce de vin rue Saint-Antoine. A peine y avait-il
six mois qu'il était installé dans cette maison, qu'un
marchand de vin d'une certaine renommée, qui faisait
depuis quelque temps une concurrence active aux marchands de vin en détail en vendant son vin 10 centimes par litre meilleur marché qu'eux, vint installer
à côté de lui une succursale de sa maison de commerce
de vin située sur les grands boulevards. Je vais esquisser
en quelques lignes quel était le nouveau concurrent de
Boivin qui allait lui donner le coup de grâce, en détruisant le dernier espoir qui lui restait dans le commerce,
espoir qui venait d'une amitié si pure, qu'il en avait
pleuré de reconnaissance.

Cet homme, qui se nommait Dumanoir, était né de
parents pauvres, dans un village des environs de Langres,

il était devenu orphelin dès l'âge de dix ans. Livré presque
à lui-même à cet âge, il recevait de sages conseils des
habitants du village où il avait perdu son père et sa mère;
il chercha avec ardeur du travail dans les fermes des
environs et en trouva bientôt. Il resta pendant dix ans
domestique, allant de ferme en ferme, gardant les moutons dans celle-ci, conduisant les animaux domestiques
dans celle-là, battant le blé dans les granges quand la
force lui vint. A vingt ans, il était devenu adroit à tenir
et diriger la charrue; les fermiers se disputaient qui
posséderait Dumanoir; un bon gage était le résultat de
ses qualités. La cervelle de Dumanoir bouillonnait en
entendant bourdonner sans cesse à ses oreilles toutes
ces félicitations; alors il se crut beaucoup plus important encore qu'il n'était; il demanda à son maître une
augmentation de salaire déraisonnable qui ne lui fut
point accordée, et quitta sa place. Il en trouva une autre
chez le curé du canton, où il apprit à faire la cuisine sous
la direction du bon curé. Il pansait le cheval, conduisait
la carriole, soignait la cave, recevait du ministre de Dieu
des leçons de français, de religion et de morale. Le goût
qu'il avait d'apprendre fit qu'il resta cinq années dans
cette condition; après quoi, se croyant un homme supérieur, il quitta le brave homme en le remerciant des
bonnes leçons qu'il lui avait données.

Dumanoir était économe et intelligent, il avait fait
fructifier ses gages et était devenu propriétaire d'une
petite fortune de 3,000 francs. Il avait des relations sen-
timentales et honnêtes avec une jeune fille du bourg, il
l'épousa et l'emmena avec lui à Paris, où il jura de faire

fortune. Arrivé dans la grande ville, il s'y promena pendant un mois, étudiant les mœurs et les habitudes de la société d'en bas ; il vit bientôt que le commerce qui donne le plus de bénéfice est celui qui exploite les passions. Peu de personnes dédaignent le vin, une grande partie l'aiment et en usent sagement, beaucoup l'aiment passionnément, et se laissent aller, en le savourant, à toutes les jouissances qu'il procure à leurs sens, sans s'inquiéter des désordres qui peuvent en être la suite. Il ouvrit d'abord une maison de commerce de vin rue Saint-Antoine, où il vendit son vin 10 centimes meilleur marché que ses confrères, à qui il faisait concurrence ; voyant qu'il prospérait, il chercha des capitaux à emprunter ; en ayant trouvé, il ouvrit d'autres maisons succursales de sa maison de la rue Saint-Antoine, qui produisirent aussi de bons résultats, il en eut bientôt une douzaine. Deux mauvaises récoltes survinrent : n'osant diminuer les prix de ses vins par crainte de perdre ses pratiques, ayant fait des achats importants dans de mauvaises conditions, il se vit forcé de déposer son bilan ; il obtint son concordat et continua son commerce en lui donnant de l'extension ; il ferma sa maison mère de la rue Saint-Antoine qu'il remplaça par une plus vaste sur les grands boulevards, puis ouvrit de nouvelles maisons ; son commerce brillant il se réhabilita. Comme il continuait de vendre son vin 10 centimes de moins par litre que ses confrères, ceux-ci, voyant péricliter leur commerce au profit des maisons Dumanoir, durent descendre leurs prix pour les mettre au niveau des siens, et cela en mettant, comme lui, un septième d'eau, comme

nous l'avons dit plus haut en nous entretenant de
M. Larivière et de Boivin faisant un essai à Berčy. Avant
l'arrivée de Dumanoir à Paris, les marchands de vin ne
mettaient pas d'eau dans leur vin, ils étaient religieux
de ce côté. Les admirateurs de Dumanoir cependant
écrivirent et dirent qu'il avait fait baisser le vin de
10 centimes par litre dans Paris, et, d'après leur calcul, il
faisait gagner, bon an, mal an, cinq millions de francs
à ses habitants, ajoutant que M. Dumanoir avait le génie
du commerce comme Napoléon Iᵉʳ celui de la guerre,
oh! oh! Si encore cette eau mise dans le vin, produi-
sant cinq millions par année, était puisée à la fontaine
d'Hippocrène, le bénéfice serait aussi grand pour les
consommateurs que pour les vendeurs. Mais, hélas!
braves habitants de Paris, qui courez au vin à bon
marché, c'est tout bonnement de l'eau de Seine
ou de puits qu'on vous met, ce qui en modifie le
prix.

Voilà quel était l'homme important qui venait d'ouvrir une nouvelle succursale vis-à-vis de la maison Boivin,
qui lui fit une concurrence si sérieuse, que Boivin
voyant qu'il ne pouvait rien gagner dans cette maison,
malgré tous les soins que lui et sa femme lui donnaient,
prit une résolution énergique : il chercha à la vendre,
trouva un acquéreur hardi, la lui vendit et remit à ses
amis les 20,000 francs qu'ils lui avaient si gracieusement
prêtés; après quoi il interrogea sa conscience, qui ne lui
reprocha rien. Il lui restait pour toute fortune
500 francs, ses meubles et l'honneur. Il plaça ses deux
fils comme garçons dans le commerce de vin, qui plus

tard furent établis dans ce commerce avec le concours de Duroc et de Bernard, puis il fit une demande au préfet de police pour entrer dans la dégustation ; il passa un examen, fut reçu, et remplit consciencieusement ses fonctions. A dater de ce moment, ses tribulations cessèrent ; une vie sans ambition, mais relativement tranquille, commençait.

Bernard, quoique jouissant d'une fortune raisonnable, ne resta cependant pas longtemps inactif ; son naturel entreprenant, son amour pour le travail ne pouvaient guère, à cinquante ans, s'accommoder d'une vie oisive ; il lui semblait que, pouvant travailler et ne travaillant pas, que le pain qu'il mangeait, quoique laborieusement gagné, était un vol qu'il faisait à la société ; sa santé s'en altérait chaque jour davantage. Un jour qu'il se promenait aux environs de la place Maubert, les mains derrière le dos, regardant indifféramment de droite et de gauche, il aperçut un écriteau indiquant un magasin à louer au fond d'une cour ; il entra chez le concierge et demanda à visiter ce magasin ; en le visitant, ses yeux reprirent l'éclat qu'ils avaient perdu depuis qu'il ne faisait rien, le sang circula plus librement dans ses veines ; il venait de découvrir un local grandiose pouvant contenir à leur aise quatre cents personnes. Il fut trouver de suite le propriétaire, lui marchanda son local, et lui loua avec un bail de douze ans ; il n'eut de repos que lorsque ce bail fut signé. Il s'occupa ensuite de son installation, sans oublier de mettre à l'entrée au-dessus de la porte cochère une large bande de calicot sur laquelle furent inscrits le genre de l'é-

23

tablissement et le jour de son ouverture. Il ne mit pas, cette
fois, que les deux premiers jours il débiterait ses marchandises pour rien, l'expérience était là qui le lui défendait. Un mois à peine était-il écoulé que l'agencement
était terminé; Bernard, qui s'y connaissait, avait présidé à
tout. Un confort en chauffage, éclairage, ventilation,
comptoir, tables et accessoires, etc., toutes choses furent établies avec intelligence. Un jardin de 30 mètres de longueur sur 10 mètres de largeur, situé à côté
de la seconde cour de la maison, faisant partie de sa location, était depuis longtemps abandonné par les anciens locataires; ce jardin était couvert d'immondices,
Bernard le fit nettoyer, et fit planter de la vigne vierge de
chaque côté, puis établit un berceau pour la recevoir au fur
et à mesure qu'elle pousserait; au bout d'une année, ce
berceau fut couvert par la plante verdoyante; il y mit
seize tables dessous et cent tabourets; c'était un eldo-
rado que n'auraient pas dédaigné les consommateurs
des cafés du boulevard des Italiens. Comme il y avait un
premier dans son local, il le fit décorer un peu mieux
que le rez-de-chaussée; ce premier fut réservé pour la
gente aristocratique, on devait y payer le vin 10 centimes de plus par litre qu'au rez-de-chaussée. Il fit peindre en rouge la porte cochère et les pilastres de chaque
côté et inscrivit au-dessus pour enseigne : *Au Château
vert.*

Comme chacun le sait, les environs de la place
Maubert sont excessivement populeux. Ce quartier, étant
un des plus anciens de Paris, porte le cachet des constructions du vieux temps; les rues y sont pour la plupart

très-étroites et conséquemment malsaines ; les maisons peu confortables ont des escaliers et des cours étroits, où sont des ouvertures qui ne distribuent l'air à leurs locataires que parcimonieusement, comme si le Créateur, que remplace pour cela M. Haussmann, le refusait plus aux hommes qu'aux autres animaux. Une grande quantité de garnis sont semés çà et là dans ces maisons, dans les uns loge cette population nomade composée de saltimbanques, d'étameurs de casseroles, d'ouvreurs de portières, de chiffonniers, etc. ; dans les autres loge cette population laborieuse qui travaille au bâtiment l'été et porte au pays où ceux qui la composent sont nés, la veille de l'hiver, le pécule gagné dans la belle saison. Voilà quel était le noyau de pratiques, qui semblable à une boule de neige que l'on roule, devait faire grossir la clientèle de la nouvelle maison de Bernard.

Le jour de l'ouverture de l'établissement était un lundi. Les consommateurs vinrent d'abord le matin en petite quantité, mais leur nombre augmentait graduellement au fur et à mesure que les heures du jour s'écoulaient ; à huit heures du soir quatre cent cinquante personnes étaient attablées dans l'établissement, lesquelles payaient le vin qu'elles demandaient aux garçons au moment où ceux-ci le posaient sur la table ; si un demandeur n'avait pas d'argent ou ne payait pas immédiatement, le vin était impitoyablement remporté par le garçon. Bien que dans cette société l'ivraie étouffât le bon grain, il ne s'éleva ce jour-là que quelques disputes sans importance, qui cependant auraient pu devenir graves sans l'intervention des garçons qui mirent les plus mutins à

la porte. Le plus sérieux pour Bernard fut une recette
de 500 francs, pour cette première journée; il se coucha
le cœur épanoui, certain qu'il était d'avoir fait une
bonne affaire; les recettes s'élevèrent à une moyenne
de 11,000 francs par mois, recettes inconnues alors chez
aucun marchand de Paris.

Les samedis de paye, les dimanches et les lundis qui
les suivaient étaient des jours où la recette doublait. Désirant, par curiosité, visiter cet établissement, je mis
par-dessus mes effets une blouse raisonnablement propre et une casquette idem. Je choisis, pour faire cette
visite, un dimanche d'été qui suit le samedi de paye. On
m'avait dit que neuf heures du soir était l'heure où il y
avait le plus de monde; j'entrai donc à cette heure-là; à
peine entré, je me trouvai dans un tohu-bohu beaucoup
plus bruyant que celui qu'on fait autour de la corbeille
des agents de change de la Bourse, au moment du marché; je restai un moment étourdi, j'avançai cependant;
j'étais dans la boutique qui est très-grande, dans laquelle
est un comptoir de 5 mètres; je m'approchai d'un groupe
de buveurs aux traits burlesques et avinés, ceux qui le
composaient ricanaient le verre à la main; au milieu
d'eux était une bacchante en haillons, coiffée d'un mouchoir appelé vulgairement marmotte; ses yeux étaient
hagards et larmoyants, elle déclamait d'une voix rauque
des paroles incohérentes dictées par une hideuse ivresse.
J'avançai de nouveau et entrai dans une grande salle dont
l'entrée est située au bout du comptoir, au pied du grand
escalier qui conduit au premier; je jetai un coup d'œil
pour embrasser l'ensemble de cette salle, qui en forme

en quelque sorte deux, parce qu'une cloison à larges ouvertures les sépare; dans cette salle ou ces deux salles,
deux cents personnes y étaient attablées : ici déclamait
un homme ivre, là était un bateleur accompagné d'une
fille d'environ quatorze ans; je la vis debout sur sa tête,
qu'elle avait appuyée sur un vieux tapis, elle se repliait.
en arrière en baisant ses talons, elle avait la souplesse
d'une couleuvre; c'était peut-être une petite fille volée.
Pauvre enfant! Les tours terminés, l'enfant présenta sa
sébile aux buveurs et recueillit une trentaine de sous. A
peine les bateleurs furent-ils dehors, qu'un chanteur arriva dans la salle; il chanta d'une voix fêlée deux ou trois
chansons bachiques, accompagnées d'un violon dont le
chanteur jouait en faisant des contorsions burlesques qui
firent rire ou plutôt ricaner tout le monde de la salle; il
présenta ensuite la sébile consacrée, et recueillit quelques sous de plus que la fille du bateleur. Le chanteur
parti, il s'éleva tout à coup au-dessus du bourdonnement
de cinquante conversations, des chants ou plutôt des
hurlements partis de deux tables où l'on chantait deux
chansons différentes; c'était à qui braillerait le plus fort
pour faire taire ceux dont les voix auraient le moins de
puissance. Les chants cessèrent comme par enchantement, puis des injures, puis des coups de pied,
des coups de poing; toute la salle était en émoi,
quatre garçons accoururent, qui séparèrent les combattants, menaçant de mettre à la porte quiconque
troublerait l'ordre désormais. Les chanteurs des deux
tables, qui avaient donné et reçu quelques coups,
convinrent qu'ils chanteraient alternativement; on trin-

qua fraternellement et des chants plus paisibles commencèrent. Je quittai cette grande salle et montai les quatre
marches qui conduisent au merveilleux berceau, sous
lequel une centaine de personnes étaient attablées, dont
la plupart buvaient tranquillement, se contentant de regarder en s'amusant ceux qui étaient ivres à divers degrés. Ne voulant pas user, comme on dit, le tapis pour
rien, voyant un tabouret inoccupé, je m'assis et demandai une chopine, puis je me mis à contempler tout
ce monde, puisque j'étais venu pour cela. J'écoutais
tranquillement les chants provenant de voix rauques,
fêlées et caverneuses; l'harmonie de ces chœurs burlesques faillit me faire rendre le verre de vin, cependant
bon, que je venais de boire. Un calme relatif régnait
dans tout l'établissement depuis un quart d'heure, lorsque plusieurs disputes s'élevèrent presque au même moment sous le berceau; une de ces querelles, la plus vive,
avait lieu à la table la plus rapprochée de moi; je me
levai pour m'en aller; j'avais déjà fait quelques pas, lorsqu'un individu qui venait de recevoir un violent coup de
poing de son camarade pris de vin, vint tomber brusquement sur moi, me fit aussi tomber, comme si j'avais fait
partie d'un château de cartes; je me relevai vivement et
m'enfuis par le côté où j'étais venu; lorsque je fus à l'extrémité du jardin, hors des atteintes des batailleurs, je
me retournai et vis, à la lueur de cinq lampes fumeuses
suspendues à la voûte du berceau, une quinzaine d'hommes ivres à divers degrés, qui se battaient en criant,
hurlant, vociférant; je crus, dans mon hallucination, voir

de fête. Je vis Bernard et ses quatre garçons accourir pour mettre l'ordre dans cette galère; ce ne fut qu'au bout d'un quart d'heure qu'ils parvinrent, non sans peine, à le rétablir. Comme c'étaient trois bacchantes pareilles à celle qui déclamait au moment de mon entrée dans l'établissement, qui étaient cause de ce désordre, ils les mirent à la porte et leur défendirent la maison. Il me restait, pour compléter ma visite dans l'établissement, de voir le premier; je revins sur mes pas, en traversant la grande salle; sorti de cette salle, je tournai à droite et montai les vingt marches de l'escalier qui y conduit, et me trouvai dans une grande salle où étaient assises une soixantaine de personnes, parmi lesquelles je remarquai une dizaine de femmes et quelques enfants; des familles demeurant dans les environs avaient apporté là leur dîner pour l'y consommer et se distraire. Cette salle, quoique bruyante, n'avait rien de remarquable, c'était le personnel ordinaire du marchand de vin. Je m'assis à une des tables et demandai une chopine; je passais philosophiquement en revue dans ma pensée tout ce monde, celui que je venais de voir en bas et celui que je voyais en haut. Ici, où l'on payait le vin 10 centimes de plus par litre, les consommateurs étaient vêtus modestement et proprement, leurs conversations, parfois grossières, ne dépassaient cependant pas de certaines bornes; la plupart étaient venus là pour s'amuser, rire, boire et chanter; en bas, où l'on payait le vin 10 centimes de moins par litre, la plus grande partie des consommateurs étaient couverts de haillons ou d'effets malpropres,

étaient dépourvues de toute pudeur; ils étaient aussi
venus là pour s'amuser, rire, boire et chanter, mais leurs
plus grands amusements étaient les querelles et les batailles. Je fus tiré de mes réflexions par le bruit que faisaient deux perturbateurs qui venaient de faire leur entrée dans la salle; une table étant libre, ils s'y assirent et
frappèrent dessus à coups de poing de toutes leurs forces; tous les consommateurs levèrent la tête en braquant
les yeux sur eux; deux garçons entrèrent, s'approchèrent des deux perturbateurs et leur dirent :—Comment!
nous venons de vous mettre à la porte parce que vous vous
êtes battus en bas, vous venez en faire autant ici. On ne
vous servira pas, allez-vous-en. Les deux batailleurs, ne
répondirent que par des injures et les poings fermés. Ces
deux garçons, dont l'un avait fait un congé en Afrique
dans un régiment de zouaves, étaient tous deux d'une
force herculéenne; Bernard les avait choisis ainsi, pour
mettre les perturbateurs incorrigibles à la porte de son
établissement. Ils appréhendèrent chacun un des deux
vauriens, dont l'un descendit beaucoup plus vite
l'escalier qu'il ne 'avait monté; mais l'autre, le plus
méchant, avait riposté contre le zouave en le frappant,
celui-ci s'étant mis en colère, poussa vivement le batail-
leur vers l'escalier; il s'accrochait des pieds et des mains
à la rampe et aux barreaux; tout à coup j'entendis un
bruit sourd et précipité, c'était le tapageur qui roulait
du haut en bas de l'escalier. Il se releva tout étourdi, le
sang lui sortait par le nez et par la bouche; on voyait à
son air penaud qu'il était corrigé. Tous les consommateurs de l'établissement s'étaient rapprochés de cette

scène, prenant plaisir à la contempler; chacun d'eux l'appréciait selon ses goûts, le plus grand nombre approuvaient les garçons, quelques mauvais sujets murmuraient, disant qu'on assommait le monde dans cette maison, que le marchand de vin mériterait qu'on cassât tout chez lui. Quant aux deux batailleurs, ils ne revinrent plus et firent bien, car, à voir la figure empourprée du zouave par la colère et à la tension des muscles de ses bras, on pouvait juger que s'ils fussent revenus, la troisième correction eût été pire que les deux autres.

Cette scène terminée, l'établissement reprit sa physionomie bruyante et saccadée. A chaque table de la grande salle du bas, les conversations étaient comparables à de petites mines toujours prêtes à faire explosion. A dix heures et demie, le bruit était à son apogée; il fallait crier de toutes ses forces pour se faire comprendre. On voyait que la fumée du vin était montée à cette heure au cerveau des consommateurs. Des cris sauvages, des déclamations incohérentes retentissaient çà et là. Tout à coup, et comme par enchantement, ce bruit diminua en quelques secondes d'une manière tellement sensible que j'en fus intrigué; comme je cherchais la cause de ce changement, j'aperçus au centre de la salle deux dames, dont l'une, que je jugeai être âgée d'environ cinquante ans, était vêtue modestement; elle portait une harpe qu'elle venait de poser sur le parquet; l'autre, paraissant âgée de vingt-cinq ans, était raisonnablement belle; sa figure était souriante et sympathique; sa tenue, quoique modeste, était celle d'une musicienne.

A la ressemblance de ces deux dames, on reconnaissait
la mère et la fille ; celle-ci était une diva distinguée des
cabarets, qui allait chanter dans ceux où elle savait
trouver beaucoup de consommateurs. La mère passa la
harpe à sa fille, qui se mit à jouer de l'instrument; puis,
d'une voix douce et harmonieuse, elle commença à chanter une romance. La plupart des consommateurs d'en
haut et du jardin vinrent dans la grande salle, qui fut
comble en un instant; trois cent cinquante personnes
ivres ou avinées écoutaient en silence autour de l'artiste les doux sons de la harpe et la mélodie de sa voix
vibrante. Quand elle eut fini sa romance, qui avait cinq
couplets, sa mère prit une petite sébile dans sa poche
et quêta parmi tout ce monde. Pendant qu'elle faisait
cette quête, la chanteuse commença une chanson gaie
qui finit en même temps que la quête; puis la mère et
la fille firent une gracieuse révérence et se retirèrent.
Je demandai à un garçon de l'établissement s'il savait à
combien s'élevait le produit de la quête. Il me répondit
qu'il s'élevait de 5 à 6 fr., que ces dames ne venaient
que le dimanche. Je le remerciai et me disposais à
m'en aller, lorsque je vis deux hommes, que je jugeai
être des agents de police, qui parlaient doucement à
Bernard, après quoi ils furent dans la grande salle, s'approchèrent d'une table, firent signe à deux consommateurs qui faisaient partie de son cadre, lesquels se
levèrent et les suivirent sans dire un mot. J'avisai de nouveau le garçon qui m'avait éclairé sur le chiffre de recette de la musicienne et lui demandai ce que cela voulait dire. Il me répondit que c'étaient des agents de police

qui venaient d'arrêter deux voleurs; il ajouta que cela arrivait souvent. Je me disposais de nouveau à m'en aller, lorsque je vis un groupe de sept à huit personnes auprès d'une petite vieille qui était malade, que je croyais reconnaître. J'avisai encore le même garçon et lui demandai s'il connaissait la personne qui était indisposée. Il me répondit que cette femme, qu'on appelait la mère Malineau, était une chiffonnière; que celle qui lui faisait respirer du vinaigre était sa fille, qui se nommait Lisa, laquelle était marchande de fleurs des rues; il ajouta : — Cela n'est pas étonnant qu'elle soit malade : elle a mangé trois ordinaires de ragoût, une livre de pain et bu au moins un litre de vin. Il y avait probablement longtemps qu'elle avait mangé, car la mère et la fille ne mangent pas toutes les fois qu'elles ont faim. C'est du bien pauvre monde. C'est bien sûr une indigestion qu'elle a. Je m'approchai d'elle, car elle m'intéressait comme l'ayant connue au temps où j'étais garçon marchand de vin chez Bernelle. La malheureuse avait la figure moribonde; elle était couverte de haillons et d'une maigreur extrême. Sa fille n'était pas mieux vêtue qu'elle; sa figure était hideuse; elle montrait les traces de la débauche; quelques gros boutons violacés étaient semés sur son front, à côté du nez et sur ses joues; ses paupières inférieures, qui étaient renversées sur la naissance de ses joues, laissaient voir des yeux d'un rouge sanglant. La malade paraissant un peu soulagée, sa fille la prit par le bras et l'emmena hors de l'établissement; mais étant arrivées sous la porte cochère, elle se trouva mal et s'affaissa; sa figure était livide. On courut chercher du

vinaigre, qu'on lui fit respirer; ses yeux, qui étaient profondément enfoncés dans leur orbite, ne laissaient voir
que le blanc; des hoquets et quelques convulsions an-
noncèrent que la vie s'éteignait. Alors on courut chercher un médecin, qui n'arriva que pour constater le décès. Bien qu'ayant connu cette femme et ses crimes (car
elle était la cause principale des malheurs ignominieux
de sa famille), je restai tout ému comme cloué dans mes
réflexions; je me disais : — Si, comme toutes les mères
qui pensent à faire un avenir honnête sinon heureux à
leurs enfants, elle eût élevé sa fille au travail en veillant
sur sa conduite, elle en eût fait une fille sage et obéissante, qui aurait satisfait son orgueil de mère; elle l'eût
mariée à un homme de sa condition; si elle n'eût apporté aucune dot à cet homme, elle lui eût apporté la
fraîcheur de sa virginité et serait devenue une bonne
mère. Au lieu de faire tout cela, comme c'était son devoir, elle avait poussé sa fille de toutes ses forces dans
le libertinage, qui en fit de la chair corrompue, et cela
pour vivre elle-même avec le prix de la débauche de sa
fille. Une vie aussi misérable préparait une misérable
mort.

Je quittai cette scène pour prendre l'air de la rue,
dont j'avais besoin. Je fouillai dans la poche de mon gi-
let pour en retirer ma montre et regarder l'heure. Hélas! elle était absente et la chaîne l'avait suivie. J'étais
volé d'une valeur de 300 francs. Avis aux amateurs curieux.

Mon excursion dans cet établissement était complète.
J'avais contemplé pendant deux heures le spectacle que

présentait cette maison. J'en ai esquissé les principales scènes; les détails seraient ennuyeux. Cependant, j'ajoute que j'ai été trente-huit ans dans le commerce de vins en détail. J'ai vu bien des scènes burlesques et éhontées qui abaisseraient l'humanité si ce n'était une exception; mais ce n'était qu'un échantillon de ce que je venais de voir. Je n'avais point encore vu un ensemble aussi déplorable plaider contre la beauté harmonieuse de la société.

Bernard après avoir exploité pendant cinq ans cette maison, la vendit. Son bénéfice dans cette affaire fut de 60,000 fr., ce qui le rendait possesseur d'une fortune s'élevant un peu au-dessus de 300,000 fr. La fatigue marchait de conserve avec l'âge. Puis, se trouvant raisonnablement riche, il pensa au silence et au repos; sa vie commerciale était décidément terminée. Il fut à Auxerre, où il avait appris qu'une maison était à vendre; il l'acheta. Cette maison est située sur les promenades vis-à-vis de la côte de la Chaînette; un grand jardin l'entoure et en fait un séjour délicieux. C'est là où il est retiré avec sa famille et où il reçoit ses nombreux amis, parmi lesquels il distingue Boivin et Duroc; c'est là où il se repose de ses laborieux travaux, sans s'inquiéter si ses anciennes pratiques le regrettent pour le bon vin qu'il leur vendait. En le voyant dans une aussi belle situation, serrons-lui affectueusement la main et souhaitons-lui de longs jours; car par les tribulations qu'il a éprouvées dans un commerce exceptionnel et exécrable, il a mérité non-seulement les jouissances de la terre, mais aussi les trésors du ciel.

MM. Desprez et Larivière avaient travaillé pendant
trente-cinq ans et avaient laborieusement et honnête-
ment gagné chacun le million qu'ils avaient rêvé
dans leur pension d'Auxerre, Desprez l'avait presque
doublé. Ces deux hommes avaient l'importance envers
leurs pratiques de deux ministres qui se mettent d'accord sur les affaires de l'État avant de les mettre à exécution; de même ils donnaient des audiences et se
mettaient toujours d'accord pour faire une vente ou
une acquisition de fonds; leurs clients ne faisaient généralement qu'exécuter leurs conseils, ce qui les rendait moralement responsables des mauvaises affaires
qu'ils firent faire à quelques-uns; disons que c'était
une exception. Ils faisaient vendre le fonds à celui-ci,
le faisaient acheter à celui-là. Ils firent plus de trois
mille opérations de ce genre dans le cours de leur vie
commerciale, et trois mille opérations d'une valeur
moyenne de 30,000 francs donnent un total de 90 millions, chiffre raisonnablement important qui marque le
degré d'intelligence des opérateurs. Ces sortes d'affaires
n'étaient que l'ensemencement du terrain sur lequel
ils devaient récolter; car tous ces acquéreurs de fonds
prenaient Desprez pour leur marchand de liqueurs, et
Larivière pour leur courtier; celui-ci avait fait acheter,
durant trente-cinq années d'exercice, pour 150 millions
de vin sur les places de Bercy et de l'Entrepôt; et
celui-là avait vendu pour plus de 100 millions d'eau-de-
vie et liqueurs diverses. Il n'est donc pas étonnant
qu'avec des opérations de cette importance ils se soient
fait une position hors ligne. Généralement les clients à

qui ils avaient fait faire de bonnes affaires les en-
censaient, ceux à qui ils en avaient fait faire de mauvaises les maudissaient. Leur plus grand défaut était
celui de dire, quand ils avaient contribué à faire faire
une mauvaise affaire, que l'acquéreur était incapable;
ce qui était quelquefois vrai, mais souvent faux. Voici
comment ils opéraient dans les achats et ventes de
fonds. Cyrus vint trouver MM. Larivière et Desprez et
leur dit : — Je désire acheter un bon fonds de marchand de vin; si vous en connaissez un qui soit à
vendre, faites-m'en part. Varus vint également les
trouver et leur dit : — Je désire vendre mon
fonds; si vous connaissez un acquéreur, amenez-le-
moi. Desprez et Larivière lui demandèrent le chiffre
du loyer, la longueur du bail et le chiffre d'affaires
annuelles. Varus leur répondit qu'il avait quinze
années de bail, 3,000 francs de loyer et qu'il faisait
50,000 francs d'affaires par année, qu'il voulait vendre
son fonds 50,000 francs. Desprez et Larivière mirent
en rapport Varus et Cyrus, qui firent le marché avec
leur concours. Cyrus, au bout d'une année, n'eut qu'à
s'applaudir de l'achat qu'il avait fait, car la recette
que Varus lui avait annoncée fut dépassée. Il n'en fut
point de même d'un nommé Finus, qui vint aussi les
trouver en leur disant qu'il désirait vendre son fonds,
dans lequel il faisait 40,000 francs de recette par année;
Desprez et Larivière le mirent aussi en rapport avec un
nommé Robinard, qui l'acheta 35,000 francs et tint bien
son fonds. Cependant une année de recette ne s'éleva
qu'à 22,000 francs. Robinard avait été trompé par

Finus. Il le maudit et mêla Desprez et Larivière dans ses malédictions. Cependant Finus était le seul coupable. Malgré leur perspicacité dans les affaires, ils en firent un si grand nombre qu'ayant été trompés dans quelques-unes, ils avaient involontairement contribué à tromper quelques acquéreurs. Ceux qui se croyaient trompés par eux se mêlèrent aux jaloux pour les baptiser du nom de bande noire, quoiqu'ils ne fussent que deux, ce qui voulait dire qu'ils faisaient des affaires ténébreuses qui ne pourraient supporter la clarté sans les flétrir. Sans me porter leur défenseur, je baptise cela de vengeance mesquine et imméritée; je ne veux point dire pour cela qu'ils étaient sans défauts. S'ils eussent été ainsi, ils n'eussent point été hommes.

Ils refusaient quelquefois de rendre les salutations aux personnes qui les avaient trompés; ils disaient souvent d'un client malheureux dans ses affaires, qu'il était incapable, qu'il était paresseux et manquait d'intelligence, quoique étant travailleur et intelligent. Ils avaient du ressentiment contre ceux de leurs clients qui les quittaient par des motifs quelconques. Tout cela était tout simplement de la faiblesse dont notre pauvre humanité est remplie. N'est-il pas préférable de pardonner à ceux qui tiennent de mauvais propos contre nous parce qu'ils croient que nous les avons trompés, que d'en conserver d'éternelles rancunes? La mort, qui ne manque jamais d'arriver, viendra bientôt faire taire tous ces ressentiments en nous mettant tous d'accord, et alors adieu rancunes, adieu plaisirs, adieu richesses et

honneurs, tout cela sera couvert par la pierre ou quelques pelletées de terre.

Vous me demandez ce que sont devenus ces deux
amis, ce qu'ils font aujourd'hui. Desprez possède un
château sur les bords de la Seine, où il a chevaux, voitures, cochers et domestiques; il est entouré d'une famille nombreuse qu'il aime et de beaucoup d'amis.
Chaque jour, sur sa table, sont symétriquement étalés
les sucs et les prémices de la terre; un jour j'eus l'honneur de faire partie du cadre de cette table, je savourai
en bonne compagnie les mets et les vins délicieux
qu'elle portait.

M. Larivière passe l'été dans une charmante villa
située sur les bords du lac d'Enghien, où il reçoit aussi
sa famille et ses nombreux amis. Il se promène souvent
en voiture aux luxuriants alentours, accompagné de
Desprez; il ne se passe pas un jour qu'ils ne se voient.
C'est ainsi que les deux plus intelligents élèves de la
meilleure pension d'Auxerre furent pendant trente-cinq
ans les deux plus intelligents dans le commerce de
Bercy et de l'Entrepôt. L'amitié les avait unis en pension, l'impitoyable mort seule les séparera. Quant à moi,
si j'étais le dispensateur de toutes choses comme je suis
la plus humble de ses créatures, je les enverrais habiter
un pays où l'on ne meurt jamais; je suis convaincu que
leur amitié serait éternelle.

M. et madame Duroc, après avoir marié leurs enfants,
cédèrent leur établissement au plus jeune, puis ils achetèrent une maison située à Auteuil, au milieu d'un jardin, et l'habitèrent. Ils invitaient tous les dimanches

Boivin et sa dame à venir goûter le plaisir de leur retraite. Mais la délicatesse de ceux que la fortune avait
abandonnés ne leur permettait d'en accepter que
quelques-unes; celles qui n'étaient jamais refusées
étaient celles qui étaient faites lorsque Bernard et sa
femme venaient à Paris passer la saison d'hiver pour se
trouver à leur société. Tous les ans, à l'époque des vendanges, Bernard invitait M. et madame Boivin, M. et
madame Duroc à venir passer une quinzaine chez eux,
dans leur villa d'Auxerre. C'est alors que Boivin demandait à son chef une permission qui ne lui était jamais
refusée, en raison de son exactitude et de son intelligence dans son service. M. et madame Bernard
allaient recevoir leurs amis à la gare. Cette quinzaine
se passait dans les plaisirs, non des plaisirs pétu-
lants comme la jeunesse les aime, mais de ces plaisirs
tempérés par le nombre des années et nourris par les
souvenirs d'une longue amitié. Le jour, c'étaient les
promenades au milieu des vignes, pour voir cueillir
par des vendangeurs joyeux le plus précieux fruit de
l'automne; écouter le soir, sur les places publiques,
leurs chansons champêtres en contemplant leurs joyeux
ébats; voir couler à flots de la cannelle de la cuve et dans
l'auge du pressoir le délicieux nectar des coteaux de la
Chaînette et de Migrenne, qui déridaient le front des
vieillards. Ces oracles de la cité bourguignonne sou-
riaient à l'idée qu'ils le savoureraient bientôt en chantant
les amours d'un autre âge, au baptême d'un fils de la
quatrième génération. Puis ils rentraient le soir à la
villa Bernard, pour s'asseoir à une table modestement

servie, où s'alliait une conversation aimable qui ravivait
leur vieille amitié, dans laquelle n'était point oubliée
leur escapade de 1829. Voilà quelle était, chaque année,
pendant une quinzaine de jours, la vie des trois couples,
dont le plus jeune avait dépassé de quelques années la
cinquantaine.

TABLE DES MATIÈRES

PREMIÈRE PARTIE

CHAPITRE PREMIER.

DEUXIÈME PARTIE

—

FIN DE LA TABLE DES MATIÈRES.

Paris. — Imp. PILLET fils aîné, 5, rue des Grands-Augustins.

www.ingramcontent.com/pod-product-compliance
Lightning Source LLC
Chambersburg PA
CBHW050737030726
47505CB00002B/303